Le Grain de la voix

21/44.

Roland Barthes

Le Grain
de la voix

Entretiens 1962-1980

Éditions du Seuil

ISBN 2-02-038179-6
(ISBN 2-02-0057961-4, 1re édition)

© Éditions du Seuil, 1981

Le lecteur trouvera ici réunies la plupart des interviews données en français par Roland Barthes. Malgré notre désir d'exhaustivité, il se peut que quelques-unes nous aient échappé, car nous n'en avons aucune liste rigoureuse. Les journalistes et les lecteurs voudront bien, d'avance, nous en excuser.

La meilleure préface possible n'aurait-elle pas été une description par Roland Barthes lui-même de ce qu'est une interview ? Une telle description nous fera à jamais défaut, mais nous possédons quelques pages où, avec une admirable clarté, est analysé le passage de la parole dite à la parole transcrite : il peut être utile de commencer par les lire, pour mieux apprécier ce qui unit et oppose le stylet de cette écriture au grain de cette voix. On les trouvera donc, en couverture.

De la parole à l'écriture

Ce texte de Roland Barthes constitue une préface à une première série des Dialogues *produits par Roger Pillaudin sur les antennes de France-Culture et publiés par les Presses universitaires de Grenoble.*

Nous parlons, on nous enregistre, des secrétaires diligentes écoutent nos propos, les épurent, les transcrivent, les ponctuent, en tirent un premier script que l'on nous soumet pour que nous le nettoyions de nouveau avant de le livrer à la publication, au livre, à l'éternité. N'est-ce pas la « toilette du mort » que nous venons de suivre ? Notre parole, nous l'embaumons, telle une momie, pour la faire éternelle. Car il faut bien durer un peu plus que sa voix ; il faut bien, par la comédie de l'écriture, *s'inscrire* quelque part.

Cette inscription, comment la payons-nous ? Qu'est-ce que nous lâchons ? Qu'est-ce que nous gagnons ?

LA TRAPPE DE LA SCRIPTION

Voici d'abord, en gros, ce qui tombe dans la trappe de la scription (préférons ce mot, si pédant soit-il, à celui d'*écriture* : l'écriture n'est pas forcément le mode d'existence de ce qui est écrit). En premier lieu, nous perdons, c'est évident, une innocence ; non pas que la parole soit d'elle-même fraîche, naturelle, spontanée, véridique, expressive d'une sorte d'intériorité pure ; bien au contraire, notre parole (surtout en public), est immédiatement théâtrale, elle emprunte ses tours (au sens stylistique et ludique du terme) à tout un ensemble de codes culturels et oratoires : la parole est toujours tactique ; mais en passant à l'écrit, c'est l'innocence même de cette tactique, perceptible à qui sait écouter, comme d'autres savent lire, que nous gommons ; l'innocence est toujours *exposée* ; en réécrivant ce que nous avons dit, nous nous protégeons, nous nous surveillons, nous censurons, nous barrons nos bêtises, nos suffisances (ou nos insuffisances), nos flottements, nos ignorances, nos complaisances, parfois même nos pannes (pourquoi, en parlant, n'aurions-nous pas le droit, sur tel ou tel point avancé par notre partenaire, de *rester sec* ?), bref, toute la moire de notre imaginaire, le jeu personnel de notre moi ; la parole est dangereuse parce qu'elle est immédiate et ne se reprend pas (sauf à se supplémenter d'une reprise explicite) ; la scription, elle, a du temps devant elle ; elle a ce temps même qui est nécessaire pour pouvoir tourner sept fois sa langue dans sa bouche (jamais conseil proverbial n'a été plus illusoire) ; en écrivant ce que nous avons dit, nous perdons (ou nous gardons) tout ce qui sépare l'hystérie de la paranoïa.

   Autre perte : la rigueur de nos transitions. Souvent, nous « filons » notre discours à bas prix. Ce « filé », ce *flumen orationis* dont Flaubert avait le dégoût, c'est la consistance de notre parole, la loi qu'elle se crée à elle-même : lorsque nous parlons, lorsque nous « exposons » notre pensée au fur et à mesure que le langage lui vient, nous croyons bon d'exprimer à haute voix les inflexions de notre recherche ; parce que nous luttons à ciel ouvert avec la langue, nous nous assurons que notre discours « prend », « consiste », que chaque état de ce discours tient sa légitimité de l'état antérieur ; en un mot, nous voulons une naissance droite et nous affichons les signes de cette filiation régulière ; de là, dans notre parole publique, tant de *mais* et de *donc*, tant de reprises ou de dénégations explicites. Ce n'est pas que ces petits mots aient une grande valeur logique ; ce sont, si l'on veut, des *explétifs* de la pensée. L'écriture, souvent, en fait l'économie ; elle ose l'asyndète, cette figure coupante qui serait insupportable à la voix, autant qu'une castration.

   Cela rejoint une dernière perte, infligée à la parole par sa transcription : celle de toutes ces bribes de langage – du type « *n'est-ce pas ?* » – que le linguiste rattacherait sans doute à

l'une des grandes fonctions du langage, la fonction *phatique*
ou d'interpellation ; lorsque nous parlons, nous voulons que
notre interlocuteur nous écoute ; nous réveillons alors son
attention par des interpellations vides de sens (du type : « *allô,
allô, vous m'entendez bien ?* ») ; très modestes, ces mots, ces
expressions ont pourtant quelque chose de discrètement dramatique : ce sont des appels, des modulations – dirais-je, pensant aux oiseaux : des chants ? – à travers lesquels un corps
cherche un autre corps. C'est ce chant – gauche, plat, ridicule,
lorsqu'il est écrit – qui s'éteint dans notre écriture.

On le comprend par ces quelques observations, ce qui se
perd dans la transcription, c'est tout simplement le corps – du
moins ce corps extérieur (contingent) qui, en situation de dialogue, lance vers un autre corps, tout aussi fragile (ou affolé)
que lui, des messages intellectuellement vides, dont la seule
fonction est en quelque sorte d'*accrocher* l'autre (voire au sens
prostitutif du terme) et de le maintenir dans son état de partenaire.

Transcrite, la parole change évidemment de destinataire, et
par là même de sujet, car il n'est pas de sujet sans Autre. Le
corps, quoique toujours présent (pas de langage sans corps),
cesse de coïncider avec la personne, ou, pour mieux dire
encore : la personnalité. L'imaginaire du parleur change
d'espace : il ne s'agit plus de demande, d'appel, il ne s'agit
plus d'un jeu de contacts ; il s'agit d'installer, de représenter
un discontinu articulé, c'est-à-dire, en fait, une argumentation.
Ce nouveau projet (on grossit ici volontairement les oppositions) se lit très bien dans les simples accidents que la transcription ajoute (parce qu'elle en a physiquement les moyens)
à la parole (après lui avoir ôté toutes les « scories » que l'on
a dites) : tout d'abord, bien souvent, de véritables pivots logiques ; il ne s'agit plus de ces menues liaisons *(mais, donc)*
dont la parole use pour colmater ses silences ; il s'agit de
rapports syntaxiques pleins de véritables sémantèmes logiques
(du type : *bien que, de telle sorte que*) ; autrement dit, ce que
la transcription permet et exploite est une chose à quoi répugne
le langage parlé et qui est ce qu'on appelle en grammaire la
subordination : la phrase devient hiérarchique, on développe
en elle, comme dans une mise en scène classique, la différence
des rôles et des plans ; en se socialisant (puisqu'il passe à un
public plus large et moins connu), le message retrouve une

structure d'ordre ; des « idées », entités à peine cernables dans l'interlocution, où elles sont sans cesse débordées par le corps, sont mises ici en avant, là en retrait, là encore en contraste ; ce nouvel ordre – même si l'émergence en est subtile – est servi par deux artifices typographiques, qui s'ajoutent ainsi aux « gains » de l'écriture : la parenthèse, qui n'existe pas dans la parole et qui permet de signaler avec clarté la nature secondaire ou digressive d'une idée, et la ponctuation, qui, on le sait, divise le sens (et non la forme, le son).

Il se manifeste ainsi dans l'écrit un nouvel imaginaire, qui est celui de la « pensée ». Partout où il y a concurrence de la parole et de l'écrit, écrire veut dire d'une certaine manière : *je pense mieux*, plus fermement ; je pense moins pour vous, je pense davantage pour la « vérité ». Sans doute, l'Autre est toujours là, sous la figure anonyme du lecteur ; aussi la « pensée » mise en scène à travers les conditions du script (si discrètes, si apparemment insignifiantes soient-elles) reste-t-elle tributaire de l'image de moi que je veux donner au public ; plus que d'une filière inflexible de données et d'arguments, il s'agit d'un espace tactique de propositions, c'est-à-dire, en fin de compte, de *positions*. Dans le débat d'idées, très développé aujourd'hui grâce aux moyens de la communication de masse, chaque sujet est amené à se situer, à se marquer, à se poser intellectuellement, ce qui veut dire : politiquement. C'est là sans doute la fonction actuelle du « dialogue » public ; contrairement à ce qui se passe dans d'autres assemblées (la judiciaire ou la scientifique, par exemple), la persuasion, l'arrachement d'une conviction n'est plus l'enjeu véritable de ces nouveaux protocoles d'échange : il s'agit plutôt de présenter au public, puis au lecteur, une sorte de théâtre des emplois intellectuels, une mise en scène des idées (cette référence au spectacle n'entame en rien la sincérité ou l'objectivité des propos échangés, leur intérêt didactique ou analytique).

Telle est, me semble-t-il, la fonction sociale de ces *Dialogues* : tous ensemble, ils forment une communication au second degré, une « représentation », le glissement spectaculaire de deux imaginaires : celui du corps et celui de la pensée.

L'ÉCRITURE N'EST PAS L'ÉCRIT

Reste possible, bien sûr, une troisième pratique de langage, absente par statut de ces *Dialogues* : l'*écriture*, proprement dite, celle qui produit des textes. L'écriture n'est pas la parole, et cette séparation a reçu ces dernières années une consécration théorique ; mais elle n'est pas non plus l'écrit, la transcription ; écrire n'est pas transcrire. Dans l'écriture, ce qui est *trop* présent dans la parole (d'une façon hystérique) et *trop* absent de la transcription (d'une façon castratrice), à savoir le corps, revient, mais selon une voie indirecte, mesurée, et pour tout dire *juste*, musicale, par la jouissance, et non par l'imaginaire (l'image). C'est au fond ce voyage du corps (du sujet) à travers le langage, que nos trois pratiques (parole, écrit, écriture) modulent, chacune à sa façon : voyage difficile, retors, varié, auquel le développement de la radiodiffusion, c'est-à-dire d'une parole à la fois originelle et transcriptible, éphémère et mémorable, donne aujourd'hui un intérêt saisissant. Je suis persuadé que les *Dialogues* ici transcrits ne valent pas seulement par la masse des informations, des analyses, des idées et des contestations qui s'y déploient en couvrant le champ très vaste de l'actualité intellectuelle et scientifique ; ils ont aussi, tels qu'on va les lire, la valeur d'une expérience différentielle des langages : la parole, l'écrit et l'écriture engagent chaque fois un sujet séparé, et le lecteur, l'auditeur doivent suivre ce sujet divisé, différent selon qu'il parle, transcrit ou énonce.

La Quinzaine littéraire, 1ᵉʳ-15 mars 1974.

Les choses signifient-elles quelque chose ?

Roland Barthes donne son sentiment sur l'état actuel du roman français.

On est essayiste parce qu'on est cérébral. Moi aussi, j'aimerais écrire des nouvelles, mais je suis glacé devant les difficultés que j'aurais à trouver une écriture pour m'exprimer. En France, les essayistes ont toujours dû faire un autre travail, ce sont là des servitudes. Ce qui m'a passionné toute ma vie, c'est la façon dont les hommes se rendent leur monde intelligible. C'est, si vous voulez, l'aventure de l'intelligible, le problème de la signification. Les hommes donnent un sens à leur façon d'écrire ; avec des mots, l'écriture crée un sens que les mots n'ont pas au départ. C'est cela qu'il faut comprendre, c'est cela que j'essaie d'exprimer.

Si on veut parler du NR [1], il est un phénomène qu'il faut préciser. Il faut se rendre compte que la société est parvenue à intégrer l'écrivain. L'écrivain n'est plus un paria, il ne dépend plus d'un mécène, il n'est plus au service d'une classe déterminée. L'écrivain dans notre société est presque heureux. Ce sont là des constatations, on ne peut tirer aucune conclusion de cela, mais il faut s'y référer si on veut comprendre. D'un côté, il y a les écrivains heureux, de l'autre côté une société complexe en pleine gestation, remplie de contradictions.

Qu'a-t-on dit du NR ? Qu'il s'est réfugié loin du réel, que, recherchant une certaine technicité, il a abandonné ses responsabilités.

Quand on dit cela, on se rapporte aux grands modèles de la

---

1. Nouveau Roman.

littérature, Balzac, Stendhal, etc. Il faut remarquer que ces romanciers exprimaient une société définie, bien structurée, et leurs romans étaient alors réalistes, ces romans signifiaient un réel et parfois, ce qui n'est pas souvent souligné, un réel avec un regret du passé.

Aujourd'hui, les événements politiques, les troubles sociaux, la guerre d'Algérie sont peu présents dans le NR. On dit : les œuvres ne sont pas engagées. C'est vrai, mais les écrivains en tant que personnes et citoyens sont engagés et ils subissent cet engagement avec courage.

L'on a dit : l'écrivain doit engager son œuvre. Mais ceci est de la théorie, puisque tous les jours elle est mise en échec. On peut se demander pourquoi cet échec... Mais parce que, simplement, l'écriture est l'art de poser les questions et non pas d'y répondre ou de les résoudre.

Seule l'écriture peut poser une question et parce qu'elle porte une force elle peut laisser cette question en suspens. Quand les questions posées sont vraies, elles dérangent. Le NR est tout à fait conscient de son rôle.

Kafka a su que la littérature, c'était la façon de poser les questions. Que croyez-vous qui rende Balzac aujourd'hui encore fascinant ? Son pouvoir de décrire la vie ? Certainement autre chose. Il a posé, peut-être même à son insu, les questions sur la société bourgeoise.

Aujourd'hui, notre société est particulièrement difficile à comprendre. L'homme qui vit dedans ne peut presque pas l'analyser. Les problèmes de classe sont devenus impensables avec les termes que l'on employait il y a cinquante ans. Nous vivons à la fois une société de classe et une société de masse. Les grands problèmes, les problèmes directs semblent brouillés. La culture politique elle-même semble marquer un temps d'arrêt. Ces différents facteurs influencent l'écriture et s'y traduisent.

Imaginez un esprit semblable à Brecht devant la vie d'aujourd'hui, cet esprit se trouverait paralysé par la diversité de la vie. Le monde devient trop riche d'impulsions. Ce sont aussi des facteurs, mais on ne peut pas le nier.

Alors on se demande : mais quelle est la question qu'a posée le NR ? Il a posé une question cruciale, nouvelle et étonnamment simple. Il s'est demandé : « Est-ce que les choses signifient quelque chose ? »

Jusqu'alors, la littérature n'avait jamais mis en doute le sens des choses. Cela veut dire, dans ce cas, la totalité de ce qui nous entoure, un événement aussi bien qu'un objet. La littérature a donc pour rôle de poser cette question, de la poser au travers du récit, du romanesque, du personnage ou de l'objet.

On se récrie : mais pourquoi l'objet ? Il faut faire un effort. L'objet, l'homme l'a toujours pourvu de sens, mais en revanche il n'a jamais servi de matériel littéraire. Les objets ne comptaient pas dans les romans. Prenez *Les Liaisons dangereuses*, le seul objet dont il est question, c'est une harpe, et encore parce qu'elle sert à y glisser les messages. Le NR a donc essayé de voir les objets dépourvus de leur signification courante. Robbe-Grillet a apporté à l'objet un éclairage nouveau. Il l'a montré sans souvenirs, sans poésie. C'est une description mate, non réaliste. L'objet apparaît sans le halo des sens, et c'est de ça que naît l'angoisse, qui, elle, est un sentiment profond, métaphysique.

C'est une entreprise assez énorme qui d'un côté est technique et de l'autre philosophique. Où elle aboutira ? Je n'en sais rien. Quand une œuvre est réussie, elle pose alors la question avec ambiguïté et, à travers cela, devient poétique.

Il y a de grandes différences entre toutes ces œuvres, mais peut-être ont-elles un défaut en commun ; il y a un désaccord entre la possibilité de l'œuvre et la forme qui lui est donnée. Un poème vous tient parce qu'il est court, un poème trop long perd sa force ; il en arrive de même avec le NR.

Ce qui est extraordinaire, c'est la sérénité, la certitude que portent tous ces romanciers. Mais le lecteur peut aussi poser des questions ; alors il peut demander : pourquoi l'érotisme a-t-il disparu de la littérature ? Il peut se demander s'il y a une fausse et une vraie façon de s'ennuyer et enfin il peut se demander pourquoi les écrivains ne veulent-ils plus faire que du cinéma.

Le Figaro littéraire, 13 octobre 1962.
Propos recueillis par Pierre Fisson.

Sur le cinéma

Nous ouvrons ici une série d'entretiens avec certains témoins marquants de la culture contemporaine.

Le cinéma est devenu un fait de culture au même titre que les autres, et tous les arts, toutes les pensées, ont à s'y référer, comme lui à elles. C'est ce phénomène d'information réciproque, parfois évident (ce ne sont pas toujours les meilleurs cas), souvent diffus, que nous voudrions, entre autres choses, essayer de cerner dans ces conversations.

Le cinéma, toujours présent, tantôt à l'arrière, tantôt au premier plan, en sera, nous l'espérons, situé dans une perspective plus vaste, que l'archivisme ou l'idolâtrie (qui ont aussi leur rôle à jouer) risquent parfois de faire oublier.

Roland Barthes, auteur du Degré zéro de l'écriture, *de* Mythologies, *d'un* Michelet, *de* Sur Racine, *ainsi que d'innombrables et très excitants articles (dispersés jusqu'à présent dans* Théâtre populaire, Arguments, La Revue de sociologie française, Les Lettres nouvelles, *etc., mais dont nous espérons la réunion prochaine), premier défricheur et commentateur français de Brecht, est le premier de nos hôtes d'honneur.*

Comment intégrez-vous le cinéma dans votre vie ? Le considérez-vous en spectateur, et en spectateur critique ?

Il faudrait peut-être partir des habitudes de cinéma, de la façon dont le cinéma vient dans votre vie. Pour moi, je ne vais pas très souvent au cinéma, à peine une fois par semaine. Quant au choix du film, il n'est jamais, au fond, tout à fait libre ; sans doute aimerais-je mieux aller au cinéma seul, car, pour moi, le cinéma est une activité entièrement projective ; mais, par suite de la vie sociale, il se trouve le plus souvent qu'on va au cinéma à deux ou à plusieurs, et, à partir de ce moment-

là, le choix devient, qu'on le veuille ou non, *embarrassé*. Si
je choisissais de façon purement spontanée, il faudrait que mon
choix ait un caractère d'improvisation totale, libéré de toute
espèce d'impératif culturel ou crypto-culturel, guidé par les
forces les plus obscures de moi-même. Ce qui pose un problème dans la vie de l'usager de cinéma, c'est qu'il y a une
sorte de morale plus ou moins diffuse des films qu'il faut voir,
des impératifs, forcément d'origine culturelle, qui sont assez
forts quand on appartient à un milieu culturel (ne serait-ce que
parce qu'il faut aller contre pour être libre). Quelquefois, cela
a du bon, comme tous les snobismes. On est toujours un peu
en train de dialoguer avec cette espèce de loi du goût cinématographique, qui est probablement d'autant plus forte que cette
culture cinématographique est fraîche. Le cinéma n'est plus
quelque chose de primitif ; maintenant, on y distingue des
phénomènes de classicisme, d'académisme et d'avant-garde,
et on se retrouve placé, par l'évolution même de cet art, au
milieu d'un jeu de valeurs. Si bien que, quand je choisis, les
films qu'il *faut* voir entrent en conflit avec l'idée d'imprévi-
sibilité, de disponibilité totales que représente encore le cinéma
pour moi et, de façon plus précise, avec des films que, spontanément, je voudrais voir, mais qui ne sont pas les films
sélectionnés par cette espèce de culture diffuse qui est en train
de se faire.

> *Que pensez-vous du niveau de cette culture, encore très
> diffuse, quand il s'agit du cinéma ?*

C'est une culture diffuse parce qu'elle est confuse ; je veux
dire par là qu'il y a, au cinéma, une sorte de chassé-croisé
possible des valeurs : les intellectuels se mettent à défendre
des films de masse et le cinéma commercial peut absorber très
vite des films d'avant-garde. Cette *acculturation* est propre à
notre culture de masse, mais elle a un rythme différent selon
les genres : au cinéma, elle semble très intense ; en littérature,
les chasses sont beaucoup plus gardées ; je ne crois pas possible d'adhérer à la littérature contemporaine, celle qui se fait,
sans un certain savoir et même sans un savoir technique, parce
que l'être de la littérature s'est mis dans sa technique. En
somme, la situation culturelle du cinéma est actuellement
contradictoire : il mobilise des techniques, d'où l'exigence

d'un certain savoir, et un sentiment de frustration si on ne le possède pas, mais son être n'est pas dans sa technique, contrairement à la littérature : imaginez-vous une littérature-vérité, analogue au cinéma-vérité ? Avec le langage, ce serait impossible, la vérité est impossible avec le langage.

> *Pourtant, on se réfère constamment à l'idée d'un « langage cinématographique », comme si l'existence et la définition de ce langage étaient universellement admises, soit qu'on prenne le mot « langage » dans un sens purement rhétorique (par exemple, les conventions stylistiques attribuées à la contre-plongée ou au travelling), soit qu'on le prenne dans un sens très général, comme rapport d'un signifiant et d'un signifié.*

Pour moi, c'est probablement parce que je n'ai pas réussi à intégrer le cinéma dans la sphère du langage que je le consomme selon un mode purement projectif, et non pas en analyse.

> *N'y a-t-il pas, sinon impossibilité, tout au moins difficulté du cinéma à entrer dans cette sphère du langage ?*

On peut essayer de situer cette difficulté. Il nous semble, jusqu'à présent, que le modèle de tous les langages, c'est la parole, le langage articulé. Or ce langage articulé est un code, il utilise un système de signes non analogiques (et qui, par conséquent, peuvent être, et sont, discontinus) ; à l'inverse, le cinéma se donne à première vue comme une expression analogique de la réalité (et, de plus, continue) ; et une expression analogique et continue, on ne sait pas par quel bout la prendre pour y introduire, y amorcer une analyse de type linguistique ; par exemple, comment découper (sémantiquement), comment faire varier le sens d'un film, d'un fragment de film ? Donc, si le critique voulait traiter le cinéma comme un langage, en abandonnant l'inflation métaphorique du terme, il devrait d'abord discerner s'il y a dans le continu filmique des éléments qui ne sont pas analogiques, ou qui sont d'une analogie déformée, ou transposée, ou codifiée, pourvus d'une systématisation telle qu'on puisse les traiter comme des fragments de langage ; ce sont là des problèmes de recherche concrète, qui n'ont pas encore été abordés, qui pourraient l'être au départ par des

sortes de tests filmiques, à la suite de quoi on verrait s'il est
possible d'établir une sémantique, même partielle (sans doute
partielle), du film. Il s'agirait, en appliquant des méthodes
structuralistes, d'isoler des éléments filmiques, de voir comment ils sont compris, à quels signifiés ils correspondent dans
tel ou tel cas, et, en faisant varier, de voir à quel moment la
variation du signifiant entraîne une variation du signifié. On
aurait alors vraiment isolé, dans le film, des unités linguistiques, dont on pourrait ensuite construire les « classes », les
systèmes, les déclinaisons[1].

> *Ceci ne recoupe-t-il pas certaines expériences faites à la*
> *fin du muet, sur un plan plus empirique, principalement*
> *par les Soviétiques, et qui n'ont pas été très concluantes,*
> *sauf quand ces éléments de langage étaient repris par un*
> *Eisenstein dans la perspective d'une poétique ? Mais,*
> *quand ces recherches sont restées sur le plan de la pure*
> *rhétorique, comme chez Poudovkine, elles ont été presque*
> *aussitôt contredites : tout se passe dans le cinéma comme*
> *si, dès le moment où l'on avançait un rapport sémiolo-*
> *gique, celui-ci était immédiatement contredit.*

De toute manière, si l'on arrivait à établir une sorte de sémantique partielle sur des points précis (c'est-à-dire pour des signifiés précis), on aurait beaucoup de mal à expliquer pourquoi
tout le film n'est pas construit comme une juxtaposition d'éléments discontinus ; on se heurterait alors au second problème,
celui du discontinu des signes – ou du continu de l'expression.

> *Mais arriverait-on à découvrir ces unités linguistiques,*
> *en serait-on plus avancé, puisqu'elles ne sont pas faites*
> *pour être perçues comme telles ? L'imprégnation du spec-*
> *tateur par le signifié se réalise à un autre niveau, d'une*
> *autre façon que l'imprégnation du lecteur.*

Sans doute avons-nous une vue encore très étroite des phénomènes sémantiques, et ce que nous avons au fond le plus de

---

1. Le lecteur pourra se référer, avec intérêt, à deux articles récents de Roland
Barthes : « L'imagination du signe » (*Arguments*, nᵒ 27-28) et « L'activité
structuraliste » (*Les Lettres nouvelles*, nᵒ 32).

mal à comprendre, ce sont ce qu'on pourrait appeler les grandes unités signifiantes ; même difficulté en linguistique, puisque la stylistique n'est guère avancée (il y a des stylistiques psychologiques, mais pas encore structurales). Probablement, l'expression cinématographique appartient-elle aussi à cet ordre des grandes unités signifiantes, correspondant à des signifiés globaux, diffus, latents, qui ne sont pas de la même catégorie que les signifiés isolés et discontinus du langage articulé. Cette opposition entre une microsémantique et une macrosémantique constituerait peut-être une autre façon de considérer le cinéma comme un langage, en abandonnant le plan de la *dénotation* (nous venons de voir qu'il est assez difficile d'y approcher les unités premières, littérales) pour passer au plan de la *connotation*, c'est-à-dire à celui des signifiés globaux, diffus et, en quelque sorte, seconds. On pourrait ici commencer par s'inspirer des modèles rhétoriques (et non plus littéralement linguistiques) isolés par Jakobson, doués par lui d'une généralité extensive au langage articulé et qu'il a lui-même appliqués, en passant, au cinéma ; je veux parler de la métaphore et de la métonymie. La métaphore, c'est le prototype de tous les signes qui peuvent se substituer les uns aux autres par similarité ; la métonymie, c'est le prototype de tous les signes dont le sens se retrouve parce qu'ils entrent en contiguïté, en contagion pourrait-on dire ; par exemple, un calendrier qui s'effeuille, c'est une métaphore ; et on serait tenté de dire qu'au cinéma, tout montage, c'est-à-dire toute contiguïté signifiante, est une métonymie, et puisque le cinéma est montage, que le cinéma est un art métonymique (du moins maintenant).

> *Mais le montage n'est-il pas en même temps un élément incernable ? Car tout est montable, depuis un plan de revolver de six images jusqu'à un gigantesque mouvement d'appareil de cinq minutes, montrant trois cents personnes et une trentaine d'actions entrecroisées ; or l'on peut monter l'un après l'autre ces deux plans – qui ne seront pas pour autant sur le même plan...*

Je crois que, ce qui serait intéressant à faire, ce serait de voir si un procédé cinématographique peut être converti méthodologiquement en unités signifiantes ; si les procédés d'élaboration correspondent à des unités de lecture du film ; le rêve de tout critique, c'est de pouvoir définir un art par sa technique.

> *Mais les procédés sont tous ambigus ; par exemple, la rhétorique classique dit que la plongée signifie l'écrasement ; or on voit deux cents cas (au bas mot) où la plongée n'a absolument pas ce sens.*

Cette ambiguïté est normale et ce n'est pas elle qui embarrasse notre problème. Les signifiants sont toujours ambigus ; le nombre des signifiés excède toujours le nombre des signifiants : sans cela, il n'y aurait ni littérature, ni art, ni histoire, ni rien de ce qui fait que le monde bouge. Ce qui fait la force d'un signifiant, ce n'est pas sa clarté, c'est qu'il soit perçu comme signifiant – je dirais : quel qu'en soit le sens, ce ne sont pas les choses, c'est la place des choses qui compte. Le lien du signifiant au signifié a beaucoup moins d'importance que l'organisation des signifiants entre eux ; la plongée a pu signifier l'écrasement, mais nous savons que cette rhétorique est dépassée parce que, précisément, nous la sentons fondée sur un rapport d'analogie entre « plonger » et « écraser », qui nous paraît naïf surtout aujourd'hui où une psychologie de la « dénégation » nous a appris qu'il pouvait y avoir un rapport valide entre un contenu et la forme qui lui paraît le plus « naturellement » contraire. Dans cet éveil du sens que provoque la plongée, ce qui est important, c'est l'éveil, ce n'est pas le sens.

> *Précisément, après une première période « analogique », le cinéma n'est-il pas déjà en train de sortir de cette deuxième période de l'anti-analogie, par un emploi plus souple, non codifié, des « figures de style » ?*

Je pense que, si les problèmes du symbolisme (car l'analogie met en cause le cinéma symbolique) perdent de leur netteté, de leur acuité, c'est surtout qu'entre les deux grandes voies linguistiques indiquées par Jakobson, la métaphore et la métonymie, le cinéma semble, pour le moment, avoir choisi la voie métonymique, ou, si vous préférez, syntagmatique, le syntagme étant un fragment étendu, agencé, actualisé de signes, en un mot un morceau de récit. C'est très frappant que, contrairement à la littérature du « il ne se passe rien » (dont le pro-

totype serait *L'Éducation sentimentale*), le cinéma, même celui
qui ne se donne pas au départ pour un cinéma de masse, est
un discours d'où l'histoire, l'anecdote, l'argument (avec sa
conséquence majeure, le *suspens*) n'est jamais absent ; même
le « rocambolesque », qui est la catégorie emphatique, carica-
turale de l'anecdotique, n'est pas incompatible avec le très bon
cinéma. Au cinéma, « il se passe quelque chose », et ce fait a
naturellement un rapport étroit avec la voie métonymique, syntagmatique dont je parlais tout à l'heure. Une « bonne histoire », c'est en effet, en termes structuraux, une série réussie
de *dispatchings* syntagmatiques : étant donné telle situation
(tel signe), de quoi peut-elle être suivie ? Il y a un certain
nombre de possibilités, mais ces possibilités sont en nombre
fini (c'est cette finitude, cette clôture des possibles qui fonde
l'analyse structurale), et c'est en cela que le choix que le
metteur en scène fait du « signe » suivant est signifiant ; le
sens est en effet une liberté, mais une liberté surveillée (par
le fini des possibles) ; chaque signe (chaque « moment » du
récit, du film) ne peut être suivi que de certains autres signes,
de certains autres moments ; cette opération qui consiste à
prolonger, dans le discours, dans le syntagme, un signe par un
autre signe (selon un nombre fini, et parfois très restreint, de
possibilités) s'appelle une *catalyse* ; dans la parole, par exemple, on ne peut catalyser le signe *chien* que par un petit nombre
d'autres signes (aboie, dort, mange, mord, court, etc., mais
non pas coud, vole, balaie, etc.) ; le récit, le syntagme cinématographique est soumis lui aussi à des règles de catalyse,
que le metteur en scène pratique sans doute empiriquement,
mais que le critique, l'analyste devrait essayer de retrouver.
Car, naturellement, chaque dispatching, chaque catalyse a sa
part de responsabilité dans le sens final de l'œuvre.

*L'attitude du metteur en scène, pour autant que nous en
puissions juger, est d'avoir une idée plus ou moins précise
du sens* avant *; et de la retrouver plus ou moins modifiée*
après*. Pendant, il est pris presque entièrement dans un
travail qui se situe en dehors de la préoccupation du sens
final ; le metteur en scène fabrique des petites cellules
successives guidé par... Par quoi ? C'est ce qu'il serait
justement intéressant de déterminer.*

Il ne peut être guidé, plus ou moins consciemment, que par son idéologie profonde, le parti qu'il prend sur le monde ; car le syntagme est aussi responsable du sens que le signe lui-même, ce pourquoi le cinéma peut devenir un art métonymique, et non plus symbolique, sans rien perdre de sa responsabilité, bien au contraire. Je me rappelle que Brecht nous avait suggéré, à *Théâtre populaire*, d'organiser des échanges (épistolaires) entre lui et de jeunes auteurs dramatiques français ; cela aurait consisté à « jouer » le montage d'une pièce imaginaire, c'est-à-dire d'une série de situations, comme une partie d'échecs ; l'un aurait avancé une situation, l'autre aurait choisi la situation suivante, et naturellement (c'était là l'intérêt du « jeu »), chaque coup aurait été discuté en fonction du sens final, c'est-à-dire, selon Brecht, de la responsabilité idéologique ; mais des auteurs dramatiques français, il n'y en a pas. En tout cas, vous voyez que Brecht, théoricien aigu et praticien du sens, avait une conscience très forte du problème syntagmatique. Tout ceci semble prouver qu'il y a des possibilités d'échange entre la linguistique et le cinéma, à condition de choisir une linguistique du syntagme plutôt qu'une linguistique du signe.

> *Peut-être l'approche du cinéma en tant que langage ne sera jamais parfaitement réalisable ; mais elle est en même temps nécessaire, pour éviter ce danger de jouir du cinéma comme d'un objet qui n'aurait aucun sens, mais serait pur objet de plaisir, de fascination, complètement privé de toute racine et de toute signification. Or le cinéma, qu'on le veuille ou non, a toujours un sens ; il y a donc toujours un élément de langage qui joue...*

Bien sûr, l'œuvre a toujours un sens ; mais, précisément, la science du sens, qui connaît actuellement une promotion extraordinaire (par une sorte de snobisme fécond), nous apprend paradoxalement que le sens, si je peux dire, n'est pas enfermé dans le signifié ; le rapport entre signifiant et signifié (c'est-à-dire le signe) apparaît au début comme le fondement même de toute réflexion « sémiologique » ; mais, par la suite, on est amené à avoir du « sens » une vue beaucoup plus large, bien moins centrée sur le signifié (tout ce que nous avons dit du syntagme va dans cette direction) ; nous devons cet élargissement à la linguistique structurale, bien sûr, mais aussi à un homme comme Lévi-Strauss, qui a montré que le sens (ou plus exactement le signifiant) était la plus haute catégorie de l'intelligible. Au fond, c'est l'*intelligible* humain qui nous intéresse. Comment le cinéma manifeste-t-il ou rejoint-il les catégories, les fonctions, la structure de l'intelligible élaborées par notre histoire, notre société ? C'est à cette question que pourrait répondre une « sémiologie » du cinéma.

Il est sans doute impossible de faire de l'inintelligible.

Absolument. Tout a un sens, même le non-sens (qui a au moins le sens second d'être un non-sens). Le sens est une telle fatalité pour l'homme qu'en tant que liberté, l'art semble s'employer, surtout aujourd'hui, non à *faire* du sens, mais au contraire à le *suspendre* ; à construire des sens, mais à ne pas les remplir *exactement*.

Peut-être pourrions-nous prendre ici un exemple ; dans la mise en scène (théâtrale) de Brecht, il y a des éléments de langage qui ne sont pas, au départ, susceptibles d'être codifiés.

Par rapport à ce problème du sens, le cas de Brecht est assez compliqué. D'une part, il a eu, comme je l'ai dit, une conscience aiguë des techniques du sens (ce qui était très original par rapport au marxisme, peu sensible aux responsabilités de la forme) ; il connaissait la responsabilité totale des plus humbles signifiants, comme la couleur d'un costume ou la place d'un projecteur ; et vous savez combien il était fasciné par les théâtres orientaux, théâtres dans lesquels la signification est très codifiée – il vaudrait mieux dire : codée – et par conséquent très peu analogique ; enfin, nous avons vu avec quelle minutie il travaillait, et voulait qu'on travaille, la responsabilité sémantique des « syntagmes » (l'art épique, qu'il a prôné, est d'ailleurs un art fortement syntagmatique) ; et, naturellement, toute cette technique était pensée en fonction d'un sens politique. *En fonction de*, mais peut-être pas *en vue de* ; et c'est ici qu'on touche au second versant de l'ambiguïté brechtienne ; je me demande si ce sens *engagé* de l'œuvre de Brecht n'est pas finalement, à sa manière, un sens *suspendu* ; vous vous

rappelez que sa théorie dramatique comporte une sorte de
division fonctionnelle de la scène et de la salle : à l'œuvre à
poser des questions (dans les termes évidemment choisis par
l'auteur : c'est un art responsable), au public à trouver les
réponses (ce que Brecht appelait l'*issue*) ; le sens (dans
l'acception positive du terme) se déportait de la scène à la
salle ; en somme, il y a bien, dans le théâtre de Brecht, un
sens, et un sens très fort, mais ce sens, c'est toujours une
question. C'est peut-être ce qui explique que ce théâtre, s'il
est certes un théâtre critique, polémique, engagé, n'est pourtant
pas un théâtre militant.

Cette tentative peut-elle être élargie au cinéma ?

Il paraît toujours très difficile et assez vain de transporter une
technique (et le sens en est une) d'un art à un autre ; non par
purisme des genres, mais parce que la structure dépend des
matériaux employés ; l'image spectatorielle n'est pas faite de
la même matière que l'image cinématographique, elle ne
s'offre pas de la même façon au découpage, à la durée, à la
perception ; le théâtre me paraît être un art beaucoup plus
« grossier », ou disons, si vous voulez, plus « gros », que le
cinéma (la critique théâtrale me paraît aussi plus grossière que
la critique cinématographique), donc plus proche de tâches
directes, d'ordre polémique, subversif, contestateur (je laisse
de côté le théâtre de l'accord, du conformiste, de la réplétion).

*Vous avez, il y a quelques années, évoqué la possibilité
de déterminer la signification politique d'un film en exa-
minant, au-delà de son argument, la démarche qui le
constitue en tant que film : le film de gauche étant, en
gros, caractérisé par la lucidité, le film de droite par
l'appel à une magie...*

Ce que je me demande maintenant, c'est s'il n'y a pas des arts,
par nature, par technique, plus ou moins réactionnaires. Je le
crois de la littérature ; je ne crois pas qu'une littérature de
gauche soit possible. Une littérature problématique, oui, c'est-
à-dire une littérature du sens suspendu : un art qui provoque
des réponses, mais qui ne les donne pas. Je crois que la littérature, dans le meilleur des cas, c'est ça. Quant au cinéma, j'ai

l'impression qu'il est, sur ce plan, très proche de la littérature, et qu'il est, par sa matière et sa structure, beaucoup mieux préparé que le théâtre à une responsabilité très particulière des formes que j'ai appelée la technique du sens suspendu. Je crois que le cinéma a du mal à donner des sens clairs et qu'en l'état actuel il ne doit pas le faire. Les meilleurs films (pour moi) sont ceux qui suspendent le mieux le sens. Suspendre le sens est une opération extrêmement difficile, exigeant à la fois une très grande technique et une loyauté intellectuelle totale. Car cela veut dire se débarrasser de tous les sens parasites, ce qui est extrêmement difficile.

> *Vous avez vu des films qui vous ont donné cette impression ?*

Oui, *L'Ange exterminateur*. Je ne crois pas que l'avertissement de Buñuel au début : moi, Buñuel, je vous dis que ce film n'a aucun sens – je ne crois absolument pas que ce soit là une coquetterie ; je crois que c'est vraiment la définition du film. Et, dans cette perspective, le film est très beau : on peut voir comment, à chaque moment, le sens est suspendu, sans être jamais, bien entendu, un non-sens. Ce n'est pas du tout un film absurde ; c'est un film qui est plein de sens ; plein de ce que Lacan appelle la « signifiance ». Il est plein de signifiance, mais il n'a pas *un* sens, ni une série de petits sens. Et par là même, c'est un film qui secoue profondément, et qui secoue au-delà du dogmatisme, au-delà des doctrines. Normalement, si la société des consommateurs de films était moins aliénée, ce film devrait, comme on dit vulgairement et justement, « faire réfléchir ». On pourrait d'ailleurs montrer, mais il y faudrait du temps, comment les sens qui « prennent » à chaque instant, malgré nous, sont saisis dans un dispatching extrême-ment dynamique, extrêmement intelligent, vers un sens sui-vant, qui lui-même n'est jamais définitif.

> *Et le mouvement du film est le mouvement même de ce dispatching perpétuel.*

Il y a aussi, dans ce film, une réussite initiale, qui est respon-sable de la réussite globale : l'histoire, l'idée, l'argument ont une netteté qui donne une illusion de nécessité. On a l'impression que Buñuel n'a plus eu qu'à tirer le fil. Jusqu'à présent, je n'étais pas très buñueliste ; mais ici, Buñuel a pu, en plus, exprimer toute sa métaphore (car Buñuel a toujours été très métaphorique), tout son arsenal et sa réserve personnelle de symboles ; tout a été avalé par cette espèce de netteté syntagmatique, par le fait que le dispatching est fait, à chaque seconde, exactement comme il fallait.

> *D'ailleurs, Buñuel a toujours avoué sa métaphore avec une telle netteté, a toujours su respecter l'importance de ce qui est avant et de ce qui est après de telle façon, que c'était déjà l'isoler, la mettre entre guillemets, donc la dépasser ou la détruire.*

Malheureusement, pour les amateurs ordinaires de Buñuel, celui-ci se définit surtout par sa métaphore, la « richesse » de ses symboles. Mais si le cinéma moderne a une direction, c'est dans *L'Ange exterminateur* qu'on peut la trouver...

> *A propos de cinéma « moderne », avez-vous vu* L'Immortelle *?*

Oui... Mes rapports (abstraits) avec Robbe-Grillet me compliquent un peu les choses. Je suis de mauvaise humeur ; je n'aurais pas voulu qu'il fasse du cinéma... Eh bien là, la métaphore, elle y est... En fait, Robbe-Grillet ne tue pas du tout le sens, il le brouille ; il croit qu'il suffit de brouiller un sens pour le tuer. C'est autrement difficile de tuer un sens.

> *Et il donne de plus en plus de force à un sens de plus en plus plat.*

Parce qu'il « varie » le sens, il ne le suspend pas. La variation impose un sens de plus en plus fort, d'ordre obsessionnel : un nombre réduit de signifiants « variés » (au sens du mot en musique) renvoie au même signifié (c'est la définition de la métaphore). Au contraire, dans ce fameux *Ange exterminateur*, sans parler de l'espèce de dérision adressée à la répétition (au début, dans les scènes littéralement reprises), les scènes (les fragments syntagmatiques) ne constituent pas une suite immobile (obsessionnelle, métaphorique), elles participent chacune à la transformation progressive d'une société de fête en société de contrainte, elles construisent une durée irréversible.

> *En plus, Buñuel a joué le jeu de la chronologie ; la non-chronologie est une facilité : c'est un faux gage de la modernité.*

Nous revenons ici à ce que je disais au début : c'est beau parce qu'il y a une histoire ; une histoire avec un début, une fin, un suspens. Actuellement, la modernité apparaît trop souvent comme une façon de tricher avec l'histoire ou avec la psychologie. Le critère le plus immédiat de la modernité, pour une œuvre, c'est de ne pas être « psychologique », au sens traditionnel du terme. Mais, en même temps, on ne sait pas du tout comment expulser cette fameuse psychologie, cette fameuse affectivité entre les êtres, ce vertige relationnel qui (c'est cela le paradoxe) n'est maintenant plus pris en charge par les œuvres d'art, mais par les sciences sociales et la médecine : la psychologie, aujourd'hui, n'est plus que dans la psychanalyse, qui, quelque intelligence, quelque envergure qu'ils y mettent, est pratiquée par des médecins : « l'âme » est devenue en soi un fait pathologique. Il y a une sorte de démission des œuvres modernes en face du rapport interhumain, interindividuel. Les grands mouvements d'émancipation idéologique – disons, pour parler clairement, le marxisme – ont laissé de côté l'homme privé, et sans doute ne pouvait-on faire autrement. Or on sait très bien que, là, il y a encore de la gabegie, il y a encore quelque chose qui ne va pas : tant qu'il y aura des « scènes » conjugales, il y aura des questions à poser au monde.

> *Le vrai grand sujet de l'art moderne, c'est celui de la possibilité du bonheur. Actuellement, tout se passe au cinéma comme s'il y avait constatation d'une impossibilité du bonheur dans le présent, avec une sorte de recours au futur. Peut-être les années à venir verront-elles les tentatives d'une nouvelle idée du bonheur.*

Exactement. Aucune grande idéologie, aucune grande utopie ne prend aujourd'hui ce besoin en charge. On a eu toute une littérature utopique interspatiale, mais l'espèce de micro-utopie

qui consisterait à imaginer des utopies psychologiques ou rela-
tionnelles, cela n'existe absolument pas. Mais si la loi structuraliste de rotation des besoins et des formes joue ici, nous
devrions arriver bientôt à un art plus existentiel. C'est-à-dire
que les grandes déclarations antipsychologiques de ces dix
dernières années (déclarations auxquelles j'ai participé moi-
même, comme il se doit) devraient se retourner et devenir
démodées. Si ambigu que soit l'art d'Antonioni, c'est peut-être
par là qu'il nous touche et nous paraît important.

Autrement dit, si nous voulons résumer ce dont nous avons
envie maintenant, nous attendons : des films syntagmatiques,
des films à histoire, des films « psychologiques ».

Cahiers du cinéma, n° 147, septembre 1963.
Propos recueillis par Michel Delahaye et Jacques Rivette.

Je ne crois pas aux influences

On l'attend. Ses amis l'attendent. Ses ennemis aussi. Voilà plus de dix ans que le système critique de Roland Barthes exerce sur les meilleurs des jeunes écrivains d'aujourd'hui sa fascination, parfois sa dictature. Depuis Le Degré zéro de l'écriture, *paru en 1953, Barthes réinvente une morale de l'exigence et de la difficulté, applique à l'œuvre littéraire sa rage de comprendre et sa soif de vérité, y traque sans relâche l'homme et l'histoire, les soumet à l'épreuve de sa rigueur et de son indiscrétion. C'est insupportable : on ne peut plus écrire tranquille. Et voici son nouveau recueil[1] : la revanche n'est pas loin. Barthes n'est plus le jeune auteur qu'il faut ménager pour ménager l'avenir, ni l'écrivain débutant que sa maladresse rend inoffensif. Il est devenu l'homme à abattre, le témoin gênant après la disparition duquel, enfin, on pourra revenir au petit jeu d'antan, l'élégance, les élans du cœur, la désinvolture, les belles phrases, le joli brin de plume.*

Pourtant, Roland Barthes continue bravement à jeter ses défis. Les essais qu'il publie aujourd'hui sont des textes de revues, des préfaces, des réponses à des questionnaires ou des réflexions inédites. Brecht, Robbe-Grillet, Butor ; mais aussi La Bruyère, Voltaire, Tacite *même ; et le costume théâtral et le structuralisme et la critique : apparemment, l'ouvrage de Barthes est des plus disparates, parfois des plus contradictoires. Où veut-il en venir ? A son tour d'être au pied du mur.*

---

1. Barthes, *Essais critiques*, Seuil.

Votre livre rassemble des textes sur des écrivains et sur des époques très divers. Y a-t-il entre ces textes un point commun ?

J'ai expliqué dans ma préface pourquoi je ne souhaitais pas donner à ces textes, écrits à des moments différents, une unité rétrospective : je n'éprouve pas le besoin d'*arranger* les tâtonnements ou les contradictions du passé. L'unité de ce recueil ne peut donc être qu'une question : *Qu'est-ce qu'écrire ? Comment écrire ?* Sur cette question unique, j'ai essayé des réponses diverses, des langages qui ont pu varier au cours de dix ans ; mon livre est, à la lettre, un recueil d'essais, d'expériences différentes concernant cependant toujours la même question.

Vous avez souvent contesté l'ancienne critique qui procédait par impressions, par humeurs, qui condamnait ou absolvait. Pensez-vous qu'en face de cette attitude on puisse définir aujourd'hui une véritable méthode critique ?

Je ne pense pas qu'il y ait de critique littéraire *en soi* ; il n'y a pas de méthode critique indépendante d'une philosophie plus générale ; il est impossible de parler de littérature sans se référer à une psychologie, à une sociologie, à une esthétique ou à une morale : la critique est forcément parasite d'une idéologie plus vaste. En ce qui me concerne, je suis prêt à reconnaître toute critique qui *déclare* l'idéologie sur laquelle, inévitablement, elle se fonde ; mais, par là même, je me sens tenu à contester toute critique qui n'a pas cette franchise.

Quelle influence pensez-vous que puisse avoir votre livre ?

Par leur forme même, ces essais n'ont pas d'intention « doctrinale » ; ils constituent à mes yeux un recueil de matériaux, un « répertoire » de thèmes critiques destiné à ceux qui s'intéressent à la littérature et à la modernité ; pour moi, le lecteur est un créateur virtuel ; je lui propose un instrument de travail, ou mieux encore (car il ne s'agit pas d'un livre de savoir), une collection de « références ».

D'ailleurs, d'une façon plus générale, je ne sais trop ce qu'est une « influence » ; à mon sens, ce qui se transmet, ce ne sont pas des « idées », mais des « langages », c'est-à-dire des formes que l'on peut remplir différemment ; c'est pourquoi la notion de *circulation* me paraît plus juste que celle d'*influence* ; les livres sont plutôt des « monnaies » que des « forces ».

> *Votre réflexion sur la littérature vous amène en principe une méfiance extrême de l'écrivain vis-à-vis de lui-même, vis-à-vis de la matière de son œuvre et plus encore vis-à-vis du langage : c'est une attitude essentiellement négative. Pensez-vous avoir en effet exercé une influence gênante, voire appauvrissante, sur certains de vos contemporains ?*

Je ne demanderais pas mieux que d'avouer une influence « négative », car je ne pense pas qu'en littérature une attitude « négative » soit forcément « appauvrissante » ; la réflexion sur les limites, les détections ou les impossibilités de l'écriture est un élément essentiel de la création littéraire, et, depuis cent ans, de Mallarmé à Blanchot, il s'est écrit de très grandes œuvres à partir de ce *creux* ; même l'œuvre de Proust, qui nous paraît si « positive », si libérante, est née explicitement d'un livre impossible à écrire.

Cependant, je le répète, négatives ou non, je ne crois pas aux *influences* ; il se peut que j'aie donné – passagèrement, partiellement et au prix peut-être de quelques malentendus – une voix intellectuelle – et même intellectualiste – à certaines préoccupations créatrices de certains contemporains ; mais ce n'a jamais été qu'un contact de langages.

> *Paradoxalement, une telle attitude vous conduit, alors que vous concevez l'œuvre comme l'engagement total de l'écrivain, à prôner les œuvres les moins engagées, les plus abstraites et fermées sur elles-mêmes, par exemple Butor ou Robbe-Grillet.*

Ces écrivains eux-mêmes vous ont répondu souvent qu'ils ne se considéraient nullement comme étrangers ou indifférents à leur temps, à l'histoire des hommes parmi lesquels ils vivent.

Entre l'histoire et l'œuvre, il y a de nombreux relais, à commencer précisément par l'écriture. Il faut s'efforcer – et ce
peut être là l'une des tâches de la critique – de percevoir ces
relais multiples, non pour renforcer l'isolement de la littérature, mais au contraire pour comprendre par quelle chaîne de
contraintes elle se rattache aux malheurs des hommes qui est
toujours son véritable objet.

> *Le dernier en date des grands courants littéraires que*
> *vous ayez défendu – celui qu'on a appelé « le Nouveau*
> *Roman » – semble aujour-d'hui dans une impasse. Pen-*
> *sez-vous que cette impasse infirme vos conceptions cri-*
> *tiques, soit aussi une impasse de votre méthode ?*

Je n'ai jamais défendu le « Nouveau Roman » ; j'ai défendu
Robbe-Grillet, j'ai défendu Butor, j'aime Ollier, Claude Simon
et Nathalie Sarraute, et cela est très différent. J'ai toujours
pensé que le Nouveau Roman était un phénomène sociologique, nullement « doctrinal » ; certes, cette sociologie n'est pas
insignifiante, et il serait intéressant de dire un jour comment
le Nouveau Roman a été « monté » ; mais, du point de vue
de la recherche créatrice, l'*impasse* du Nouveau Roman est
tout aussi artificielle que sa promotion. Ni Robbe-Grillet, ni
Butor, ni aucun de leurs compagnons ne sont personnellement
dans « l'impasse », et c'est cela qui compte : si le Nouveau
Roman est mort, alors vive chacun de ses auteurs !
    Quant à mes « recherches », elles concernent toujours ce
que l'on pourrait appeler une sorte d'essence historique de la
littérature ; elles n'ont donc d'autre aliment que les œuvres
qui existent, partant de ce qui est, j'imagine, seulement des
limites. Je garde la liberté de défendre et de commenter demain
en des termes nouveaux l'œuvre qui naît peut-être aujourd'hui.

> *Sur quel critère vous fondez-vous pour décider qu'un livre*
> *appartient ou n'appartient pas à la véritable littérature ?*

A vrai dire, je ne distribue pas les livres d'une façon aussi
tranchée, selon un Bien ou un Mal littéraire. Certaines œuvres
me donnent plus que d'autres le sentiment d'explorer certaines
limites de la littérature, bref d'être *dangereuses*, et ce sont

d'elles, évidemment, que j'ai envie de parler – sans toujours pouvoir le faire, d'ailleurs.

Cela dit, je crois que la distinction entre « bonne » et « mauvaise » littérature ne peut se faire selon des critères simples et définitifs, disons, pour être plus exact, unilatéraux : c'est un partage dans lequel nous sommes toujours embarqués, c'est l'une de ces autonomies devant lesquelles on ne peut jouer les juges ; il faudrait en traiter avec cet esprit de « vertige » que Michel Foucault a mis à parler du couple de la Raison et de la Déraison ; et ce serait peut-être, au fond, le sujet essentiel de tout livre théorique sur la littérature.

France-Observateur, 16 avril 1964.
Propos recueillis par Renaud Matignon.

Sémiologie et cinéma

Le cinéma semble offrir une certaine résistance à l'ana-
lyse sémiologique. Quelles sont selon vous les raisons de
ce phénomène ?

Il faut peut-être partir du projet sémiologique. Le terme et le
projet viennent de Saussure : il prévoyait une science générale
des signes dont la linguistique ne serait qu'un département,
département évidemment très en avance puisque déjà constitué. En partant de ce projet, on peut imaginer d'explorer peu
à peu un certain nombre de systèmes de signes différents de
la langue ; différents essentiellement en ce que la substance
des signes n'est plus le son articulé ; on peut se reporter par
exemple à des systèmes élémentaires dont les signifiants sont
constitués par des objets ; l'ethnologie a bien étudié ce
domaine (systèmes de communication par cordelettes, pierres,
branches brisées, etc.). Mais, quand on en vient à une société
complexe comme la nôtre, surtout une société de masse, cette
notion d'« objet », de « matière signifiante » devient assez
résistante, pour la raison très simple que ces objets servent à
échanger des informations surtout marginales ; aussi, on
s'aperçoit que la communication par les objets ne présente
une certaine richesse que si elle est relayée par le langage ;
les objets doivent être pris en charge par un certain discours.
Par exemple, en étudiant des systèmes d'objets comme ceux
du vêtement, ou des aliments, on s'aperçoit très vite qu'ils ne
sont signifiants que parce qu'il y a des gens ou des journaux
qui parlent du vêtement ou des aliments ; à tel point même
que, bien que la sémiologie ne soit pas encore constituée, on
peut se demander si elle n'est pas déjà condamnée, en ce sens
qu'elle n'a peut-être pas dans la société actuelle d'objet propre,
puisque, chaque fois qu'un système de communication est

fondé sur une substance qui n'est pas le langage, il y a malgré tout un moment où ces substances sont relayées par le langage. Par là, on retrouve un statut essentiel de notre civilisation qui est une civilisation de la parole, et cela malgré l'envahissement des images. Et par là aussi, on peut se demander si le projet sémiologique ne sera pas très vite menacé par des paralinguistiques qui s'occuperont de tous les discours des hommes en train de parler des objets, en train de les faire signifier à travers une parole articulée. Et si nous en revenons à l'image, il est évident qu'elle est un objet mystérieux. Est-ce que l'image signifie ? C'est une question à laquelle on travaille, mais on ne peut pour l'instant que situer des difficultés, des impossibilités, des résistances. La grande résistance de l'image à se donner comme un système de signification, c'est ce qu'on appelle son caractère analogique à la différence du langage articulé. Ce caractère analogique de l'image est lié à son caractère continu, continu qui, dans le cas du cinéma, comporte non seulement un aspect spatial, mais est renforcé par un continu temporel, la succession des images. Or, quand les linguistes s'occupent des systèmes marginaux à la langue, comme par exemple le langage animal ou le langage par gestes, ils constatent que les systèmes symboliques, c'est-à-dire les systèmes analogiques, sont des systèmes pauvres, parce qu'ils ne comportent à peu près aucune combinatoire. L'analogie rend à peu près impossible de combiner de manière riche et subtile un nombre restreint d'unités. C'est pourquoi les linguistes ont refusé jusqu'à présent de consacrer comme langage les ensembles symboliques comme le langage des abeilles, le langage des corbeaux, ou le langage des gestes. Le symbole – j'entends par là un rapport analogique entre le signifiant et le signifié – échapperait ainsi à la linguistique, et par là même à une sémiologie rigoureuse. Mais il ne faut pas abandonner la partie pour autant. Car dans un film, et c'est une hypothèse de travail que je formule, il y a bien entendu une représentation analogique de la réalité, mais, dans la mesure où ce discours est traité par la collectivité, il comporte des éléments qui ne sont pas directement symboliques, mais déjà interprétés, culturalisés même, conventionnalisés ; et ces éléments peuvent constituer des systèmes de signification seconde imposés au discours analogique et qu'on peut appeler « éléments rhéto-

riques » ou « éléments de connotation ». Ils constitueraient
donc un objet dont on pourrait faire la sémiologie.

> *La difficulté surgit alors dans la délimitation de ces deux*
> *plans de dénotation et de connotation.*

Evidemment, le film présente ces deux éléments de façon inex-
tricable. Par exemple, j'ai vu dernièrement un film commercial,
L'Homme de Rio. Eh bien, ce genre de film est bourré de
signes culturels : quand on voit l'architecte brésilien, on
s'aperçoit qu'il est en quelque sorte « couvert » de signes qui
nous disent que c'est un bâtisseur fantaisiste, chevalier
d'industrie, etc. Sa chevelure, son accent même, son costume,
sa maison, etc., fonctionnent comme des signes. Mais, ces
signes, nous ne les vivons que dans un continu anecdotique
qui a été capté par la caméra. Cependant, dès que mon langage
d'analyste peut conceptualiser un certain nombre d'apparences
ou de phénomènes fournis par le film, il y a présomption de
signes.

> *Croyez-vous que le relais linguistique soit absolument*
> *nécessaire pour les faire signifier ?*

C'est une autre difficulté parce que cela suppose que celui qui
analyse, et qui ne fait exister cette séparation des signes qu'à
travers son propre langage, doit avoir une théorie complète de
l'analyse sémiologique, et doit voir à tout instant quelle est
la place de l'analyste dans les systèmes qu'il décrit, puisqu'il
est obligé de les nommer. Il utilise un métalangage, ne serait-ce
que pour nommer les signifiés. Si je veux nommer ce que
signifient la chevelure, le costume et les gestes de l'architecte
brésilien, qui est en gros un concept d'aventure constructrice
latino-américaine, je suis bien obligé d'employer un langage
très culturel, très « intellectuel ». C'est une très grosse difficulté pour l'analyse sémiologique, mais c'est en même temps
une preuve de validité de la recherche. Car on peut penser
que, dans les sciences humaines, ne sont fécondes que les
sciences qui pensent, en même temps que leur objet, leur propre langage. Le premier exemple historique a été donné par
le marxisme, qui est une vision du réel qui pense celui qui la
parle. Le second exemple serait la psychanalyse, puisqu'on ne

peut faire de psychanalyse sans penser la place du psychanalyste dans le système psychanalytique… On ne peut pas
traiter sémantiquement d'un objet comme le cinéma uniquement avec une simple nomenclature purement dénotée, une
nomenclature innocente.

> *N'y a-t-il pas un autre problème qui se pose dans la
> mesure où le cinéma utilise plusieurs substances signi-
> fiantes, la substance linguistique et la substance iconique
> pour n'en retenir que deux ? N'y a-t-il pas un problème
> dans le rapport structurel entre ces différents messages ?
> L'unité ne se fait-elle pas uniquement au niveau de la
> connotation ?*

C'est un problème qui, actuellement, n'a pas de réponse, et,
en même temps, on se rend compte que la décision de pro-
cédure aura de très graves conséquences. Faut-il essayer de
reconstituer le système d'un dialogue d'un côté et le système
des images de l'autre, puis établir un système extensif à ces
systèmes subsidiaires, ou bien faut-il entrer avec une vue ges-
taltiste dans l'ensemble des messages pour y définir des unités
originales, on n'est pas très fixé là-dessus. Certains Américains, Pike notamment, ont abordé le problème ; Pike [1] a envi-
sagé des situations de la vie courante, où il y a un mélange
de gestes et de mots ; c'est un cas de systèmes complémen-
taires dont la substance est différente.

> *Ne pensez-vous pas que la méthode analytique puisse être
> plus indiquée puisqu'il existe des systèmes qui n'utilisent
> qu'une seule de ces substances K (la radio, par exem-
> ple) ? Et il y a des films qui n'utilisent pratiquement pas
> le relais linguistique.*

Justement, j'ai vu tout récemment en projection privée un court
métrage de Baratier, *Eves futures*. Il s'agit de la construction
des mannequins pour magasins et il n'y a pas de commentaire.
Mais, d'une part, il y a une musique qui a évidemment beaucoup d'importance, et, d'autre part, l'absence même de com-

---

1. Cf. Kenneth Pike, *Language in Relation to Unified Theory of the Structure of Human Behaviour*, Glensdale, 1955.

mentaire fonctionne comme le signifiant de quelque chose : cela ajoute une certaine ambiguïté, une certaine inhumanité au film… Je crois qu'il faudrait d'abord travailler sur l'image seule, et prendre les cas les plus gros de signification, c'est-à-dire les stéréotypes. On pourrait prendre quelques films commerciaux et on y relèverait les « connotateurs », ces signes symbolico-culturels, on pourrait en dresser des inventaires, et peut-être y verrait-on plus clair ensuite. Et l'on pourrait alors établir une sorte de rhétorique du film, rhétorique dans le sens presque péjoratif, c'est-à-dire cette enflure stéréotypée des messages, et ensuite seulement on pourrait aborder les films déviant par rapport à ce code rhétorique. J'ai vu coup sur coup *L'Homme de Rio* et *Le Silence* de Bergman ; il est évident qu'il est beaucoup plus difficile d'analyser de façon rhétorique *Le Silence* que l'autre film. Car, chez Bergman, la rhétorique, en tant qu'ensemble de signes stéréotypés, est sans cesse combattue, déviée, détruite, d'ailleurs souvent au profit d'une autre rhétorique beaucoup plus individuelle et subtile. On peut donc penser dès maintenant que l'analyse sémiologique débouchera un jour sur une esthétique…

> *Vous proposez de partir de l'« image seule ». Faudrait-il utiliser des films conçus pour une pure consommation visuelle, c'est-à-dire le cinéma muet, et cela pose le problème d'une étude diachronique, ou bien faudrait-il utiliser des films contemporains dont l'élément sonore serait mis de côté ?*

Je crois qu'au début de l'étude il faut faire abstraction de l'aspect diachronique. On pourrait prendre comme objet une dizaine de films commerciaux, parus sur deux ou trois ans. On pourrait prendre par exemple des films où apparaît Belmondo : le recours à Belmondo, depuis trois ou quatre ans, implique une certaine homogénéité de public, de lecteurs des codes. En partant de l'unité de lecture, on pourrait raisonnablement inférer une unité du code. De même pour Gabin… On ne pense jamais à l'unification par les acteurs, et pourtant c'est un très bon facteur sociologique d'homogénéisation du public et par là de la lecture. Il y a, bien sûr, d'autres unités qui s'imposent à l'esprit, mais elles sont beaucoup plus complexes : le western par exemple, ou les comédies « très françaises », celles où Gabin joue souvent, du type de *Monsieur*, où l'on voit des milieux sociaux français typés...

> *Ne croyez-vous pas que, pour définir les différents champs sémantiques à l'intérieur du cinéma, on puisse envisager une analyse fonctionnelle, du type de celle de Propp, analyse qui nous permettrait peut-être de découvrir qu'à travers des films de catégories différentes, il y a une succession de fonctions équivalentes, dans des westerns, dans des films policiers, etc. ?*

Cela soulève une autre question. On peut, d'une part, chercher à établir la rhétorique du film, c'est-à-dire un inventaire de signes discontinus, les connotateurs. Cela, c'est ce que les linguistes appellent le plan paradigmatique : on cherche à reconstituer des lexiques. Mais, d'autre part, il y a une autre direction de travail qui consiste à reconstituer la structure des récits, ce que Souriau appelait la « diégèse ». Pour cette question, nous avons les travaux de Propp [1] sur les contes populaires russes, les travaux de Lévi-Strauss sur le mythe. Et ces deux types d'analyse, bien que faisant partie du même complexe, ne se confondent pas. Cette analyse fonctionnelle est peut-être plus importante, plus riche, plus urgente que l'analyse rhétorique. Dans cette optique, on devine à peu près comment est fait un film, du point de vue opératoire : c'est une sorte de « dispatching », de réseau distributionnel de situations et d'actions, telle situation engendrant telle alternative dont on ne choisit qu'une des possibilités, et ainsi de suite. Cela, c'est ce que Propp a étudié pour le conte russe. Il y a donc un large réseau structural des situations et des actions du récit ; mais comme ce réseau est soutenu par des personnages, ce que Propp appelle des *dramatis personae*, chaque personnage se définit attributivement par un certain nombre de signes qui, eux, relèvent de la sémiologie. Dans le cas de *L'Homme de Rio* par exemple, la situation aboutit à un certain moment à mobiliser un individu X, qui détient tel statut (sans jeu de mots...), et l'on est encore sur le plan de la structure ; mais, à partir du moment où vous définissez cet individu comme

1. Cf. V. Propp, *Morphology of the Russian Folktale*, Indiana University Research Center in Anthropology, Folklore and Linguistics.

un architecte brésilien, capitaine d'industrie, aventureux, plein de panache, etc., vous faites intervenir des éléments sémiologiques. Les attributs de l'individu ne sont pas d'essence, l'individu est d'abord défini par sa place dans le réseau du récit. Ce n'est qu'ensuite – ensuite, idéalement, bien entendu – qu'on le « décline », qu'on en fait le paradigme. Dans le cas des personnages secondaires, c'est peut-être un peu compliqué, mais dans le cas des personnages principaux on aperçoit facilement une typologie possible. Dans le cas des personnages interprétés par Belmondo, le paradigme varie peu, et c'est au niveau du réseau que les changements apparaissent.

> *Toujours dans la ligne de Propp, on peut sans doute imaginer que les films soient ventilés dans des catégories qui, elles, ne sont pas uniquement cinématographiques, et où l'on retrouverait des contes, des bandes dessinées, des émissions de télévision, etc.*

Absolument. Et c'est pourquoi toutes ces recherches ont un grand avenir devant elles. Il y a beaucoup à travailler dans ces directions. Et notamment dans le domaine de l'analyse structurale des formes de récits ; car, en analysant des films, des feuilletons radiodiffusés, des romans populaires, des bandes dessinées, et même des faits divers ou des gestes de rois ou de princesses, etc., on trouvera peut-être des structures communes. On déboucherait ainsi sur une catégorie anthropologique de l'imaginaire humain…

> *Il reste que le produit sociologique qu'est le cinéma est quand même très différent de ce qu'est un conte populaire. En ce sens que beaucoup de films sont faits, consciemment, au niveau de la production et de la réalisation, pour répondre aux besoins réels ou supposés du public. En conséquence, n'y a-t-il pas un certain nombre de précautions opératoires à prendre avant même d'aborder cette étude ?*

La question que vous posez est fondamentale ; et, en ce moment, on ne peut pas y répondre. En fait, la question qui se pose est de savoir si une anthropologie de l'imaginaire est possible. Si l'on arrivait à retrouver les mêmes structures dans un film et dans des contes archaïques, on aboutirait à une grande probabilité du plan anthropologique, sinon on renvoie tout à la sociologie. L'enjeu est donc très important, et c'est vraiment un enjeu, car on ne peut rien en dire pour l'instant. D'où cette espèce de tension entre l'anthropologie et la sociologie. Il faudrait savoir si certaines formes de récit sont propres à certaines civilisations.

> *Toutes les directions de recherches que vous indiquez reposent donc sur une sorte de postulat...*

Bien sûr. Mais cela, on ne peut pas l'éviter. C'est une hypothèse de départ qui doit, si l'on peut dire, l'essentiel de son courage à la distinction saussurienne entre la langue et la parole. On sépare le code et les messages, et cette distinction est très libératrice. L'entreprise sémiologique ou l'entreprise structuraliste ne nient pas du tout la nécessité de l'analyse sociologique. Elles ne font que préciser sa place dans l'ensemble de l'analyse : la sociologie devient alors la science qui approche les « paroles », les « messages » avec leur situation, leur contexte social, les éléments individuels, culturels, etc. Qu'il y ait, au niveau des groupes sociaux, des habitudes de « parole » plus ou moins stéréotypées, plus ou moins codifiées, c'est évident. C'est pourquoi on attache actuellement beaucoup d'importance aux notions d'« idiolecte », d'« écriture » en littérature, qui sont en quelque sorte des « sous-codes », des états intermédiaires entre la langue et la parole. Dans le cinéma, il y a aussi des sous-codes : il y a des films pour certains milieux, et dont la structure doit beaucoup à tel ou tel milieu. Mais il y a peut-être au-delà une grande « langue » de l'imaginaire humain. C'est cela qui est en cause...

Image et Son, juillet 1964.
Propos recueillis par Philippe Pilard et Michel Tardy.

Au nom de la « nouvelle critique »,
Roland Barthes répond à Raymond Picard

Le Sur Racine *donna lieu à de vives critiques de la part de Raymond Picard, spécialiste de Racine. A partir de là, le débat s'élargit et devint un affrontement entre partisans et adversaires de la « nouvelle critique ».*

J'ai demandé à M. Roland Barthes s'il désirait répondre aux propos de M. Picard. Très maître de lui, il ne peut cependant retenir une pointe d'agacement.

Je remercie votre journal de me donner la possibilité de m'expliquer. Je ne veux pas grossir les choses, mais je ne peux laisser passer ce que dit Picard. La forme qu'il donne à cette querelle revêt un caractère verbal excessif qui ne rend pas facile de la ramener au niveau des idées et des méthodes.

> *Il est tout de même curieux que Racine en soit le centre, non ?*

Picard s'attaque surtout à moi parce que j'ai écrit sur Racine, qui est sa propriété. C'est sa chasse gardée. Moi, je prétends que Racine est à tout le monde. C'est le plus scolaire des auteurs, celui en qui se reflètent toutes les idées qu'on se fait du génie national français. En Racine converge tout un ensemble de tabous qu'il me paraît excellent de lever.

Mais alors, les accusations de Picard prennent quelque chose d'obstiné, d'obsessionnel presque. Sa critique se fait « terroriste », verbale, repose sur des adjectifs comme « abracadabrant », ce qui ne m'intéresse guère.

Mais que pensez-vous des arguments qu'il oppose à votre interprétation de Racine ?

Picard prétend que j'écarte la critique biographique au moment même où je l'utilise. Mais ce n'est pas la même chose de dire : « Oreste, c'est Racine à vingt-six ans », et de rappeler que Racine a pratiqué une certaine ingratitude, trait de caractère fort répandu, qui transparaît dans des expériences connues et rend possible une constatation du genre : « On sait l'importance de l'ingratitude dans la vie de Racine. » Mais qu'y a-t-il de commun entre tous les gens qui ont vingt-six ans ? C'est le type même de la critique biographique qui établit une relation systématique entre l'œuvre et la vie de l'auteur. Les nouvelles psychologies interdisent ce genre d'explication dont se servent encore certains universitaires.

Et le reproche concernant « la solarité », qu'en pensez-vous ?

Selon Picard, les personnages raciniens relèvent de « solarités » différentes. Mais les psychologies des profondeurs nous ont appris à admettre comme valables certaines substitutions. A partir d'une symbolique, je puis manier certaines règles qui me permettent de retrouver les traits communs, l'unité profonde de symboles apparemment différents. Picard refuse ces psychologies. C'est son droit. Moi, je parle de Racine selon le langage de notre époque, en utilisant l'analyse structurale et psychanalytique, au sens culturel du mot. Entre parenthèses, Vatican II vient d'admettre cette dernière, et je ne vois pas pourquoi la critique serait en retard sur l'Eglise.

Avez-vous fait, vraiment, de Bajazet un personnage inconsistant ?

Porter au théâtre un personnage inconsistant est sans doute une des choses les plus difficiles qui soient. Cela n'implique nullement que la création d'un tel personnage soit, elle, inconsistante. C'est l'inconsistance de Bajazet qui fait tenir la tragédie debout.

*En somme, l'opposition entre votre système critique et
celui de l'Université se ramène à une question de
méthode ?*

C'est une opposition que j'ai faite avec mesure et en y appor-
tant des nuances. Picard prétend que la critique universitaire
n'existe pas. A tort, car l'Université est une institution. Elle
a son langage, son système de valeurs, qui sont sanctionnés
par des examens. Il y a une façon universitaire de parler des
œuvres. Au demeurant, Picard lui-même, dans sa préface aux
œuvres de Racine parue dans la Pléiade, part en guerre contre
cette critique universitaire. Quand j'ai relevé son existence, je
ne pensais pas à Picard, mais à certains universitaires qui ont
écrit sur Racine en utilisant la vieille méthode biographique.
De toute façon, l'Université ne doit pas être sacralisée. On
peut la critiquer.

Que cherche la nouvelle critique ?

Tenez, voici une citation de Valéry, auteur chéri de Picard,
qui l'explique fort bien : « La critique, en tant qu'elle ne se
réduit pas à opiner selon son humeur et ses goûts – c'est-à-dire
à parler de soi en rêvant qu'elle parle d'une œuvre –, la critique, en tant qu'elle jugerait, consisterait dans une comparaison entre ce que l'auteur a entendu faire et ce qu'il a fait
effectivement. Tandis que la valeur d'une œuvre est une relation singulière et inconstante entre cette œuvre et quelque
lecteur, le mérite propre et intrinsèque de l'auteur est une
relation entre lui-même et son dessein : ce mérite est relatif
à leur distance ; il est mesuré par les difficultés qu'on a trou-
vées à mener à bien l'entreprise. »

Valéry oppose ici fort bien ce qu'on pourrait appeler la
critique du mérité, critique universitaire qui cherche à relier
l'œuvre et les intentions déclarées de l'auteur. La critique de
la valeur, celle que soutient la nouvelle critique, développe
avec beaucoup plus d'attention et de finesse le rapport entre
l'œuvre passée et le lecteur présent. C'est encore Valéry qui
déclare : « L'œuvre dure en tant qu'elle est capable de paraître
tout autre que son auteur l'avait faite. »

C'est moi, en fait, qui crois qu'on peut encore lire Racine

aujourd'hui. C'est moi le vrai gardien des valeurs nationales. La nouvelle critique pose, en effet, une question brûlante : l'homme d'aujourd'hui peut-il lire les classiques ? Mon *Racine*, c'est une réflexion sur l'infidélité, et il n'est donc en rien coupé des problèmes qui nous intéressent immédiatement.

Il est donc délirant de prétendre que la nouvelle critique n'aime pas la littérature puisqu'elle ne vit que de son amour pour elle. Elle se reconnaît le droit de ne pas seulement effleurer l'objet de cet amour, mais de l'investir.

> *Le dialogue entre l'auteur classique et le lecteur actuel, la « critique universitaire » le favorise aussi, non ?*

Peut-être, mais la signification d'une tragédie pour un spectateur du XVIIᵉ siècle ne saurait être qu'une mise en appétit pour un homme d'aujourd'hui. De plus, la nouvelle critique a le mérite d'avoir le même langage que les créations de notre époque. Un roman actuel a, plus ou moins nettement, un arrière-plan marxiste ou psychanalytique. C'est une langue que connaît la nouvelle critique.

> *Vous jugez donc que votre influence sur les étudiants n'a rien de dangereux ?*

Je ne puis en juger. Mais je n'aime pas que Picard parte en guerre contre des étudiants envers qui j'éprouve une certaine solidarité parce qu'ils cherchent à secouer le vocabulaire traditionnel fait de beaucoup de platitudes. Or, je le dis nettement, entre le jargon et la platitude, je préfère le jargon. Ironiser sur ce devoir de licence, c'est facile, mais pas très généreux. Il est indigne de juger quelqu'un sur son vocabulaire, même s'il agace. Il n'y a pas de vocabulaire innocent, tout le monde a des tics de langage. Moi, cela ne me gêne pas. A une époque où la psychanalyse et la linguistique nous apprennent à considérer l'homme autrement que ne le faisait Théodule Ribot, il est normal de dire qu'un personnage a des « troubles sémantiques ».

> *Vous êtes donc pour une critique qui évolue ?*

En tout cas, pour la fluidité historique de la critique. La société invente sans cesse un nouveau langage et invente du même coup une nouvelle critique. Celle qui existe en ce moment est destinée à mourir un jour, et ce sera très bien. Mais cette querelle rappelle une comédie d'Aristophane. Socrate se tient dans les nuages cependant qu'Aristophane fait rire de lui. S'il me fallait choisir, je préférerais encore le rôle de Socrate.

[En dépit des pointes qu'en termes choisis ils se lancent, je suis bien sûr que M. Picard n'est pas homme à présenter une coupe de ciguë à M. Barthes, et réciproquement. Si l'une des deux méthodes a ma préférence, je ne dirai pas laquelle. En définitive, ce qui importe, c'est l'attention que la critique contemporaine porte aux classiques et son désir d'en renouveler la compréhension auprès d'un public aussi large que possible.]

Le Figaro littéraire, 14-20 octobre 1965.
Propos recueillis par Guy Le Clec'h.

Sur le « Système de la Mode »
et l'analyse structurale des récits

Quand, comment et pourquoi avez-vous conçu ce livre
très particulier : le Système de la Mode.

Le projet du *Système de la Mode* prend exactement place dans
ma vie au lendemain de la postface des *Mythologies* où j'avais
découvert – ou cru découvrir – la possibilité d'une analyse
immanente des systèmes de signes autres que le langage. J'ai
eu dès cet instant le désir de reconstituer pas à pas l'un de ces
systèmes, une langue à la fois parlée par tout le monde et
inconnue de tous. C'est ainsi que j'ai choisi le vêtement. Des
écrivains comme Balzac, Proust ou Michelet avaient déjà postulé l'existence d'une sorte de langue du vêtement, mais il
fallait essayer de donner un contenu technique, et non plus
métaphorique, à ce qu'on appelle trop facilement des « langages » (langages du cinéma, de la photographie, de la peinture,
etc.). De ce point de vue, le vêtement est l'un de ces objets
de communication, comme la nourriture, les gestes, les comportements, la conversation, que j'ai toujours eu une joie profonde à interroger parce que, d'une part, ils possèdent une
existence quotidienne et représentent pour moi une possibilité
de connaissance de moi-même au niveau le plus immédiat car
je m'y investis dans ma vie propre, et parce que, d'autre part,
ils possèdent une existence intellectuelle et s'offrent à une
analyse systématique par des moyens formels.

Vous évoquez, dans votre avant-propos, une série de
transformations qui ont conduit votre projet à sa forme
achevée. Vous y écrivez d'autre part : « Cette aventure, il
faut le reconnaître, est déjà datée. » Qu'entendez-vous

> *par là et quelles sont les étapes qui vous ont permis à la*
> *fois d'approfondir et de dépasser l'intuition méthodique*
> *qui clôt* Mythologies *?*

Je suis parti d'un projet, certes résolument sémiologique, mais qui, dans mon esprit, demeurait tout de même sur un terrain sociologique. Ainsi ai-je cru, dans une première étape, que j'allais analyser la langue du vêtement réel, porté par tout le monde ; j'ai même fait des débuts d'enquête. Mais je me suis vite aperçu qu'on ne pouvait pas mener à bien cette sorte d'investigation sociologique à moins de travailler sur un modèle, au sens structural, auquel on rapporterait les observations fournies par la société réelle. Je me suis donc intéressé, dans un second temps, au vêtement tel qu'il est proposé dans les livres de mode. Et un nouveau doute méthodologique est alors intervenu (je me souviens d'une conversation avec Lévi-Strauss sur ce sujet) : j'ai eu la conviction qu'on ne pouvait pas étudier en un seul mouvement des systèmes mêlés, c'est-à-dire un objet où interviennent à la fois des techniques de fabrication, des images (sous forme de photographies) et des mots écrits. Il fallait séparer l'analyse des systèmes selon leur substance propre.

> *C'est ainsi que vous êtes passé de la mode réelle à la*
> *mode écrite, ou plus exactement « décrite ».*

Oui. Ce dernier choix, qui coûte sur le plan de l'universalité du travail puisqu'on limite ainsi l'étude à un territoire apparemment petit, a renforcé en moi une conviction profonde : à savoir que la sémiologie est fondamentalement tributaire du langage, qu'il y a du langage dans tous les langages. A la limite, je pourrais soutenir que, dans sa complexité, qui seule nous intéresse, la mode n'existe qu'à travers le discours que l'on tient sur la mode, sans quoi on peut la ramener à une syntaxe très rudimentaire qui n'a pas plus de richesse que le code routier : des mini-jupes, on en voit très peu ; sur le plan de la réalité, ce n'est qu'un engouement particulier, presque excentrique ; mais ce trait rare est devenu rapidement l'objet d'un discours général, public, et c'est alors seulement qu'il a acquis une véritable consistance sociale et sémiologique : ce qu'on dit se reverse en quelque sorte instantanément (je dirai

presque : préalablement) sur ce qu'on porte et ce qu'on voit.
Je crois que cette restriction méthodique de mon projet correspond en gros à l'évolution de la sémiologie depuis ces cinq
dernières années : les ensembles d'objets un peu complexes
ne signifient pas hors du langage lui-même.

> *Ainsi, vous renversez finalement la proposition saussu-
> rienne lorsque vous affirmez : ce n'est pas la linguistique
> qui est une partie de la sémiologie mais la sémiologie
> qui est une partie de la linguistique. C'est pour autant
> qu'il reflète cet ensemble de problèmes et marque les
> termes d'une évolution que ce livre, je suppose, vous
> apparaît comme constituer « déjà une certaine histoire
> de la sémiologie ».*

Oui. Ce livre correspond à une sémiologie « débutante ». Par
exemple, il utilise encore d'une façon insistante un schéma et
un lexique saussuriens *(signe, signifiant, signifié)*. Je sais, pour
y participer moi-même, que, depuis cinq ans, date à laquelle
ce livre a été élaboré, le saussurisme a été « complété » (voire
contesté) par une nouvelle linguistique principalement représentée par Chomsky, mais aussi par certaines analyses de
Jakobson et de Benveniste, linguistique moins taxinomique,
car elle ne vise plus autant au classement et à l'analyse des
signes qu'aux règles de production de la parole. J'ai suivi cette
évolution, en ce qui concerne notamment l'analyse linguistique
de la littérature. Mais si je maintiens les catégories saussurien-
nes pour le vêtement de mode écrit c'est qu'elles me paraissent
précisément propres à définir et à analyser des objets réifiés
et mythifiés par la culture de masse. Au niveau de la parole
littéraire, le signifié est toujours en recul par rapport au jeu
des signifiants, mais lorsqu'il s'agit d'objets sociaux, on
retrouve immédiatement l'aliénation idéologique, dans l'existence même d'un signifié plein, repérable, nommable.

> *Le signifié plein serait ainsi le signifiant de l'aliénation ?*

On pourrait le dire ainsi, si toutefois l'image, fût-elle utopique,
que nous pouvons avoir dès la désaliénation, ne détruisait, en
dernière instance, l'antinomie même du signifiant et du signifié.

> *Vous insistez beaucoup, et c'est là non plus l'introduction*
> *mais la conclusion de votre livre, en quelque sorte son*
> *invocation dernière, sur la position de l'auteur, du sémio-*
> *logue, devant ou plutôt, précisez-vous, dans l'univers sys-*
> *tématique qui constitue l'objet de son enquête. Il semble,*
> *d'autre part, que la possibilité même de « lecture » propre*
> *à une œuvre de cet ordre soit liée à une architecture qui*
> *tend à faire disparaître « l'analyste dans le système » en*
> *même temps qu'elle est le signe le plus sûr de sa présence.*

Mon livre est un itinéraire, un voyage patient, presque méti-
culeux, accompli par un homme naïf qui essaie de voir comment le sens est construit, comment les hommes le construisent, en l'occurrence le sens du vêtement de mode : il se
constitue ainsi une découverte des lieux, un itinéraire de la
topique du sens. Et pourtant, cet itinéraire ne se présente pas
comme un voyage personnel, mais comme une grammaire, une
description des niveaux de signification, des unités et de leurs
règles de combinaison, bref, comme une sorte de syntaxe de
la description. Le livre sera justifié si, étant lui-même un objet
composé, il parvient à faire surgir, d'une façon en quelque
sorte homologique, sous les yeux du lecteur, un objet nouveau
qui est le vêtement de mode écrit.

> *L'absence d'illustrations répond-elle à une intention déli-*
> *bérée ?*

Mon travail porte essentiellement – au-delà de la mode – sur
la *description*. J'ai refusé volontairement de recourir à l'image,
à l'illustration, parce que je crois – et ici je pense autant à la
littérature qu'à la mode – que la description n'a aucun rapport
avec la vision. On dit toujours que les descriptions font voir ;
je pense qu'elles ne font rien voir du tout ; elles sont de l'ordre
de l'intelligible pur, et par là même hétérogènes à toute ima-
gerie, qui ne peut que les encombrer, les altérer.

> *Vous vous situez là dans une perspective inverse de celle*
> *de Lévi-Strauss, qui considère le document iconographi-*
> *que comme intérieur à sa démarche et lui donne une part*

> *relativement importante dans l'imagination logique de
> ses livres.*

Mon objet est, pleinement, l'écriture. On ne peut faire de
l'écriture la simple « traduction » de l'image ou de la parole,
ni même faire de l'écriture un objet parmi d'autres objets de
transmission, d'expression, de traduction. L'écriture – je ne
dis pas la parole – est un système qui se suffit à lui-même, et
c'est peut-être ce qui fait qu'il suscite une interrogation iné-
puisable.

> *La description de mode vous semble ainsi plus proche de
> la littérature que le mythe ?*

La littérature de mode est une mauvaise littérature, mais c'est
tout de même une écriture.

> *Que pensez-vous en ce sens de ce principe de l'esthétique
> surréaliste qui réclamait la promotion de la photographie
> à l'intérieur de la parole littéraire pour juguler précisé-
> ment l'usage de la description en tant que telle ? Il me
> semble lié à ce rapport d'inclusion et d'exclusion du
> mythe par rapport à la littérature, si l'on pense d'une
> part à l'importance théorique accordée par Breton tant
> à l'objet qu'à la pensée mythologique, et au privilège que
> Lévi-Strauss reconnaît au surréalisme dans l'éveil de la
> passion moderne pour le mythe.*

Pour détruire la description, il y a d'autres moyens que de
l'évincer. La tâche révolutionnaire de l'écriture n'est pas
d'évincer mais de transgresser. Or, transgresser, c'est à la fois
reconnaître et inverser ; il faut présenter l'objet à détruire et
en même temps le nier ; l'écriture est pré-cisément ce qui
permet cette contradiction logique. En se vouant à une destruction simple du langage (par intrusion des images ou désar-
ticulation radicale du sens), le surréalisme – quelles qu'aient
été la justesse de ses intentions et l'importance de son rôle
précurseur – est resté du côté d'une logique unitaire, dont il
prenait le contre-pied sans la transgresser (au sens que je viens
de dire) : le contraire n'est pas l'envers. Le contraire détruit,
l'envers dialogue et nie. Seule, me semble-t-il, une écriture

« inversée », présentant à la fois le langage droit et sa contestation (disons, pour aller plus vite : sa parodie), peut être révolutionnaire. Quant au mythe, l'écriture ne l'exclut pas, mais ne le respecte pas non plus : beaucoup plus que l'image, elle peut à la fois le donner et le contester.

> *Ce jeu analogique que vous établissez implicitement entre la mode et la littérature trouve un écho direct dans la double orientation de votre travail, puisque vous avez publié tout récemment un texte important qui ouvre le numéro spécial de* Communications *consacré à l'analyse structurale du récit* [1], *et qui semble un peu répondre à vos* Essais critiques *comme le* Système de la Mode *répond à* Mythologies, *malgré tout l'écart qu'il y a d'un article à un livre.*

Le *Système de la Mode* constitue une tentative de sémiologie appliquée à un objet précis, analysé de façon exhaustive. Le texte sur le récit obéit uniquement à une intention didactique, propédeutique, si l'on peut dire ; il est étroitement lié à l'activité d'un groupe de recherches réuni dans le cadre de l'Ecole des hautes études et du Centre d'études des communications de masse ; il s'agit essentiellement de provoquer et d'aider des recherches : il va de soi qu'il est absolument indispensable qu'il soit suivi d'analyses concrètes qui le reprennent et le corrigent. Le numéro qu'il veut simplement introduire participe largement d'un structuralisme du classement, ou, si vous préférez, de la chose énoncée, du contenu. Il manque à l'ensemble – parce que ce n'était pas dans nos moyens actuels – une linguistique de l'écriture : c'est en cela que mon texte n'étudie ni ne vise vraiment la littérature contemporaine, même s'il prend parti sur la littérature.

On pourrait dire, d'une autre manière, que le structuralisme qui est proposé ici est en quelque sorte homogène aux œuvres anciennes, classiques, populaires, qu'il vise, car il ne rompt pas vraiment avec la culture aristotélicienne (Aristote est le premier analyste du récit) ; il est évidemment possible à ce structuralisme de décrire la littérature contemporaine en termes

---

1. Roland Barthes, « Introduction à l'analyse structurale des récits », *Communications*, n° 8, 1966.

d'écarts (non normatifs, bien entendu) par rapport à un modèle fort du récit. Mais on peut aussi – et sans doute il faudra – imaginer une tout autre voie critique : forger un instrument analytique au contact des œuvres modernes qui sont nées après la grande rupture littéraire et historique du siècle dernier et qui détiennent, depuis, la véritable vertu révolutionnaire, disons de Mallarmé à Bataille ; cet instrument prendra la mesure, non des structures, mais du *jeu* des structures et de leur inversion par des voies « illogiques » ; il sera alors possible d'appliquer ce nouvel instrument aux œuvres du passé et de donner ainsi naissance à une critique vraiment politique parce que surgie du nouveau absolu de la modernité. Il me semble que nous sommes là pour aider ce passage.

> *Comment concevez-vous la maîtrise, d'une part, de l'infini détail du récit, d'autre part, de l'infini des récits ?*

C'est le problème même de la linguistique, depuis Saussure : comment maîtriser le nombre considérable des mots et l'infini de leurs combinaisons ? On y arrive d'abord en répartissant les « détails » (je dirai les unités) en classes formelles, que l'on peut alors manier : les classes *Séduction* ou *Tromperie*, par exemple, tout au moins à un premier niveau, vous évitent déjà de parler de toutes les séductions et de toutes les tromperies, pourvu que vous découvriez la structure de ces séquences (on peut d'ailleurs formaliser davantage), tout comme la classe *Verbe* vous évite de parler de tous les verbes. Il faut ensuite trouver les règles formelles de transformation des structures pour comprendre comment les récits s'engendrent à partir de formes (un peu comme l'a fait T. Todorov dans notre numéro à propos des *Liaisons dangereuses*). Car, au fond, on en revient toujours là : maîtriser, c'est formaliser.

> *Vous parliez d'inciter à entreprendre des travaux sur des textes précis. Avez-vous pensé tenter vous-même une analyse de cet ordre ?*

Devant la masse de tous les récits du monde, le choix est forcément arbitraire. Pour moi, qui ai toujours à cœur de revenir à la littérature « militante », à celle qui se fait aujourd'hui et qui désire interroger les œuvres du passé d'un point de vue en quelque sorte excentrique, j'ai cherché, pour commencer, une œuvre « double » qui se présente d'une façon si littéralement narrative qu'elle en vienne à contester le modèle même du récit, comme si elle mettait le récit entre guillemets, à la manière d'une citation (et l'on sait qu'il faut que les citations soient exactes) ; une œuvre apparemment naïve et réellement très retorse, comme pourrait l'être le récit d'une bataille fait conjointement et d'une seule voix par le Fabrice de Stendhal et le général Clausewitz. Je pense avoir trouvé une œuvre de ce genre dans *La Marquise d'O*, de Kleist, que j'espère pouvoir analyser un jour.

> *Il semble qu'un travail de cet ordre puisse vous permettre de poser d'une façon renouvelée la relation des formes et de l'histoire qui fournissait le fond de vos premiers essais sur la littérature, en particulier du* Degré zéro de l'écriture.

Cette relation est pour moi importante et je ne l'ai jamais perdue de vue, même si j'ai pu penser la mettre entre parenthèses, par une suspension provisoirement nécessaire si l'on voulait exorciser ce surmoi de l'histoire, qui a terrorisé et paralysé les intellectuels français jusqu'à l'appa-rition du structuralisme. Or on commence à entrevoir une certaine récompense au silence patient du structuralisme devant l'histoire. Grâce à quelques analyses de Bakhtine, par exemple, que Julia Kristeva a fait connaître aux auditeurs de mon séminaire, car cet auteur soviétique n'est pas traduit en France, on entrevoit la possibilité d'analyser l'écriture littéraire comme un dialogue d'autres écritures, un dialogue d'écritures à l'intérieur d'une écriture. L'écriture d'une œuvre définie, de Dostoïevski, de Sade, de Hugo, comporte, sous les apparences d'une ligne de mots, des reprises, des parodies, des échos d'autres écritures, de sorte que l'on peut parler, pour la littérature, non plus d'intersubjectivité, mais d'intertextualité, comme Julia Kristeva l'a montré en étudiant de cette manière Lautréamont. Si la littérature est un dialogue d'écritures, c'est évidemment tout l'espace historique qui revient dans le langage littéraire, d'une façon cependant tout à fait nouvelle, insoupçonnée de nos historiens, sociologues ou théoriciens de la production littéraire.

> *Ne pensez-vous pas risquer ainsi, dans ce jeu interne des écritures, ce que Sartre appellerait un formalisme d'un nouveau genre, où l'histoire de nouveau viendrait à disparaître ?*

C'est un entêtement singulier que de décréter inlassablement que le formalisme est congénitalement antipathique à l'histoire. Pour moi, j'ai toujours cherché à énoncer la responsabilité historique des formes. Grâce à la linguistique et à la translinguistique, on va peut-être enfin éviter l'impasse où nous ramènent toujours le sociologisme et l'historisme, et qui est de réduire abusivement l'histoire à l'histoire des référents. Il y a une histoire des formes, des structures, des écritures, qui a son temps propre, ou plus exactement ses temps : pluriel auquel précisément on résiste.

> *Ce « temps propre » de la littérature semble suggérer l'idée d'un long détour par l'espace formel qui en reviendrait presque à conclure par où Blanchot, lui, à la fois commence et finit.*

Blanchot est dans l'inégalable, l'inimitable et l'inapplicable. Il est dans l'écriture, il est dans cette transgression de la science qui constitue la littérature.

> *Blanchot, pourtant, si, de toute évidence, il transgresse la science, nous transmet un savoir. Mais c'est en fait une « science de la littérature » qui se trouve invoquée ici. Comment concevez-vous ce rapport de la littérature et de la science ?*

Le statut de la science fait problème à mes yeux et je suis loin d'avoir sur ce point la même position que les autres structuralistes. Cela tient sans doute à ce que mon objet est la littérature ; pour moi, il n'est pas plus possible, devant l'œuvre, de revenir en arrière sur des positions subjectives et impressionnistes, que de s'installer à l'inverse dans un positivisme de la science littéraire. Devant cette double impossibilité, j'essaie de préciser des démarches scientifiques, de les éprouver plus ou moins, mais de ne jamais les conclure par une

clausule typiquement scientifique, car la science littéraire ne
peut en aucun cas et en aucune façon avoir le dernier mot sur
la littérature. Aussi le problème fondamental, à mes yeux, ce
n'est pas celui d'une théorie de la science littéraire, mais celui
de la langue de la science littéraire.

> *Pensez-vous vraiment que ce soit là un problème propre
> à la « science de la littérature » ou aussi bien aux autres
> disciplines structurales ? Et avez-vous sur ce point, et de
> façon plus générale, le sentiment d'un impact dans les
> diverses sciences de l'homme aujourd'hui ?*

En ce qui concerne le structuralisme, au sens très large du
terme, je crois que le moment des séparations approche (à
supposer que le moment de l'unité ait jamais existé). Il y a eu
un très grand échange d'idées et de termes au niveau des
disciplines et des discours (linguistique, ethnologie, psychanalyse, critique) et ce qui semble acquis par des voies différentes, c'est la mise en cause radicale du sujet en tant que
sujet plein (il vaudrait mieux dire « rempli ») : l'homme n'est
plus le centre des structures. Mais la divergence viendra à mon
sens, précisément, du nouveau statut de la science, qui, à mon
avis, ne peut pas se dissocier du statut de la langue scientifique
elle-même : les différences qui opposent et opposeront, par
exemple, Lévi-Strauss et Lacan se donnent à lire dès
aujourd'hui dans la façon dont ils écrivent, c'est-à-dire dans
leur rapport idéologique et méthodologique à l'écriture.

> *Je suppose qu'un tel souci ne doit pas être étranger au
> rapport que vous entretenez personnellement avec cette
> langue scientifique, ces métalangages dont vous parlez
> souvent.*

J'en parle moins maintenant. Lorsque j'écris, il me semble que
je cherche à établir un certain jeu avec la science, une activité
de parodie masquée. Je crois de plus en plus que le mouvement
profond du critique est la destruction du métalangage, et cela
pour obéir à un impératif de vérité : l'écriture ne saurait être,
en dernière instance, « objective », parce que l'objectivité n'est
qu'un imaginaire parmi d'autres ; le métalangage scientifique
est une forme d'aliénation du langage, il faut donc le trans-

gresser (ce qui ne veut pas dire le détruire). En ce qui concerne
le métalangage critique, on ne peut le « tourner » qu'en insti-
tuant une sorte d'isomorphisme entre la langue de la littérature
et le discours sur la littérature. La science de la littérature,
c'est la littérature.

*Vous dites que votre texte sur le récit prend parti sur la
littérature sans viser la littérature contemporaine : en
effet, il accorde à celle-ci un privilège essentiel, celui
d'être « langage des conditions mêmes du langage », qui
« tend au discours le miroir de sa propre structure ». Et
vous ajoutez : « Aujourd'hui, écrire n'est pas raconter. »
En fait vous dévaluez violemment le récit ou, plus précisément, la narration dans le récit.*

La littérature contemporaine se désintéresse-t-elle vraiment du
récit ? Si cela nous apparaît ainsi, c'est sans doute que nous
concevons toujours le récit sous la forme du modèle fort,
oubliant que le discours poétique, par exemple, est lui aussi
récit, même si nous ne l'appelons pas ainsi : nous ne voyons
pas ce qu'il faut détruire, ce n'est pas le récit, mais la logique
du modèle fort. Et puis, il ne faut pas méconnaître que les
tâches de la littérature contemporaine sont multiples, longues,
compliquées ; il y a peut-être une sorte de « plan », de programme historique de la littérature contemporaine depuis cent
ans : elle s'est surtout attaquée, jusqu'ici, au problème de
l'écrivant, du sujet de l'énonciation, parce que c'est là qu'il y
a des résistances incroyablement fortes, manifestement idéologiques : l'empire du sujet psychologique de l'« auteur » est
encore très puissant. Le temps du nouveau récit viendra sans
doute bientôt, il vient déjà, préfiguré par les vues de Mallarmé
sur la poésie-fiction, les structures infiniment digressives du
roman proustien, les récits de Bataille, les recherches de Sollers.

*L'Œdipe, pourtant, que vous invoquez en fin de votre texte
comme le temps et le lieu de l'invention du récit pour
l'enfant, est le récit par excellence comme enchaînement
d'actions, où s'équilibrent absolument diachronie et syn-*

chronie, et c'est cela que la littérature d'aujourd'hui ne
sait plus ou ne sait pas encore dire.

L'Œdipe est un récit, mais ce récit n'est jamais connu que par
le discours du sujet, qui ne le présente pas sous la forme d'un
récit unitaire monologique (même s'il est monologué), mais
sous une forme brisée de fragments, de répétitions, de méto-
nymies infinies. Dans son effort actuel, la littérature contemporaine se place au niveau de cette énonciation d'un récit
apparemment obscurci, qui cependant n'a d'autre lieu (d'autre
référent) que celui de sa propre énonciation.

On dirait que le discours de la science – je pense à Freud,
à Lévi-Strauss – est seul à se trouver assurer sans
remords, à sa façon toute particulière, une sorte de nar-
ration réelle, comme si se tenir en vue du mythe considéré
en tant que tel représentait la chance la plus sûre de
combler le divorce qui définissait pour Broch le tragique
de notre époque moderne : celui de la rationalité mytho-
logique et de la rationalité scientifique.

J'aimerais, en guise de fausse conclusion, vous poser
quelques questions perfidement juxtaposées, qui semblent
surgir de tout ce qui précède.

Ne vous semble-t-il pas :

– que la grande faille d'un certain récit moderne trouve
son origine dans une impossibilité de l'élimination
comme de la constitution du sens : en tant que, d'une
part, il ne peut parvenir à ce « rien » de Mallarmé que
vous invoquez justement comme structure absolue du lan-
gage, à cet hypermodèle fort, absolument synchronique,
que Blanchot seul s'est trouvé à la fois marquer et incar-
ner en instaurant le mythe de la littérature comme l'im-
possible « Livre à venir » ; en tant que, d'autre part,
engagé ainsi dans la dimension diachronique d'un lan-
gage défait, le récit moderne s'avère incapable de le
maîtriser dans une synchronie qu'un nouveau modèle fort
du récit peut seul constituer, sur le mode implicite, ou
retors, comme vous dites ;

– que certains discours intellectuels, inversement,
constituent un modèle fort de ce type sous une forme
explicite en tant que leur but est précisément de compren-

dre l'équilibre caché du logique et du chronologique dans
des objets dont ils visent, au nom de leur vérité la plus
vraie, à donner une représentation analytique dans un
modèle analogique ;
   – que ce n'est pas un hasard si vous-même, cherchant
à vous appliquer à un projet de cet ordre dans le domaine
littéraire, avez été conduit à choisir votre objet non pas
dans la littérature française, rhétorique, psychologique
ou sociologique, mais dans l'allemande, qui n'a jamais
été saisie d'un souci aussi violent et univoque du sujet
de l'énonciation, car elle se tenait d'emblée aussi en vue
de la pensée du mythe dans une sorte d'a priori structural
de l'idée et de son interprétation narrative qui, à travers
deux siècles de littérature, de sciences et de philosophie,
a cherché à équilibrer mythiquement la représentation de
la vie naturelle comme l'universel de la culture.

Il est vrai, la littérature française débat interminablement,
beaucoup plus avec l'homme, le sujet centré, qu'avec le
mythe ; il est vrai aussi que sa langue même a été formée dans
le moule rhétorique, classique et jésuite. Sa vérité est donc
aujourd'hui d'en sortir et son passé même lui impose des voies
originales de sortie. Cette absence de l'espace mythique qui
marque notre littérature, c'est précisément cela dont il faut se
servir. Le mythe n'est pas exclusivement lié au modèle fort,
au récit régulier, à la narration signifiante (au sens courant du
terme).
   Bien plus, chez nous où le mythe est, jusqu'à nouvel ordre,
incurablement petit-bourgeois, le mythe doit être à la fois
appelé et critiqué, le langage doit être renversé ; rien, dans
cette société, me semble-t-il, ne peut se faire de révolutionnaire sans la visée parodique dont j'ai parlé et qui a tant
manqué au surréalisme, rien ne peut se faire sans *duplicité*,
rien ne peut s'écrire hors d'un jeu des structures et des
écritures. Le mythe, la société bourgeoise, ou technicienne,
ou de consommation, le récupérera toujours. Il n'y a qu'une
chose que l'écrivain soit en pouvoir d'ôter à cette société :
son langage ; mais avant de le détruire, il faut le lui
« voler » ; c'est ce « vol » qui définit précisément, me semble-t-il, les voies nouvelles de transgression que prennent à

la fois et selon un mode d'échange incessant le discours
intellectuel et le discours littéraire.

Les Lettres françaises, mars 1967.
Propos recueillis par Raymond Bellour.

* Cet entretien a été repris en 1971 dans *Le Livre des autres*, L'Herne,
et en 1978 dans *Le Livre des autres*, *entretiens*, Christian Bourgois, coll.
« 10/18 ».

Le « Système de la Mode »

Roland Barthes, vous venez de publier un ouvrage dont le titre, Système de la Mode, *est quelque peu trompeur, sinon provocateur. On croit y trouver un commentaire incisif, tels ceux des* Mythologies, *ou bien une analyse d'inspiration sociologique. Il n'en est rien. Il s'agit en fait d'un ouvrage scientifique, fort austère, et dont bien des pages m'ont rappelé, non sans désagrément, je l'avoue, les manuels d'algèbre ou les analyses grammaticales de mon enfance !*

Je dirai tout d'abord que le titre de mon ouvrage n'est pas une provocation, mon projet n'étant pas tellement d'apporter un point de vue nouveau concernant la mode que de constituer un travail de recherche. Ce travail fait d'ailleurs partie d'un ensemble de recherches actuelles en plein essor et que l'on groupe sous le nom de « structuralisme ». Il s'agit d'un mouvement de pensée et d'analyse qui s'efforce de retrouver, par certaines méthodes extrêmement précises, la structure des objets sociaux, des images culturelles, des stéréotypes, aussi bien dans les sociétés archaïques que dans nos sociétés modernes techniciennes.

Pour ma part, je me suis penché sur ces phénomènes de notre société qui sont, et ici il me faut recourir à un terme assez vague, des ensembles d'objets utilitaires : les aliments, s'il s'agit de nous nourrir, les maisons, s'il s'agit de nous loger, les rues des villes, s'il s'agit de circuler, et la mode, s'il s'agit de nous vêtir.

En somme, vous auriez pu édifier un « système du logement » ou un « système de la nourriture », comme vous avez édifié celui de la mode ?

Si l'on sait depuis toujours que ces « objets » ont des fonctions
bien précises et différentes, on est convaincu aujourd'hui qu'ils
constituent également, pour les hommes, des moyens de communications, des véhicules de significations. C'est Saussure,
le premier, qui a postulé l'existence d'une science générale
des signes ; il pensait que la linguistique serait une partie
seulement de cette science. Ce postulat a été repris ensuite
grâce au développement de la linguistique, science du langage
humain, science également fort bien constituée aujourd'hui,
qui sert de modèle au structuralisme. Il s'agit d'appliquer les
concepts et les règles de description de la linguistique à des
collections d'objets qui ne sont plus du langage articulé, et de
soumettre ces collections à une analyse qui pourrait être celle
que l'on fait subir à une langue lorsque l'on veut en connaître
la grammaire.

> En ce qui concerne la mode, vous avez volontairement
> limité votre analyse à des articles consacrés au vêtement
> féminin tels qu'on peut en lire dans les magazines fémi-
> nins spécialisés, donc à la description écrite de la mode.
> Or, pour la femme, et ici je parle au nom des milliers de
> lectrices auxquelles sont destinées ces pages de mode,
> rien n'est plus parlant, rien n'est plus convaincant que
> l'image ; le texte, la légende, s'ils accompagnent celle-ci,
> ne constituent guère plus qu'une invite à mieux la regar-
> der. J'avance pour preuve qu'aucune femme n'achètera
> une robe sans l'avoir essayée, autrement dit sans être
> allée au-delà de la persuasion purement verbale.

Je ne refuse absolument pas au vêtement porté une extraordinaire richesse. Si je me suis limité à sa description écrite, c'est
pour des raisons tout à la fois de méthode et de sociologie.
Raisons de méthode : en effet, la mode met en jeu plusieurs
systèmes d'expression : la matière, la photographie, le langage ; et il m'était impossible de faire une analyse rigoureuse
d'un matériel très mélangé ; il m'était impossible de travailler
en finesse si je passais indifféremment des images aux descriptions écrites, et de ces descriptions aux observations que
j'aurais pu faire moi-même dans la rue. Etant donné que la
démarche sémiologique consiste à découper un objet en éléments et à répartir ces éléments dans des classes générales

formelles, j'avais intérêt à choisir un matériau aussi pur, aussi homogène que possible. Et puis, j'étais justifié dans ce choix par le fait qu'aujourd'hui les magazines de mode ont une diffusion véritablement massive, qu'ils font partie de la culture de masse. Cela, toutes les statistiques l'attestent. Par conséquent, le vêtement décrit par les journaux de mode, qui, par rapport au vêtement de la rue, vous paraît peut-être moins réel, moins intéressant, acquiert de nouvelles dimensions, en tant que projection de l'imaginaire collectif. Il véhicule des images, des stéréotypes, une très grande richesse d'éléments, non réels, il est vrai, mais de type utopique. En cela, il rejoint le cinéma, les bandes dessinées ou encore le roman populaire. Finalement, c'est une image stéréotypée de la féminité qui se cache sous la phraséologie du journal de mode.

> *Et pour décrire cette image, vous abandonnez exception-nellement l'abstraction et l'analyse purement formelle. Pourquoi cette infraction, si je puis dire, au projet que vous vous êtes fixé ?*

Je l'ai fait beaucoup plus pour montrer à quel emplacement du système une telle description pouvait prendre place, que pour la description elle-même, à mon avis, superflue. Car, en lisant un journal de mode ou en reliant les souvenirs de toutes les lectures qu'il en a eues, chacun connaît bien l'image type de la femme projetée par ces journaux. Une image essentiel-lement contradictoire, il faut bien le reconnaître, puisque cette femme doit être *tout* à la fois afin de représenter le plus grand nombre de lectrices possibles. Secrétaire de direction, elle peut cependant assister à toutes les fêtes de l'année et de la journée. Elle part chaque semaine en week-end et voyage tout le temps, à Capri, aux Canaries, à Tahiti, et pourtant à chaque voyage elle va dans le Midi. Elle aime tout à la fois, de Pascal au cool-jazz. Elle ne connaît ni l'adultère ni la liaison ; elle ne voyage qu'avec son mari ; de ses difficultés d'argent, elle ne parle jamais. Bref, elle est à la fois ce que la lectrice est et ce qu'elle rêve d'être. En cela, la mode rejoint toute la litté-rature pour jeunes filles d'autrefois ; c'est le langage de la mère qui « préserve » sa fille de tout contact avec le mal.

Croyez-vous vraiment que la lectrice perçoive ces multiples signes qu'on lui envoie ? Il est bien possible qu'elle y trouve de quoi alimenter son imagination ; mais les journaux de mode, comme les autres, sont aussi des entreprises commerciales, et ils ne peuvent pas oublier qu'à quelques exceptions près, les femmes ne vont pas si loin qu'ils le laissent supposer. Un groupe de confection a posé des questions à des centaines de jeunes filles ; les questionnaires ne sont pas encore complètement dépouillés, mais on peut déjà se faire une idée assez précise de l'ensemble des réponses ; elles s'habillent à « une main » du genou ; quand il fait froid, elles portent non pas ces « adorables petits » manteaux de fourrure bon marché, mais de simples manteaux de lainage ; pour danser, une robe, et non un « pyjama du soir », etc. C'est en quelque sorte un contrat de surdité.

La lectrice de mode est un peu dans la situation de deux interlocuteurs ; lorsqu'ils dialoguent, ils comprennent très bien ce qu'ils veulent se dire ; mais, dans le même temps, ils ne font pas une analyse grammaticale de leurs paroles. De même, la lectrice de mode n'a pas conscience des mécanismes qui produisent ces signes, mais elle les reçoit. Ces signes sont d'ailleurs extrêmement variés ; bien sûr, chacun sait que, par le vêtement, nous échangeons des informations assez élémentaires, non seulement sur notre situation sociale ou professionnelle, sur notre classe d'âge, comme disent les ethnologues, mais également sur tel usage social, telle cérémonie, telle occupation : « Une robe pour le soir, pour le shopping, pour le printemps, pour l'étudiante, pour la jeune fille désinvolte… » D'autre part, la mode s'efforce de faire correspondre au vêtement décrit ce que nous voulons exprimer de nous-mêmes, le rôle complexe que nous voulons jouer dans la société ; par exemple, l'adolescent qui suit point par point la mode actuelle des adolescents, la « mode militaire », communique par là même à tous ceux qui l'entourent une information, à savoir qu'il entend être reconnu comme appartenant à un certain groupe, avec sa mentalité et ses valeurs.

Selon vous, on peut lire dans un vêtement, d'une part, des significations générales que vous qualifiez d'élémentaires ; d'autre part, des significations que s'approprierait l'individu. Ce dernier aspect de la question a dû vous poser un problème technique. Votre projet ayant été de faire un inventaire des unités sémiologiques que contiennent les articles de mode, il semble difficile, au profane que je suis, de situer l'analyse au niveau de l'individu.

C'est l'illusion que nous avons tous devant les individus et, bien entendu, nous avons besoin de cette croyance ou de cette illusion pour vivre. Mais, en fait, dès que l'on étudie des faits assez nombreux et que l'on adopte à leur endroit une attitude scientifique, il n'y a aucun individu qui ne résiste à une possibilité de classement. Les tests de psychologie sont là pour le prouver. On s'aperçoit également que les hommes peuvent attribuer n'importe quel sens à n'importe quelle forme ; il n'existe pas de rapport stable entre la forme et le contenu. Prenez, par exemple, la jupe courte ; on dit d'elle, aujourd'hui, qu'elle est érotique ; mais, voici cinquante ans, le même qualificatif était précisément employé à propos de la jupe longue. On rationalise aujourd'hui la brièveté de la jupe par un facteur d'érotisme.

Et pourtant, l'on entend souvent dire que la mode actuelle est le signe d'une révolution, ou plutôt d'une évolution de la femme. Les jambes d'amazone sous une tunique courte, c'est plus qu'une autre silhouette, c'est presque une autre femme. C'est toute une féminité faite d'ombres et de mystères qui s'estompe. Les attributs classiques du vêtement, certaines fourrures, certains bijoux, certains cuirs, sont aujourd'hui démodés. Autre fait qui semble marquer la fin d'une époque : le modèle auquel on se réfère plus ou moins volontiers, ce n'est plus le modèle riche, c'est le modèle jeune. La jupe courte n'est pas descendue dans la rue, elle y est née, à Londres.

Je ne crois pas que cette mode corresponde à aucun phénomène d'ordre sociologique. Je crois que toutes les raisons par lesquelles nous prétendons expliquer ou justifier un vêtement sont de pseudo-raisons. La transformation d'un ordre de signes dans un ordre de raisons est connue ailleurs sous le nom de rationalisation ; autrement dit, on rationalise après coup un fait produit pour de tout autres motifs et pour des motifs formels. Établissant la psychanalyse du vêtement, Flügel a donné quelques exemples de cette conversion sociale du symbole en raison : la chaussure longue et pointue n'est pas comprise par la société qui l'adopte comme un symbole phallique, mais son usage est attribué à de simples raisons hygiéniques. Prenons un exemple moins tributaire de la symbolique psychanalytique : vers 1830, l'empesage de la cravate était justifié par des avantages de confort et d'hygiène. On voit même apparaître, dans ces deux exemples, une tendance qui n'est peut-être pas accidentelle à faire de la raison du signe le contraire même de sa disposition physique : la gêne s'inverse en confort. Ce qu'il faut donc souligner c'est que si effectivement le vêtement est toujours construit comme un système général de signes, les significations de ce système ne sont pas stables ; elles évoluent et passent au gré de l'histoire.

Si vous aviez écrit cet ouvrage il y a cinquante ans, votre analyse aurait donc été identique ?

Absolument. Je n'ai pas décrit une mode particulière ; j'ai justement pris soin de faire un inventaire formel qui ignore, de ce fait, le contenu de la mode. La mode est une combinatoire qui a une réserve infinie d'éléments et des règles de transformation. L'ensemble des traits de mode est puisé, chaque année, dans un ensemble de traits qui a ses contraintes et ses règles comme la grammaire. Et si la mode nous apparaît, à nous, imprévisible, c'est que nous nous plaçons au niveau de la mémoire humaine. Mais, si vous déplacez l'échelle d'observation, si, au lieu de vous placer à l'échelle de quelques années, vous vous placez à l'échelle de quarante ou cinquante ans, vous observez des phénomènes d'une très grande régularité. Un ethnologue américain, A. L. Kroeber, l'a prouvé d'une façon absolument irréfutable : le rythme de changement de mode est non seulement régulier (l'amplitude est d'environ un demi-siècle, l'oscillation complète d'un siècle), mais il tend à faire alterner les formes selon un ordre rationnel ; par exemple, la largeur de la jupe et celle de la taille sont toujours dans un

rapport inverse ; quand l'une est étroite, l'autre est large. En
somme, à l'échelle d'une durée un peu longue, la mode est un
phénomène ordonné, et cet ordre, elle le tient d'elle-même.

> *Ici, je vous arrête tout de même ; parce qu'il semble bien
> qu'actuellement un vent de folie souffle sur la mode,
> depuis les robes en métal, jusqu'à la mode cosmonaute,
> en passant par la mode gruyère, un vent de folie qui ne
> ressemble à aucun autre. Tout est possible, les extrava-
> gances de la mode sont telles qu'on a presque envie de
> fermer les yeux, pour ne plus rien voir du tout. Je reprends
> une nouvelle fois l'exemple de la mini-jupe ; je ne vois
> guère d'autre époque que la préhistoire pour retrouver
> l'ourlet aussi haut.*

Tout cela est relatif et, en un sens, l'exemple de la mini-jupe
donne raison à cette sorte de prévision des grands rythmes
de la mode. Car il faut envisager non pas les dimensions en
soi, mais seulement les dimensions relatives de la jupe. Et
l'on pouvait parfaitement prévoir le phénomène actuel, à
savoir que les jupes parviendraient aujourd'hui à un état le
plus court possible, par rapport à un autre pôle de longueur,
lui-même relatif et que l'on a atteint il y a cinquante ans,
vers l'année 1900. Autrement dit, la mini-jupe nous paraît
très courte, sans doute, mais l'analyste ne retient que ce fait :
elle est non pas très courte, mais la plus courte possible par
rapport au cycle entier. Certes, l'histoire constitue tout de
même une force qui garde sa liberté et ménage quelques
surprises ; mais, normalement, si le rythme de la mode continue d'être régulier, les jupes devraient, à partir d'aujourd'hui,
se rallonger petit à petit, à travers des variations saisonnières.
Disons qu'en l'an 2020 ou 2025, les jupes devraient à nouveau être très longues.

> *Voilà qui détruit une vision de la mode longuement par-
> tagée par de nombreux penseurs et poètes, vision qui en
> fait le terrain d'élection de la création libre, du caprice
> et de la frivolité. L'un des mérites de votre ouvrage, c'est
> de démystifier cette vision ; il n'empêche que cette démys-
> tification est quelque peu attristante...*

Mais je ne dénie absolument pas aux couturiers la liberté de création et d'invention qu'ils peuvent investir dans leurs modèles. Seulement, dès que l'on agrandit la mode à sa dimension historique, on ne découvre plus qu'une régularité très profonde.

France-Forum, 5 juin 1967.
Propos recueillis par Cécile Delanghe.

Entretien autour d'un poème scientifique

Dans quel ensemble de préoccupations et de recherches se sont présentées à vous vos analyses de la mode ?

L'ensemble de ce que j'ai écrit jusqu'à présent peut se caractériser par une certaine diversité des objets, puisque j'ai parlé aussi bien de littérature que de mythes de la vie quotidienne ou de publicité, mais aussi par une unité du sujet, puisque ce qui m'a toujours préoccupé, dès mon premier essai qui était *Le Degré zéro de l'écriture*, c'est le problème de la signification des objets culturels – en accordant évidemment un privilège immense à cet objet culturel particulier qu'est la littérature. Au début, j'ai mené cette recherche sur la signification, certes, avec une certaine culture linguistique, mais, jusqu'à la postface des *Mythologies*, sans avoir pris conscience que l'étude des significations secondes pouvait faire l'objet d'une science elle-même issue de la linguistique, ou, en tout cas, d'une approche véritablement méthodique.

A partir de ce moment-là, j'ai cru constater qu'il était possible de mener une réflexion systématique, inspirée d'une méthode déclarée, sur ces problèmes de la signification des objets culturels. Et ce, à la lumière de la science des significations telle qu'elle existe déjà et qui est la linguistique. C'est alors que j'ai entrepris, tout au moins en projet, une exploration systématique d'un certain nombre d'objets culturels du point de vue du sens ; et j'ai commencé par le vêtement.

Quant à la place d'une recherche de ce genre dans l'ensemble des sciences humaines contemporaines, vous n'ignorez pas que, parallèlement à ce projet personnel (conçu à un moment où la linguistique n'était pas encore le modèle prestigieux qu'elle est devenue depuis pour bien des chercheurs), il y a eu un développement considérable de l'intérêt porté à la linguistique, un élargissement du champ d'application de la méthode linguistique grâce aux efforts conjugués et indépendants à la fois d'un certain nombre d'esprits – au premier rang desquels, bien entendu, il faut placer Claude Lévi-Strauss. C'est donc dans cette sorte de renouvellement d'une partie des sciences humaines au contact de la linguistique qu'il faut placer ce livre.

> *Au seuil de votre ouvrage, le lecteur rencontre plusieurs affirmations fondamentales, qui ont trait au langage : « Le langage humain n'est pas seulement le modèle du sens, mais aussi son fondement », ou : « La vraie raison veut que l'on aille de la parole instituante au réel qu'elle institue », ou encore la formule qui veut que la parole soit « le relais fatal de tout ordre signifiant ». Ces thèses, dont la portée paraît considérable et qui ne sont peut-être pas évidentes, n'appellent-elles pas un commentaire ?*

D'abord une explication d'ordre contingent, concernant l'histoire même du livre : au début, j'ai conçu l'étude du vêtement réel, porté par les femmes dans la rue ou dans les maisons, et je me proposais d'appliquer à ce vêtement, qui est un objet parfaitement réel, une méthode d'analyse pour savoir comment il signifiait. Car on sait qu'effectivement le vêtement ne sert pas seulement à se protéger, à s'embellir, mais aussi à échanger des informations, et qu'il y a donc là, de toute évidence, un langage qui, en principe, doit se prêter à une analyse de type linguistique, bien que la matière n'en soit pas le langage articulé. Et puis, peu à peu, en traversant d'ailleurs un certain nombre de difficultés réelles qui tiennent à la technique même du sens, je me suis aperçu que le langage du vêtement réel certes existe, mais est extrêmement sommaire et pauvre. Il comprend à peine quelques contenus, et les signifiants eux-mêmes, malgré la diversité évidente des formes vestimentaires, sont très pauvres. Le code du vêtement réel existe, mais, au fond, il n'est ni plus riche ni probablement plus intéressant que le code de signalisation routière pour automobilistes.

Cette pauvreté et cette rareté du code réel sont en contradiction avec ce que nous savons par ailleurs de la richesse des représentations collectives, de l'extrême prolifération des sens à l'intérieur de la société, et aussi d'ailleurs de l'importance réelle du vêtement dans le monde. C'est cette distance entre un code réel très pauvre et un monde culturel très riche qui m'a induit à retourner ma proposition, et à penser que le vêtement n'était véritablement signifiant que dans la mesure où il était pris en charge par le langage humain. Nous parlons notre vêtement de bien des façons, non seulement parce que c'est un objet de conversation, mais surtout parce que c'est un objet de publicité, de commentaire, de catalogue. A tout instant, le langage articulé investit le vêtement, et cela va même beaucoup plus loin dans la mesure où il n'y a pas de pensée ni d'intériorité sans langage : penser le vêtement, c'est déjà mettre du langage dans le vêtement. C'est pourquoi il est impossible de penser un objet culturel en dehors du langage articulé, parlé et écrit, dans lequel il baigne. Ainsi la linguistique n'apparaît-elle plus comme une partie de la science générale des significations : il faut retourner la proposition et dire que la linguistique est la science générale des significations, qui ensuite se diversifie en sémiotiques particulières selon les objets que rencontre le langage humain.

> *Vous distinguez dans votre livre le style, comme personnel, et l'écriture, comme collective, et c'est de l'écriture de la mode que vous faites l'analyse. Mais alors, dans ces textes anonymes des journaux de mode, qui parle ? Peut-on dire que c'est la société qui parle l'écriture de la mode ?*

On peut dire que c'est la société tout entière qui parle les formes de la langue vestimentaire, et que c'est seulement un petit groupe qui en parle les contenus. Le code général de termes et de relations d'où est issu le langage que la mode parle sur le vêtement, est produit par la société, et a un caractère presque d'universalité, dans la mesure même où il est formel. C'est la société tout entière qui élabore la *langue* de la mode. Mais, bien entendu, si vous vous servez de la langue pour énoncer des contenus particuliers, alors vous restreignez l'émission du message, et l'on peut très bien dire en effet que c'est seulement un groupe de la société, par exemple les fabricateurs de mode ou les rédacteurs des journaux, qui *parle* cette langue générale de la mode, et la remplit par des contenus particuliers. Mais je n'ai pas étudié les contenus, je suis resté au niveau d'une analyse entièrement formelle. J'ai étudié la langue de la mode au sens propre du mot « langue », c'est-à-dire comme système abstrait, exactement comme, dans une langue, on étudierait le nom, l'adjectif, le verbe, l'article, la subordonnée, etc., sans s'occuper du tout de phrases particulières. Je n'ai pas étudié telle mode, mais *la mode*, en tant que système purement formel de relations.

> *Au lecteur qui, en face de ces analyses structurales et formalistes, aurait l'impression que, depuis les* Mythologies, *qui étaient plus engagées, plus moralistes, quelque chose dans l'œuvre de Roland Barthes s'est perdu, que répondriez-vous ?*

D'abord, que rien ne se perd définitivement : l'ensemble des travaux d'une vie ne s'arrête pas, et nous savons que, pour réaliser une certaine totalité dans une œuvre, il faut accepter de monnayer cette totalité en moments successifs qui ont souvent l'air de se contredire, ou en tout cas précisément de se perdre et de s'abandonner. J'avais besoin, à ce moment-là de ma vie, d'aller jusqu'au bout, avec une sorte de radicalisme, d'un projet systématique, et systématiquement formaliste. Parce que, précisément, je souffrais trop de facilités qu'apporte l'idée, au sens de la trouvaille de contenu. Mais mon projet va de l'avant, et je passerai maintenant à autre chose.

Sur un second plan, je veux dire aussi que l'attaque du monde est, bien sûr, beaucoup moins directe dans un travail formel que dans un travail comme celui des *Mythologies*. Mais on peut attaquer le monde, et l'aliénation idéologique de notre monde quotidien, à bien des niveaux : *Système de la Mode* contient aussi une affirmation éthique sur le monde, la même d'ailleurs que dans les *Mythologies*, à savoir qu'il y a un mal, un mal social, idéologique, attaché aux systèmes de signes qui ne s'avouent pas franchement comme systèmes de signes. Au lieu de reconnaître que la culture est un système immotivé de significations, la société bourgeoise donne toujours des signes comme justifiés par la nature ou la raison. C'est en ce sens la même démonstration qui est faite dans les *Mythologies* et dans *Système de la Mode* – à propos, il est vrai, d'un objet d'apparence plus futile que des événements politiques ou des faits sociaux qui engagent plus l'émotion collective.

> *Précisément, on ne peut se défendre du sentiment qu'il y a disproportion entre l'objet de ce livre (les textes des journaux de mode) et la méthode de mise en œuvre. La sémiologie serait-elle condamnée, pour être rigoureuse, à des objets insignifiants, futiles ou modestes ?*

Non bien sûr ! Sur le plan contingent, je dirai d'abord que j'ai voulu faire une démonstration méthodologique. Aussi, peu importait l'objet ; plus l'objet était mince et futile, plus il était facile de le posséder et de faire ressortir la méthode dont il n'est que le support. Deuxièmement, sur un plan plus profond, je dirai qu'on peut aussi concevoir *Système de la Mode* comme un projet poétique, qui consiste précisément à constituer un objet intellectuel avec rien, ou avec très peu de choses, à fabriquer sous les yeux du lecteur, au fur et à mesure, un objet intellectuel qui sorte peu à peu dans sa complexité, dans l'ensemble de ses relations. De telle sorte que l'on puisse se dire (ç'aurait été l'idéal, si le livre était réussi) : au début, il n'y a rien, le vêtement de mode n'existe pas, c'est une chose extrêmement futile et sans importance, et à la fin il y a un objet nouveau qui existe, et c'est l'analyse qui l'a constitué. C'est en cela qu'on peut parler de projet proprement poétique, c'est-à-dire qui fabrique un objet. On pourrait rencontrer là des exemples ou des précédents prestigieux d'une sorte de philosophie du rien, de l'intérêt qu'il y a à travailler sur le rien du monde. Non seulement parce que les thèmes du vide, ou du décentrement des structures, sont des thèmes importants de la pensée actuelle, mais aussi, en ce qui concerne la mode, parce qu'un homme comme Mallarmé a fait exactement ce que j'aurais voulu refaire. *La Dernière Mode*, le journal qu'il a dirigé et rédigé lui-même, c'était au fond une sorte de variation, passionnée, à sa manière, sur le thème du vide, du rien, de ce que Mallarmé appelle le bibelot.

Si l'on croit qu'il y a une passion historique de la signification, s'il y a vraiment une importance anthropologique du sens – et ça, ce n'est pas un objet futile –, eh bien, cette passion du sens s'inscrit exemplairement à partir d'objets très proches du rien. Cela devrait faire partie d'un grand mouvement critique, d'une part, de dégonfler les objets apparemment importants, d'autre part, de montrer comment les hommes font du sens avec rien. C'est un peu dans cette perspective que j'ai placé mon travail, sinon mes résultats...

Sept Jours, 8 juillet 1967.
Propos recueillis par Laurent Colombourg.

Sur « S/Z » et « L'Empire des signes »

« *Le texte, dans la masse, est comparable à un ciel plat et profond à la fois, lisse, sans bords et sans repères, tel l'augure y découpant du bout de son bâton un rectangle fictif pour interroger selon certains principes le vol des oiseaux, le commentateur trace le long du texte des zones de lecture, afin d'y observer la migration des sens, l'affleurement des codes, le passage des citations.* »

Que S/Z, à son tour, soit ce texte, comparable à un ciel (Blanchot dit bien que, pour Joubert comme pour Mallarmé, le ciel incarne l'idée même du Livre, du débordement de tous les livres, l'un vers l'autre), voilà qui pourrait confirmer que le discours intellectuel vient aujourd'hui, plus sûrement que le récit ou le poème, tenir la place – si elle a lieu d'être tenue – des grandes œuvres de transgression et de parodie qui ponctuent de leur violence critique l'histoire du discours occidental.

Je voudrais seulement suggérer ici ce qu'interdit la convention de l'entretien : que les deux derniers livres de Roland Barthes, S/Z et L'Empire des signes [1], apportent, dans cette œuvre ouverte depuis Le Degré zéro de l'écriture (il y a maintenant dix-sept ans) à tous les paradoxes d'une passion de la littérature réfléchie dans les exigences d'une science des signes, la note merveilleuse d'une inspiration renouvelée d'écriture et de pensée. Le premier, parce que le mouvement de réduplication du commentaire connaît un excès double de rigueur et d'abandon, jusqu'à ouvrir à l'analyse le champ d'un infini permutatoire porté par la jouissance propre aux jeux de l'esprit. Le second, parce qu'il renoue, sur le mode mineur de la relation documentaire, avec la tradition qui, de

---

1. Ed. Skira, coll. « Les sentiers de la création ».

Swift à Sade et à Fourier, fait entendre les délires et les nostal-
gies d'une raison déraisonnable : discours de l'utopie qui
s'énonce ici comme la demande rêveuse d'une volupté codifiée
du signe, d'une consommation idéale de tous les échanges
sociaux ainsi d'une transmutation du narcissisme lié aux pro-
fondeurs équivoques du sujet, du Nom comme symbole et sigle
du désir, en dernier lieu du livre comme espace du Nom.

Contradiction extrême, et que Barthes, fatalement, comme
pour honorer la vérité de l'utopie, se trouve pouvoir soutenir
dans la mesure même où la conjonction de S/Z et de L'Empire
des signes institue un rapport éblouissant et juste entre le
narcissisme de l'écrivain et le narcissisme de l'écrit.

> *Que représente à vos yeux l'expérience de S/Z, dont le*
> *titre, comme un mot d'esprit, symbolise le travail de lec-*
> *ture que vous avez accompli sur une nouvelle peu connue*
> *de Balzac :* Sarrasine *?*

Je dois dire, en premier lieu, que l'année où j'ai commencé à
écrire l'épisode *Sarrasine* – le séminaire que j'ai fait à l'Ecole
pratique des hautes études, puis le livre qui l'a suivi – a peut-
être été la plus dense et la plus heureuse de ma vie de travail.
J'ai eu l'impression exaltante que je m'attaquais à quelque
chose de véritablement nouveau, au sens exact du terme, c'est-
à-dire qui n'avait jamais été fait. Il y a déjà longtemps que,
pour faire avancer l'analyse structurale du récit, je voulais me
consacrer à une microanalyse, une analyse patiente et progressive, mais non pas exhaustive, car il ne s'agit pas d'épuiser
tous les sens : une analyse perpétuelle, comme on dit un calendrier perpétuel. J'ai eu ainsi la sensation profondément heureuse de me trouver parfaitement à l'aise et d'entrer dans une
sorte de substance textuelle et critique d'une autre nature que
celle qu'on rencontre quand on commente habituellement un
livre, même si cette critique se montre originale. L'expérience
de *S/Z* représente donc pour moi, avant toute chose, un plaisir,
une jouissance de travail et d'écriture.

> *Je suppose que ce plaisir tient au fait déterminant que*
> *vous avez pu, pour la première fois, attenter à la réserve,*

> *essentiellement déceptive, qui demeure toujours entre*
> *l'œuvre et son commentaire, et laisser le texte, si l'on*
> *peut dire, sans reste, au moins dans l'interprétation que*
> *constitue votre lecture. Mais pourquoi* Sarrasine *? Vous*
> *parliez, il y a trois ans, lors d'un premier entretien,*
> *d'entreprendre ce travail sur* La Marquise d'O *de Kleist.*

Il entre dans ce choix beaucoup de hasard, bien qu'il soit difficile, quand il porte sur une nouvelle qui met en jeu la castration, de prétendre ignorer la détermination de l'inconscient. J'avais cependant besoin d'un texte écrit originellement en français pour augmenter mes chances de lecture, la saisie des connotations, en particulier sur un plan stylistique. Encore qu'actuellement, à Rabat, je fasse un travail similaire sur un conte d'Edgar Poe, mais, il est vrai, traduit par Baudelaire. J'avais commencé, d'un autre côté, quand j'étais à Baltimore, à étudier avec la même méthode les trois premières pages d'*Un cœur simple* de Flaubert. Puis j'ai arrêté, car cela me semblait un peu sec, dénué de l'espèce d'extravagance symbolique que j'ai trouvée depuis dans Balzac.

> *Je crois, de toute façon, que l'arbitraire du choix ne peut*
> *qu'être à la mesure de la violence de la motivation.*

Absolument, et il ne faut pas en éprouver de gêne.

> *Il semble cependant, vos exemples en font foi, que le choix*
> *n'ait pu que se porter d'emblée sur un texte classique.*

En réalité, je ne suis pas sûr qu'on puisse commenter pas à pas un texte moderne, et cela pour deux raisons d'ordre structural. La première est que le commentaire processif (ce que j'appelle le *pas à pas*) implique un ordre contraignant de la lecture, d'avant en après, bref une certaine irréversibilité du texte tuteur ; or seul le texte classique est irréversible. La seconde est que le texte moderne, visant à une certaine destruction du sens, ne possède pas de sens associés, de connotations. Il est possible, certes, de parler du texte moderne, en le faisant « exploser » : Derrida, Pleynet, Julia Kristeva l'ont fait sur Artaud, Lautréamont, Sollers ; mais seul le texte classique peut être lu, parcouru, brouté, si j'ose dire. La méthode contraint le choix du texte, c'est l'un des aspects du pluralisme critique.

> *Comment justifiez-vous le découpage des unités du texte dans la mesure où, adoptant ici le parti pris d'une analyse strictement successive, vous faites pratiquement exploser la question fondamentale que vous posez vous-même à l'analyse structurale dans les termes polémiques : « Par où commencer[1] ? »*

Cette analyse progressive suit la nouvelle, découpant le signifiant, c'est-à-dire le texte matériel, le suivant tel qu'il se suit lui-même. Chaque unité de lecture – ou *lexie* – correspond en gros à une phrase, quelquefois un peu plus, quelquefois un peu moins. Le découpage peut rester arbitraire, purement empirique, sans implications théoriques, dans la mesure où le signifiant ne fait pas ici problème pour lui-même. On se trouve en effet, avec Balzac, dans une littérature du signifié, qui possède un sens, ou des sens, et permet donc de découper le signifiant en visant des signifiés. La découpe a pour fonction essentielle de délimiter des unités à travers lesquelles passe un nombre raisonnable de sens : un, deux, trois, quatre sens. Car, si on découpait par paragraphe, on perdrait des articulations, qu'il faudrait par conséquent réintroduire au cœur de ces unités larges, au risque d'avoir chaque fois trop de sens.

> *Une chose frappe à cet égard dans la construction du livre : qu'ayant ainsi découpé, tronçonné l'analyse en une série de très courts segments (de 1 à 561) afin de pouvoir recenser, dans le mouvement même de leur apparition, tous les sens, vous ayez pu préserver ces interventions théoriques (de I à XCIII) qui constituent la part la plus riche, la plus réflexive de votre livre et semblent toujours naître du commentaire même des textes, inscrivant ainsi la démarche critique dans une structure romanesque qui vient redoubler celle de l'objet.*

J'ai en cela cédé à une sorte de pulsion, qui explique l'euphorie que j'ai eue en écrivant ce texte. C'était répondre à une lassi-

---

1. *Poétique*, nº 1, Seuil, 1970.

tude, presque à un dégoût, en tout cas à une intolérance, que
j'éprouve actuellement, peut-être sur un plan purement personnel et passager, envers la dissertation, les formes dissertatives d'exposé. Je ne peux plus, je n'ai plus de plaisir à écrire
un texte qui est obligé par la force des choses de se plier à un
modèle d'expression plus ou moins rhétorique ou plus ou
moins syllogistique. Il y en a d'extraordinairement beaux, de
nécessaires, même à l'heure actuelle. Je serai moi-même, vrai-
semblablement, obligé d'y revenir, mais je ne peux aujourd'hui
que tenter de défaire, détruire, disperser le discours dissertatif
au profit d'un discours discontinu.

> *Il me semble que c'est déjà ce que Lévi-Strauss s'était
> trouvé conduit à faire avec les* Mythologiques, *et Clé-
> mence Ramnoux avec son commentaire des fragments
> d'Héraclite, dans des types de circularité assez différents,
> à la mesure de la différence des objets.*

C'est en effet le même mouvement, et, aux noms que vous
venez de citer, on pourrait ajouter sans forcer ceux de Lacan,
de Derrida, de Julia Kristeva, et de Sollers dans ses notes
théoriques. Chez les uns, tel Lévi-Strauss, il s'agit d'une nouvelle composition du discours, qui s'efforce de dépasser la
monodie de la dissertation vers une composition polyphonique ; chez les autres, tel Lacan, il y a une levée de la censure
séculaire qui oblige tout texte « intellectuel » à gommer l'éclat,
l'abrupt des formulations : il n'y a pas eu de Nietzsche en
France pour oser discourir (mettons un tiret) d'éclat en éclat,
d'abîme en abîme. C'est précisément l'un de mes projets
immédiats que d'aborder (comme je l'ai fait pour la narration
avec *Sarrasine*) l'analyse du texte intellectuel, de l'écriture de
la science.

　J'ajouterai encore ceci : j'aurais pu penser, en morcelant
ainsi le texte, que j'allais perdre dans ce travail discontinu la
possibilité de saisir de grandes structures, comme on les trouve
quand on fait le plan très intelligent d'un livre. Or je n'ai été
gêné en rien par cette pulvérisation, et j'ai pu éprouver que la
structuration du texte fonctionnait admirablement même si on
quittait les modèles de type rhétorique, si adaptés qu'on puisse
les concevoir. L'un des gains de ces analyses est précisément
que j'ai pu parler le texte, sans en faire le plan et sans éprouver

jamais le besoin de le faire. Il n'y a ainsi en réalité pas d'autre
structure dans ce travail que ma lecture, l'avancée d'une lecture
comme structuration. En un mot, j'ai abandonné radicalement
le discours dit critique pour entrer dans un discours de la
lecture, une écriture-lecture.

> *Ce que vous résumez, me semble-t-il, par cette affirma-*
> *tion : « Il s'agit en effet, non de manifester une structure,*
> *mais autant que possible de produire une structuration. »*

Je ne suis pas le seul à opposer ainsi la structure et la structuration. Cette opposition s'inscrit dans le jeu historique de la
sémiologie littéraire. Il s'agit, en effet, de dépasser le statisme
de la première sémiologie, qui essayait précisément de retrouver des structures, des structures-produits, des espaces d'objets
dans un texte, pour retrouver ce que Julia Kristeva appelle une
productivité, c'est-à-dire un travail, une prise, un branchement
sur l'infini permutatoire du langage. Il s'agit d'évaluer exactement le degré de clôture d'un texte. Le texte classique est
clos, mais partiellement, et j'ai voulu essayer de saisir, par une
méthode appropriée à cette hypothèse, comment il entre, même
d'une façon limitée, aliénée, dans la productivité infinie du
langage.

Je crains cependant que cette opération de dépassement ne
soit pas perçue comme un mode nécessaire du discours actuel
et que le public, en fait, ne tourne le mouvement, ne le récupère
sous l'alibi rassurant de l'explication de texte.

> *C'est cette productivité infinie que vous visez, je suppose,*
> *par la formule polémique : « tout signifie », dont l'exi-*
> *gence paradoxale conduit souvent à des effets de redon-*
> *dance entre le texte-analyse et votre commentaire.*

C'est une formule qui voudrait détourner une sorte d'aporie,
d'impossibilité : à savoir que, si tout ne signifie pas, il y aurait
de l'insignifiant dans un texte. Quelle peut être alors la nature
de cet insignifiant ? Du naturel ? Du futile ? Ce ne sont pas là
des notions très scientifiques, si j'ose dire, et cela me paraît
poser un problème théorique très lourd, autant dire insoluble.

Cependant, il peut y avoir des moments du texte, peut-être
moins nombreux que vous n'avez l'impression, où la littéralité

de l'énoncé – la dénotation – suffit en quelque sorte à épuiser son sens. Remarquons alors que, même à ce niveau, il y a au moins un sens connoté, qui est : *lisez-moi littéralement*. La force de la dénotation dispense alors d'un décrochage sémantique second. Dire : « tout signifie », c'est marquer que, si une phrase paraît manquer de sens au niveau interprétatif, elle signifie au niveau de la langue même. « Tout signifie » renvoie ainsi à cette idée simple, mais essentielle, que le texte est entièrement pénétré, enveloppé de signifiance, qu'il se trouve immergé de part en part dans une sorte d'intersens infini, qui s'étend entre la langue et le monde.

> *Pourriez-vous définir précisément – pour permettre de mieux évaluer ce que ces affirmations impliquent pour le statut même de l'interprétation et de l'analyse – les cinq codes qui vous ont paru régir, dans* Sarrasine, *la production du sens ?*

J'ai en effet distingué cinq grands champs sémantiques ou codes. J'avoue ne pas savoir si ce découpage possède une quelconque stabilité théorique ; il faudrait pour cela faire sur d'autres textes des expériences similaires.

1° *Le code des actions narratives* (ou code proairétique, d'un terme emprunté à la rhétorique aristotélicienne), qui fait que nous lisons précisément la nouvelle comme une histoire, une succession d'actions.

2° *Le code proprement sémantique*, qui rassemble des signifiés plus ou moins caractériels, psychologiques, atmosphériels. C'est le monde des connotations au sens courant du terme : lorsque le portrait d'un personnage, par exemple, vise explicitement à transmettre le message : « il est nerveux », mais sans que le mot « nervosité » soit jamais prononcé : la nervosité devient le signifié du portrait.

3° *Les codes culturels*, entendus très largement, c'est-à-dire l'ensemble des références, le savoir général d'une époque sur lequel prend appui le discours. Ainsi le savoir psychologique, sociologique, médical, etc. Ces codes sont souvent très forts, particulièrement chez Balzac.

4° *Le code herméneutique*, qui recouvre la mise en place d'une énigme et la découverte de la vérité posée par cette

énigme. C'est, d'une façon générale, le code qui régit toutes
les intrigues bâties sur le modèle policier.

5° *Le champ symbolique.* Sa logique, comme on le sait, se
distingue radicalement d'une logique du raisonnement ou de
l'expérience. Elle se définit, comme la logique du rêve, par
des caractères d'intemporalité, de substitution, de réversibilité.

> *Il semble que vous ayez voulu manifester le jeu de ces
> différents codes sans établir entre eux de véritable hié-
> rarchie, mais que le code symbolique soit l'objet d'une
> prévalence qui s'exprime aussi bien dans le titre – S/Z,
> monogramme de la castration – que dans la fascination
> stylistique de l'interprétation. Vous dites vous-même :
> « Un certain plaisir à le décrire, et comme l'apparence
> d'un privilège accordé au système des symboles. »*

J'ai, en effet, essayé de maintenir une certaine suspension de
hiérarchie, ou du moins une hiérarchie fluctuante, entre ces
différentes instances selon lesquelles pouvait se lire le texte.
Mais cette hiérarchie se rétablit comme d'elle-même, ne
serait-ce tout d'abord que par différenciation structurale, dans
la mesure où le texte classique, préci-sément, hiérarchise ces
codes. Le code herméneutique et le code des actions semblent
dominer les autres, parce que c'est d'eux que dépend le « fil »
de l'histoire ; leur logique, essentiellement irréversible, obéit
à la pression d'un code logico-temporel qui constitue la détermination propre du récit classique comme récit lisible. Les
autres codes, inversement, sont réversibles et impliquent une
logique différente : ils sont constitués de particules de sens
dont est saupoudré tout le texte. On accède ainsi peu à peu à
un ordre du signifiant pur, qui demeure encore très aliéné au
niveau des codes culturels et des signifiés psychologiques,
mais qui, au niveau du champ symbolique, porte au plus haut
cette réversibilité des termes, cette non-logique, ou cette autre
logique qui porte en elle une énergie, un pouvoir d'explosion
du texte, dont la modernité fait son profit.

Il est certain, d'autre part, que, si je me suis efforcé de tenir
la balance égale entre les codes pour mettre en valeur la pluralité sémantique du texte, il se dégage tout de même une
prévalence du champ symbolique. Elle s'explique essentiellement par deux raisons :

1° Le contenu de la nouvelle qui évoque les démêlés d'un sujet avec un castrat relève, dans sa littéralité même, d'un symbolisme qui occupe d'emblée toute la scène : comment la castrature, ou condition contingente, n'en appellerait-elle pas continuellement à la castration, thème symbolique s'il en fut ?

2° Je crois que la lecture symbolique ou parapsychanalytique est pour nous, aujourd'hui, invinciblement séduisante, forte d'une évidente valeur de capture. C'est notre corps lui-même qui met en avant, ici, le symbole.

> *Je me demande si cette prévalence ne manifeste pas que le code symbolique serait, en réalité, celui à partir duquel tous les autres s'ordonnent et qui les justifie dans la mesure où ils le cachent. L'avant-dernière section où vous décrivez synthétiquement « les trois entrées » du champ symbolique – au titre de l'« antithèse », de l'« or » et du « corps », c'est-à-dire du langage, de l'économie et de la sexualité – constitue, en effet, en fin de commentaire, l'esquisse d'une interprétation. Sans préjuger en rien d'une articulation entre ces entrées (qui met en jeu le rapport théorique de la psychanalyse, du marxisme et de la théorie du langage, de l'infrastructure et de la super-structure), ne pourrait-on considérer ce code symbolique comme la structure, non pas objet mais matrice de pro-duction, qui soutient et motive la structuration du texte comme ensemble dynamique ?*

Vous avez raison si on définit le champ symbolique comme englobant toutes les substitutions mises en œuvre par le texte ; c'est ce que j'ai fait dans le cours de l'analyse, en rangeant dans un seul et même champ celui du symbole au sens large, les avatars de l'antithèse, ceux de l'or et ceux du corps, et en opposant à ce champ les autres codes, plus directement culturels et, par conséquent, apparemment plus superficiels : pris dans ce sens global, le symbolique prévaut certainement sur les codes mineurs, il opère la structuration du texte, comme vous le dites justement : l'or, le sens et le sexe, c'est le jeu de ces trois symbolismes particuliers qui assure la dynamique du texte.

Mais, à l'intérieur de ce vaste champ symbolique, au sens large que je viens de dire, on a tendance à désigner comme plus proprement symbolique ce qui relève du corps, du sexe, de la castration, de la psychanalyse ; c'est ce que j'ai fait moi-même, restreignant alors le sens du mot « symbole » dans l'interprétation finale que vous citez. J'ai dit qu'on pouvait entrer dans le symbolique total du texte par trois entrées : une entrée rhétorique ou poétique (l'antithèse), une entrée économique (l'or), et une entrée symbolique, au sens alors partiel et précis du terme (le corps, la lecture psychanalytique). Ce qui est important à mes yeux, c'est d'affirmer l'égalité de ces trois entrées : aucune ne prévaut sur les autres, aucune ne régit les autres. La troisième entrée, celle du symbolisme psychanalytique, peut paraître plus large, plus importante que les autres, pour des raisons que j'ai dites ; mais le principe d'égalité des entrées me paraît capital à sauvegarder, car c'est lui qui permet de reconnaître le pluralisme du sens et la prise perpétuelle d'une histoire différente sur le texte : Marx, Freud et même en l'occurrence Aristote peuvent, à la fois, parler de ce texte, et chacun à bon droit – disons : avec des arguments pris dans le texte. Dans le texte, il y a des portes plus ou moins étroites, mais pas de *porte principale*, image d'ailleurs plus mondaine que structurale.

*Je voudrais, à propos de ce code symbolique, entendu dans son sens restreint, insister encore sur un point. Vous utilisez – pour en rester au niveau symptomatique de la terminologie – un vocabulaire explicitement freudien, lacanien, lorsque vous qualifiez, par exemple, d'*acting out *ou d'« hystérie de conversion » le geste de l'amie du narrateur portant la main sur le castrat, et que vous ajoutez : « Son geste d'attouchement est bien l'irruption du signifiant dans le réel par-delà le mur du symbole : c'est un acte psychotique. » Mais vous écrivez, d'autre part : « Ce qu'on a marqué ici du nom de symbolique ne relève pas d'un savoir psychanalytique. » Toute votre analyse témoigne ainsi continuellement d'un double jeu, d'attrait et de retrait, envers l'interprétation psychanalytique.*

Déjà, dans *Sur Racine*, je m'étais servi du langage psychanalytique comme d'une sorte de *koïné*, de vulgate culturelle. Je voudrais dire à ce propos que, si, en général, je n'aime pas beaucoup ce mot d'« essai » appliqué au travail critique (l'essai apparaît alors comme une façon faussement prudente de faire de la science), je peux accepter le mot si on l'entend comme « faire l'essai d'un langage sur un objet, un texte » : on essaie un langage comme on essaie un vêtement ; plus ça colle, c'est-à-dire plus loin ça va, et plus on est heureux. Mon recours au langage psychanalytique, comme à tout autre idiolecte, est d'ordre ludique, citationnel – et je suis persuadé qu'il en est ainsi pour tout le monde, avec plus ou moins de bonne foi. On n'est jamais propriétaire d'un langage. Un langage, ça ne fait que s'emprunter, que « se passer », comme une maladie ou une monnaie. Vous avez pu voir que, dans *S/Z*, contrairement à toute déontologie, je n'ai pas « cité mes sources » (sauf pour l'article de Jean Reboul, à qui je dois d'avoir connu la nouvelle) ; si j'ai supprimé le nom de mes créanciers (Lacan, Julia Kristeva, Sollers, Derrida, Deleuze, Serres, entre autres) – et je sais qu'ils l'auront compris –, c'est pour marquer qu'à mes yeux c'est le texte en entier, de part en part, qui est citationnel ; je l'ai indiqué dans ma présentation en rappelant les rôles du *compilator* et de l'*auctor* au Moyen Age.

Cela dit, et pour ne pas esquiver la question dans les termes mêmes où vous la posez – qui sont des termes de « vérité » d'un langage –, il se peut que mon attitude « ludique » à l'égard de la psychanalyse recouvre ou soit soutenue par une impossibilité à décider, pour le moment, de l'engagement idéologique de la psychanalyse : est-elle encore, en somme, une psychologie du Sujet et de l'Autre, ou est elle déjà une accession au jeu infiniment permutatif d'un langage sans sujet ? C'est sans doute ce qui se débat ou va se débattre entre Lacan et *Tel Quel*. Pour moi, actuellement, entre ces deux directions, je louvoie, si je puis dire, « honnêtement », dans la mesure où je ne suis pas encore capable de prévoir toutes les conséquences de l'une ou l'autre option ; d'où, dans mon travail, une position ludique et un jeu de miroirs qui tendent au moins à éviter le risque de monologisme, de dogmatisme, de retour à un signifié unique.

Je ne vois pas pourquoi une interprétation de type plus précisément psychanalytique, parlant au titre d'une certaine vérité dans la formation du sens – et du non-sens –,

devrait se constituer fatalement en monologisme et inter-
dire la pluralité du déchiffrement.

Je me demande si, par cette belle et nécessaire mise à
plat du texte que vous théorisez en affirmant que le prix
de cette nouvelle tient à ce que « le latent y occupe
d'emblée la ligne du manifeste », vous ne finissez pas par
éviter précisément quelque chose du texte qui mettrait en
jeu, dans le texte même, un certain rapport du manifeste
et du latent. J'ai été frappé, ainsi, par le peu de place et
d'importance que vous accordiez, dans votre analyse, à
certains aspects de la famille de Lanty, descendants du
castrat caché dans leur hôtel sous la figure d'un vieillard
énigmatique. Balzac souligne en particulier la double
ressemblance de Marianina et de Filippo avec leur mère,
Mme de Lanty, nièce du castrat, qui apparaît comme un
modèle de la femme balzacienne : épouse, mère et objet
même du désir. Il semble que ce réseau de relations nar-
cissiques articulées à une descendance introduit, dans le
texte, une référence incestueuse et œdipienne (soulignée
par la phrase : « Cette mystérieuse famille avait tout
l'attrait d'un poème de lord Byron », qui fonctionne
comme indice symbolique autant que comme référence
littéraire) : elle pourrait avoir son importance pour définir, par rapport à la forme centrale de la castration, le
système du désir, la matrice symbolique qui soutient,
détermine la production même du texte.

Ce silence, disons, en gros, sur l'Œdipe comme forme
structurante du désir du sujet, de l'écriture aussi bien que
de la lecture, semble se manifester symptomatiquement
dans la façon dont vous avez tenu à évacuer l'auteur, le
sujet de l'énonciation, ici Balzac, comme origine repérable du récit, manifestée dans le texte par sa signature (et
tout ce qu'elle porte en elle) aussi bien que par le redou-
blement incarné dans le narrateur. Vous le suggérez
quand vous dites vouloir reconnaître dans l'écriture « la
matière d'une connexion, non d'une filiation », c'est-
à-dire abolir tout renvoi à l'origine, au Père (tel qu'on
le trouve formulé dans Freud, ou dans Lacan, et tout
récemment dans les Essais sur le symbolique de Guy
Rosolato). Je ne vois pas pourquoi les deux descriptions
seraient opposables ou exclusives : n'est-ce pas attenter

> *à la pluralité des codes, dans le champ symbolique même,*
> *que de les opposer ?*

Votre question-objection prouve à quel point vous êtes un bon lecteur de Lévi-Strauss, car celui-ci, dans une lettre personnelle que vous ne pouviez évidemment connaître, m'a fait part d'une démonstration éblouissante et convaincante, au terme de laquelle il peut à juste titre rétablir l'inceste dans *Sarrasine*. Cependant, la démonstration de Lévi-Strauss est... lévi-straussienne et non freudienne. Est-on sûr d'ailleurs que le dernier Lacan attribue une place aussi décisive que vous le pensez à l'Œdipe ?

Pour ce qui est de l'auteur, si j'ai évacué radicalement Balzac de mon commentaire – ce pour quoi, soit dit en passant, il est faux de voir dans mon travail une « lecture de Balzac » : c'est une lecture... de la lecture –, c'est parce que j'ai cru important de montrer qu'on pouvait parler « à fond » d'un texte sans le déterminer ; d'ailleurs, même si on gardait la détermination, elle ne serait qu'un code critique parmi d'autres ; j'avais même commencé, dans mon travail, à coder toutes les références possibles à la vie de Balzac et à son œuvre comme unités du code scolaire et universitaire, code culturel s'il en fut ; les historiens et les psychologues littéraires en auraient-ils été plus satisfaits que de mon silence ? Ce que je récuse dans l'auteur, c'est le lieu d'une propriété, l'héritage, la filiation, la Loi. Mais, si on arrive un jour à distancer la détermination au profit d'un multitexte, d'un tissu de connexions, alors on pourra reprendre l'auteur, comme être de papier, présent dans son texte au titre d'inscription (j'ai cité, à cet égard, Proust et Genet). Je dirai même que je le souhaite ; je voudrais un jour écrire une biographie.

> *Cette volonté formelle d'échapper à l'emprise de la détermination trouve un écho très fort dans la langue même du commentaire. Il s'opère, en effet, à partir de ce recours au citatif dont vous avez parlé, une sorte de jeu perpétuel du concept, comme si jamais un concept ne pouvait être introduit sans être aussitôt défait, imprécisé, si l'on peut dire, dans l'avancée et le miroitement du texte.*

Si ce que vous dites là est vrai, c'est qu'alors je suis dans l'écriture, ce que je souhaite. Car ce qui est pour moi fondamentalement inacceptable, c'est le scientisme, c'est-à-dire le discours scientifique qui se pense en tant que science, mais censure de se penser en tant que discours. Il n'y a qu'une façon de dialectiser le travail : accepter d'écrire, entrer dans le mouvement de l'écriture, en étant aussi rigoureux que possible. Le flottement du concept n'a pas à être rectifié par un consensus des lecteurs compétents ; il est maintenu par le système de l'auteur, son idiolecte, il suffit que les concepts soient ajustés entre eux à l'intérieur du discours, de façon que l'autre texte, le texte tuteur, l'objet, quel qu'il soit, à partir duquel on écrit soit seulement pris en écharpe par le langage et non scruté frontalement.

> *Pensez-vous, dans ces conditions, qu'une analyse de cet ordre puisse avoir une valeur de modèle méthodologique et permette des applications éventuelles ?*

Je ne crois pas – et je ne désire pas – que mon travail ait la valeur d'un modèle scientifique susceptible d'être appliqué à d'autres textes ; ou alors ce seraient les déformations mêmes de la méthode qui s'avéreraient fécondes. C'est à un niveau plus modeste, non pas méthodologique, mais didactique, que ce commentaire peut avoir un certain avenir. Il pourrait, par exemple, à titre provisoire, fournir à l'enseignement de la littérature – je dis provisoire, car rien ne dit qu'il faille continuer à « enseigner la littérature » – non pas un modèle, mais une possibilité de libérer l'explication, de la faire entrer dans l'espace de la lecture et d'ouvrir dans l'enseignement un droit total au symbole.

> *Comment peut-on en concevoir la possibilité objective dès l'instant qu'une nouvelle de trente pages demande à elle seule un commentaire de deux cent vingt pages ?*

C'est précisément un problème que je voudrais aborder : comment passer d'un texte tuteur de trente pages à un roman de dimensions normales ?

> *Ne vous semble-t-il pas que cette extension risque de provoquer d'elle-même un retour à une codification de type large, de type synthétique ?*

Oui, on risque de faire le plan du roman par grandes masses pour éviter les redites fastidieuses. Car, sur un grand nombre de pages, les codes, les signes, comme dans toute langue, se répètent – on le voit déjà dans *Sarrasine* : il y a redondance, et cela deviendrait vite ennuyeux. Ce n'est pas, à mes yeux, tant un problème théorique qu'un problème de composition. Comment exposer ce genre d'analyse ?

En tout cas, roman ou nouvelle brève, si on veut continuer ces analyses, il faut trouver des textes qui ne soient, en quelque sorte, ni plats ni originaux et qui, par là, laissent bien interpréter leur résistance au pluriel de l'écriture. Il est certain que je suis tombé avec *Sarrasine* sur un texte extraordinairement adéquat.

> *Ce que vous théorisez ainsi : « Il n'y a pas d'autre preuve d'une lecture que la capacité et l'endurance de sa systématique. » N'est-ce pas sous-entendre que l'opération de commentaire vise à permettre une sorte de rehiérarchisation des valeurs littéraires dans la mesure où elle se constitue elle-même en tant qu'expérience littéraire ou, comme vous le dites, discours de la lecture, écriture-lecture ?*

Oui, et il ne faut en avoir aucune peur. *Mutatis mutandis*, le Moyen Age a vécu uniquement en relisant des textes anciens, grecs ou latins. Peut-être la littérature va-t-elle maintenant être cela : un objet à commentaires, un tuteur d'autres langages, un point c'est tout. Qui sait ?

> *J'aimerais que vous évoquiez maintenant, pour illustrer d'un autre point de vue cet ensemble d'affirmations, l'expérience que constitue pour vous ce livre contemporain de S/Z, L'Empire des signes, où vous abordez de façon plus polémique et plus personnelle encore la question si délicate du statut du sens.*

C'est un livre où j'ai choisi de parler du Japon, de mon Japon, c'est-à-dire d'un système de signes que j'appelle le Japon.

> *Il me semble que cet amour pour le Japon abrite un autre amour, beaucoup plus fondamental : celui de la réserve par rapport au sens.*

J'ai cru lire, dans de nombreux traits de la vie japonaise, un
certain régime de sens qui m'apparaît un peu comme le régime
idéal. J'ai continuellement écrit, depuis que je travaille, sur le
signe, le sens, la signification, dans des domaines très variés ;
il est normal que j'aie moi-même une sorte d'éthique du signe
et du sens, qui s'est énoncée là.

>   *Comment la définiriez-vous ?*

En deux mots, qui créent plus de problèmes qu'ils n'en résol-
vent : une éthique du signe vide. Le Japon offre l'exemple
d'une civilisation où l'articulation des signes est extrêmement
fine, développée, où rien n'est laissé au non-signe ; mais ce
niveau sémantique, qui se traduit par une extraordinaire finesse
de traitement du signifiant, ne veut rien dire, en quelque sorte,
ne dit rien : il ne renvoie à aucun signifié, et surtout à aucun
signifié dernier, exprimant ainsi à mes yeux l'utopie d'un
monde tout à la fois strictement sémantique et strictement
athée. Comme beaucoup d'entre nous, je refuse profondément
ma civilisation, jusqu'à la nausée. Ce livre exprime la revendication absolue d'une altérité totale qui m'est devenue nécessaire et peut seule provoquer la fissure du symbolique, de notre
symbolique.

> *Comment expliquez-vous ce phénomène apparemment*
> *contradictoire qui vous permet de reconnaître cette image*
> *idéale et libertaire d'une harmonie du sens et du non-sens*
> *dans une société dont la réalité économique et les valeurs*
> *idéologiques forment un ensemble tout aussi répressif que*
> *celui de nos propres sociétés ?*

Le Japon offre l'image très particulière d'une féodalité qui a
débouché, en moins d'un siècle, sur un expansionnisme économique extraordinaire. La présence éthique de la féodalité
maintient dans cette société intensément technicisée – et non
pas véritablement américanisée – un ensemble de valeurs, un
art de vivre, probablement assez fragile historiquement, qu'il
faut référer, d'autre part, à l'absence fondamentale du monothéisme. Un système presque entièrement immergé dans le
signifiant fonctionne ainsi sur un recul perpétuel du signifié :
c'est là ce que j'ai essayé de montrer au niveau essentiel de

la vie quotidienne (aussi bien sur la nourriture que l'habitat, le maquillage que le système des adresses). Ce façonnement du signifiant, du symbolique, traduit, malgré son inscription dans un régime d'exploitation de type capitaliste, une certaine réussite de civilisation et, à ce titre, une supériorité partielle mais indiscutable sur nos sociétés occidentales où la libération du signifiant est entravée depuis plus de deux mille ans par le développement d'une théologie monothéiste et de ses hypostases (« Science », « Homme », « Raison »).

J'ai ainsi mis en pratique l'exigence qui se trouve monnayée d'autre façon dans le commentaire de *Sarrasine* : expérimenter un certain pluralisme des niveaux, c'est-à-dire imaginer une sorte de dialectique décrochée entre des déterminations différentes. J'ai cru pouvoir, dans la mesure où se fait jour, au niveau même de la théorie marxiste, une exigence de pluralisme historique, me situe: ainsi, pendant le temps d'un bref essai, au niveau d'un niveau : c'est-à-dire à même une certaine pellicule de vie, qu'il faut évidemment ranger dans ce qu'on appelle classiquement les superstructures (mais, vous le savez, l'image du *dessus* et du *dessous* me gêne).

Je dois dire enfin que cet essai se situe à un moment de ma vie où j'ai éprouvé la nécessité d'entrer entièrement dans le signifiant, c'est-à-dire de me décrocher de l'instance idéologique comme signifié, comme risque du retour du signifié, de la théologie, du monologisme, de la loi. Ce livre est un peu une entrée, non pas dans le roman, mais dans le romanesque : c'est-à-dire le signifiant et le recul du signifié, fût-il hautement estimable par sa nature politique.

> *On trouve une illustration saisissante de ce clivage dans votre évocation des étudiants japonais de la Zengakuren, d'autant plus significative qu'elle précède le final du livre :*
>
> « Enfin, audace extrême du signe, il est parfois accepté que les slogans rythmés par les combattants énoncent, non pas la Cause, le Sujet de l'action (ce pour quoi ou contre quoi l'on combat) – ce serait une fois de plus faire de la parole l'expression d'une raison, l'assurance d'un bon droit –, mais seulement cette action elle-même (« Les Zengakuren vont se battre »), qui, de la sorte, n'est plus

coiffée, innocentée par le langage – divinité extérieure et supérieure au combat, telle une Marseillaise en bonnet phrygien –, mais doublé par un pur exercice vocal, qui ajoute simplement au volume de la violence, un geste, un muscle de plus. »

Cette dissociation ne dénote-t-elle pas une sorte de rupture avec la préoccupation centrale que vous formuliez autrefois comme enga-gement politique de la forme, rapport critique de la forme et de l'histoire, ouverture théorique sur la possibilité d'une praxis *?*

Si j'ai changé sur ce point, il s'agit d'un déplacement, non d'un reniement. Je ne pourrais plus maintenant me contenter de mettre en rapport des formes avec des contenus idéologiques comme je l'ai fait dans les *Mythologies*. Je ne crois pas que ce soit faux, mais ce genre de rapports est aujourd'hui acquis : tout le monde peut aujourd'hui dénoncer le caractère petit-bourgeois d'une forme. Il faut maintenant porter le combat plus loin, tenter de fissurer non pas les signes, signifiants d'un côté, signifiés de l'autre, mais l'idée même de signe : opération que l'on pourrait appeler une sémioclastie. C'est le discours occidental en tant que tel, dans ses fondements, ses formes élémentaires qu'il faut aujourd'hui essayer de fissurer.

Vous déniez en ce sens toute détermination de la recherche par l'engagement politique concret.

Si l'on reste au niveau direct de ce rapport, on est condamné à la répétition, au stéréotype ; on n'est même pas dans le savoir, mais dans la répétition du savoir, c'est-à-dire dans le catéchisme. On ne peut pas inventer, déplacer. L'invention, je pense, doit se situer au-delà. Il faut, dans notre Occident, dans notre culture, dans notre langue et nos langages, engager une lutte à mort, une lutte historique avec le signifié. C'est la question qui domine cet entretien. On pourrait l'intituler : « La destruction de l'Occident », dans une perspective nihiliste, au sens presque nietzschéen du terme, en tant que phase essentielle, indispensable, inévitable, du combat, de l'advention d'une « nouvelle façon de sentir », d'une « nouvelle façon de penser ».

On touche ici, me semble-t-il, une limite propre au rapport de l'écriture et de la politique, comme à celui de l'écriture et de la science.

Quand vous refusez toute détermination, vous faites entendre comme exigence contradictoire du discours intellectuel la vérité que Mallarmé formule sous le terme ambigu de « littérature » : l'écriture, comme signifiant du désir, constitue elle-même le champ clos de sa libération ; elle inclut logiquement le terme politique, sans quoi rien ne peut se penser, mais au titre de l'utopie, et son action, pour demeurer entière, ne peut s'exercer que comme « action restreinte », n'entretenant avec l'histoire qu'un rapport purement problématique, « en vue de plus tard ou de jamais ».

Vous vous enfermez ainsi dans L'Empire des signes, *le « cabinet des signes », dont vous dites si justement qu'il était l'habitat mallarméen ». Vous êtes le fétichiste du texte, qui n'accepte aucun savoir, fût-il de Marx ou de Freud, susceptible de couper la « tresse » du texte, comme Sollers tend un peu à le faire, exerçant sur votre livre une sorte de pression idéologique.*

Pensez-vous que le mot de « théorie », sur lequel vous vous appuyez lorsque vous invoquez dans les lignes qui figurent au dos de S/Z *l'édification (collective) d'une théorie libératrice du signifiant, correspond à ce mouvement ? Ou n'implique-t-il pas plutôt que, inévitablement, le discours libérateur de la connaissance, plus que tout autre, ne se soutient que d'esquisser toujours le geste castrateur, qui inscrit par exemple le fétichisme dans le champ du savoir ?*

Je ne pense pas qu'*attendre* soit *s'enfermer*. Remarquons que, chez nous, la clôture est toujours avancée comme un blâme ; nous pratiquons encore une mythologie romantique, alpestre, du vaste, de l'ouvert, du total, du grand souffle. Mais la contre-clôture, ce n'est pas forcément l'ouverture, c'est beaucoup plus sûrement l'exemption du centre. C'est précisément ce que j'ai cru apprendre du Japon : l'habitat, telle la maison japonaise, est supportable, délicieux même, si l'on parvient à le vider, à le démeubler, à le décentrer, à le désorienter, à le désoriginer.

Ce vide, que j'ai appelé plus haut « nihilisme » (me référant
à Nietzsche), est à la fois nécessaire et transitoire ; c'est à mes
yeux la postulation actuelle du combat idéologique dans notre
société : il est trop tard pour garder le texte comme un fétiche,
à la façon des classiques et des romantiques ; il est *déjà trop
tard* pour couper ce texte fétiche avec le couteau du savoir
castrateur, comme le font les scientistes, les positivistes et
parfois les marxistes ; il est *encore trop tôt* pour couper la
coupure, barrer le savoir, sans que cela apparaisse, par rapport
à ce qu'on appelle le réel politique, comme une seconde castration, une castration de la castration. Nous en sommes là, il
nous faut vivre dans l'inhabitable. Comme disait Brecht, et
vous imaginez qu'on ne peut suspecter chez lui une défaillance
de l'espoir et de la confiance révolutionnaire : *Ainsi va le
monde et il ne va pas bien.*

Les Lettres françaises, 20 mai 1970.
Propos recueillis par Raymond Bellour.

* Cet entretien a été repris en 1971 dans *Le Livre des autres*, L'Herne,
et en 1978 dans *Le Livre des autres, entretiens*, Christian Bourgois, coll.
« 10/18 ».

« L'Express » va plus loin
avec... Roland Barthes

Roland Barthes, cinquante-quatre ans, directeur d'études à l'Ecole pratique des hautes études, est l'un de ces personnages inconnus du public dont la notoriété est considérable parmi les intellectuels, français et étrangers, depuis la publication de son premier livre, Le Degré zéro de l'écriture. *Initiateur, en France, de la sémiologie ou science des signes, il vient de publier un essai,* S/Z, *particulièrement ardu (Seuil), et un livre plus accessible sur le Japon.* L'Empire des signes *(Skira). Son langage est parfois difficile. Mais l'effort qu'il y a lieu de faire pour le suivre n'est pas sans récompense...*

Vous venez de consacrer un livre entier à l'analyse d'une courte nouvelle de Balzac, Sarrasine, *pourquoi ?*

Parce que *Sarrasine* est un texte-limite dans lequel Balzac s'avance très loin, jusque vers des zones de lui-même qu'il comprenait mal, qu'il n'a pas assumées intellectuellement ni moralement, bien qu'elles soient passées dans son écriture.

Et aussi parce que j'ai voulu tracer une espèce de grille formelle de la lecture, c'est-à-dire de l'ensemble des lectures possibles de ce texte. Ce que j'ai fait, c'est un film au ralenti. J'ai donné une image au ralenti de *Sarrasine*. Comme un cinéaste qui décompose un mouvement, le montre au ralenti.

Pourquoi avez-vous parlé d'un texte-limite ?

Le narrateur de la nouvelle, qui n'est pas Balzac, déclare :
« Au fond, peut-être que cette histoire, je l'invente. » Et il le
déclare dans l'histoire. C'est ce genre de remarque, ce genre
de « peut-être » insolite, qui me fait parler d'un texte-limite.

Ce que j'ai essayé de montrer, c'est que cette nouvelle
appartient à une catégorie de haute qualité, où un récit se met
lui-même en jeu, où il se met en cause et en représentation en
tant que récit. Puisqu'un des résumés possibles de la nouvelle
c'est que le narrateur est amoureux d'une jeune femme,
Mme de Rochefide, qu'il rencontre au bal, qu'il détient un
secret qu'elle ne connaît pas mais qu'elle a envie de connaître,
et que lui-même a envie de passer une nuit avec cette jeune
femme. Un contrat tacite s'établit : une belle histoire contre
une nuit d'amour. Donnant donnant.

Comme dans Les Mille et une nuits.

Comme dans *Les Mille et une nuits*, où le récit est également
un objet d'échange. Pourquoi raconte-t-on des histoires ? Pour
s'amuser ou pour se distraire ? Pour « instruire », comme on
disait au XVIIᵉ siècle ? Une histoire reflète-t-elle ou exprime-
t-elle une idéologie au sens marxiste ? Toutes ces justifications
me semblent, aujourd'hui, périmées. Tout récit se pense lui-
même comme une sorte de marchandise. Dans *Les Mille et
une nuits*, on échange un récit contre un jour de survie. Ici,
contre une nuit d'amour.

De même chez Sade. Dans ses romans, il y a une alternance
presque obsessionnelle entre les scènes d'orgie et les considé-
rations d'ordre métaphysique, qu'on saute, en général, soi-
gneusement. Le lecteur de *La Philosophie dans le boudoir*,
par exemple, s'il lit le récit d'un bout à l'autre, achète véritablement une scène d'orgie pour le prix d'une dissertation philosophique, ou réciproquement.

A quel moment cette nouvelle se situe-t-elle dans l'œuvre de Balzac ?

Balzac est mort en 1850 et *Sarrasine* date de 1830, donc
relativement du début de son œuvre. Il la plaçait lui-même
dans les *Scènes de la vie parisienne*.

Puisque le récit est un objet d'échange, pouvez-vous nous raconter Sarrasine *?*

Bien volontiers. Toute la première partie se passe dans un salon parisien au temps de la Restauration et le thème explicite de la nouvelle est une condamnation de la société bourgeoise. A partir de ses idées monarchistes, Balzac s'en prend à l'or de la spéculation, à l'or des nouveaux riches, et il le place dans une symbolique qui est celle de l'or sans origine, qui n'a pas été dignifié par un passé terrien ainsi que c'était le cas pour la noblesse.

Dans la seconde partie, *Sarrasine* devient le récit de la castration. Zambinella, le personnage qui constitue le cœur de l'énigme, est un castrat. Son nom veut dire : « petite jambe » ou « petite poupée », et même, à mon avis, « petit phallus ». Et l'or sans origine des nouveaux riches, cet or presque alchimique puisqu'il surgit du néant, correspond précisément à Zambinella qui est le rien, dans la mesure où Zambinella est une fausse femme, un castrat.

Je ne pense pas du tout donner une explication tirée par les cheveux en établissant un rapport étroit entre le vide du castrat et le vide du nouvel or parisien.

Sans doute, mais Sarrasine, qui donne son nom à la nouvelle, est un sculpteur dont on apprend au cours du récit qu'il a été assassiné pour avoir aimé Zambinella, qu'il croyait être une femme. Votre interprétation risque de ne pas correspondre à celle du lecteur moyen, celui qui simplement lit Balzac et qui « marche ».

Mais, moi-même, je « marche » à fond quand je lis Balzac, croyez-le bien. Toutefois, il existe toujours au moins deux niveaux de lecture. Le lecteur dont vous parlez est le lecteur naïf qui lit Balzac, comme ça, spontanément, et qui prend plaisir à sa lecture, qui trouve l'histoire intéressante et a envie d'aller jusqu'au bout, de voir comment elle finit.

Ce lecteur-là consomme l'anecdote dans son déroulement temporel, de page en page, de mois en mois, d'année en année. Il lit le texte, à vrai dire, selon une logique millénaire puisque, pour nous Occidentaux, elle remonte à *L'Iliade* et à *L'Odyssée* et se poursuit environ jusqu'à Hemingway.

Puis, il y a le lecteur symbolique qui va plus profond et accède à la richesse symbolique du récit.

Ces deux lecteurs, en vous, coexistent-ils ?

Bien entendu, et ils coexistent en tout homme, il ne saurait en être autrement. Mais, étant donné que le second niveau de lecture est inconscient, le lecteur naïf ne peut que l'ignorer, par définition.

L'ordre symbolique qui coexiste avec le second niveau de lecture est un ordre – ainsi que Freud l'a bien montré – qui ne possède pas la même logique temporelle, pour lequel l'avant et l'après n'existent pas, comme dans les rêves. Son temps est réversible, il est une configuration symbolique de forces, de complexes, d'images. Celui du lecteur naïf, au contraire, est irréversible, essentiellement.

Le lecteur symbolique est celui qui analyse le texte, en dégage la structure signifiante. Ce qui lui permet, précisément, de rendre compte de la démarche du lecteur naïf, de comprendre pourquoi il « marche ».

Autrement dit, avec votre second lecteur, ce que vous êtes en train de définir, c'est la critique.

Oui, mais à condition que ce lecteur se mette à écrire, qu'il soit lui-même aux prises avec l'écriture. Et à condition aussi que la critique ne soit pas une question d'humeur, comme cela arrive trop souvent.

Selon vous, qu'est-ce que la critique ?

Pour moi, c'est une activité de déchiffrement du texte et je pense ici surtout à la « nouvelle critique », ainsi qu'on a pris l'habitude de la nommer. Car l'ancienne, au fond, ne déchiffrait pas, elle ne posait même pas le problème du déchiffrement.

Toute « nouvelle critique » peut se situer par rapport à cet horizon. Déchiffrement de type marxisant, déchiffrement de type psychanalytique, thématique, existentiel, dans des styles très divers et selon des attaches idéologiques différentes, le but reste toujours le même : chercher à saisir un sens vrai du texte pour découvrir sa structure, son secret, son essence.

> *A titre de comparaison, où placez-vous le* Proust *de Painter ? Est-ce de l'ancienne critique ?*

Ce n'est pas de la critique, c'est une biographie. Admirablement faite.

> *Et que pensez-vous du Lanson-Truffaut à travers lequel des générations de lycéens sont entrées en contact avec la littérature ?*

Ah ! vous posez là le problème de l'enseignement de la littérature, qui est un peu différent.

Ce qui m'a toujours frappé, c'est que les auteurs de manuels d'histoire de la littérature vont par deux : le Lanson-Truffaut, le Castex-Surer, le Lagarde et Michard, comme pour les ascenseurs. Leur choix est évidemment partial. Ils font de l'histoire littéraire, c'est-à-dire qu'ils constituent la littérature en objet culturel défini et clos, qui aurait une histoire interne à lui-même. Des valeurs s'y maintiennent comme des sortes de fétiches, implantées dans nos institutions.

Ce qu'il faudrait commencer par faire avec des lycéens, c'est secouer une bonne fois l'idée même de littérature, se demander ce qu'est la littérature, savoir, par exemple, si on peut y inclure des textes de fous, des textes de journalistes, etc.

> *Ce déchiffrement auquel vous assimilez la critique, à quoi sert-il ?*

A détruire. Dans la mesure où je ne sais pas si on peut faire autre chose dans l'état historique actuel. Mais au sens large du terme, comme on parle, par exemple, de théologie négative.

> *Les cybernéticiens disent : perturber.*

C'est cela, exactement. Perturber, subvertir. Et pour répondre à votre question, je crois que la critique peut participer à une espèce de geste collectif, d'acte collectif, repris par d'autres que moi, autour de moi, dont la devise serait ce mot si extraordinairement simple qui possède un pouvoir de subversion infini et qui est le fameux mot nietzschéen : « Une nouvelle façon de sentir, une nouvelle façon de penser. »

> *Partis de Zambinella, le « petit phallus », nous voici maintenant sur le point de refaire la société. Ne croyez-vous pas que vous exagérez tout de même un peu le rôle de l'activité symbolique ?*

Non, je ne le crois pas, car je ne peux que faire mienne la pensée de Lacan : ce n'est pas l'homme qui constitue le symbolique, mais c'est le symbolique qui constitue l'homme. Quand l'homme entre dans le monde, il entre dans du symbolique qui est déjà là.

Et il ne peut être homme s'il n'entre pas dans le symbolique.

> *Vous voulez dire qu'à sa naissance il s'insère dans une alimentation, une éducation, une classe sociale, c'est-à-dire assume des institutions déjà constituées.*

Pas tout à fait. Une institution se constitue toujours au niveau culturel, elle implique des codes, des protocoles, un langage. Le symbolique est beaucoup plus archaïque, beaucoup plus élémentaire.

L'enfant déjà, nous dit Lacan, entre dans le symbolique en découvrant sa propre image dans le miroir à l'âge de six mois. C'est le stade du miroir, c'est-à-dire le moment où, une première fois, il saisit l'image de son corps rassemblé. Comme vous le savez, l'homme est l'animal né trop tôt : biologiquement, c'est un prématuré. Il s'ensuit, pendant un certain nombre de mois, un état d'incapacité motrice et élocutrice, de déchirement, d'inachèvement biologique. Eh bien, cet état qui définit le proprement humain sur le plan biologique, le petit enfant le compense symboliquement quand il voit son image se refléter dans un miroir !

Ce qu'il vivait comme morcelé lui apparaît tout à coup comme l'image de l'autre. Dès ce moment-là commence toute l'aventure de l'intersubjectivité, de la construction imaginaire du moi.

Et dans les sociétés anciennes qui n'avaient pas encore le miroir ?

Pour Lacan, sa démonstration a évidemment une valeur trans-historique. Le miroir est plutôt une allégorie. Ce qui compte, c'est le moment où l'enfant saisit son corps dans une image rassemblée. Mais l'importance du symbolique, tout la corrobore, et pas seulement la réflexion théorique d'un psychanalyste.

La médecine psychosomatique, par exemple, a pu établir que des affections spécifiquement psychosomatiques telles que l'asthme, les ulcères d'estomac, ont toujours pour origine un trouble de la symbolisation. Les malades psychosomatiques ne symbolisent pas assez. L'idéal pour les guérir serait de leur injecter du symbolique, donc de les névroser.

La guérison névrotique. La médecine que vous proposez paraît pour le moins étrange.

Mais non, pas du tout. D'ailleurs, ce n'est pas moi qui la propose, mais les psychosomaticiens.

Le névrosé est celui dont le blocage résulte de diverses censures qui annihilent tous ses symboles. Son silence est un silence de censure. Le malade psychosomatique, c'est tout le contraire. Il ne symbolise pas son corps, qui reste mat, sans écho. Son silence est un silence de vide. Sa guérison interviendra pour autant qu'on réussisse à rétablir en lui la fonction symbolique qui, précisément, est hypertrophiée dans les cas de névrose.

L'importance du symbolique, c'est au fond ce que vous avez commencé à montrer dans vos Mythologies, *il y a déjà presque quinze ans.*

Oui, en partie. Elles ont eu pour origine un sentiment passionnel. J'avais été irrité, à l'époque, par un certain ton de la grande presse, de la publicité, globalement de ce qu'on appelle les communications de masse. Irrité et intéressé à la fois.

Là où je n'étais pas d'accord, c'est qu'on présentait l'événement en fonction d'une sorte de psychologie implicite naturelle.

Comme si ce qu'on disait de l'événement allait de soi, comme si l'événement et sa signification coïncidaient par nature.

Pourquoi ? Ils ne coïncident pas ?

Non, et je vais vous en donner un exemple. Je me souviens qu'une de mes premières *Mythologies* avait pour objet l'écrivain en vacances où, pour mieux le sacraliser, on nous montrait que lui qui n'est pas tout le monde partait en vacances comme l'ouvrier ou l'employé. C'est exactement le même tour de passe-passe que celui qui consiste à présenter des rois ou des reines en posture d'humanité, en posture familiale ou en posture conjugale. Le discours, ici, est truqué, puisqu'on dit qu'ils sont comme tout le monde pour dire, en réalité, qu'ils ne le sont pas.

Leur banalité affirme et confirme leur singularité. C'est là un des mécanismes que j'ai essayé de mettre au jour. Non seulement j'ai voulu rétablir le processus d'élaboration du sens par la société, mais montrer comment celle-ci tente, en fait, d'imposer ce sens sous des apparences de naturel.

Vous vous en êtes pris également aux détergents, aux guides touristiques, aux vedettes du Tour de France, aux jouets en matière plastique.

Oui, je crois que j'ai écrit en tout une cinquantaine de « mythologies ». Mais un des thèmes qui m'a beaucoup intéressé et longtemps retenu, c'est la mode. Il y a une différence fondamentale entre ce qu'elle est dans la réalité et la description qui en est donnée dans la presse féminine.

Chacun voit bien que le sens du vêtement ça existe et qu'il est important, car il touche à l'érotisme, à la vie sociale, à des tas de choses. Toutefois, la mode elle-même n'existe pas sans système de transmission, l'image, la photographie, le dessin, le texte écrit ou même la robe portée dans la rue. Et elle est très difficile à saisir dès lors qu'on a à reconstituer la grammaire d'une substance que finalement nous connaissons assez mal.

La mode, donc, n'a pas d'existence, sinon en tant que système de signification.

Exactement, mais, en même temps, elle est un système de signification assez pauvre, c'est-à-dire que les grandes différenciations de tenues vestimentaires renvoient à des différenciations de situations dont la liste est pauvre.

Mais elle est riche pour les femmes.

Elle n'est riche qu'au niveau du journal de mode qui, lui, distingue entre 5 heures de l'après-midi, 8 heures du soir, 11 heures et midi, le cocktail, le théâtre, etc. Dans la réalité, il n'y a pas de 5 heures de l'après-midi. Du point de vue sociologique et statistique, il n'y a pas longtemps, dans notre pays, il n'existait que deux tenues, la tenue de travail et la tenue du dimanche.

Et aujourd'hui ?

Maintenant, dans nos sociétés, ça devient très compliqué, car justement la culture de masse mêle les idéologies, les superstructures. Elle donne à consommer à des classes qui ne possèdent pas les moyens économiques de les consommer des produits dont, très souvent, elles ne consomment que les images.

Sans vouloir faire de la revendication facile, la richesse, la subtilité de l'univers sémantique de la mode tel qu'il figure dans les journaux spécialisés sont entièrement irréelles.

Peut-on se passer de mythologies ?

Non, bien sûr. Pas plus que de fonctions symboliques.

Le seul langage qui ne développe pas de sens second, c'est les mathématiques, parce qu'elles sont entièrement formalisées. Une équation algébrique ne contient aucun sens associé. Sauf si, après l'avoir inscrite au tableau noir, on la photographie et si on insère le tout dans un article sur Einstein. A ce moment-là, on développe un sens second, on connote, et l'équation veut dire : « Je suis scientifique, je suis mathématicien. »

Est-il possible d'imaginer un langage pur, non connoté, en dehors des mathématiques ?

Non, je crois que c'est une utopie. Selon une certaine conception marxiste, les mythes seraient des productions imaginaires et naïves liées à la phase de l'humanité dans laquelle elle ne savait pas, elle ne pouvait pas encore résoudre les contradictions de la réalité. C'est pourquoi elle les aurait résolues en élaborant des histoires où ces contradictions seraient surmontées imaginairement. Et le raisonnement marxiste, c'est que, quand nous aurons résolu scientifiquement ces contradictions par le socialisme, les mythes, à ce moment-là, disparaîtront.

Le problème est immense et je ne voudrais pas en traiter avec désinvolture. Le marxisme peut très bien envisager qu'une société socialiste remodèlera la carte du langage en intervenant d'une façon pour nous complètement inouïe, inimaginable. Mais je pense que même, alors, il subsistera une dernière contradiction, au sens large du terme, insurmontable : celle de la mort. Et tant qu'il y aura de la mort, il y aura du mythe.

> *Pourquoi, dans ces conditions, reprochez-vous ces mythologies à notre société ?*

Parce que, si nous sommes pleins de signes et si cela est inévitable, nous n'assumons pas ces signes en tant que signes. Ce que je n'aime pas dans l'Occident, c'est qu'il fabrique des signes et les refuse en même temps.

> *Pour quelles raisons ?*

Pour des raisons historiques, sans doute, qui tiennent en grande partie au développement de la bourgeoisie. Il est évident que la bourgeoisie a élaboré une idéologie universaliste cautionnée ou par Dieu, ou par la nature, ou, en dernier lieu, par la science, et que tous ces alibis fonctionnent comme des déguisements, comme des masques imposés aux signes.

> *Toute votre tentative, à ses différents niveaux, sociologique, critique littéraire, vise donc à démystifier.*

Pas vraiment à démystifier, car de quel droit parlerais-je au nom de la vérité ? Mais à battre en brèche inlassablement la naturalité du signe ; ça oui !

Vous savez, c'est un très vieux combat dont certaines formes paraissent maintenant un peu archaïques, mais au XVIII⁰ siècle, qui a eu l'idée de relativiser les croyances de la France de l'époque en les comparant à celles des Chinois, des Persans, des Hurons, des gens comme Voltaire le menaient déjà. Le grand danger, pour nous Occidentaux, dès lors que nous ne reconnaissons pas les signes pour ce qu'ils sont, à savoir des signes arbitraires, c'est le conformisme, la porte ouverte aux contraintes de type moralisateur, aux lois morales, aux contraintes de la majorité.

C'est pourquoi, à l'Occident, vous préférez l'Orient, et, en particulier, le Japon ?

Oui, ce qui m'intéresse au Japon, c'est un vieux problème d'ordre presque éthique, celui de mes rapports avec les signes. Car je lis le Japon comme un texte.

C'est-à-dire ?

Eh bien, les inscriptions, les gestes de la vie quotidienne, les menus rites de la ville ; les adresses, la nourriture, le théâtre qui élabore des signes et les affiche en tant que signes, tandis que chez nous il est fondé surtout sur l'expressivité ; tout pour moi y apparaît comme les traits, les accidents d'un texte. Au Japon, je suis dans une activité constante de lecture.

Mais ces signes ne sont pas écrits, à proprement parler.

Ils ne sont pas écrits dans des livres, mais ils le sont sur la soie de la vie. Et ce qui me fascine là-bas, c'est que les systèmes de signes sont d'une virtuosité extraordinaire du point de vue de la subtilité, de l'élégance, de leur force aussi, pour être finalement vides. Ils sont vides parce qu'ils ne renvoient pas à un signifié dernier, comme chez nous, hypostasié sous le nom de Dieu, de science, de raison, de loi, etc.

Des signes vides, dites-vous. Ce n'est pas très facile à comprendre.

Mais oui, je vous donne un exemple simple, vous allez voir : celui du dictionnaire. Un dictionnaire est composé de signifiants, c'est-à-dire les mots vedettes imprimés en corps gras, et chacun de ces mots est nanti d'une définition qui a valeur de signifié. Or ces signifiés, ces définitions du dictionnaire, sont constitués eux-mêmes d'autres mots, et cela à l'infini.

Un dictionnaire est un objet parfaitement paradoxal, vertigineux, à la fois structuré et indéfini, ce qui en fait un très grand exemple, car il est une structure infinie décentrée puisque l'ordre alphabétique dans lequel il est présenté n'implique aucun centre.

En d'autres termes, ce qui vous plaît au Japon, c'est que vous le lisez sans ordre fixe, comme on lit un dictionnaire.

Oui, mais, en Occident, il vient un point où le dictionnaire, ou, si vous préférez, l'inventaire de toutes les choses du monde, s'arrête avec Dieu, qui en est la clef de voûte, puisque Dieu ne peut être qu'un signifié – jamais un signifiant : pourrait-on admettre qu'il signifie autre chose que lui-même ? Tandis qu'au Japon, tel que je l'ai lu, il n'y a pas de signifié suprême qui arrête la chaîne des signes, il n'y a pas de clef de voûte, ce qui permet aux signes de se développer avec une subtilité et une liberté très grandes.

Toutes les civilisations qui possèdent une religion monothéiste sont forcément entraînées dans la contrainte moniste, elles arrêtent à un certain moment le jeu des signes. Et cela, c'est la contrainte structurale de notre civilisation. Vous comprenez, par conséquent, pourquoi j'accorde de l'importance à tout ce qui tend à sortir du monocentrisme occidental, à tout ce qui ouvre sur une image possible du pluriel.

Il serait intéressant d'aborder de plus près un de ces systèmes de signes japonais qui vous séduisent tant.

Rien n'est plus facile. Là-bas, ils surgissent de partout. Toutefois, un des plus explicites est peut-être la nourriture.

Mais, d'abord, comment fonctionne un système de signes ? La comparaison classique depuis Saussure est celle du jeu d'échecs ; il y a des éléments qu'on déplace sur les cases d'un échiquier et il y a des règles de déplacement, c'est-à-dire des choses permises et des choses interdites. Transposé à un système comme la nourriture, cela veut dire qu'il faut commencer par percevoir les traits, les pièces du jeu.

Dans la nourriture japonaise, ces éléments sont de différentes sortes. Il y a le cru, la crudité, qui s'applique à mille variétés d'aliments et qui est une qualité très fréquente ; il y a le découpé, généralement en très petites particules ; il y a aussi la couleur. Un plateau de nourriture japonaise est un tableau. Et vous le voyez, tout de suite je me suis placé à un niveau très formel. Je n'ai pas dit : le riz signifie ceci, le poisson signifie cela. A partir de là, on peut comprendre comment le système joue, comment ses différents éléments s'articulent.

Nous aussi, nous avons le cru, le cuit, le découpé, etc.

Bien sûr, mais les pièces de notre repas ne se combinent pas de la même manière. Le menu occidental est très rigide dans sa composition et dans son ordre de consommation.

Il suffit d'aller au restaurant : on y offre invariablement des hors-d'œuvre, des entrées, des rôtis, des fromages, des desserts selon un ordre inexorable. C'est l'ordre logico-temporel du récit classique et on ne peut pas le changer. Il est irréversible comme dans *L'Iliade* et *L'Odyssée*, comme dans *Les Liaisons dangereuses* ou dans le dernier roman de Troyat.

Tandis qu'au Japon, un repas, c'est du Robbe-Grillet.

Beaucoup mieux que du Robbe-Grillet. Dans les restaurants japonais, le client reçoit un plateau sur lequel sont disposés les aliments et des baguettes pour prélever ces aliments. Les baguettes sont de merveilleux instruments de prélèvement, ce ne sont pas des agrippeurs, des saisisseurs comme nos fourchettes. Alors, on prélève une becquée de riz, une becquée de légumes confits et on revient au riz, puis on absorbe une gorgée de soupe, etc. Chacun compose son discours alimentaire d'une façon toujours absolument libre et réversible.

Et cela favorise extraordinairement la conversation. Il n'y a pas, comme chez nous, des sujets attribués à chaque moment du repas : les repas d'affaires, comme nous disons très justement, où l'essentiel du débat se situe entre la poire et le fromage. Le déroulement de la conversation naît de l'ordre réversible du repas.

Du point de vue de la civilisation, que déduisez-vous du fait que la cuisine japonaise soit aux antipodes de la nôtre ?

Naturellement, il ne faut pas en déduire que, par rapport au monothéisme ou au monocentrisme, la nourriture japonaise est polythéiste ! Mais, de proche en proche, tous ces systèmes de signes font partie d'une très grande structure mentale.

Il y a un plat japonais, le *soukiyaki*, qui me paraît tout à fait significatif. Il s'agit d'une espèce de ragoût qui se fait interminablement. On a devant soi une grande casserole où l'on met des crudités au fur et à mesure qu'on mange. Derrière vous se tient une assistante qui alimente à la fois la bassine et la conversation, si je puis dire. Mais, pour être honnête, je ne connais pas la langue japonaise, et c'est à travers la langue qu'on pourrait accéder le plus directement aux structures mentales du Japon.

Parce que c'est la langue qui véhicule les idées.

Disons que c'est surtout parce qu'on ne peut pas imaginer un système de signes dans lequel le langage articulé n'interviendrait pas à certains moments.

Saussure, le principal fondateur de la linguistique moderne, pensait que celle-ci était une partie d'une science plus vaste : la science des signes. Une partie pilote, sans doute, mais une partie seulement dont les autres secteurs devraient être développés plus tard sous le nom de sémiologie.

Aujourd'hui, cependant, j'en suis arrivé à constater que, même si on aborde des systèmes de signes autres que le langage articulé, tels que la nourriture, ou la mode dont nous avons parlé tout à l'heure, on s'aperçoit que ces systèmes, eux aussi, sont absolument pénétrés de langage.

Qu'est-ce que la sémiologie ?

Au sens canonique, la discipline qui étudie les signes, les significations.

En quoi la linguistique, science du langage, est-elle pour vous fondamentale ?

Il est presque devenu banal de le dire, mais, sur le plan opératoire, la linguistique nous a donné des concepts très bien définis qui possèdent une valeur incontestable, au moins dans la phase historique présente de la recherche en sciences humaines. Pour moi, elle m'a fourni les moyens efficaces de déchiffrement d'un texte littéraire ou d'un quelconque système de signes.

D'autre part, ses prolongements depuis une quinzaine d'années ont permis de découvrir ce qu'on appelle les structures décentrées.

C'est-à-dire ?

Permettez que j'en revienne à l'image du dictionnaire. La linguistique actuelle nous enseigne qu'il y a des ensembles de sons et de sens qui sont organisés entre eux et possèdent, par conséquent, des caractères structuraux, mais sans qu'on puisse désigner un centre pivotal autour duquel la structure se construirait.

Les ennemis du structuralisme disent d'un air goguenard que la notion de structure a toujours existé et ils se demandent pourquoi on fait tant d'histoires autour d'elle. Bien sûr que le structuralisme, en un sens, est très ancien : le monde est une structure, les objets, les civilisations sont des structures, on le sait depuis longtemps. Toutefois, ce qui est entièrement nouveau, c'est de percevoir cette décentration. Et cela était très difficile à admettre à partir d'une culture de type classique comme la nôtre.

Pour quelles raisons ?

Parce que notre langue, comme notre menu, est très rigide, très centrée, dans la mesure où elle a été codifiée au XVIIe siècle par un petit groupe social.

Ce qu'on a appelé jusqu'à Rivarol « le génie de la langue française » recouvrait, en fait, la conviction que le français, parce qu'on y place le sujet avant le verbe et le verbe avant le

complément, était la meilleure langue du monde. Les classiques étaient persuadés que c'était là l'ordre logique, naturel,
de l'esprit. C'est sur cette croyance que s'est édifié le natio-
nalisme linguistique de la France.

Plus personne ne le pense actuellement.

Non, sans doute, et à certains programmes universitaires, maintenant, on met l'étude des langues contrastantes, comme le
chinois ou le japonais, afin d'obliger les futurs linguistes à
bien prendre conscience qu'il existe des langues en complète
rupture avec nos langues indo-européennes.

Au XVIᵉ siècle, Montaigne disait encore : « Ce suis-je », et
non pas : « Je suis cela », ce qui était parfaitement légitime,
puisque le sujet est constitué par tout ce qui lui vient et par
tout ce qu'il fait. Puisqu'il n'est vraiment lui-même qu'à la
fin, comme produit.

Pouvez-vous préciser encore ce phénomène de décentra-
tion du langage qui, semble-t-il, est si important pour
vous ?

Volontiers. Si je dis : « Je suis entré dans l'immeuble », ma
phrase, très banale, est structurée, en ce sens qu'elle obéit à
des règles de construction qui relèvent de la grammaire française. La forme du sujet à la première personne, le verbe, le
complément de lieu, voilà autant de contraintes. Il y a des
pièces et il y a des règles comme dans le jeu d'échecs. Cependant, cette phrase structurée, en même temps, n'est pas close.
Et la preuve qu'elle ne l'est pas, c'est qu'on peut l'augmenter
indéfiniment.

Elle peut devenir, par exemple : « Moi qui déteste monter
les escaliers, je suis entré, alors que dehors il pleuvait, dans
l'immeuble situé 25, rue de Berri. » C'est une chose vraiment
merveilleuse dans l'ordre intellectuel, cette idée qu'une phrase
n'est jamais saturable, qu'elle est catalysable, pour reprendre
le terme consacré, par remplissages successifs selon un processus théoriquement infini : le centre est infiniment déplaça-
ble.

Je ne sais plus quel linguiste a dit ceci de très beau et de
très troublant : « Chacun de nous ne parle qu'une seule phrase

que, seule, la mort peut interrompre. » Cela fait passer une
sorte de frisson poétique sur toute la connaissance.

> *Le langage serait donc une combinatoire, il aurait un*
> *rapport avec l'idée de jeu.*

Une combinatoire, oui, mais à condition de soulever le tabou
du mot si on l'emploie, car il y a en lui quelque chose d'un
peu péjoratif par rapport à un certain idéal humaniste. En
revanche, la notion de jeu je suis tout à fait pour.
   J'aime ce mot pour deux raisons. Parce qu'il évoque une
activité proprement ludique et parce que le jeu, c'est aussi le
jeu d'un appareil, d'une machine, cette toute petite liberté qui
est possible dans l'agencement de ses divers éléments.
   Le langage est une jouissance de fabrication et de fonctionnement. Il renvoie à une psychanalyse du plaisir et, en même
temps, à une dynamique à la fois contraignante et souple du
fonctionnement, de l'agencement des pièces entre elles. On
pourrait dire aussi qu'il est une stéréophonie.

> *Une stéréophonie ?*

Oui, je veux dire par là qu'il est un espace, qu'il met en place
les pensées et les sentiments selon des distances et des volumes
différents. Evidemment, si je dis : « Entrez et fermez la porte »,
ce n'est pas une phrase qui contient beaucoup de stéréophonie.
Mais un texte littéraire est, lui, vraiment stéréographique.

> *Comme* Sarrasine.

Bien sûr. Chaque phrase de Balzac, toujours, a son volume, sa
banquette de sens, c'est certain. Prenons un passage quelconque de sa nouvelle...

> *Peut-être simplement son titre :* Sarrasine.

Oui, très bien. Voici, semble-t-il, un titre insignifiant, le mot,
le son : Sarrasine. Si on déplie le volume des sens qui s'y
trouvent inclus, si on en étale la banquette, le livre aussitôt
ouvre sur une question : Sarrasine, qu'est-ce que c'est ?
S'agit-il d'un nom commun ou d'un nom propre ? Et s'il s'agit

d'un nom propre, est-ce un nom d'homme ou un nom de femme ? A ces questions, il ne sera pas répondu tout de suite.

C'est donc un premier sens. Une question est ouverte qui est bien volumineuse, déjà, en elle-même, puisqu'elle doit se compléter par une sorte de marcotte comme pour un fraisier. La question va bourgeonner, mais sa tige restera en l'air pendant toute la première moitié de la nouvelle, jusqu'à ce qu'elle soit replantée dans le logico-temporel, beaucoup plus tard, quand on saura précisément que Sarrasine est un sculpteur.

Il y a aussi, dans Sarrasine, *quelque chose de violemment sexuel. On ne serait pas étonné si la nouvelle, par exemple, racontait le viol d'une femme par un Sarrasin.*

En effet. Dans la langue française, la terminaison en *e* muet marque, la plupart du temps, la féminité. Donc, avant de savoir que Sarrasine est un homme, nous féminisons cet homme de manière obscure. Non sans raison, puisqu'une problématique sexuelle se dévoile dans le cours du récit. Et il y aurait évidemment d'autres dépliages possibles.

Vous avez établi autrefois une distinction qui est devenue classique entre les notions d'écrivant et d'écrivain. De quoi s'agit-il ?

L'écrivant est celui qui croit que le langage est un pur instrument de la pensée, qui voit dans le langage seulement un outil. Pour l'écrivain, au contraire, le langage est un lieu dialectique où les choses se font et se défont, où il immerge et défait sa propre subjectivité.

Le critique est-il un écrivant ou un écrivain ?

Ça dépend.

Vous-même, êtes-vous un écrivain ou un écrivant ?

Je voudrais être un écrivain. Toute question de valeur mise à part, je ne dis pas quant au résultat de ce que je fais, mais dans mon projet. Car l'écriture de l'écrivain, ce n'est pas le style.

Prenons les choses au niveau très artisanal. Un sociologue qui écrit un article de sociologie est un écrivant dès lors qu'il refuse certaines figures de rhétorique. Les antithèses, par exemple. Si vous lisez des textes de sociologues, de démographes, d'historiens, vous verrez que c'est poncé. Ils ne mettent pas dans une même phrase deux termes en antithèse, comme Victor Hugo. Ils n'emploient pas non plus la métaphore ou, en tout cas, s'il leur arrive de la glisser dans leurs écrits, ils l'acceptent comme quelque chose de peu clair qui détourne de la vérité.

Tandis qu'un écrivain, lui, travaille dans le volume du langage dont nous parlions plus haut. Il accepte de renoncer aux garanties de la rédaction transparente, instrumentale.

> *Vous dites qu'être écrivain ou non n'est pas une question de style, mais ce n'est pas non plus cultiver l'obscurité.*

Non, évidemment, mais c'est tout de même la risquer. Pour moi, un des grands critères de réussite pour celui qui, comme on dit en linguistique, performe le texte, c'est-à-dire l'écrit, le fabrique, c'est l'introduction dans une même phrase de deux ou plusieurs codes et de telle sorte que le lecteur ne puisse pas décider dans une situation quelconque qui a raison et qui a tort, qui ou quoi vaut mieux qu'autre chose, etc.

Par exemple, dans *Sarrasine*, en un endroit qui se situe dans la première moitié de la nouvelle, le narrateur, qui connaît le secret de l'histoire qu'il raconte, c'est-à-dire que Zambinella dont fut amoureux le sculpteur Sarrasine n'est qu'un castrat, refuse de livrer son secret. A la jeune femme qui lui demande qui est tel vieillard qui, en fait, est le castrat vieilli, il répond : « C'est un... » Les trois points de suspension, pour qui connaît la fin de la nouvelle, recouvrent le mot « castrat ».

> *Autrement dit, écrire reviendrait à savoir ménager un suspense.*

Non, pas seulement, car il y a des quantités d'ouvrages vulgaires qui contiennent beaucoup de suspense, en particulier dans la littérature de masse, qui joue là-dessus.

Si, dans *Sarrasine*, Balzac met trois points de suspension à la place du mot « castrat », c'est pour deux raisons indécidables. La première appartient à l'ordre symbolique : il y a un tabou sur le mot « castrat ». La seconde appartient à l'ordre opératoire : si, en cet endroit-là, l'auteur avait écrit le mot « castrat », c'en était fini, tout le récit s'arrêtait. Il y a donc ici deux instances, une instance symbolique et une instance opératoire. Le bon narrateur est celui qui sait mélanger les deux instances sans qu'on puisse décider laquelle est la vraie. L'écriture de l'écrivain tient essentiellement à un critère d'indéterminabilité.

Vos deux critères ne sont-ils pas restrictifs ?

Mais absolument pas. Il peut y avoir une autre explication, on peut mobiliser d'autres codes, un code historique, par exemple, encore que ce soit impossible dans le cas qui nous occupe. Toutefois, ce qui n'intervient pas chez l'écrivant, il faut au moins qu'il y ait chez l'écrivain pluralité et indéterminabilité des codes.

Une dernière question. Pourquoi le livre que vous venez de consacrer à l'analyse de Sarrasine *s'intitule-t-il, énigmatiquement,* S/Z *?*

C'est un titre qui est fait pour qu'on y investisse plusieurs sens possibles et, dans cette mesure-là aussi, le titre représente un des projets du livre, qui est de montrer les possibilités d'une critique pluraliste qui autorise de dégager plusieurs sens d'un texte classique. Quant à la barre oblique qui oppose *S* et *Z*, il s'agit d'un signe qui vient de la linguistique et marque l'alternance entre deux termes d'un paradigme. En toute rigueur, il faudrait lire *S versus Z*, comme on dit dans le jargon linguistique, c'est-à-dire *S* contre *Z*.

Oui, mais pourquoi justement l'opposition de ces deux lettres ?

Parce que j'ai voulu donner un monogramme qui emblématise toute la nouvelle de Balzac, *S* étant l'initiale du sculpteur Sarrasine, *Z* l'initiale de Zambinella, le travesti, le castrat. Dans le livre, j'explique comment on peut interroger ces deux lettres d'un point de vue symbolique, puisque, dans un esprit très

balzacien, un peu ésotérique, on doit tenir compte des malé-
fices de la lettre *z*, qui est la lettre de la déviance, la lettre
déviée.

Avoir écrit Sarrasine avec un *s* plutôt qu'avec un *z* dans le
corps du nom, alors que dans l'onomastique française on a,
en général, Sarrazin écrit avec un *z*, est le type même du lapsus
au sens freudien, c'est-à-dire du très petit événement qui semble sans importance et qui, en réalité, est profondément signifiant. Et puis, dans Balzac, il y a la lettre *z*.

Et dans Barthes, la lettre s.

Oui, je suis habitué à ce qu'on fasse tomber ce *s* de la fin de
mon nom dans une trappe. Or vous savez très bien que toucher
à un nom propre, c'est quelque chose de grave : c'est porter
atteinte à la propriété (ce qui m'indiffère), mais aussi à l'inté-
grité – ce à quoi, je suppose, personne n'est insensible, surtout
lorsqu'on vient de lire une histoire de castration !

L'Express, 31 mai 1970.

Roland Barthes critique

La critique littéraire que vous faites, Roland Barthes, se veut une critique de laboratoire. J'entends par là qu'elle aborde son objet, le texte, sans critère idéologique – d'ordre esthétique, éthique ou politique – pour révéler du texte les lois qui le régissent. Je vous demande si la méthode elle-même n'a pas son idéologie puisque, dans le texte, elle cherche quand même un ou des sens.

La question que vous posez est souvent posée, et je vois autour de moi se multiplier des thèses qui visent à mettre en accusation tel ou tel texte pour des raisons idéologiques. Mais ça n'avance à rien ! L'idéologie imprègne la société, elle est jusque dans le langage, elle ne bénéficie d'aucun privilège d'exterritorialité qui lui permettrait de juger de l'extérieur. C'est pourquoi il faut toujours définir le lieu d'où l'on parle ; ou tuer le discours et se taire, comme certains gauchistes le font.

A partir de cette situation de fait, s'il y a un discours qui inclut le discours de l'idéologie, c'est bien celui de la sémiologie qui, étant une science des signes, ne peut avancer que par la critique des signes, donc de son propre langage. D'où la mobilité de cette science, la rapidité avec laquelle elle évolue, l'usure de son langage théorique qui prend à peine le temps de se fixer.

Une étudiante me proposait avec malice un travail qui aurait été la critique de l'idéologie de la sémiologie. Je lui ai dit de le faire. Pourquoi pas ? Mais le seul travail valable là-dessus ne peut se faire qu'à l'intérieur de la sémiologie, en tant que critique sémiologique de la sémiologie. Sinon, on ne fera que ressasser que la sémiologie est idéologie sans prouver qu'elle l'est sur son propre terrain.

Laissons donc là le dialogue de sourds d'une idéologie
faisant la critique d'une autre, et situons-nous dans la
sémiologie, et plus particulièrement de la manière dont
une science des signes permet d'aborder un texte littéraire
– un texte qui est donné à lire et que vous appelez un
texte lisible.

Entendons-nous d'abord sur ce qu'est un texte lisible. Nous
sommes obligés de faire un peu d'histoire – d'histoire de la
culture et de l'enseignement du français. Jusqu'à Flaubert, on
enseignait la rhétorique, on enseignait l'art d'écrire. Depuis,
on a séparé lecture et écriture, et c'est la démocratisation qui
a fait perdre l'art d'écrire tout en offrant à la consommation
du lecteur les objets culturels que la bourgeoisie avait produits.
La dissertation est restée, bien sûr, mais comme un exercice
dont la correction relève du goût du professeur, tandis que
l'explication de texte a pris le dessus. Apprendre à lire, à bien
lire, ça a un côté positif, mais un côté négatif aussi, puisque
ainsi on a consacré le divorce entre un petit nombre de personnes écrivant et le grand nombre qui lisent sans transformer
ce qu'ils lisent en écriture. Ce qui sépare l'analyse de texte
habituelle de l'analyse structurale, c'est que celle-ci, en recherchant tous les codes qui régissent un texte et ses transformations, permet de récrire des textes.

De récrire le même texte... Comme les machines à traduire
traduisent tout dans le style de Dickens, parce qu'on a
appris le code de ce style-là. Mais l'art du pastiche n'étant
pas vraiment de la littérature, pour qu'advienne un texte
nouveau, n'est-on pas obligé de réintroduire le subjectif ?

Vous savez, le subjectif est déterminé lui aussi, aujourd'hui.
Entre un texte et un autre, il n'y a que des différences de désir,
pas de vocation – ou alors, la vocation est un fantasme réalisé :
vous rêvez à douze ans d'être chef d'orchestre et vous le
devenez.

Pourrait-on supposer – d'ailleurs vous l'avez laissé
entendre jadis – que, par une analyse structurale de plus

en plus fine des textes, on arriverait à un texte fondateur,
à un modèle *dont tous les textes littéraires ne feraient*
plus que dériver ?

Là-dessus, j'ai varié du tout au tout. J'ai pensé en effet, dans
un premier temps, qu'on devait pouvoir dégager un ou des
modèles à partir des textes ; qu'on pouvait donc remonter vers
ces modèles par induction pour redescendre ensuite vers les
œuvres par déduction. C'est cette recherche du modèle scientifique que poursuivent encore des hommes comme Greimas
ou Todorov. Mais la lecture de Nietzsche, ce qu'il dit de l'indif-
férence de la science a été très important pour moi. Et Lacan
comme Derrida m'ont confirmé dans ce paradoxe auquel il
faut croire : que chaque texte est unique dans sa différence,
quoiqu'il soit traversé de répétitions et de stéréotypes, de codes
culturels et symboliques.

Votre paradoxe retombe donc dans un autre paradoxe que
le structuralisme croyait avoir réduit : celui du sujet, dans
son mode d'existence.

Non... et oui aussi ! La langue française fait une confusion
malheureuse (ou heureuse !) dans ce seul mot *sujet*, là où
l'anglais a deux mots : *subject* et *topic*.

Laissons là ce paradoxe qui risquerait de nous conduire
trop loin. Dans S/Z, *vous divisez les textes littéraires en*
deux catégories : les textes lisibles, *qui se prêtent à la*
lecture, c'est-à-dire en gros toute la littérature
jusqu'aujourd'hui ; et les textes scriptibles, *que chaque*
lecteur est appelé à récrire...

... des textes qui donnent à écrire. Mais cette littérature-là
n'existe pas encore, ou à peine. Il s'agit de textes à venir. Il y
a eu coupure, au siècle dernier et en ce siècle, et, bien sûr, ce
sont toujours les mêmes noms qui reviennent : Lautréamont,
Artaud, Bataille parfois, qui se donne pour lisible, mais dont
les textes sont souvent sur la tranche de l'illisibilité parce qu'y
affleure une logique polyvalente.

Mais alors, qui va lire encore ? Qui va lire quoi, et comment ?

A mon avis, il faut lire n'importe quoi. J'ai du plaisir à lire, et je ne vais pas aussi loin que certains de l'équipe de *Tel Quel* qui brûlent toute la littérature. Je pense qu'il faut lire dans le désir du texte futur ; lire le texte du passé dans une visée nihiliste ; en quelque sorte, dans ce qu'il n'est pas encore.

Cela me fait penser à ces partitions musicales où chaque instrumentiste interprète plus ou moins à son gré les signes, les taches qui ont remplacé les notes sur des portées.

Oui. Le concert où on invite l'auditeur à s'inclure dans l'espace de l'orchestre, à jouer lui-même. Mais je me méfie de la spontanéité, qui est directement tributaire des stéréotypes, des habitudes. Dans l'état actuel, il n'y a encore, pour le créateur, que la tricherie, le détour du code pour subvertir le code ; pour le montrer et le détruire à la fois.

C'est l'histoire du serpent qui se mord la queue. Pour me libérer d'un code, j'utilise la ruse d'un autre code qui, à son tour, va montrer son usage limitatif ou répressif de code, grâce au suivant, et cela sans fin...

Pourtant, il n'y a pas d'autre alternative. Vous savez, la limite, l'ordre, la barbarie sont toujours possibles. Lénine disait : « Socialisme ou barbarie. » On peut dire aussi socialisme *et* barbarie au moment où l'on voit se figer dans la culture de masse une culture du stéréotype. Alors, il faut poursuivre... et l'on verra ensuite.

La Gazette de Lausanne, 6 février 1971.
Propros recueillis par Edgar Tripet.

Digressions

Ce dehors (l'Orient) passe en effet par notre
dedans, mais bien entendu selon une histoire
et une logique qui font de ce passage l'histoire
et la logique d'un aveuglement.

(Ph. SOLLERS)

Nous partirons, si vous le voulez bien, de la nécessité de
questionner *l'Orient – c'est-à-dire de questionner notre*
méconnaissance de l'Orient, notre aveuglement sur
l'Orient –, ce qui revient sans doute à questionner le geste
idéologique *qui permet cette méconnaissance – l'impé-*
rialisme et le christianisme de notre point de vue sur
l'Orient –, ce qui fait que là s'ouvre, plus peut-être qu'un
simple continent « géographique », un texte, dont nous
*commençons juste à pressentir l'*enjeu.

L'Empire des signes, *que vous avez publié chez Skira,*
ouvre incontestablement une brèche *dans cette mécon-*
naissance réglée : le Japon *que vous y lisez n'est rien,*
vous l'affirmez, qu'une « réserve de traits » – ou : « la
fissure même du symbolique » (brèche ou fissure qu'il
nous faut dès maintenant savoir connecter avec les textes
d'Artaud sur le théâtre balinais, de Brecht sur le théâtre
chinois, d'Eisenstein sur le kabuki – *comme ouverture*
sur un dehors refoulé, *immersion culturelle, ou, comme*
vous l'écrivez, « révolution dans la propriété des systèmes
symboliques ») – brèche ou fissure que nous vous deman-
derons d'élargir, ou d'aviver – geste chirurgical urgent,
à relancer sans fin.

Geste intervenant, aussi, dans « une lassitude, presque
[...] un dégoût, en tout cas une intolérance [...] envers la
dissertation, les formes dissertatives d'exposé » – intolé-

*rance que vous marquez par la nécessité « de défaire,
détruire, disperser le discours dissertatif au profit d'un
discours discontinu ». Nous ne vous demanderons donc
ni « interview », ni articles (modes rhétoriques du développement, de la surcharge du signifié) – mais en quelque
sorte le* contrepoint *à un certain nombre de « signets de
lecture », selon l'expression de P. Rottenberg, marques
ponctuelles* insérées *dans votre livre – et dont nous espérons qu'elles permettront, comme musicalement, à une
autre* série *textuelle de se déployer, dans cet « entre » où
le symbolique se fissure : écriture, ici, comme une* plaie
creusée.

Point n° 1. *Lecture d'une* contradiction, *qui est peut-
être plus à accentuer qu'à « aplanir » : ce* Japon *présenté
dès le titre comme* empire des signes, *et dans le tissu
même du texte comme « système symbolique inouï, entièrement dépris du nôtre » – autre combinatoire signifiante
–, se lit en définitive comme* ÉCRITURE, *déploiement d'une
pratique multipliée excédant, justement, l'espace du* signe
*(dans sa hiérarchie de base : signifiant, signifié, référent)
– Espace, si l'on veut, d'une* charnière, *où le sens afflue
et reflue tout à la fois, se donne et se refuse, interrogation
infinie de ce visage ouvert sur un autre visage, dans
l'épaisseur du bois (tout signifié déjà en position de signifiant) – tressage précis des « codes » et disparition de la*
hiérarchie *qui fonde le concept de « code ». Cela marqué
dans le texte : « Eclat si vif, si ténu que le signe s'abolit
avant que n'importe quel signifié ait eu le temps de
"prendre" » / « Empire des signes ? Oui, si l'on entend
que les signes sont vides et que le rituel est sans dieu. »*

*Question de ce qui se joue, dans votre texte, disons :
entre Saussure et Derrida, question de la fin des possibilités « formalistes » (positivistes, mécanistes) de toute*
lecture *de l'Orient : zone que l'idéologie dominante
s'essaye en vain de contrôler, lieu d'un* effondrement *irré-
médiable.*

1. FORMALISME

Il n'est pas sûr que le mot *formalisme* doive être tout de
suite liquidé, car ses ennemis sont les nôtres, à savoir : les
scientistes, les causalistes, les spiritualistes, les fonctionnalis-
tes, les spontanéistes ; les attaques contre le formalisme se font
toujours au nom du contenu, du sujet, de la Cause (mot ironiquement ambigu, puisqu'il renvoie à une foi et à un déter-
minisme, comme si c'était la même chose), c'est-à-dire au
nom du signifié, au nom du Nom. Nous n'avons pas à prendre
nos distances à l'égard du formalisme, mais seulement nos
aises (l'aise, ordre du désir, est plus subversive que la distance,
ordre de la censure). Le formalisme auquel je pense ne consiste
pas à « oublier », à « négliger », à « réduire » le contenu
(« l'homme »), mais seulement à *ne pas s'arrêter* au seuil du
contenu (gardons provisoirement le mot) ; le contenu est *précisément* ce qui intéresse le formalisme, car sa tâche inlassable
est en chaque occasion de le reculer (jusqu'à ce que la notion
d'origine cesse d'être pertinente), de le déplacer selon un jeu
de formes successives. N'est-ce pas ce qui arrive à la science
physique elle-même, qui, depuis Newton, n'en finit pas de
reculer la matière, non au profit de l'« esprit », mais au profit
de l'aléatoire (rappelons-nous Verne citant Poe : « Un hasard
doit être incessamment la matière d'un calcul rigoureux »). Ce
qui est matérialiste, ce n'est pas la matière, c'est le recul,
la levée des crans d'arrêt ; ce qui est formaliste, ce n'est pas
la « forme », c'est le *temps* relatif, dilatoire, des contenus, la
précarité des repères.
    Pour nous déconditionner de toutes les philosophies (ou
théologies) du signifié, c'est-à-dire de l'Arrêt, puisque nous
autres, « littéraires », nous ne disposons pas du formalisme
souverain, celui de la mathématique, il nous faut employer le
plus de métaphores possible, car la métaphore est une voie
d'accès au signifiant ; à défaut d'algorithme, c'est elle qui peut
donner congé au signifié, surtout si on parvient à la désoriginer [1]. Je propose aujourd'hui celle-ci : la scène du monde (le

1. J'appelle métaphore inoriginée une chaîne de substitutions dans laquelle
on s'abstient de repérer un terme premier, fondateur. La langue elle-même,

monde comme scène) est occupée par un jeu de « décors » (de textes) : levez-en un, un autre apparaît derrière et ainsi de suite. Pour raffiner, opposons deux théâtres. Dans les *Six person-nages*, de Pirandello, la pièce se joue sur le fond « nu » du théâtre : pas de décors, seulement les murs, poulies et cordages de l'arrière-scène ; le personnage (le sujet) se constitue peu à peu à partir d'un « réel » défini par son caractère *a)* réduit, *b)* intérieur, *c)* causal ; il y a une machinerie, le sujet est un pantin ; aussi, en dépit de son modernisme (jouer sans décors, à même la cage de scène), ce théâtre reste spiritualiste : il oppose la « réalité » des causes, des dessous, des fonds, à l'« illusion » des toiles, des peintures, des effets. Dans *Une nuit à l'Opéra*, des Marx Brothers, ce même problème est traité (sur le mode burlesque, évidemment : gage supplémen-taire de vérité) : dans le final (éblouissant), la vieille sorcière du *Trouvère*, parodique d'elle-même, pousse imperturbable-ment sa chanson, le dos tourné à toute une valse de décors : les uns montent, les autres descendent vivement ; la vieille est successivement adossée à des « contextes » différents, hétéro-clites, impertinents (toutes les œuvres du répertoire, emmaga-sinées, fournissent des fonds fugitifs), dont elle ignore elle-même la permutation : chacune de ses phrases est un contresens. Ce charivari est bourré d'emblèmes : l'absence de fond remplacée par le pluriel roulant des décors, le codage des contextes (issu du répertoire d'opéra) et leur dérision, la poly-sémie délirante, et enfin l'illusion du sujet, chantant son ima-ginaire pour autant que l'autre (le spectateur) le regarde et qui croit parler adossé à un monde (à un décor) unique : toute une scène du pluriel qui met en dérision le sujet : le *dissocie*.

Point n° 2. Pensée, radicalement neuve *(mais possibilité* ouverte *par Marx et Freud) de l'*absence de centre : *ville dont le centre est vide, habitations sans « foyer » – et ce que marque, dans l'écriture même du texte, l'idéogramme* 舞, MU, *le vide.*

---

*Ou encore : « Secousse du sens, déchiré, exténué jus-
qu'à son vide insubstituable sans que l'objet cesse jamais
d'être signifiant, désirable. L'écriture est en somme, à sa
manière, un* SATORI *: le* satori *(l'événement* ZEN*) est séisme
plus ou moins fort (nullement solennel) qui fait vaciller
la connaissance, le sujet : il opère un* vide de parole. *Et
c'est aussi un vide de parole qui constitue l'écriture. »*

*Rien de plus difficile à « admettre », pour une cervelle
occidentale, que ce* vide *(que tout en nous invite à combler,
par l'obsession du phallus, du père, du « maître-mot »).
Violence de l'affrontement – et nécessité impérieuse d'éviter toute* récupération *inconsciente, celle qui ferait de ce
vide même un* centre, *dans une* réduction mystique *où la
religion occidentale retrouverait, quasi juridiquement, ses*
droits. *Comment* esquiver *ce retour « refoulant » et oblique du signifié ? Comment* écrire *ce vide sans « l'exprimer » ? Questions clés dans cette pratique de l'annulation, qui, depuis Mallarmé (qui la réfracte dans le terme
compromis de « néant »), ne cesse d'être l'envers menaçant et silencieux de toutes nos* paroles.

2. VIDE

L'idée de *décentrement* est certainement beaucoup plus
importante que celle de *vide*. Celle-ci est ambiguë : certaines
expériences religieuses s'accommodent très bien d'un *centre
vide* (j'ai suggéré cette ambiguïté à propos de Tokyo, en rappelant que le centre vide de la ville était occupé par le palais
de l'empereur). Ici encore, il faut refaire inlassablement nos
métaphores. Tout d'abord, ce que nous abhorrons dans le *plein*,
ce n'est pas seulement l'image d'une substance ultime, d'une
compacité indissociable ; c'est aussi et surtout (du moins pour
moi) une *mauvaise forme* : le plein, c'est, subjectivement, le
souvenir (le passé, le Père), névrotiquement la répétition,
socialement le stéréotype (il fleurit dans la culture dite de
masse, dans cette civilisation endoxale, qui est la nôtre). A
l'opposé, le *vide* ne doit plus être conçu (imagé) sous la forme

d'une absence (de corps, de choses, de sentiments, de mots, etc. : le *rien*) – nous sommes ici victimes de la physique ancienne ; nous avons une idée quelque peu chimique du vide. Le vide, c'est plutôt le nouveau, le retour du nouveau (qui est le contraire de la répétition). J'ai lu récemment dans une encyclopédie scientifique (mon savoir ne va évidemment pas au-delà) l'exposé d'une théorie physique (la plus récente, je crois) qui m'a donné quelque idée de ce fameux vide auquel je pense (je crois de plus en plus à la valeur métaphorique de la science) ; c'est la théorie de Chew et Mandelstam (1961), dite théorie du *bootstrap* (le *bootstrap* est la boucle de la botte par laquelle on peut la tirer et, idiomatiquement, l'occasion d'un proverbe : s'élever soi-même en se tirant par ses propres bottes) ; je cite : « *Les particules existant dans l'univers ne seraient pas engendrées à partir de certaines particules plus élémentaires que d'autres* [aboli le spectre ancestral de la filiation, de la détermination], *mais elles représenteraient le bilan des interactions fortes à un instant donné* [le monde : un système toujours provisoire de différences]. *Autrement dit, l'ensemble des particules s'engendrerait lui-même* (self-consistance) [1]. » Le vide dont nous parlons, ce serait en somme la *self consistance* du monde.

Point n° 3. *Symptôme (au sens où il s'agit de se livrer, comme le dit Sollers, à une véritable* anamnèse *culturelle) noté ici par votre lecture du* haïku. *Retournant en quelque sorte sur sa base aveuglée l'interprétation impressionniste ou même* surréaliste *du* haïku *(on sait l'utilisation qu'en fait Breton dans sa défense* idéaliste *de l'image – cf. « signe ascendant », in « La clé des champs »), vous indiquez nettement que « ce qui est visé, c'est le fondement du signe, à savoir la classification » – signalant du même coup le caractère hautement surdéterminé, ici, de toute* interprétation, *alors que « ce sens ne fuse pas, ne s'intériorise pas, ne se décroche pas dans l'infini des métaphores, dans les sphères du symbole » – ou encore : « Rien n'a été acquis, la pierre du mot a été jetée pour rien : ni vagues ni coulées de sens » – cela même que signale Bashô :*

1. In *Les Lois de la nature*, Bordas Encyclopédie.

Comme il est admirable
Celui qui ne pense pas : « La vie est éphémère »
En voyant un éclair !

Question de savoir si cette absence d'instance paradig-
matique nous retranche obligatoirement de l'espace du
signe – à articuler sur l'insertion même du haïku *dans*
notre culture, et précisément dans notre discours poétique
(là où c'est précisément dans la multiplicité *active, dans*
la profondeur *signifiante – que le signe se joue et s'exté-*
nue – et non dans l'« adéquation du signifiant et du signi-
fié »).

3. LISIBLE

   Le sens aboli, tout reste à faire, puisque le langage continue
(la formule « tout reste à faire » renvoie évidemment au travail). Pour moi (peut-être ne l'ai-je pas assez dit), le prix du
haïku est paradoxalement dans ceci, qu'il est *lisible*. Ce qui –
du moins dans ce monde *plein* – nous retranche le mieux du
signe, ce n'est pas le *contraire* du signe, le non-signe, le non-
sens (l'*illisible*, au sens courant), car ce non-sens est immédiatement récupéré par le sens (comme sens du non-sens) ; il
est inutile de subvertir la langue en détruisant, par exemple, la
syntaxe : c'est en fait une bien maigre subversion, qui, de plus,
est loin d'être innocente, car, comme on l'a dit, « les petites
subversions font les grands conformismes ». Le sens ne peut
s'attaquer de front, par la simple assertion de son contraire ;
il faut tricher, dérober, subtiliser (dans les deux acceptions du
mot : raffiner et faire disparaître une propriété), c'est-à-dire :
à la rigueur parodier, mais encore mieux simuler. Le *haïku*,
par toute une technique, voire un code métrique, a su évaporer
le signifié ; il ne reste plus qu'un mince nuage de signifiant ;
et c'est à ce moment-là, semble-t-il, que, par une dernière
torsion, il prend le masque du lisible, copie, en les privant
cependant de toute *référence*, les attributs du « bon » message
(littéraire) : la clarté, la simplicité, l'élégance, la finesse. Le
travail d'écriture auquel nous pensons aujourd'hui ne consiste

ni à améliorer la communication, ni à la détruire, mais à la
filigraner ; c'est en gros ce qu'a fait (parcimonieusement)
l'écriture classique, qui est, pour cette raison, et quoi qu'il en
soit, une écriture ; cependant, une nouvelle étape, amorcée ici
et là dans le dernier siècle, a commencé, où ce n'est plus le
sens qui est rendu (libéralement) pluriel à l'intérieur d'un seul
code (celui de « bien écrire »), mais l'ensemble même du langage (comme « hiérarchie fluctuante » de codes, de logiques)
qui est visé, travaillé ; cela doit encore se faire dans l'apparence
de la communication, car les conditions sociales, historiques,
d'une libération du langage (par rapport aux signifiés, à la
propriété du discours) ne sont nulle part encore réunies. D'où
l'importance actuelle des concepts théoriques (directeurs) de
paragramme, de plagiat, d'intertextualité, de fausse lisibilité.

Point n° 4. *Ce qui est lisible dans les trois points précédents est sans doute la question de l'*ancrage matérialiste
de l'écriture *que désigne le mot « Japon » – ancrage que
l'on peut déterminer à partir d'une* pratique complexe
articulée *(séries relativement autonomes et réglées, dans
leur stratification, par leurs rapports de dominance et de
détermination : ici, aussi bien « cuisine » que « théâtre »,
« lutte » que « poésie », « politesse » que « topologie »),
mais aussi à partir de la* langue *–, nous confrontant bru-
talement à tout ce qu'il y a d'idéologique et d'inconscient
dans la façon que nous avons de vivre notre rapport à
elle (langue qui, nous le savons,* N'EST PAS *une superstructure – et aussi « langue paternelle », selon votre
expression, c'est-à-dire dominée par l'instance du Nom).
Question ici de la langue, non seulement comme « décentrement » par rapport à l'obsession communicative, laissant place à l'écriture généralisée des traces et des gestes
– mais aussi question de sa* place *dans la « portée »,
dialectiquement ordonnée, des pratiques signifiantes
repérées.*

4. LANGUE

« *La langue n'est pas une superstructure* », dites-vous. A
ce sujet, deux remarques restrictives. D'abord, la proposition
ne peut être sûre tant que la notion de « superstructure » n'est
pas éclaircie, et elle est actuellement en plein remaniement (du
moins je le souhaite). Ensuite ceci : si l'on conçoit une histoire
« monumentale », il est certainement possible de reprendre la
langue, les langues, dans une totalité structurale : il y a une
« structure » de l'indo-européen (par opposition, par exemple,
aux langues orientales) qui est en rapport avec les institutions
de cette aire de civilisation (chacun sait que la grande coupure
passe *entre* l'Inde et la Chine, l'indo-européen et les langues
asiatiques, la religiosité bouddhique et le taoïsme ou le zen –
le zen est apparemment bouddhique, mais il n'est pas du côté
du bouddhisme ; le clivage dont je parle n'est pas celui de
l'histoire des religions ; c'est précisément celui des langues,
du langage).

Quoi qu'il en soit, même si la langue n'est pas une superstructure, le rapport à la langue est politique. Cela n'est peut-
être pas sensible dans un pays historiquement et culturellement
« tassé » comme la France : la langue n'est pas ici un thème
politique ; cependant, il suffirait de réveiller le problème (par
n'importe quelle forme de recherche : élaboration d'une socio-
linguistique engagée ou simple numéro spécial de revue), pour
être sans doute stupéfait de son évidence, de son ampleur, de
son acuité (par rapport à leur langue, les Français sont simplement *endormis*, chloroformés par des siècles d'autorité classique) ; cependant, dans des pays moins nantis, le rapport à la
langue est brûlant ; dans les pays arabes naguère colonisés, la
langue est un problème d'Etat où s'investit tout le politique.
Je ne suis pas sûr d'ailleurs qu'on soit bien préparé à le résoudre : il manque une théorie politique du langage, une métho-
dologie qui permettrait de mettre au jour les processus
d'*appropriation* de la langue et d'étudier la « propriété » des
moyens d'énonciation, quelque chose comme le *Capital* de la
science linguistique (je pense, pour ma part, qu'une telle théorie s'élaborera peu à peu à partir des balbutiements actuels de
la sémiologie, dont ce sera en partie le sens historique) ; cette

théorie (politique) devra notamment décider *où s'arrête la langue* – et si elle s'arrête quelque part ; il prévaut actuellement dans certains pays encore embarrassés par l'ancienne langue coloniale (le français) l'idée *réactionnaire* que l'on peut séparer la langue de la « littérature », enseigner l'une (comme langue étrangère) et refuser l'autre (réputée « bourgeoise ») ; malheureusement, il n'y a pas de seuil à la langue, on ne peut arrêter la langue ; on peut à la rigueur fermer, isoler la grammaire (et donc l'enseigner canoniquement), mais non le lexique, encore moins le champ associatif, connotatif ; un étranger qui apprend le français se trouve très vite, ou du moins devrait se trouver, si l'enseignement était bien fait, devant les mêmes problèmes idéologiques qu'un Français face à sa propre langue ; la littérature n'est jamais que l'approfondissement, l'extension de la langue et à ce titre elle est le champ idéologique le plus large, celui où se débat le problème structural dont j'ai parlé au début (je dis tout cela en fonction de mon expérience marocaine).

La langue est infinie (sans fin), et de cela il faut tirer les conséquences ; la langue commence avant la langue ; c'est ce que j'ai voulu dire à propos du Japon, en exaltant la communication que j'ai pratiquée là-bas, en dehors même d'une langue parlée que je ne connais pas, mais dans le bruissement, la respiration émotive de cette langue inconnue. Vivre dans un pays dont on ne connaît pas la langue, y vivre largement, en dehors des cantonnements touristiques, est la plus dangereuse des aventures (au sens naïf que cette expression peut avoir dans des romans pour la jeunesse) ; c'est plus périlleux (pour le « sujet ») que d'affronter la jungle, car il faut *excéder* la langue, se tenir dans sa marge supplémentaire, c'est-à-dire dans son infini sans profondeur. Si j'avais à imaginer un nouveau Robinson, je ne le placerais pas dans une île déserte, mais dans une ville de douze millions d'habitants dont il ne saurait déchiffrer ni la parole ni l'écriture : ce serait là, je crois, la forme moderne du mythe.

Point n° 5. « *Dans ce pays que j'appelle le Japon – écrivez-vous –, la sexualité est dans le sexe, non ailleurs* » ; *mais aussi : « là-bas, le corps existe, se déploie, agit, se donne, sans hystérie, sans narcissisme, mais selon un pur*

projet érotique » ; ou : « grand syntagme des corps ».
Tout se passe comme si nous étions confrontés à la sortie,
par permutations, et travail (le travesti, par exemple,
n'« imite » pas la femme, mais la joue*) de l'*expression
corporelle *(c'est-à-dire du dualisme âme/corps) comme*
de tout espace limité au fétichisme ou au transfert. Ques-
tion, peut-être saugrenue, de la délicatesse *de ce jeu*
sexuel (se détachant de la violence redoublée et chaude
qu'implique, en Occident, un geste similaire, par exemple
dans les textes de Sade ou de Guyotat).

5. SEXUALITÉ

La délicatesse du jeu sexuel, c'est là une idée très importante
et tout à fait inconnue, me semble-t-il, de l'Occident (motif
majeur pour s'y intéresser). La raison en est simple. En Occident, la sexualité ne se prête très pauvrement qu'à un langage
de transgression ; mais faire de la sexualité un champ de transgression c'est encore la tenir prisonnière d'un binaire
(pour/contre), d'un paradigme, d'un sens. Penser la sexualité
comme un continent noir, c'est encore la soumettre au sens
(blanc/noir). L'aliénation de la sexualité est consubstantielle-
ment liée à l'aliénation du sens, par le sens. Ce qui est difficile,
ce n'est pas de libérer la sexualité selon un projet plus ou
moins libertaire, c'est de la dégager du sens, y compris de la
transgression comme sens. Voyez encore les pays arabes. On
y transgresse aisément certaines règles de la « bonne » sexualité par une pratique assez facile de l'homosexualité (à condition de ne jamais la *nommer* : mais c'est là un autre problème,
le problème immense de la verbalisation du sexuel, barrée dans
les civilisations à « honte », cependant que cette même verbalisation est chérie – confessions, représentations pornographiques – des civilisations à « culpabilité ») ; mais cette transgression reste implacablement soumise à un régime du sens
strict : l'homosexualité, pratique transgressive, reproduit alors
immédiatement en elle (par une sorte de colmatage défensif ;
de réflexe apeuré) le paradigme le plus pur qu'on puisse ima-

giner, celui de l'actif/passif, du possédant/possédé, du niqueur/
niqué, du tapeur/tapé (ces mots « pieds-noirs » sont ici de
circonstance : encore la valeur idéologique de la langue). Or
le paradigme, c'est le sens ; aussi, dans ces pays, toute pratique
qui déborde l'alternative, la brouille ou simplement la retarde
(ce que certains appellent dédaigneusement, là-bas, *faire
l'amour*) est d'un même mouvement *interdite et inintelligible*.
La « délicatesse » sexuelle s'oppose au caractère fruste de ces
pratiques, non sur le plan de la transgression, mais sur celui
du sens ; on peut la définir comme un *brouillage du sens*, dont
les voies d'énonciation sont : ou des protocoles de « politesse », ou des techniques sensuelles, ou une conception nouvelle du « temps » érotique. On peut dire tout cela d'une autre
manière : l'interdit sexuel est entièrement levé, non au profit
d'une « liberté » mythique (concept tout juste bon pour satisfaire les timides fantasmes de la société dite de masse), mais
au profit de codes vides, ce qui exonère la sexualité du mensonge spontanéiste. Sade a bien vu cela : les pratiques qu'il
énonce sont soumises à une combinatoire rigoureuse ; cependant, elles restent marquées d'un élément mythique proprement occidental : une sorte d'éréthisme, de transe, ce que vous
appelez très bien une sexualité *chaude* : et c'est encore sacraliser le sexe en en faisant l'objet, non d'un hédonisme, mais
d'un *enthousiasme* (le dieu l'anime, le vivifie).

Point n° 6. *Point clé : le repérage précis de l'écriture
comme mise en scène, au travers du* bunraku *: travail
inscrit dans le volume de la représentation, et débordant
celle-ci ;* reflet *donné dans son* processus, *sa production
affirmée : c'est peut-être ici qu'est repérée avec la plus
grande précision la constitution d'un* réseau *de pratiques
signifian-tes stratifiées, confrontées – sans jamais céder
à l'englument, à l'« unité », à la hiérarchie des codes.
Là se dessine nettement, entre les poupées d'étoffe et de
bois et les montreurs qui les font agir, entre les corps de
bois ou de chair et la voix* latérale, *déportée obliquement,
un espace nouveau, théâtre d'une écriture, d'une textualité incessante : « spectacle total mais divisé » / « jeu
d'une combinatoire qui s'ouvre dans l'espace entier du
théâtre » – où, par le règne de la « citation », « le tressage*

des codes, des références, des constats détachés », nous accédons à une autre *scène, lieu refoulé nettement par notre théâtre occidental hanté, jusque dans ses « contestations » parcellaires, par l'intériorisation ou l'imitation. « Le travail – écrivez-vous – se substitue à l'intériorité » ; et aussi : « le dedans ne commande plus le dehors », ce qui ne peut que nous renvoyer à la logique dialectique inaugurée par Marx, telle que la désigne Althusser : « Les distinctions courantes du dehors et du dedans disparaissent, tout comme la liaison intime des phénomènes opposée à leur désordre visible : nous sommes en face d'une* autre *image, d'un concept quasi nouveau, définitivement libérés des antinomies empiristes de la subjectivité phénoménale et de l'intériorité essentielle, en face d'un système objectif réglé, en ses déterminations les plus concrètes, par les lois de son montage et de sa machinerie. » Ce point de contact avec le discours marxiste permettant de questionner de nouveau cette scène : « le signifiant » ne fait-il, comme vous le dites, « que se retourner comme un gant » ? – Ou sommes-nous déjà dans ce « système » où ce qui permet le concept même de « signifiant » est excédé, où le mot « signifiant » n'a de sens qu'à être relié au mot « travail » ou « transformation » ?*

6. SIGNIFIANT

Le signifiant : il faut nous résoudre à abuser encore longtemps du mot (notons une fois pour toutes que nous n'avons pas à le définir, mais à l'employer, c'est-à-dire à le métaphoriser, à l'opposer – notamment au signifié, dont on a cru, au début de la sémiologie, qu'il était le simple corrélat, mais dont nous savons mieux aujourd'hui qu'il est l'adversaire). La tâche actuelle est double. D'une part, il faut arriver à concevoir (j'entends par ce mot une opération plus métaphorique qu'analytique) comment peut s'énoncer contradictoirement *la profondeur et la légèreté du signifiant* (n'oublions pas que *léger* peut être un mot nietzschéen) ; car, d'un côté, le signifiant n'est pas « profond », il ne se développe pas selon un plan d'infériorité et de secret ; mais, d'un autre côté, que faire de ce fameux signifiant sinon quelque chose comme : s'immerger en lui, plonger loin du signifié, dans la matière, dans le texte ? Comment s'enfouir dans du léger ? Comment s'étendre sans se gonfler et sans se creuser ? A quelle substance comparer le signifiant ? Certainement pas à l'eau, fût-elle océanique, car les mers ont un fond ; plutôt au ciel, à l'espace cosmique, en ce qu'il a précisément d'*impensable*. D'autre part, cette même exploration métaphorique devrait être menée sur le mot *travail* (qui, en fait, bien plus que *signifié*, est le vrai corrélat de *signifiant*) ; c'est lui aussi un mot *numen* (un mot capable d'armer un discours) ; je l'analyse comme suit : associé au problème du texte, il s'entend dans l'acception que lui a donnée Julia Kristeva, de *travail pré-sens* : travail hors du sens, de l'échange, du calcul, dans la dépense, le jeu ; je crois que c'est cette direction qu'il faut explorer ; encore faudrait-il prévenir certaines connotations : éliminer complètement l'idée du *travail-peine* et peut-être se priver (par rigueur et tout au moins pour commencer) de la métonymie qui donne à tout travail la caution prolétarienne, ce qui permet évidemment de faire passer le « travail » du signifiant dans le camp socialiste (où il est d'ailleurs diversement accueilli), mais devrait peut-être se penser d'une façon plus lente, plus patiente, plus dialectique. Cette grande question du « travail » est en somme dans un creux, dans un blanc de notre culture ; elliptiquement, je dirais que ce blanc est exactement le même que celui qui annule jusqu'ici le rapport de Marx et de Nietzsche : rapport des plus résistants et où, par conséquent, il faut aller voir. Qui s'en occupera ?

Point n° 7. *Ce point de contact avec le matérialisme dialectique permet peut-être (et* CE N'EST PAS *« pour terminer »*) *de poser la question de la* position *des pratiques signifiantes que vous confrontez dans la* pratique sociale générale et différenciée *(c'est-à-dire hors du mythe idéaliste d'une histoire unifiée, « moniste » ou logocentrique). Cette question nous semble particulièrement importante, dès que nous parlons de l'Orient, si nous voulons* éviter *ces deux attitudes complices (vivant leur opposition sur la base du même refoulement) que sont le mythe d'un*

*Orient sauvage, barbare, non évolué, et le fétichisme
culturel de type classiciste, méconnaissant la détermination* en dernière instance *par l'économie (point d'autant
plus important, ici, que nous sommes confrontés à une
économie de type* capitaliste avancé*). Urgence de cette
question, si elle permet de repérer comment la contradiction principale de notre temps (impérialisme/socialisme)
s'inscrit* spécifiquement *dans l'instance symbolique – et
précisément en Orient, puisque c'est bien là, un peu au
sud du Japon, que cette contradiction se joue de la façon
la plus* décisive, *là où l'affrontement des signes a laissé
place à celui des* armes.

7. ARMES

Vous opposez d'une manière très frappante les *signes* aux
armes, mais selon un processus encore substitutif, et vous ne
pouvez faire autrement ; car les signes et les armes, c'est la
même chose ; tout combat est sémantique, tout sens est guer-
rier ; le signifié est le nerf de la guerre, la guerre est la structure
même du sens ; nous sommes actuellement dans la guerre, non
du sens (une guerre pour abolir le sens), mais des sens : des
signifiés s'affrontent, munis de toutes les sortes d'armes possibles (militaires, économiques, idéologiques, voire névrotiques) : il n'y a actuellement dans le monde aucun lieu institutionnel d'où le signifié soit banni (on ne peut aujourd'hui
chercher à le dissoudre qu'en trichant avec les institutions,
dans des lieux instables, fugitivement occupés, inhabitables,
contradictoires au point d'en paraître parfois réactionnaires).
Pour ma part, le paradigme sur lequel en toute rigueur (c'est-
à-dire au-delà d'une position politique préférentielle) j'essaye
de me régler, n'est pas : *impérialisme/socialisme*, mais : *impé-
rialisme/autre chose* ; cette levée de la marque au moment où
le paradigme va se conclure, cette opposition rendue boiteuse
par le raccourci, le supplément ou la déviation du *neutre*, cette
béance d'utopie, il faut bien m'y résoudre, est le seul lieu où

je puisse actuellement me tenir. L'impérialisme, c'est le *plein* ;
en face, il y a le *reste*, non signé : un texte sans titre.

Promesse, n° 29, printemps 1971.
Propos recueillis par Guy Scarpetta.

Entretien
(A conversation with Roland Barthes)

Vous avez parlé d'une certaine distance qui vous sépare maintenant de vos travaux antérieurs, et vous avez également dit que l'écrivain « doit tenir ses anciens textes pour des textes autres, qu'il reprend, cite ou déforme comme il le ferait d'une multitude d'autres signes [1] ». Il semble d'ailleurs que vous avez toujours eu pleine conscience d'occuper une position relative dans l'histoire de l'élaboration d'un savoir, la sémiologie (ainsi Système de la Mode *est reconnu par vous, au moment même de son édition, comme* déjà *une histoire de la sémiologie). Pourriez-vous indiquer quelles sont vos préoccupations actuelles, et en quoi elles développent vos anciens travaux ou s'en éloignent ?*

Je suis souvent préoccupé – ou plus exactement occupé, car il ne s'agit pas d'un souci douloureux – par l'idée qu'il existe déjà une histoire de la sémiologie, bien que la sémiologie au sens strict et occidental du terme ne date environ que d'une dizaine d'années ; cette histoire est marquée par une très vive accélération ; on peut même dire que c'est une histoire emportée. Il y a un emportement de la sémiologie qui fait que l'on pourrait la décrire comme étant depuis dix ans une suite de propositions, de contre-propositions, de ruptures, de divergences – divergences de style entre les différents sémiologues français, et divergences d'idéologie, aussi, de plus en plus. Une histoire de la sémiologie, même à l'échelle des dix dernières années, est possible, elle est même nécessaire ; il se trouve que, par mon premier texte sémiologique (la postface des

---

1. « Drame, poème, roman » (1968).

Mythologies écrite en 1956), j'ai été lié à la naissance de la sémiologie française ; je suis donc moi-même, au niveau partiel et restreint de mon propre travail, un espace de cette histoire, une portion du champ historique de la sémiologie. Je songe actuellement à réunir en recueil les textes sémiologiques que j'ai écrits, et si je devais présenter ce recueil, ce pourrait être précisément comme une *histoire* ; on pourrait même appeler ce recueil : *Petite Histoire de la sémiologie.* Il est donc normal que, le long même de mes travaux sémiologiques, on trouve des ruptures, des contradictions, des secousses, des progressions, peut-être même parfois des régressions, enfin tout un mouvement. La sémiologie telle que je la vis actuellement n'est donc plus la sémiologie que j'ai vue, imaginée et pratiquée au tout début de cette histoire sémiologique. La rupture, en ce qui concerne la sémiotique littéraire, est très sensible et se situe exactement entre l'*Introduction à l'analyse structurale des récits* et *S/Z* : ces deux textes correspondent en fait à deux sémiologies. Les causes de cette mutation (car il s'agit plutôt de mutation que d'évolution) seraient à chercher dans l'histoire récente de la France – pourquoi pas ? – et puis aussi dans l'intertextuel, c'est-à-dire dans les textes qui m'entourent, qui m'accompagnent, qui me précèdent, qui me suivent, et avec lesquels bien entendu je communique. Je ne les cite pas, vous devinez desquels il s'agit, et ce serait revenir toujours aux mêmes noms du même groupe.

Cela dit, où j'en suis sémiologiquement aujourd'hui, est assez difficile à préciser, parce qu'on ne se connaît vraiment que lorsqu'on écrit où on en est, mais lorsque ce qu'on écrit est publié, on est déjà ailleurs. Cependant, pour ne pas esquiver la question, on peut avancer que le problème actuel consiste à dégager la sémiologie de la répétition dont elle est déjà la proie. Il faut produire du *nouveau* sémiologique, non par souci d'originalité, mais parce qu'il est nécessaire de poser le problème théorique de la répétition. Je dirais d'une façon plus précise que le problème sémiologique que je me pose (et en cela peut-être je diffère de chercheurs qui me sont proches par ailleurs) ne consiste pas à montrer les rapports de la sémiologie et de l'idéologie ou de l'anti-idéologie, c'est-à-dire de la sémiologie et du politique, mais plutôt à poursuivre une entreprise générale et systématique, polyvalente, multidimensionnelle, de fissuration du symbolique occidental et de son discours. En ce sens, et c'est normal, le texte qui représente le plus ma préoccupation actuelle, c'est mon dernier texte, à savoir le livre sur le Japon, bien qu'il n'ait rien de théorique.

Que sera mon travail de demain ? Si j'essaie d'interroger mon désir – ce qui est la bonne mesure pour le travail –, je sais que là où je désire travailler, c'est le signifiant : je désire travailler *dans* le signifiant, je désire *écrire* (j'admets l'impureté un peu régressive du mot, je n'exclus pas ce qu'il peut y avoir d'ancien, disons de stylistique dans la conception de l'activité d'écriture). Autrement dit, ce qui vraiment me séduirait, ce serait d'écrire dans ce que j'ai appelé « le romanesque sans le roman[1] », le romanesque sans les personnages : une écriture de la vie, qui d'ailleurs pourrait retrouver peut-être un certain moment de ma propre vie, celui où j'écrivais par exemple les *Mythologies*. Ce serait de nouvelles « mythologies », moins directement engagées dans la dénonciation idéologique, mais par là même, pour moi, moins engagées dans le signifié : plus ambiguës, plus avancées et immergées dans le signifiant.

> *Vous parlez de l'histoire de la sémiologie comme d'une histoire emportée ; est-ce que cet emportemenl a abouti à la récupération, voire à la stéréotypisation, de la sémiologie elle-même ?*

L'impression de « récupération » dépend du degré de sensibilité idéologique qu'on a : si l'on a une grande sensibilité idéologique, il est évident que la sémiologie est en train d'être récupérée dans la mesure où elle est en train d'avoir du succès, puisque le succès ne peut se produire sans une complicité des institutions. La sémiologie a actuellement un succès de mode, mais aussi, les faits sont là, un succès assez considérable d'enseignement ; il y a un enseignement sémiologique qui se cherche, qui se demande. Or, dès que l'institution s'en mêle, on peut dire qu'il y a effectivement une récupération. A cela, on peut ajouter que dans la sémiologie il y a eu très vite des éléments qui se prêtaient à cette récupération. Ce n'est pas du tout une critique mesquine que je fais là, je ne le désire pas, mais je dirais que la sémiologie d'intention ou de couverture objective et « scientifique » est une sémiologie qui contient

---

1. *S/Z*, Paris, 1970, p. 11.

des germes de réussite institutionnelle : c'est normal dans une société où la scientificité est honorée.

> *Dans vos* Eléments de sémiologie, *en commentant le chapitre* IV *de la deuxième partie du* Cours de linguistique générale *où Saussure insiste sur la langue comme le domaine des articulations, le sens étant un ordre mais cet ordre étant essentiellement* division *(pour reprendre vos propres paroles), vous avez postulé (« utopiquement ») l'absorption de la sémiologie dans une science nouvelle, l'«arthrologie ou science des partages[1] ». Or, plus récemment, dans le contexte d'une discussion sur les rapports entre la linguistique et la littérature, vous avez noté quelques thèmes de contestation posés par la sémiologie du discours au modèle linguistique, et visé la possibilité de l'emportement de la linguistique (en tant que liée historiquement à la parole) en vous reportant aux travaux de Jacques Derrida[2]. Voyez-vous un rapport entre les travaux de Derrida et la réalisation de cette science que vous avez nommée* arthrologie *? Comment situeriez-vous les travaux de Derrida dans ce que vous avez appelé « la petite histoire de la sémiologie » ?*

Je ne crois pas que Derrida reconnaîtrait jamais avoir voulu fonder une science ou même y avoir jamais pensé ; au reste, je dirais que moi non plus. En effet, en ce qui me concerne, l'appel à la science de la littérature, ou à l'arthrologie, ou à la sémiologie, a toujours été très ambigu, très retors, et j'oserais presque dire *truqué* souvent. D'ailleurs, dans *Critique et vérité*, j'ai effectivement parlé de science de la littérature, mais en général on n'a pas vu – et je regrette qu'on ne l'ait pas vu, parce que, précisément, j'avais formulé ma phrase très consciemment pour que cela soit vu de ceux qui prêtent attention aux ambiguïtés, aux ellipses – qu'en parlant de science de la littérature j'ai mis dans une parenthèse : « si elle existe un jour[3] » ; cela voulait dire qu'en fait je ne croyais pas que le discours sur la littérature pût jamais devenir « scientifique ».

---

1. « Eléments de sémiologie », *Communications*, nᵒ 4, p. 114.
2. « Linguistique et littérature », *Langages*, déc. 1968, p. 3-8.
3. *Critique et vérité*, Paris, 1966, p. 57.

L'appel à la science ne peut plus être conçu ni selon un modèle psychologique (respect de certaines valeurs d'« objectivité ») ni selon un modèle positiviste, aléthique (comme recherche de la vérité). Je pense qu'à vrai dire le seul modèle acceptable de la science est celui de la science marxiste tel qu'il a été mis à jour par les études d'Althusser sur Marx, la « coupure épistémologique » qu'il énonce à propos de Marx faisant apparaître *la* science d'aujourd'hui et dégageant la science de l'idéologie. C'est évidemment dans cette direction qu'il faudrait pouvoir se référer à la science, mais je ne suis pas du tout sûr qu'actuellement la sémiologie en soit là, sauf peut-être dans le travail de Julia Kristeva.

Cela dit, pour ce qui est de cette espèce de science de la division, du discontinu, que j'appelais un peu ironiquement « arthrologie », je voudrais dire que, pour moi, ces notions de discontinu et de combinatoire restent importantes et vivantes. A tout instant quand je vis, quand je vais, même dans la rue, quand je pense, quand je réagis, à tout instant je me retrouve du côté d'une pensée du discontinu et du combinatoire. Aujourd'hui même, je lisais un texte admirable, comme toujours, de Brecht sur la peinture chinoise, où il dit que la peinture chinoise met les choses à côté les unes des autres, l'une à côté de l'autre. C'est une formule très simple mais très belle et très vraie, et ce que je recherche au fond c'est précisément de sentir l'« à côté de ».

C'est ce que vous avez essayé dans L'Empire des signes, *n'est-ce pas ?*

Exactement. Cela a l'air assez simple, pas très révolutionnaire, et pourtant si l'on songe à la façon dont pensent, conceptualisent, formalisent et verbalisent les sciences humaines, on s'aperçoit qu'elles ne sont absolument pas acclimatées à une pensée véritable du discontinu : elles sont encore dominées par le surmoi de la continuité, un surmoi de l'évolution, de l'histoire, de la filiation, etc. Tout approfondissement de la pensée du discontinu reste alors essentiellement hérétique, révolutionnaire au sens propre et nécessaire.

Je voudrais simplement préciser ici que, si j'ai rapproché
votre postulation d'une arthrologie des travaux de Der-
rida, c'était justement en tant que cette postulation s'est
faite utopiquement, *car la science que Derrida nomme*
grammatologie *est une science qui se fait pour ainsi dire*
négativement, qui interroge et défait les discours méta-
physiques sans jamais se formaliser elle-même comme
science. Il semblerait dans ce contexte – et ici je reviens
à ce que vous avez dit à l'instant sur l'importance actuelle
pour vous de votre texte sur le Japon – que ce que vous
faites dans votre écriture de L'Empire des signes *est de*
vous déplacer dans ces réseaux de signifiants qui vous
viennent de ce Japon pour déconstruire, si je puis dire,
le signifié occidental qui vous retient. C'est cette expé-
rience de l'écriture comme déconstruction, comme décen-
trement, que j'ai voulu lire à côté du discours difficile de
la grammatologie derridéenne, discours qu'on pourrait
définir lui aussi comme utopique *en ce que précisément*
il vise un au-delà (de la métaphysique) qui ne se réalise
jamais que dans l'image négative de la destruction.

C'est exactement cela. Outre tout ce que je dois à Derrida et
que d'autres que moi lui doivent aussi, il y a ceci qui me
rapproche, si je puis dire, spécifiquement de lui : le sentiment
de participer (de vouloir participer) à une phase historique que
Nietzsche appelle le « nihilisme ».

Dans un essai sur les possibilités d'une poétique struc-
turale, Todorov a formulé l'objet d'une telle poétique
comme l'interrogation des « propriétés de ce discours
particulier qu'est la littérature. Toute œuvre n'est alors
considérée que comme la manifestation d'une structure
abstraite beaucoup plus générale, dont elle n'est qu'une
des réalisations possibles [1] *». Il semblerait qu'il y ait là*
une emphase dont vous êtes vous-même en quelque sorte,
si l'on peut dire, l'« animateur » – je pense en particulier
à vos recherches pour une analyse structurale du récit –,

---

1. Tzvetan Todorov, *Qu'est-ce que le structuralisme ?*, Paris, 1968, p. 102.

et, en effet, Todorov note que ce qu'il entend par son emploi du terme poétique *coïncide d'assez près avec ce que vous avez appelé, dans* Critique et vérité, *« la science de la littérature ».*

Or, plus récemment, vous vous êtes plutôt proposé comme objet « la reproduction de la production d'un texte » (ce que vous appelleriez, je crois, sa structuration), *déclarant notamment aussi que « chaque texte est son propre modèle* [1] *», et, au cours du chapitre liminaire de* S/Z, *vous indiquez clairement votre distance à l'égard de cette poétique scientifique. Voyez-vous cette modification comme un développement inévitable de la poétique structurale, ou comme un chan-gement plus radical, et comment situeriez-vous votre analyse de* Sarrasine *dans ce contexte ? En quoi l'approche structuraliste a-t-elle eu à se modifier en confrontant le texte littéraire comme objet d'étude ?*

Nous revenons ici à cette histoire emportée de la sémiologie dont je parlais tout à l'heure : il y a eu une rupture que je situe, comme vous le faites vous-même, entre l'*Introduction à l'analyse structurale des récits* d'un côté et *S/Z* d'un autre côté. En réalité, quand dans l'*Introduction à l'analyse structurale des récits* j'ai fait appel à une structure générale, dont on dériverait ensuite des analyses de textes contingents, lorsque j'ai postulé le profit qu'il y aurait à reconstituer une sorte de grammaire du récit, de logique du récit (et, à cette époque, je croyais à cette grammaire, je ne le nie pas), c'était pour souligner une fois de plus ceci, que j'avais dit dans *Critique et vérité* : le surmoi imposé aux étudiants, aux chercheurs, par la conception traditionnelle de la littérature, notamment par la critique universitaire et par l'histoire littéraire, est un surmoi que l'on veut « scientifique » ; on a polémiqué contre la nouvelle critique, en l'accusant de manquer à la science, en la rejetant du côté des élucubrations impressionnistes et subjectivistes, alors que cette critique universitaire n'a elle-même absolument rien de scientifique ; je développais, en m'attaquant au récit, cette idée que la science littéraire – je le répète, *si elle existe un jour*, ne doit pas se chercher de ce côté traditionnel (histoire, contenus)

1. Séminaire du 22 mai 1969.

mais du côté d'une science des *formes* du discours, point de vue qui est le postulat de travail de quelqu'un comme Todorov, ainsi que vous l'avez rappelé.

Dans *S/Z*, j'ai renversé cette perspective puisque j'ai refusé l'idée d'un modèle transcendant à plusieurs textes, à plus forte raison à tous les textes, pour postuler que, comme vous l'avez dit, chaque texte était en quelque sorte son propre modèle, autrement dit que chaque texte devait être traité dans sa différence, mais une différence qui doit être prise justement dans un sens ou nietzschéen ou derridéen. Disons-le autrement : le texte est sans cesse et de part en part traversé par des codes, mais il n'est pas l'accomplissement d'un code (par exemple, le code narratif), il n'est pas la « parole » d'une « langue » (narrative). Sans me placer ici sur le plan de l'accueil de la critique ou du public, je crois que *S/Z* est un livre important pour moi. Quand on écrit, on éprouve des sentiments à l'égard des livres qu'on a faits ; parmi les livres que j'ai faits, il y en a qui n'ont pas beaucoup d'importance pour moi aujourd'hui (cela ne veut pas dire que je les renie), mais il y en a ou que j'aime bien ou qui sont importants : par exemple, j'aime bien (et quand je dis « j'aime bien » cela veut dire que tout simplement « je supporte ») un livre dont on parle rarement et qui est le *Michelet*, tandis que je supporte beaucoup moins bien *Le Degré zéro de l'écriture* qui est pourtant mieux inséré dans les histoires actuelles de la critique et de la littérature. Si *S/Z* est un livre important pour moi, c'est parce que je crois que là, effectivement, j'ai opéré une mutation, j'ai réussi une certaine mutation par rapport à moi-même. D'où est venue cette mutation ? Encore une fois, elle est venue des autres souvent : c'est parce qu'autour de moi il y avait des chercheurs, des « formulateurs » qui étaient Derrida, Sollers, Kristeva (toujours les mêmes, bien sûr), et qui m'ont appris des choses, qui m'ont déniaisé, qui m'ont persuadé. Et puis cette mutation théorique, accomplie dans *S/Z*, est venue, je crois, de ce que j'appellerais une pression, une détermination de l'opératoire. C'est parce que je me suis mis à opérer sur un texte – et j'ai presque envie de dire à opérer *un* texte – relativement court, en me donnant, par une sorte de coup de chance, le droit de rester des mois sur trente pages et de parcourir véritablement ce texte pas à pas, qu'une modification théorique est intervenue. Si vous voulez, là où j'ai eu une espèce de veine person-

nelle (non par rapport au public, je le répète, mais par rapport
à moi), c'est d'avoir eu ou l'intuition ou la patience ou au
contraire la naïveté de concevoir un « pas à pas » du texte ; je
crois que c'est cela qui a déterminé un changement théorique :
j'ai changé le niveau de perception de l'objet, et par là même
j'ai changé l'objet. On sait bien que, dans l'ordre de la perception, si l'on change le niveau de perception, on change
finalement l'objet ; on le sait, ne serait-ce que par cette planche
de l'*Encyclopédie* de Diderot, planche qui a fait révolution à
l'époque, présentant une puce vue au microscope de l'époque,
qui fait un demi-mètre carré et qui devient un autre objet que
la puce (c'est un objet surréaliste). Le changement de niveau
de perception multiplie les objets comme une sorte de miroir
diabolique. Ainsi, en allant pas à pas à travers un texte, j'ai
changé l'objet, et par là même j'ai été amené à cette espèce
de mutation théorique dont on parlait à l'instant.

> *Ce changement de perspective réalisé par le « pas à pas »*
> *fait entrer votre lecture de* Sarrasine *dans le monde des*
> *connotations et, en fait, au cours du chapitre liminaire*
> *de* S/Z, *vous invoquez l'instrument de la connotation*
> *comme étant celui par lequel il convient d'approcher le*
> *texte lisible classique. Ce faisant, vous rejoignez ce qu'on*
> *pourrait considérer comme l'objet général de toutes vos*
> *études, à savoir les systèmes de connotation, cette rhéto-*
> *rique sociale dont vous étudiez le procès de signification*
> *(ainsi, en lisant* Sarrasine, *vous étudiez un retournement*
> *mythique du texte « au langage comme nature [1] » et l'on*
> *pourrait penser parallèlement à ces retournements simi-*
> *laires analysés par vous dans* Mythologies). *De là, deux*
> *questions :*
> *   1° L'analyse de ces codes de connotation étant propo-*
> *sée par vous (je pense surtout ici à votre intervention*
> *« L'analyse rhétorique » lors du colloque de Bruxelles)*
> *comme le lieu d'où pourrait s'élaborer une tentative*
> *valide pour saisir les rapports entre littérature et société,*
> *S/Z serait-il en partie un premier pas dans cette voie, et*
> *comment cette voie se développera-t-elle ? En fondant*

1. *S/Z*, p. 16.

une typologie des textes lisibles ? (Ces codes que vous avez trouvés à l'œuvre dans le texte balzacien sont-ils communs à tout texte lisible ?)

2° Je voudrais citer ici le passage suivant du livre de Julia Kristeva : « Tout le problème de la sémiotique actuelle semble être là : continuer de formaliser les systèmes sémiotiques du point de vue de la communication *(risquons une comparaison brutale : comme Ricardo considérait la plus-value du point de vue de la distribution et de la consommation), ou bien ouvrir à l'intérieur de la problématique de la communication (qu'est inévitablement toute problématique sociale) cette autre scène qu'est la production du sens antérieure au sens. Si l'on adopte la seconde voie, deux possibilités s'offrent : ou bien on isole un aspect mesurable donc représentable du système signifiant étudié sur arrière-fond d'un concept non mesurable (le travail, la production, ou le gramme, la trace, la différence) ; ou bien on essaye de construire une nouvelle problématique scientifique (dans le sens... d'une science qui est aussi une théorie) que ce nouveau concept ne manque pas de susciter*[1]. *» Inséré dans le cadre d'une étude des systèmes de connotation qui font à la fois le pluriel et la limite du texte classique lisible, S/Z semblerait se placer sous le modèle de la démarche scientifique décrit par vous dans vos* Eléments de sémiologie *(métalangage scientifique qui parle du langage connotatif), mais il est évident que S/Z se lit lui-même comme texte, c'est-à-dire, comme vous l'avez dit au sujet de* Sèméiotikè, *un livre où théorie et écriture sont rigoureusement homogènes*[2]. *J'ai du mal à formuler la question que je voudrais poser ici, mais elle s'exprimera peut-être si je vous demande de situer S/Z par rapport au passage cité de Kristeva.*

La première question, pour moi, revient à ceci : la sémiologie peut-elle permettre, par l'intermédiaire de la notion de connotation, de revenir à une sorte de sociologie de la littérature ? Ne discutons pas le problème épistémologique de la sociolo-

1. Julia Kristeva, *Sèméiotikè*, Paris, 1969, p. 38-39.
2. « L'étrangère », *La Quinzaine littéraire*, 1er mai 1970, p. 19.

gie, qui est une science maintenant extrêmement critiquée d'un point de vue politique et idéologique ; je n'aborde pas ce problème ; il m'est bien égal que cela s'appelle *sociologie* ou autre chose. Je dirais qu'il y a effectivement dans *S/Z*, par le repérage des codes, même si c'est un repérage grossier, une possibilité d'exploitation sociologique, car, des cinq codes que j'ai repérés, il y en a au moins quatre, c'est-à-dire le code proaïrétique (code des actions), le code sémique (code des sèmes psychologiques), le code culturel (code de savoir), le code herméneutique (code de recherche, de quête d'une vérité, d'une solution), qui relèvent, qui pourraient relever très bien d'une sociologie. Par exemple, on pourrait concevoir de relire Balzac en cherchant l'intertextualité culturelle (les références du savoir) qui meuble cette couche d'ailleurs assez dense et assez lourde, pour ne pas dire parfois un peu pesante et un peu nauséeuse, du texte balzacien. Ce serait un bon problème, parce qu'on pourrait sans doute voir que ce problème des codes culturels a marqué chaque auteur d'une façon différente ; Flaubert par exemple, lui aussi, a été aux prises avec les codes culturels ; il a été véritablement empoissé par eux et il a essayé, tout à l'opposé de Balzac, de s'en dégager par des attitudes ambiguës, à la fois d'ironie et de plagiat, de simulation ; ce qui a donné ce livre vertigineux dont tout le monde sait qu'il est très moderne et qui est *Bouvard et Pécuchet*. Donc une sorte de sociologie culturelle serait possible à partir de la sémiotique littéraire, mais encore une fois, même là, il faudrait concevoir une sociologie de la littérature assez nouvelle, qui pourrait et devrait profiter de ce que j'appellerais la sensibilité intertextuelle, la sensibilité à l'intertexte. Je crois que, si l'on a une certaine sensibilité à l'intertextuel, on peut faire du travail extrêmement nouveau. La première règle de cette analyse intertextuelle serait par exemple de comprendre que l'intertexte *n'est pas* un problème de sources, car la source est une origine nommée, alors que l'intertexte est sans origine repérable.

Cela dit, il y a dans *S/Z* un cinquième code que j'ai appelé *symbolique*. Ce code, le nom lui-même l'indique, est une sorte de code fourre-tout, je ne le cache pas ; je dirais cependant que c'est probablement au niveau de ce code symbolique que se joue ce qu'on pourrait appeler la qualité de l'œuvre, et même, en donnant au mot un sens très sérieux, la *valeur* (dans une acception presque nietzschéenne) de l'œuvre : l'échelle de valeur des œuvres serait en gros l'échelle qui va du stéréotype au symbole. Ceci serait à explorer : il faudrait chercher du côté de la culture de masse, voir que là, au fond, la symbolique est très pauvre tandis que la stéréotypique, l'endoxal (pour reprendre un mot aristotélicien : le statut de l'*endoxa*, de l'opinion publique forte), est très importante ; au contraire, dans les œuvres classiques (je ne parle pas des œuvres modernes qui ont une autre vue sur la symbolique, mais des œuvres classiques, romantiques y compris bien sûr), c'est la symbolique qui prédomine, non seulement par sa richesse, sa densité, son épanouissement, mais aussi par son caractère retors. C'est cela finalement qui ferait une sorte de différenciation qualitative des œuvres et qui permettrait peut-être de répondre à une question redoutable, celle de savoir s'il y a une bonne et une mauvaise littérature et si l'on peut distinguer par des critères structuraux l'une de l'autre.

Quant à votre deuxième question, c'est une question très bien posée et si bien posée qu'on ne peut pas y répondre facilement. Je ferai une réponse ambiguë.

Je dirai que, d'un côté, c'est la première définition de Julia Kristeva – » on isole un aspect mesurable donc représentable du système signifiant étudié sur arrière-fond d'un concept non mesurable » – qui coïncide avec le livre *S/Z*, car *S/Z* peut être lu, compris, comme une représentation de la nouvelle de Balzac, c'est-à-dire de *Sarrasine*. C'est une représentation parce qu'il y a analyse, dénombrement des codes et dénombrement des termes : c'est une représentation analytique mais c'est tout de même une représentation. Au reste, je donnerai comme preuve de cette possibilité de lire *S/Z* comme une représentation l'article même de Sollers faisant de *S/Z* une lecture qui est la lecture d'une représentation : c'est parce qu'il a pris *S/Z* comme une représentation qu'il a pu commenter le livre, l'unifier et le déchiffrer d'un point de vue politique et historico-idéologique, puissant et pénétrant. Mais d'un autre côté, et c'est cela la seconde partie de l'ambiguïté, *S/Z* n'est pas jusqu'au bout et complètement une représentation, c'est-à-dire un commentaire analytique, parce que, et vous le dites, *S/Z* est *écrit*. Cela ne veut pas dire, et je me suis souvent expliqué là-dessus, qu'il est bien écrit ; le problème n'est pas là, encore qu'il ne faille pas trop vite expédier l'exigence de style : le fait que *S/Z* soit soumis à certaines valeurs de style au sens traditionnel du mot est important parce que le style est un début d'écriture, en tant que refus d'*écrivance* ; accepter le style, cela veut dire qu'on refuse le langage comme pur instrument, donc c'est un début d'écriture. Mais surtout si *S/Z* relève d'une activité d'écriture, ce n'est pas seulement au niveau de la facture des phrases, c'est avant tout parce que j'ai beaucoup travaillé à ce qu'on a appelé autrefois la composition, c'est-à-dire le montage, le montage des lexies, des commentaires des lexies, des digressions. Si je me reporte au moment où j'ai fait le livre (je l'ai fait et refait, et je me suis donné beaucoup de mal pour cela, avec un intérêt passionné), je dirais que je n'ai aucun souvenir du moment où j'ai trouvé ce qu'on appelle communément les idées, mais j'ai un souvenir très vivant du moment où j'ai lutté avec le montage, et c'est en cela que je considère que c'est écrit. (C'est d'ailleurs pour cela que le *livre S/Z* est un objet entièrement différent du *séminaire S/Z*, séminaire donné avant le livre à l'Ecole pratique des hautes études, bien qu'il s'agisse du même matériel conceptuel.) Dans la mesure où *S/Z* est écrit, il échappe au commentaire analytique et fait partie d'une productivité textuelle. D'ailleurs, on peut dire qu'à *S/Z* il y a eu deux types de réaction (je parle de *formes* de réaction) : il y a eu une réaction de type traditionnel, constituée par les articles de critique dans la presse, articles absolument nécessaires pour que le livre joue, comme il se doit, le jeu social, et il y a eu, deuxième forme de réaction, des lettres ; j'ai reçu des lettres de lecteurs, dont certains inconnus de moi, qui embrayaient sur la lecture de *S/Z*, qui faisaient proliférer les sens que j'avais trouvés, en trouvant d'autres sens : on me disait, à telle lexie vous auriez pu trouver telle connotation, etc., et souvent d'une façon très intelligente, en tout cas jamais récusable par définition. Je dirais que, pour moi, la vraie justification de mon travail n'a pas été dans la première réaction mais dans ces lettres, parce que précisément elles montraient que j'avais, même timidement, réussi à créer un commentaire infini, ou plutôt perpétuel, comme on dit un calendrier perpétuel.

En parlant du concept d'intertextualité, vous avez dit que, « si la littérature est un dialogue d'écritures, c'est évidemment tout l'espace historique qui revient dans le lan-

*gage littéraire d'une façon tout à fait nouvelle [1] ». Est-ce
là la voie de cette histoire des formes de la littérature
dont* Le Degré zéro de l'écriture *s'est déclaré n'être que
l'introduction ?*

D'une certaine façon, ce qu'on a fait depuis est une histoire
de l'écriture. Le problème, c'est qu'à l'époque du *Degré zéro
de l'écriture*, je pensais à une histoire beaucoup plus traditionnelle, je n'avais pas une idée nouvelle de l'histoire ; je pensais
très vaguement à une histoire de l'écriture qui, au fond, suivrait
un peu le modèle de l'histoire de la littérature, simplement en
déplaçant l'objet. Depuis, évidemment, les choses ont changé :
la difficulté, c'est que maintenant il me semble qu'on a une
autre exigence du discours historique, et c'est probablement
là l'un des problèmes assez censurés de la pensée actuelle, et
même de la pensée d'avant-garde, qui se bat autour de l'histoire sans repenser véritablement *le* discours historique.
Peut-on concevoir maintenant un discours historique – je ne
dis pas un concept de l'histoire, mais un discours historique –
qui ne se donnerait pas naïvement comme tel ? Quel pourrait-il
être ? Quelles résistances rencontrerait-il ? etc. Voilà des questions qu'il faudrait se poser. Au fond, l'histoire, je la sens
toujours comme une sorte de bastion qu'il faut prendre : ce
n'est pas du tout pour le mettre à sac comme on a pu le
reprocher grossièrement au structuralisme, mais pour faire
tomber les murailles, c'est-à-dire pour casser le discours historique et le transformer en un *autre* discours, dont l'histoire
ne serait pas absente, mais qui ne serait plus du discours historique. Que pourrait être cet autre discours historique dont
relèverait alors l'histoire de l'écriture ? Je ne sais pas, mais je
pense tout de même que, du côté de Foucault, on pourrait déjà
en avoir une idée.

L'analyse de Sarrasine, *que vous avez voulue théorie du
texte, semble se faire nécessairement comme enseignement de lecture (ne pourrait-on pas d'ailleurs définir
toute votre œuvre dès* Mythologies, *qui enseignait une
lecture démythifiante, comme propédeutique de lecture ?).
Concevez-vous vos recherches dans le cadre d'une théorie*

1. Interview, *Les Lettres françaises*, du 2 au 8 mars 1967, p. 12.

*générale de la lecture, et quels seront les problèmes et
les directions de l'élaboration d'une telle théorie ?*

En fait, ce que j'ai essayé d'amorcer dans *S/Z*, c'est une identification des notions d'écriture et de lecture : j'ai voulu les
« écraser » l'une dans l'autre. Je ne suis pas le seul, c'est un
thème qui circule dans toute l'avantgarde actuelle. Encore une
fois, le problème n'est pas de passer de l'écriture à la lecture,
ou de la littérature à la lecture, ou de l'auteur au lecteur ; le
problème est un problème, comme on l'a dit, de changement
d'objet, de changement de niveau de perception : l'écriture et
la lecture doivent se concevoir, se travailler, se définir, se redé-
finir toutes les deux ensemble. Car, si l'on continue à les
séparer (et cela est souvent très insidieux, très perfide, on est
sans cesse ramené vers une séparation de l'écriture et de la
lecture), que se passe-t-il ? A ce moment-là, on produit une
théorie de la littérature qui, si on isole la lecture de l'écriture,
ne pourra jamais être qu'une théorie d'ordre sociologique ou
phénoménologique, selon laquelle la lecture sera toujours définie comme une projection de l'écriture et le lecteur comme un
« frère » muet et pauvre de l'écrivain. On sera une fois de plus
entraîné en arrière vers une théorie de l'expressivité, du style,
de la création ou de l'instrumentalité du langage. Il faut par
conséquent *bloquer* les deux notions.

Cela ne veut pas dire que, transitoirement, il n'y ait pas des
problè-mes de lecture qui soient d'ordre, si je puis dire, réformiste : c'est-à-dire qu'effectivement il y a un problème réel,
pratique, humain, social, qui est de se demander si l'on peut
apprendre à lire des textes, ou si l'on peut modifier la lecture
réelle, pratique, par rapport à des groupes sociaux, si l'on peut
apprendre à lire ou à ne pas lire ou à relire des textes hors du
conditionnement scolaire et culturel. Je suis persuadé que tout
cela n'a pas été étudié ni même posé. Par exemple, nous sommes conditionnés à lire la littérature selon un certain rythme
de la lecture : il faudrait savoir si, en changeant le rythme de
la lecture, on n'obtiendrait pas des mutations de compréhension ; en lisant plus vite ou plus lentement, des choses qui
paraissaient complètement opaques pourraient devenir éblouis-
santes. Il y a aussi par exemple – je cite là des problèmes
techniques de lecture – le problème du conditionnement au
développement, au déroulement de l'histoire racontée, dont

nous ne supportons pas qu'elle se répète. C'est d'ailleurs assez paradoxal que notre civilisation endoxale, civilisation de masse, qui vit, est empoissée, dans un monde de stéréotypes et de répétitions, se déclare avec beaucoup de grandiloquence absolument allergique à tout texte qui semble se répéter, qui semble contenir des répétitions. On en a un exemple tout récent avec le livre de Guyotat *Eden Eden Eden* qui est très hypocritement décrété illisible par la presque totalité de la critique parce qu'il semble se répéter. Il faudrait essayer de suggérer aux lecteurs qu'il y a plusieurs modes de lecture possibles, et qu'on n'est pas obligé de lire un livre dans un déroulement linéaire et continu ; rien n'oblige à lire Guyotat comme un roman de Guy des Cars, ou même comme *L'Education sentimentale*, du début à la fin, mais les gens ne l'admettent pas. Grand paradoxe : ils admettent très bien de ne pas lire la Bible de bout en bout, mais ils n'admettent pas de ne pas lire Guyotat de bout en bout ! Il y a donc là des problèmes de conditionnement de lecture qu'il faudrait un jour au moins formuler, poser d'une façon revendicative.

Vous avez dit en 1963 : « Ce que je me demande mainte-nant, c'est s'il n'y a pas des arts, par nature, par technique, plus ou moins réactionnaires. Je le crois de la littérature, je ne crois pas qu'une littérature de gauche soit possible. Une littérature problématique, oui, c'est-à-dire une litté-rature du sens suspendu : un art qui provoque des répon-ses, mais qui ne les donne pas[1]*. » Cette définition de la littérature comme plus ou moins réactionnaire vaut-elle pour toute la littérature ou, comme sembleraient indiquer les analyses du* Degré zéro de l'écriture, *seulement pour un moment particulier de la littérature ?*

Disons que « réactionnaire », qui est un mot que j'ai employé et qu'il m'arrive aussi de réemployer un peu par pauvreté d'imagination, est finalement trop fort ; c'est un mot trop monologique (« théologique »). Je crois que la littérature, même classique, n'est jamais complètement réactionnaire, tout comme la littérature révolutionnaire et progressiste n'est jamais complètement révolutionnaire. Au fond, la littérature

1. Interview, *Cahiers du cinéma*, septembre 1963, p. 28.

classique, lisible, même lorsqu'elle est extrêmement conser-
vatrice dans ses formes et dans ses contenus, est une littérature
en partie paragrammatique, carnavalesque ; elle est contradictoire par statut, par structure, à la fois servile et contestatrice.
C'est d'ailleurs un statut contradictoire, paradoxal, au sens
étymologique, qui n'a pas été bien exploré.

Nous continuons aujourd'hui cette littérature, nous sommes
toujours dans cette ambiguïté parce qu'au fond nous sommes
pris dans la répétition : cela se répète ; depuis Mallarmé, nous,
Français, nous n'avons rien inventé, nous répétons Mallarmé,
et bien heureux encore lorsque c'est Mallarmé que nous répétons ! Depuis Mallarmé, il n'y a pas eu de grands textes
mutants dans la littérature française.

> *C'est le cas de l'œuvre de Joyce dans la littérature
> anglaise.*

Oui. C'est un problème. Je m'intéresse maintenant à ce problème des textes mutants, qui est lié au problème du stéréotype,
de la répétition. Par exemple, il est certain que Marx a représenté un texte mutant, mais que depuis on est dans la répétition
du discours de Marx ; il n'a pas eu de nouvelle mutation :
Lénine, Gramsci, Mao, c'est très important, mais cela répète
le discours de Marx.

> *Foucault parle justement de Marx et de Freud comme des
> fondateurs de discursivité : alors que quelqu'un comme
> Galilée fonde une science qui se développe, qui s'étend
> au-delà de l'espace de son discours, Marx, ainsi que
> Freud, fonde un discours scientifique qui se retourne sans
> cesse vers sa source, l'interrogeant, l'analysant, la reli-
> sant perpétuellement. Ce serait un peu votre conception
> de ce problème de la répétition ?*

C'est exactement cela ; d'ailleurs, j'ai pensé donner pour
thème a mon séminaire, cette année, l'étude d'un texte de
Freud en tant que texte mutant.

> *Vous avez dit qu'aujourd'hui « on produit de la théorie
> et non des œuvres... je parle de ce qu'on appelle commu-*

nément la littérature [1] *». Une telle formulation n'implique-*
t-elle pas cette opposition traditionnelle entre théorie et
pratique que vous avez ailleurs refusée (en appelant par
exemple la Sèméiotikè *de Julia Kristeva une « œuvre ») ?*
Une œuvre non théorique maintenant ne serait-elle pas
cette littérature plus ou moins réactionnaire qu'une théo-
rie de l'écriture peut précisément contester ?

L'œuvre de Julia Kristeva est reçue comme théorique ; elle *est*
théorique. Cependant, elle est reçue comme théorique au sens
d'*abstrait*, de *difficile*, parce que l'on croit que la théorie est
l'abstraction, est la difficulté. C'est d'ailleurs à ce titre que ce
livre est rejeté en grande partie. Mais « théorique » ne veut
pas dire « abstrait », bien entendu ; de mon point de vue, cela
veut dire *réflexif*, c'est-à-dire qui se retourne sur lui-même :
un discours qui se retourne sur lui-même est par là même un
discours théorique. Au fond, le héros éponyme, le héros mythique de la théorie, pourrait être Orphée, parce que précisément
c'est celui qui se retourne sur ce qu'il aime, quitte à détruire ;
en se retournant sur Eurydice, il la fait évanouir, il la tue une
deuxième fois. *Il faut faire* ce retournement, quitte à détruire.
A ce moment-là, la théorie que, personnellement, je conçois
comme correspondant à une phase historique très définie des
sociétés occidentales, correspondrait aussi à une phase paranoïaque, au bon sens du terme, c'est-à-dire à une phase scientifique, à une phase du savoir de notre société (phase éminemment supérieure, cela va de soi, à la phase infantile qui
d'ailleurs coexiste avec elle et qui consiste à ne pas réfléchir
sur le langage, à parler sans retourner le langage sur lui-même,
à manier une sorte de langage gobe-mouche : évidemment,
cette espèce de refus de retourner le langage sur lui-même est
la voie ouverte aux impostures idéologiques majeures).

Sentez-vous des contraintes en ce qui concerne une telle
réflexion sur le langage ou, de façon plus générale, sur
votre propre travail ?

Est-ce que je sens des contraintes ? Je sens que, d'un certain
point de vue, je devrais vous répondre oui, car enfin cela serait

1. Interview, *VH 101*, n° 2, 1970, p. 11.

complètement démentiel de penser que j'écris sans contraintes. Mais en même temps, sur un plan existentiel, je peux dire que je n'éprouve pas de contraintes dans ce que je fais. Pourquoi ? Disons que je prends du plaisir (au sens fort du terme) à jouer le jeu social, non pas d'une façon emphatique et pleine, mais, à un niveau plus profond, en vertu d'une certaine éthique du jeu ; cela fait qu'au fond, au niveau du sort de ce que j'écris ou de l'insertion de ce que j'écris dans ma société, je n'ai aucune revendication personnelle à formuler : je n'ai ni plainte ni désir à formuler. J'écris, cela se lance dans la communication : un point c'est tout. Je n'ai rien de plus à en dire, et je dirais même que c'est cette acceptation qui m'amuse, parce qu'elle m'oblige à placer mon propre travail dans la perspective d'un certain statut « paragrammatique » (pluriel, multiple, ambigu) de l'œuvre. Car, comme toujours, le grand problème, pour moi en tout cas, c'est de déjouer le signifié, de déjouer la loi, de déjouer le père, de déjouer le refoulé – je ne dis pas de le faire exploser, mais de le *déjouer* ; partout où il y a possibilité d'un travail paragrammatique, d'un certain tracement paragrammatique de mon propre texte, je me sens à l'aise. Si vraiment j'avais un jour à faire la critique de mon propre travail, je centrerais tout sur le « paragrammatisme ».

D'une façon générale, tout ce qui est revendication, contestation, protestation, m'apparaît toujours ennuyeux et plat. C'est pour cela que, dans une certaine mesure, je me sens un peu à part ; je ne me sens pas très en accord avec un style un peu nouveau, notamment au niveau des jeunes. Disons, tout ce qui relève du *happening* au sens très large du terme me paraît très plat et très pauvre par rapport aux valeurs de tricherie, par rapport aux activités de tricherie. Je défendrai toujours le jeu contre le *happening* : le *happening* n'est pas assez joué, car il n'y a pas de jeu supérieur qu'avec des codes. Donc il faut se coder ; pour pouvoir déjouer les codes, il faut entrer dans les codes.

> *Je crois d'ailleurs que, dans* Mythologies, *on sent clairement que vous êtes fasciné par ces codes que vous déjouez.*

Absolument. A tel point que je suis fasciné par des formes agressives de code, comme la bêtise.

D'ailleurs, pour essayer de revenir un peu à la question des contraintes, je dirais que, ce qu'il faudrait faire, c'est retracer non pas la biographie d'un écrivain, mais ce qu'on pourrait appeler l'écriture de son travail, une sorte d'ergographie. En ce qui me concerne, l'histoire de ce que j'ai écrit est l'histoire d'un jeu, c'est un jeu successif où j'ai essayé des textes : c'est-à-dire que j'ai essayé des registres de modèles ; j'ai essayé des champs de citations. Ainsi le *Système de la Mode* est un certain registre de citations, de modèles, tourné beaucoup plus vers une écrivance que vers une écriture. Pourquoi ? Parce qu'en réalité pour mon travail sur la mode, l'écriture a été dans la fabrication du système, c'est-à-dire dans le bricolage, et non pas dans le compte rendu, la scription du livre. Là, pour une fois, l'écriture n'est vraiment pas dans le livre : elle a été dans ce que j'ai fait tout seul avant et c'est d'ailleurs de cela que je me souviens. Tandis que pour *L'Empire des signes*, c'est tout différent : ici, je me suis donné la liberté d'entrer complètement dans le signifiant, c'est-à-dire d'écrire, même au sens stylistique dont nous parlions tout à l'heure, et notamment le droit d'écrire par fragments. Evidemment, l'ennui, c'est que le rôle qu'on me demande de jouer dans l'intelligentsia n'est pas du côté du signifiant : on me demande en réalité une prestation d'ordre théorique et pédagogique, on me situe dans une histoire des idées, alors que je suis maintenant beaucoup plus séduit par une activité qui se plongerait vraiment dans le signifiant. Je dirais que c'est cela la contrainte : s'il y a une contrainte, c'est celle-là, qui n'est pas du tout une contrainte d'ordre véritablement éditorial, économique, mais une contrainte de l'*imago*, une imago qui se monnaie en demande économique ; on ne me demande jamais rien qui pourrait être l'équivalent pour moi de ce que j'ai fait sur le Japon – ou c'est extrêmement rare. L'*imago* fait peser sur nous une demande qui ne correspond pas aux véritables désirs que nous avons.

Derrida affirme dans De la grammatologie *que « la fin de l'écriture linéaire est bien la fin du livre, même si aujourd'hui encore c'est dans la forme du livre que se laissent tant bien que mal engainer de nouvelles écritures, qu'elles soient littéraires ou théoriques [1] ». Ces nouvelles écritures sont celles que vous avez décrites au commencement de S/Z dans votre discussion du texte scriptible. Comment concevez-vous cette fin du livre dont parle Derrida ?*

Pour vous répondre, je jouerai un peu sur les mots. Vous dites : « Comment concevez-vous cette fin du livre » ; je ne sais pas bien répondre au verbe lui-même. En fait, je ne *prévois* pas cette fin du livre, c'est-à-dire que je ne peux pas la faire entrer dans une programmation historique ou sociale ; tout au plus pourrais-je la *voir*, en tant que *voir* s'oppose à *prévoir* comme une activité utopique et fantasmatique. Mais, au vrai, je ne peux pas voir la fin du livre parce que ce serait voir ma propre mort : je suis incapable de voir la fin du livre autrement que ma propre mort ; c'est dire que je peux à peine en parler, sinon mythiquement, comme prise dans un jeu héraclitéen qui fait tourner l'histoire.

Cela dit, je peux ajouter, en vous donnant une réponse plus réaliste et plus inquiète, que la barbarie (cette barbarie que Lénine posait comme l'alternative même du socialisme) est toujours possible. On peut dès lors avoir une vision apocalyptique de la fin du livre : le livre ne disparaîtrait pas – loin de là –, mais il triompherait sous ses formes les plus abjectes : ce serait le livre de la communication de masse, le livre de la consommation, disons *le* livre capitaliste au sens où une société capitaliste ne laisserait plus à ce moment-là aucun jeu possible à des formes marginales, où il n'y aurait plus aucune tricherie possible. Alors, à ce moment-là, ce serait la barbarie intégrale : la mort du livre correspondrait au règne exclusif du livre lisible et à l'écrasement complet du livre illisible.

Vous avez toujours défini l'activité de la critique littéraire comme déchiffrement d'un texte pour arriver à le lire dans quelque chose qui serait sa vérité, c'est-à-dire son sens final, figeant ainsi le pluriel du texte. Votre propre travail (et S/Z est ici exemplaire) se maintient en tant que sémiotique textuelle pour ainsi dire « en deçà de » la critique – ce qui paraît être d'ailleurs une tentative plus radicale,

1. Jacques Derrida, *De la grammatologie*, Paris, 1967, p. 130.

plus critique dans le sens fort du terme. Reste-t-il selon vous un rôle authentique pour la critique ? N'est-elle pas fatalement impliquée dans cette complicité du signe analysée par Julia Kristeva ?

Je ne suis pas très sûr d'avoir jamais défini la critique comme une herméneutique, mais enfin c'est possible : je ne tiens pas à avoir dit toujours la même chose. Mais je crois que, dans *Critique et vérité* en tout cas, je revendiquais pour une fonction non aléthique de la critique, pour une fonction symbolique et polysémique. Ce que je voudrais dire ici, c'est qu'on pourrait faire une distinction entre les *rôles* critiques et l'*activité* critique. Les rôles critiques, il est toujours possible d'en imaginer ; c'est-à-dire qu'il est toujours possible d'imaginer une continuation des rôles critiques, même des rôles traditionnels, qui ne seront pas forcément de mauvaise qualité : je pense à un mot de Schönberg disant que, même quand il y aurait de la musique d'avant-garde et cette musique-là étant précisément celle pour laquelle il faudrait combattre, il serait toujours possible de faire de la belle musique en *do* majeur. Je dirais qu'on pourra toujours faire de la bonne critique en *do* majeur.

Je voulais simplement relever cctte opposition qu'il me semble que vous faites entre critique et sémiologie : la critique serait l'activité de quelqu'un qui veut arrêter les signes, qui veut chercher un sens définitif (ce sens-là ne pouvant être qu'un sens idéologique), alors que la sémiologie ou la sémiotique textuelle telle que vous, sémiologue, vous la pratiquez dans S/Z serait précisésément une réponse au pluriel du texte, qui resterait ainsi en quelque sorte en deçà de la critique...

Oui, c'est cela que j'ai voulu faire dans *S/Z*. Je n'excommunie pas ce que j'appelle la critique en *do* majeur, mais justement, j'oppose aux rôles critiques l'activité critique, qui est tout simplement une activité d'écrivain, qui n'est plus une activité de critique. C'est une activité du texte, de l'intertexte, du commentaire, en ceci qu'au fond on peut concevoir (du moins pour ma part je le conçois) d'écrire infiniment sur des textes passés. J'ai un peu l'idée que maintenant on pourrait très bien concevoir une époque où on n'écrirait plus d'*œuvres* au sens traditionnel du terme, et l'on réécrirait sans cesse les œuvres du passé, « sans cesse » au sens de « perpétuellement » : c'est-à-dire qu'au fond il y aurait une activité de commentaire proliférant, bourgeonnant, récurrent, qui serait véritablement l'activité d'écriture de notre temps. Après tout, ce n'est pas impensable, puisque le Moyen Age a fait cela, et encore vaudrait-il mieux retourner au Moyen Age, à ce qu'on appelle la barbarie du Moyen Age, qu'à une barbarie de la répétition ; il vaudrait mieux réécrire *Bouvard et Pécuchet* perpétuellement plutôt que de rester dans la répétition inavouée des stéréotypes. Ce serait évidemment un commentaire perpétuel qui, grâce à des élucidations théoriques fortes, dépasserait le stade de la paraphrase pour casser les textes et obtenir autre chose.

Vous avez participé l'année dernière au colloque de Cerisy sur les problèmes actuels de l'enseignement de la littérature. Où se trouvent pour vous les principaux de ces problèmes ? Que pourrait être actuellement un enseignement valide de la littérature ?

Je ne sais pas très bien répondre. Je ne sais pas s'il *faut* enseigner la littérature. Si l'on pense qu'il le faut, on doit alors accepter une perspective, disons, réformiste, et dans ce cas on fait de l'« entrisme » : on entre dans l'Université pour changer les choses, dans les écoles, dans les lycées pour changer l'enseignement de la littérature. Dans le fond, je serais plutôt enclin, par tempérament personnel, à ce réformisme provisoire, localisé. Dans ce cas, la tâche de l'enseignement serait de faire éclater le texte littéraire le plus largement possible. Le problème pédagogique serait de bousculer la notion du texte littéraire et d'arriver à faire comprendre aux adolescents qu'il y a du texte partout, mais que tout n'est pas texte non plus ; je veux dire qu'il y a du texte partout et en même temps de la répétition, du stéréotype, de la *doxa* partout. Le but, c'est cela : le départage entre ce texte qui n'est pas seulement dans la littérature et l'activité névrotique de répétition de la société. Il faudrait faire admettre aux gens qu'on a le droit d'accéder aux textes non imprimés en tant que textes, comme je l'ai fait par exemple pour le Japon, en apprenant à lire le texte, le tissu, de la vie, de la rue. Il faudrait peut-être même refaire des biographies en tant qu'écritures de vie, non plus appuyées sur des référents d'ordre historique ou réel. Il y aurait là un ensemble de tâches qui seraient en gros des tâches de *dépropriation du texte*.

Paru originellement dans *Signs of the Times*, 1971.
Propos recueillis par Stephen Heath.

Fatalité de la culture,
limites de la contre-culture

Un essai : Sade, Fourier, Loyola, *tout récemment paru aux* Editions du Seuil, *un numéro spécial de* Tel Quel, *plusieurs interventions à la télévision et dans la presse de gauche... Ce retour de Roland Barthes à l'actualité correspondrait-il à une démarche de mise à jour, à un engagement plus explicite, plus spectaculaire ? Roland Barthes ne revient pas, il poursuit, dans la problématique de la culture, ce qu'il considère comme la grande tâche de subversion actuelle : l'élucidation de l'écriture « qui suit pas à pas le déchirement de la culture bourgeoise ».*

Au moment où la plus grande confusion règne dans le domaine de l'action subversive, où la violence (le langage de la violence) s'épuise à force de visées souvent arbitraires et irréfléchies, son intervention sur les limites de la contre-culture nous a paru constituer une base utile de réflexion.

On vous a prêté cette définition paradoxale de vous-même : « Je suis à l'arrière-garde de l'avant-garde »...

Il y a une dialectique historique qui fait qu'en termes d'arrière ou d'avant-garde on n'est jamais sûr de la position qu'on occupe. En effet, il faut rappeler que la notion d'avant-garde est elle-même historique. Elle date, en mettant les choses au mieux, du début du XXᵉ siècle. Avant, on n'en parlait pas. Depuis la guerre de 14, en Europe, les avant-gardes se sont succédé à un rythme accéléré, et au fond, si l'on faisait une sorte de recherche là-dessus, de tableau historique un peu objectif, on s'apercevrait qu'elles ont été jusqu'à présent presque toujours récupérées par des institutions, par la culture normale, par l'opinion courante.

Ce mouvement de récupération perpétuelle est même très rapide. Pensez simplement à la façon dont nous avons récupéré, en France, un mouvement qui a passé pendant longtemps pour le prototype de l'avant-garde, à savoir le surréalisme. Actuellement, le surréalisme – ce n'est pas du tout un jugement sur ses contenus que je porte, mais sur l'usage qu'on en fait –, vous le trouvez surtout dans les vitrines des Galeries Lafayette ou de chez Hermès.

Si l'on prend l'exemple du cinéma, le processus de récupération est encore plus accentué. Combien de films qui ont paru des films d'avantgarde, c'est-à-dire situés hors du secteur commercial courant, et qu'un mouvement de mode, un simple engouement, ont fait basculer dans la grande consommation !

L'activité d'avant-garde est une activité extrêmement fragile, elle est vouée à la récupération, sans doute parce que nous sommes dans une société aliénée de type capitaliste qui soutient et a besoin de soutenir les phénomènes de mode pour des raisons économiques. Malheureusement, et cela est valable pour toute la suite de notre entretien, nous n'avons actuellement aucun moyen de réfléchir sérieusement sur tous ces phénomènes de culture tels qu'ils se présentent dans les sociétés d'en face, les sociétés historiquement ou socialement libérées.

L'exemple de la société soviétique n'est pas probant : on ne peut pas dire qu'elle ait produit une libération culturelle telle que nous pouvons la concevoir d'ici. L'exemple de la Chine serait sans doute beaucoup plus probant, mais nous sommes contraints de reconnaître que nous manquons d'informations. De sorte que, pour nous Occidentaux, la désaliénation de la culture ne peut prendre qu'une forme utopique.

N'y a-t-il pas confusion entre l'« avant-garde » et l'extrémisme militant ?

Tout le problème est de savoir si c'est une sorte de caractère congénital de l'avant-garde que d'emprunter des formes d'activité violentes ou spectaculairement subversives. Ce n'est pas sûr. Personnellement, je suis opposé à la violence, sauf dans des cas politiques précis. Je me réfère là à des analyses classiques de type léniniste, où la violence est quelque chose qui doit être mené à des fins tactiques bien définies, et non pas en tant qu'attitude éthique permanente. Personnellement, je suis persuadé qu'il y a tout un travail de subversion en profondeur à faire, en dehors d'activités spectaculairement violentes, spectaculairement destructrices.

> *Ce qu'on appelle la contre-culture est un phénomène qui s'est propagé à partir de la formulation d'une nouvelle gauche américaine et des secteurs intellectuels qui lui sont proches. Comment situez-vous ses activités ?*

Les activités de contre-culture, on peut leur attribuer une justification historique. Ce sont des formes d'activité nécessaires, historiquement, dans la mesure où elles dessinent une certaine action *nihiliste* qui fait partie des tâches actuelles de la contre-civilisation. Cela dit, dans l'état présent des choses, telles qu'on peut les voir fonctionner, ces formes de contre-culture me paraissent être surtout des langages *expressifs* : c'est-à-dire qu'ils ont surtout l'utilité de permettre à certains individus, à de petits groupes sociaux, de *s'exprimer*, de se libérer sur le plan de l'expression. Mais je fais une très grande différence entre l'expression et l'action du langage : entre le langage comme expression, et le langage comme transformation, comme production.

> *Mais cette activité d'expression n'a-t-elle aucune efficacité ?*

J'essaie précisément d'apprécier l'importance de ces mouvements d'une façon dialectique : c'est-à-dire voir en quoi ils sont utiles, mais comprendre aussi qu'ils ne représentent pas forcément l'état le plus radical, malgré les apparences, de la subversion.

> *Comment expliquer l'emprise de la culture expressive sur la jeunesse, notamment dans le champ de la musique ?*

Pour la pop'music, il y a le contenu corporel, auquel cette forme de contre-culture accorde une grande importance. Il y a là un rapport nouveau au corps, qu'il faut défendre. Cependant, je dirai que l'exemple le plus intéressant pour moi, parce que le plus intelligent (et intelligible), on le trouve dans ce que l'on appelle l'art conceptuel. L'art conceptuel vise à la destruction des objets traditionnels de l'art, du tableau, de l'exposition, du musée et, en même temps, il produit des textes théoriques d'une très grande intelligence. Ce que je regrette un peu, si vous voulez, c'est qu'à part l'art conceptuel, les mouvements de contre-culture que l'on peut invoquer, comme le pop'art, la pop'music, l'underground, basculent dans une destruction du discours, au nom de quoi ils renoncent à tout effort de théorisation.

Or, dans notre société actuelle telle qu'elle est, la théorie est l'arme subversive par excellence. Je ne dis pas qu'il en serait de même dans d'autres pays, dans d'autres Etats histori-ques. On peut très bien imaginer un Etat – et probablement est-ce le cas de la Chine – où les conditions révolutionnaires sont telles que les rapports de la théorie et de la pratique sont déjà complètement modifiés, et, par conséquent, les tâches théoriques ne sont plus les mêmes là-bas qu'ici. Mais chez nous, la tâche théorique me paraît encore essentielle. J'ai donc beaucoup plus d'intérêt pour ces mouvements de contre-culture, lorsqu'ils font un effort de théorisation, ou, pour parler plus bêtement, un effort d'intelligence, lorsqu'ils acceptent de produire un discours intelligent sur leurs buts et leurs actions.

> *L'illusion d'un certain extrémisme culturel n'est-elle pas de croire que son langage se situe à l'extérieur de l'idéo-logie, comme si c'était un langage coupé par un clivage de classe ?*

Je voudrais ici souligner deux points. Le premier, c'est ceci : ma conviction profonde (et elle est liée à tout mon travail depuis vingt ans), c'est que tout est langage, que rien n'échappe au langage, que la société entière est traversée, pénétrée par le langage. Partant, en un certain sens, tout est culturel, et il est impossible de pratiquer une non-culture. La culture est une fatalité à laquelle nous sommes condamnés. Ainsi, mener une action radicale contre-culturelle, c'est sim-plement déplacer le langage et, de nouveau, si l'on n'y prend garde, s'appuyer sur des stéréotypes, donc sur des fragments de langage qui existent déjà.

Je dirais que la violence elle-même est un code extrêmement usé, millénaire, anthropologique même : c'est dire que la violence en soi ne représente pas une figure de novation inouïe. Une attitude de destruction radicale de la culture m'apparaît donc comme irréfléchie, relativement inefficace, et qui n'a de valeur qu'expressive. A partir du moment où l'on se pose le problème en termes de tâche historique un peu plus ample, je pense qu'il n'y a d'autre solution que d'accepter cette fatalité de la culture. Il faut donc travailler à sa destruction ou à sa mutation de l'intérieur. De l'extérieur, l'attitude reste décorative.

Qu'entendez-vous par mutation de l'intérieur ?

La société nous impose des langages divisés (nous vivons dans une division du langage qui est un signe de l'aliénation de notre société). Mais, en se posant à l'extérieur de certains types de langages – et on doit le faire, et nous le faisons tous –, il ne faut pas oublier que nous le faisons toujours à partir d'un autre langage, et jamais à partir d'un non-langage. Dès lors, en toute loyauté, nous sommes engagés dans un processus infini de critique de nous-mêmes, de critiques de notre propre langage. C'est une attitude de réflexivité (nous avons parlé tout à l'heure de *théorie*, c'est pour moi la même chose), qui peut faire bouger la culture : elle est d'ailleurs liée à la perception extrêmement vigilante du lieu d'où l'on parle. Un individu, si révolutionnaire se donne-t-il, qui ne se pose pas la question du lieu d'où il parle est un révolutionnaire postiche.

Ce lieu n'est-il pas généralement celui d'une petite bourgeoisie la plupart du temps marginale ?

Nous manquons de données précises, d'autant plus qu'entre la classe sociale, ses déterminations et les sens (les mythes) qu'elle élabore, il y a des relais qui sont mal connus. Je ne sais donc de quelle classe viennent les acteurs de la contre-culture ; mais s'ils ont une origine petite-bourgeoise, il faut rappeler que ce n'est pas non plus une tare, dans la mesure où l'une des tâches historiques du siècle est de savoir comment la petite bourgeoisie peut elle-même devenir une classe progressiste. Je crois que si l'on ne parvient pas à répondre à cette question, l'histoire risque de piétiner très longtemps. Sur le plan culturel, on peut dire que la culture petite-bourgeoise reproduit « en farce » la culture bourgeoise, et cette imitation dérisoire, c'est la culture dite de masse ; et par là même, il n'y a aucune classe sociale, aucun groupe qui soit à l'abri de cette contagion générale de la culture petite-bourgeoise.

Vous avez écrit que, ce qui caractérisait la culture en France, c'était la percée agressive de la petite bourgeoisie qui s'est mise à disputer l'hégémonie à la culture grande-bourgeoise ?

Peut-être ce qui domine cette seconde moitié du XXe siècle, en tout cas en France, c'est un grand règlement de comptes entre la bourgeoisie et la petite bourgeoisie. Le problème historique est de savoir si la petite bourgeoisie va faire sa percée dans le cadre général d'un statut capitaliste (de type pompidolien) ou dans celui d'une promotion du type PCF.

Je voudrais ajouter que tous ces mouvements contre-culturels – et là nous retrouvons l'évaluation inlassablement dialectique que nous devons faire de leur action –, tous ces mouvements essaient de promouvoir un nihilisme. C'est en cela que leur action me paraît partiellement justifiée. Je crois en effet que la seule philosophie possible de l'état dans lequel nous sommes, c'est le nihilisme. Mais j'ajoute immédiatement que, pour moi, le nihilisme ne se confond pas du tout avec les comportements de violence, de radicalité destructive, ou plus profondément avec des comportements plus ou moins névrotiques ou hystériques.

Le nihilisme est un type de réflexion et d'énonciation (car il faut toujours poser les problèmes en termes de langage) qui exige un effort d'intelligence et de maîtrise du langage. Il ne faut pas oublier que le philosophe qui a été le plus loin dans une pensée du nihilisme est Nietzsche et qu'il est encore inconnu ou méconnu chez nous. Les formes d'élaboration et d'action nihilistes que l'on peut imaginer actuellement peuvent paraître souvent discrètes, étouffées, marginales, courtoises même, mais cela n'empêche pas qu'elles puissent être plus nihilistes, en profondeur, que des formes d'action apparemment plus radicales.

*Comment résolvez-vous la contradiction qui surgit entre
la nécessité d'un langage spécifique, hautement technique, tel qu'est celui que vous utilisez pour votre travail
théorique, et l'exigence d'une politisation des couches
sociales dont nous venons de parler ?*

C'est un problème et je ne suis pas le seul à l'avoir rencontré.
Il est certain que le travail que nous essayons de produire
s'effectue à l'intérieur de groupes restreints. C'est un travail
qui a des aspects ésotériques, qui ne vise absolument pas à
toucher ce que l'on appelle *la masse* ou *les masses*. Il faut en
être très conscient, pour qu'il n'y ait aucune équivoque à ce
sujet. Toutefois, je crois que ce travail relativement clos est
nécessaire à la mise en scène d'une destruction du sens. Notre
tâche, à nous intellectuels, n'est pas de politisation, mais de
critique des sens, de critique du sens.

La société francaise, sur le plan culturel, est tellement soumise aux modèles de culture petite-bourgeoise que, pour atteindre le grand nom-bre, il faudrait se compromettre (et compromettre son action) dans ces modèles.

Cela posé, il est bien certain que l'on peut se demander –
et c'est là le rôle des *créateurs* (de théâtre, de cinéma, par
exemple) –, on peut se demander donc, à la suite de Brecht,
si l'on ne pourrait pas tenter d'édifier un art qui aurait un grand
pouvoir de communication, par rapport à la société française
telle qu'elle est, dans son aliénation même, et qui comporterait
cependant des éléments sérieux (je dirais même sévères) de
progressisme, de subversion ou de nihilisme.

C'est aux créateurs à chercher et à trouver. Ajoutons que
même si ces créateurs arrivaient à un résultat effectif, ils ren-
contreraient un surcroît de difficultés sur le plan de la diffusion.
Il est incontestable qu'il y a une censure au niveau des institutions culturelles (au niveau de la radiodiffusion, de la télévision, peut-être même de l'école et de l'Université) qui se
renforcerait automatiquement. Il y a toujours eu barrage dès
qu'une forme d'art paraissait subversive. Mais ce ne sont pas
les formes les plus violentes qui sont les plus dangereuses.

Politique-Hebdo, 13 janvier 1972.
Propos recueillis par Jean Duflot.

Plaisir / écriture / lecture

I

Vous venez de publier Sade, Fourier, Loyola. *La revue* Tel
Quel *vient de vous consacrer, en hommage, son dernier
numéro paru. Dans* Sade, Fourier, Loyola, *vous traitez de
trois inventeurs d'écriture et non pas de la philosophie
du mal, du socialisme utopique ou encore de la mystique
de l'obéissance. Cette interrogation porte donc ici sur
trois fondateurs de langues et accomplit, il faudrait dire
poursuit, un projet dont la démarche inaugurale et magis-
trale fut* Le Degré zéro de l'écriture. L'Empire des signes
et ce Sade, Fourier, Loyola *introduisent une nouvelle
réflexion sur le plaisir du texte. Il semble donc qu'il faille
pluraliser l'histoire de votre travail, le situer sur deux
temps ?*

Votre dernière phrase vaut comme emblème de tout fait culturel, toujours multidimensionnel, renvoyant à une histoire plurielle. Au niveau de mon travail personnel, cette histoire couvre
une vingtaine d'années. Le *Sade, Fourier, Loyola* prend dans
cette histoire un rôle quasi obsessionnel : je veux dire qu'une
fois de plus il traite de l'écriture. J'ai formulé cette intention
dès *Le Degré zéro de l'écriture*, mais évidemment elle a connu
divers avatars. A certains moments, j'ai tenté de donner une
réponse d'apparence plus scientifique comme avec le *Système
de la Mode*. Le langage de la mode n'est certes pas un langage
littéraire. Mais ayant abandonné l'idée d'interroger le système
de la mode portée, ou photographiée, pour me reporter uniquement à la mode telle qu'elle est décrite dans les journaux,
il est bien évident que j'étais ramené à mon obsession : le

langage et le langage écrit particulièrement. Le *Sade, Fourier, Loyola* continue cet effort de recherche sur les discours ou langues secondes. Il ne fait que varier (au sens musical du terme) l'effort d'une vie.

II

L'Empire des signes [1] *est le point de départ d'une nouvelle phase...*

En effet, j'aborde là le problème du plaisir du texte. J'ai déchiffré le texte de la vie japonaise telle que je l'ai vue. Ce n'est certes pas le Japon technicien, capitaliste que j'ai décrit, mais un Japon très fantasmatique. *L'Empire des signes* m'a permis de libérer ce que Genette, me lisant, avait appelé « une sorte d'éthique du signe ». Je n'ai pas de rapports neutres avec le signe : j'ai toujours été passionné par les opérations de déchiffrement des signes dans les sociétés ou dans la littérature. Il faut ajouter que ce rapport est ambivalent : il y a un moment où les codes me libèrent parce qu'ils sont générateurs de sécurité. Les sociétés comme les nôtres, très aliénées, angoissées, ont besoin de la clarté des signes, de leur permanence pour se rassurer. Un code bien fait est toujours rassurant même s'il est contraignant. Mais, en même temps, les signes m'oppressent très facilement. Les langages ou les sociétés qui naturalisent les signes me sont intolérables : elles vivent les signes mais refusent de les afficher comme tels. Autrement dit, elles ne vivent pas les signes pour ce qu'ils sont : des produits historiques, des élaborations idéologiques du sens. A partir de cette intolérance, j'ai écrit par exemple les *Mythologies*.

Le Japon dont j'ai parlé est pour moi une contre-mythologie, une sorte de bonheur des signes, un pays qui par suite d'une situation historique fragile, très particulière, se trouve à la fois engagé totalement dans la modernité et en même temps tellement proche de la phase féodale qu'il peut garder une sorte

---

1. Skira.

de luxe sémantique qui n'est pas encore aplati, naturalisé par la civilisation de masse, par la société dite de consommation.

III

Vous avez trouvé au Japon, par conséquent, ce que vous appelez un « bonheur des signes ». Voulez-vous préciser cette expression ?

Ces codes très forts, très subtils, d'une part ne sont jamais naturalisés (ils s'affichent comme système de signes) et d'autre part ils ne renvoient jamais à des signifiés derniers, stables, clos ; peut-être en raison du passé, de l'histoire religieuse du Japon, du poids du paganisme ou pourquoi pas du bouddhisme zen ? Ce pays n'a pas eu avec le discours monologique un rapport aussi étroit que nos pays judéo-islamo-chrétiens. Le Japon m'a donné une sorte de courage d'écriture. J'ai été heureux d'écrire ce texte. Il m'a permis de m'installer un peu plus dans cet espace hédoniste ou, pour mieux dire, érotique, du texte, de la lecture, du signifiant. Maintenant, je suis très tenté de poursuivre cette voie, d'écrire des textes de plaisir et d'inclure dans la théorie du texte une réflexion sur le plaisir du texte, sur la séduction. Il faudrait presque parler du *don-juanisme* du texte. Pourquoi un texte séduit-il, qu'est-ce que la séduction d'un texte ? Le plaisir du texte est-il purement culturel ? Dépend-il de niveaux de culture ou est-il plus corporel et par conséquent entretient-il avec la culture un rapport dialectique comportant beaucoup de médiations ? Voilà le type de questions que j'aimerais poser peu à peu.

IV

Vous avez pris du plaisir à lire Sade, Fourier, Loyola. *Lire Sade avec plaisir est, dans notre société, inavoué – ina-vouable ; plus subtilement rejeté au profit d'une quelcon-*

*que approche philosophique (la philosophie du Mal par
exemple), voire d'une étude de cas pathologique. Le plaisir n'a pas la même origine chez Loyola que chez Fourier.
D'où vient-il chez vous à la lecture de ces deux derniers
auteurs ?*

J'ai toujours pris un très grand plaisir à lire Sade, contrairement
à l'opinion courante pour qui Sade est un auteur ennuyeux. Je
le lis, comme tout le monde, d'une façon très désinvolte, c'est-
à-dire en sautant des passages. Pas toujours les mêmes. C'est
l'écrivain qui m'a donné le plus grand plaisir de lecture. Je ne
connais dans notre littérature que Proust, à un tout autre pôle
naturellement, pour donner ce genre de plaisir de lecture et de
relecture infinies. Fourier est de ce point de vue plus antholo-
gique. Il y a des morceaux de Fourier qui ont un pouvoir de
caresse extrême ; mais il y a aussi des redondances insupporta-
bles. Il est beaucoup plus difficile à lire parce qu'il n'y a pas
d'argument, de fil romanesque. Le plaisir de la lecture est
moins syntaxique, plus sémantique, plus « poétique » au sens
classique du terme. Quant à Loyola, on ne peut pas parler de
ce genre de plaisir, surtout quand on est très loin du discours
chrétien ; il m'est impossible de m'y investir, même à titre de
révolte. Son discours ne me hérisse ni me fait vraiment plaisir ;
mais Loyola m'a donné les éléments d'une reconstruction linguistique passionnante à faire. Un peu comme le plaisir que
peuvent avoir éprouvé Champollion et tous les déchiffreurs de
langue, ceux que Jakobson appelle les cryptanalystes.

V

*Il ne faut pas mésestimer cependant qu'une telle prise de
position – dire que l'on va entreprendre une réflexion
théorique sur le plaisir – va ou peut paraître comme étant
à contre-courant du travail même de la modernité. J'imagine même aisément les malentendus que certains sont
prêts à exploiter. Voulez-vous nous dire en quoi ce que
vous faites aujourd'hui est un travail d'avant-garde
nécessaire ?*

Entreprendre une réflexion théorique sur le plaisir du texte a une valeur tactique. Pendant toute une période, j'ai fait surtout de la critique idéologique : par exemple dans les *Mythologies* et de nombreux textes des *Essais critiques*. Aujourd'hui, les tâches de la critique idéologique sont reprises un peu par tout le monde. Ce n'est pas un travail d'avant-garde : il y a dans la critique idéologique, telle que la manient par exemple les étudiants, beaucoup de redondance, de verbalisme. Il faut donc affiner, subtiliser la critique idéologique ; une chose est prendre conscience de l'idéologie, une autre de la démonter : il faut de la subtilité et de l'intelligence (par intelligence, j'entends une qualité d'opération, non une valeur psychologique). Cette tâche collective est reprise par toute une partie de l'intelligentsia française. Au contraire, une théorie du plaisir a besoin aujourd'hui d'une action constructive, combative.

Pourquoi est-elle solitaire ? Parce que l'idiolecte des intellectuels est aujourd'hui politisé. En disant cela, je laisse de côté le problème des options politiques, je m'en tiens au plan du langage. Le langage politisé prend ses modèles terminologiques, phrastiques, dans une littérature théorique marxiste en général : il est normal que le problème du plaisir y soit forclos. Pour parler très franchement, il me semble que dans beaucoup de travaux contre-idéologiques qui se font aujourd'hui en France, et qui sont nécessaires, il y a tout de même une loi, une censure, une forclusion du plaisir. La promotion actuelle de l'érotisme, même dans les milieux intellectuels, n'est pas très intéressante. Ce qu'il faut saisir, décrire, n'est pas l'érotisme génital avec ses problèmes de libération et de censure. Le travail intellectuel devrait porter sur la sexualité seconde et en particulier sur la sexualité du langage. Le langage comme espace sexuel ou érotique n'a rien à voir avec l'érotisme de la culture de masse. Le travail d'avant-garde est de lever l'interdit érotique qui imprègne malheureusement les langages, politisés ou contre-idéologiques, et en fait des discours mornes, lourds, répétés, obsessionnels, ennuyeux.

VI

> *Vous voulez donc éclairer ce point encore énigmatique :*
> *« le lieu de la lecture ». Vous écrivez : « Cet obscurcis-*
> *sement se produit au moment même où l'on vitupère le*
> *plus l'idéologie bourgeoise sans jamais se demander de*
> *quel lieu on parle d'elle ou contre elle : est-ce l'espace*
> *du non-discours (« ne parlons pas, n'écrivons pas : mili-*
> *tons ») ? Est-ce celui d'un contre-discours (« discourons*
> *contre la culture de classe ») ?...*

Chaque fois qu'il y a une vitupération de l'idéologie bourgeoise, il y a conjointement une sorte d'occultation de la question : *d'où est-ce que je parle ?* Je voulais simplement reven-
diquer, mais toute la modernité le fait, depuis Blanchot, en
faveur de discours essentiellement réflexifs et qui amorcent,
miment en eux le caractère infini du langage, ne se ferment
jamais sur la démonstration d'un signifié. En essayant d'ame-
ner au jour une réflexion sur l'érotisme de la lecture, je ne fais
que contrer le discours dogmatique. Aujourd'hui, on confond
dans une même accusation le discours dogmatique et le discours terroriste. Le discours dogmatique s'appuie sur un signifié. Il tend à valoriser le langage par l'existence d'un signifié
dernier : d'où les rapports bien connus entre le discours dogmatique et le discours théologique. Ce signifié prend souvent
la figure d'une Cause : politique, éthique, religieuse. Mais à
partir du moment où le discours (je ne parle pas des options
d'un individu) accepte de s'arrêter sur cette butée d'un signifié,
alors il devient dogmatique. Le discours terroriste a des caractères agressifs qu'on peut ou non supporter, mais il reste dans
le signifiant : il manie le langage comme un éploiement plus
ou moins ludique de signifiants.
  Il n'y a aucun lieu sans langage : on ne peut pas opposer le
langage, le verbal et même le verbeux à un espace pur, digne,
qui serait l'espace du réel et de la vérité, un espace hors
langage. Tout est langage, ou plus précisément le langage est
partout. Il traverse tout le réel ; il n'y a pas de réel sans langage.
Toute attitude qui consiste à se mettre à l'abri du langage,
derrière un non-langage ou un langage prétendu neutre ou

insignifiant, est une attitude de mauvaise foi. La seule subversion possible en matière de langage est de déplacer les choses. La culture bourgeoise est en nous : dans notre syntaxe, dans la façon dont nous parlons, peut-être même dans une part de notre plaisir. Nous ne pouvons pas passer dans le non-discours parce que le non-discours n'existe pas ; même les attitudes les plus terroristes, les plus extrémistes, se prêtent à des récupérations très rapides. Le seul combat qui reste n'est pas franc, mais le plus souvent étouffé, insidieux. Il n'est pas toujours triomphant, mais il doit essayer de déplacer les langages. On essaie de créer avec le langage bourgeois ses figures de rhétorique, ses manières syntaxiques, ses valeurs de mots, une nouvelle typologie du langage : un espace nouveau où le sujet de l'écriture et celui de la lecture n'ont pas exactement la même place. C'est tout le travail de la modernité.

VII

Pour en revenir au plaisir, vous écrivez : « Le plaisir d'une lecture garantit sa vérité. » Les tâches révolutionnaires que nous avons à entreprendre ou à mener à bien sont-elles contradictoires avec le plaisir ?

Le surmoi marxiste censure facilement le plaisir ; historiquement, Marx et Lénine ont eu à résoudre des problèmes de besoin et non de plaisir ; notons cependant que, dans le texte de Marx, il y a une sensibilité extrême au plaisir comme question finale de la révolution. Mais, sur le point du plaisir du texte, j'ai un garant prestigieux pour moi : Brecht. Personne ne peut dénier à l'œuvre brechtienne (théâtre, théorie) une force, une intelligence de critique marxiste presque impeccable : or Brecht est un grand auteur marxiste qui a sans cesse revendiqué pour le plaisir. Il voulait que son théâtre fût de plaisir. Il n'a jamais pensé que le plaisir soit le moins du monde contradictoire avec des tâches révolutionnaires.

Dans la matière de ses pièces, il y a des illustrations presque attendries de la valeur du plaisir : en ce qui concerne, par exemple, la nourriture ou son goût pour le cigare, le fait qu'il n'a jamais cessé de fumer des cigares avec volupté et surtout le fait que précisément il a rappelé que Marx aussi aimait beaucoup le cigare : il y a toute une dimension hédoniste qu'il faut un peu rétablir dans le champ progressiste.

Dans les discours étudiants, qui partent pourtant d'un sentiment tellement juste de la vie et de la société, je regrette toujours que cette dimension ne soit pas plus sensible. On a pu dire à mon propos, je crois, qu'il fallait *liquider ces résidus d'hédonisme*. Eh bien non, il ne faut pas les liquider, mais faire en sorte que ce ne soit pas des résidus. La pratique révolutionnaire, à quelque échelle qu'elle se dessine, est une pratique polyphonique : un très vaste syncrétisme de comportements, de discours, de symboles, d'actions, de déterminations ; une activité de type pluriel. Les problèmes que nous sommes en train de poser sont liés, non seulement à une situation de classe, cela va de soi, mais aussi de *caste* : là aussi il faudrait apprendre à penser le rôle politique de l'intellectuel. Il n'est pas un procureur ; il n'a pas à parler au nom du prolétariat : il a à parler en son nom propre pour faire état, dans une perspective révolutionnaire, de ce qui lui manque, de ce qui amoindrit ses activités intellectuelles, des aliénations que la société actuelle lui impose dans sa condition d'intellectuel. Il sera d'autant plus révolutionnaire qu'il prendra la mesure de sa propre aliénation et pas seulement de celle des autres.

VIII

Il y a un autre problème sur lequel j'aimerais que vous leviez certains malentendus : celui de la science et plus particulièrement d'une science de la littérature dont vous paraissez, pour certains, mettre en doute la possibilité ?

L'image qu'on me renvoie de moi-même inclut en effet cette ambiguïté. Car tantôt j'apparais comme un sémiologue, l'un des premiers en date : je suis alors affublé d'un indice de scientificité. Tantôt, au contraire, on trouve que je ne suis pas rigoureux, scientifique, et on me taxe de subjectivité et d'impressionnisme.

En fait, et pour aller au fond, je ne crois pas au *discours* scientifique. Je laisse de côté le problème de la science elle-même, ainsi que celui d'une science de la littérature. Je n'ai jamais dit qu'elle existait, contrairement à ce qu'on a prétendu à propos de *Critique et vérité*. J'avais écrit : *La science de la littérature (si elle existe un jour)*. Le message (un message de doute) était la parenthèse. Sans doute il y a des chercheurs qui ont à l'égard de la littérature une attitude résolument scientifique, je pense à Todorov par exemple : j'approuve tout à fait ; je crois que c'est très utile ; mais dans tous ces travaux concernant une science de la littérature, le problème essentiel n'est jamais résolu : celui du discours de la science. Dans quel discours la science de la littérature va-t-elle s'exprimer ? Il n'y aurait qu'un discours scientifique qui pourrait prétendre échapper à la mauvaise foi de tout discours : le discours algorythmique. D'où l'extrême tentation, plus ou moins consciente, de mettre le texte littéraire en équations logiques, de recourir à des formalisations. A ce moment-là, en effet, le problème de la discursivité de la science est résolu : le discours algorythmique se donne immédiatement et de part en part comme *sans signifié* : c'est l'expression de pures relations. Dès qu'on rejoint l'idiome national, on ne peut pas échapper à la fatalité culturelle, et en quelque sorte psychanalytique, des connotations, des sens multiples, des rôles de l'imaginaire : le discours scientifique n'a plus alors les vertus qu'on demande à la science.

Si un jour il y a une science de la littérature, elle ne pourra être qu'une science formelle, formalisée : elle échappera ainsi à la fatalité idéologique qui est dans tout langage. Pour moi, il y a un imaginaire scientifique, imaginaire au sens lacanien (un langage ou ensemble de langages qui fonctionne comme une méconnaissance du sujet par lui-même). Il suffit de lire toutes les revues de sciences humaines, de sciences sociales : elles sont écrites dans un style dit scientifique ou parascientifique : on pourrait très bien démonter l'imaginaire de ces savants. L'écriture, elle (par opposition à l'écrivance de ces discours), est ce type de pratique grâce à laquelle nous dissolvons les imaginaires de notre langage. Nous nous constituons sujets psychanalytiques en écrivant. Nous procédons sur nous-mêmes à un certain type d'analyse, et le rapport à ce moment-là entre le sujet et l'objet est entièrement déplacé, *périmé*. La vieille opposition entre la subjectivité comme attribut de la critique impressionniste et l'objectivité comme attribut d'une critique scientifique n'a plus d'intérêt.

IX

Vous travaillez comme chercheur, par exemple au CNRS, sur un texte dit littéraire. L'institution vous demande de vous mettre dans une position de savant ?

La mauvaise foi commence là. Vous allez opter pour un type d'activité dite scientifique, de discours scientifique que j'ai appelé l'*écrivance*. Vous allez manquer le texte parce que vous ne serez pas avec lui dans un rapport transférentiel d'auto-analyse. Vous ne lirez tout simplement pas le texte. Vous le traiterez par exemple comme document historique, ou document sémiologique : vous ferez de la sémiologie orthodoxe de la littérature : vous chercherez à reconstituer des modèles narratifs, des syntaxes narratives, ou des poétiques au sens jakobsonien. Mais vous resterez à l'extérieur de la lecture. Vous ne serez pas dans une activité de déplacement de votre propre sujet au contact du texte : par là même vous ne déplacerez pas non plus le sujet de celui qui l'a écrit : vous êtes condamné à traiter le sujet qui a écrit le texte étudié comme un *auteur* au sens traditionnel du mot : *une subjectivité qui s'est exprimée dans une œuvre.* Le seul remède serait de *réécrire* l'œuvre.

X

Il faut tout de même en venir à la question du sujet. Certaines propositions comme : « Si j'étais écrivain et mort, comme j'aimerais que ma vie se réduisît, par les soins d'un biographe amical et désinvolte, à quelques détails, à quelques goûts, à quelques réflexions, disons : des "biographèmes" », me laissent supposer que vous

réintroduisez avec délicatesse, subtilité ou mégarde (par-
donnez-moi) la notion de sujet-auteur telle que la tradi-
tion humaniste, classique, nous l'a apprise...

J'appartiens à une éducation pour laquelle le sujet, au sens
humaniste et classique du mot, existait. Dans la transformation
profonde du sujet métaphysique mise en œuvre du point de
vue archéologique par Marx, Nietzsche et Freud, transformation reprise dans beaucoup de directions par la modernité, je
n'occupe qu'une place transitoire, qui n'est pas d'extrême
pointe. Je suis encore fasciné par toutes les opérations de
dispersion du sujet ; le moment fragile où le sujet classique
de l'écriture est en train de s'altérer, de s'abîmer, de se prêter
à une combinaison. C'est ce moment fragile d'éclatement que
j'interroge. Mon rapport au texte dit moderne est un rapport
ambigu ; c'est un attachement critique passionné, mais ce n'est
pas toujours un rapport de plaisir.

XI

Et lorsque vous parlez du retour amical de l'auteur : « Le
plaisir du texte comporte aussi un retour amical de
l'auteur » ?

Cette phrase, à mon sens, serait plutôt d'avant-garde ! En réalité, ce serait une très grande libération le jour où l'on pourrait
reprendre les auteurs du passé en tant que corps aimables,
traces qui restent séduisantes. Il y a des écrivains qui montrent
la voie : je pense à Proust, à Jean Genet (je parle de ses
romans) : il est dans ses livres. Il dit *Je, Jean*. Pourtant, il ne
viendrait à personne l'idée de dire que ces livres expriment
une expérience subjective : Genet est dans ses livres en tant
que *personnage de papier*. C'est là, la réussite de son œuvre :
en tant que personnage entièrement exhérédé, débarrassé de
toute hérédité par rapport à lui-même en tant que *référent*.

XII

Comment est organisé votre livre ? Cette réunion de trois auteurs ne peut manquer de surprendre, voire d'apparaître comme provocatoire ?

Je l'ai dit : je n'ai pas voulu de provocation ; cela ne veut pas dire qu'il n'y ait pas *effet* de provocation. Les mobiles se situent à un autre niveau.

XIII

Sade, Fourier, Loyola : auteurs matérialistes ?

J'ai employé, à propos de ces auteurs, l'expression de rite matérialiste, et peut-être est-ce là la plus grande provocation. Je n'ai pas tenu compte du fait que Loyola était un croyant par exemple. Je les ai, tous les trois, traités en dehors de tout contenu. Plus un auteur s'engage dans l'écriture, plus il se matérialise, plus il évacue la charge idéaliste qu'il peut y avoir dans les contenus qu'il propose ; certes, cette charge peut être si forte qu'on ne voit qu'elle pendant très longtemps ; pourtant, si Diderot est pour moi un écrivain matérialiste, ce n'est pas parce qu'il est placé comme tel dans un tableau de la philosophie. *Jacques le Fataliste* est l'un des plus grands textes qui pensent l'écriture moderne, en soumettant les rapports du langage et du réel à une sorte de récursivité insatiable, incolmatable : c'est alors qu'il est un grand écrivain matérialiste.

XIV

Vous dites à propos de Sade, Fourier, Loyola qu'ils ont en commun de théâtraliser. *De quelle théâtralité s'agit-il ?*

Dans l'idée de *théâtralité*, il y a deux notions qu'il faut distinguer : la théâtralité hystérique qui, dans notre théâtre occidental, a donné le théâtre post-brechtien et contre-brechtien, à
la suite, plus ou moins, du *happening*. Il y a une autre théâtralité qui se rattache à l'idée de mise en scène, au sens presque
étymologique de l'expression. Les référents devraient être
cherchés, soit du côté de la scène freudienne, « l'autre scène »,
soit du côté de Mallarmé, du livre à venir : une théâtralité
fondée sur des mécanismes de combinatoires mobiles, conçus
de telle sorte qu'elle déplace complètement, à tout instant, le
rapport entre celui qui lit et celui qui écoute.

XV

Vous en parlez également comme des scénographes ?

La métaphore de la scénographie est encore féconde ; elle n'a
pas été exploitée complètement. Cela consisterait à donner un
primat à celui qui met en scène par rapport à celui qui joue.
Notre théâtre est un théâtre d'acteurs, par tradition.

XVI

*Je me suis interrogé sur la place qu'occupent, dans la
construction du livre, les articles consacrés à Sade. Je
crois que cela est important.*

On ne m'a jamais posé cette question, qui est pourtant importante à mes yeux. Cela a deux sens très grossiers et visibles.
Le premier est que Sade encadre le propos. Le livre n'est donc
pas une trilogie, un pur défilé. Il y a la construction d'une
certaine perspective : Sade avant et après. Le second sens est
que « Sade I » a été écrit comme un article selon une certaine
discursivité. « Sade II » est composé de fragments. J'avais le
sentiment de n'avoir pas bien épuisé ma lecture de Sade après
avoir écrit « Sade I », d'avoir fait une description un peu eth-

nologique qui négligeait les points retors du langage sadien.
J'ai relu Sade. J'ai refait des notes de lecture. Je me suis aperçu
à ce moment-là que c'était une expérience énigmatique pour
moi, exaltante et décevante : en fait, j'ai constaté que je pensais
la même chose de Sade que lorsque j'écrivais le « Sade I ».
Aussi, dans « Sade II », l'intérêt vient de la décision d'écrire
un Sade fragmenté. Cela a des rapports avec le texte de Sade.
Je m'intéresse beaucoup à ces redites coupées.

XVII

Vous parlez du secret sadien, dans le « Sade I » et le
« Sade II ». Le mot secret ne doit-il pas être expliqué, et
que recouvre-t-il ici ?

Il ne faut pas faire un sort au mot : *secret* ; c'est un mot un
peu dangereux parce qu'il laisse supposer une certaine vision
herméneutique de l'écrivain, de l'œuvre : *secret* appelle l'idée
de déchiffrement ; en fait, il y a deux secrets sadiens. J'ai parlé
du premier dans le « Sade I », et du deuxième dans le « Sade
II ». Le premier est en réalité celui de Saint-Fonds : un libertin
s'enferme pour une pratique énigmatique et ne veut pas dire
en quoi elle consiste à ses camarades les plus proches. On sait
ce qu'il fait dans ce réduit secret : il blasphème, il s'adresse à
Dieu. Le secret du libertin est donc d'avoir un rapport avec
Dieu ; en quoi il est inavouable. Le second secret est allégué
dans les moments où Sade nous dit, après avoir décrit des
pratiques érotiques avec un extrême détail de telle sorte qu'on
peut penser qu'il n'y a plus rien à dire : « et il se passa encore
des choses extraordinaires que je ne peux pas vous dire ». C'est
un faux secret car ce qui était dicible a été épuisé. Ce n'est
qu'une façon d'inclure dans le discours une provision
d'extraordinaire purement verbal. Le premier secret sadien
plaira beaucoup à tous ceux qui essaient de replacer Sade dans
une dialectique avec le divin. Le second plaira à ceux qui,
comme moi, essaient de replacer Sade sous l'instance du discours.

XVIII

*Sade est-il un auteur érotique ? Son érotisme n'est-il pas,
ainsi que vous le montrez, totalement différent du nôtre,
allusif, dont le strip-tease est la forme « achevée-inache-
vée » ? Enfin, dans le « Sade II », vous parlez d'une
porno-grammaire ? Je crois que là est le point important.*

Sade a établi le nombre total des figures érotiques entre un,
deux ou plusieurs partenaires, et a construit le système de ces
figures. Au contraire l'érotisme de la culture de masse a pour
modèle le strip-tease, allusion qui se déplie et ne se résout
jamais. Sade prend les choses à un autre niveau. Le strip-tease
a eu lieu depuis longtemps lorsqu'il commence sa description.
J'ai toujours été frappé par la circulation plane, irréversible,
entre les figures érotiques et les figures de grammaire, les
figures rhétoriques. Dans le « Sade II », j'ai parlé d'une porno-
grammaire. Il faut faire attention au mot « pornographie ». En
grec, *pornè*, c'est la luxure, la prostitution. Ce qui m'intéresse
dans « pornographie », c'est la *graphie*, l'écriture, de la
luxure : le fait que ça s'écrive. Chez Sade, il y a des « phrases »
érotiques, l'érotisme est construit *stricto sensu* comme une
phrase : il y a des unités, une combinatoire, un développement
comme dans une phrase verbale.

XIX

Sade est un auteur occulté ; pourquoi ?

Est censuré chez Sade plus son écriture que son érotisme. Son
érotisme est censuré par la loi, la législation. Son écriture est
censurée plus subtilement dans le fait qu'il ne figure dans
aucune histoire de la littérature française. On ne le considère
pas comme écrivain. Ses livres sont proposés comme des documents de fou. Il y a beaucoup d'intellectuels pour dire que
Sade est ennuyeux !

XX

*A propos du jeu sexuel, vous pourriez peut-être revenir
sur le principe de délicatesse chez Sade ?*

Voulez-vous me permettre – parce que ce sera la réponse la
plus simple – de rappeler le texte que j'ai donné, à ce propos,
à la revue *Promesses*, en réponse à l'une de ses questions :
« La délicatesse du jeu sexuel, c'est là une idée très importante
et tout à fait inconnue, me semble-t-il, de l'Occident (motif
majeur pour s'y intéresser). La raison en est simple. En Occident, la sexualité ne se prête très pauvrement qu'à un langage
de transgression ; mais faire de la sexualité un champ de transgression, c'est encore la tenir prisonnière d'un binaire
(pour/contre), d'un paradigme, d'un sens. Penser la sexualité
comme un continent noir, c'est encore la soumettre au sens
(blanc/noir). L'aliénation de la sexualité est consubstantielle-
ment liée à l'aliénation du sens, par le sens. Ce qui est difficile,
ce n'est pas de libérer la sexualité selon un projet plus ou
moins libertaire, c'est de la dégager du sens, y compris de la
transgression comme sens. Voyez encore les pays arabes. On
y transgresse aisément certaines règles de la "bonne" sexualité
par une pratique assez facile de l'homosexualité (à condition
de ne jamais la *nommer* : mais c'est là un autre problème, le
problème immense de la verbalisation du sexuel, barrée dans
les civilisations à "honte", cependant que cette même verbalisation est chérie – confessions, représentations pornographiques – des civilisations à "culpabilité") ; mais cette transgression reste implacablement soumise à un régime du sens
strict : l'homosexualité, pratique transgressive, reproduit alors
immédiatement en elle (par une sorte de colmatage défensif,
de réflexe apeuré) le paradigme le plus pur qu'on puisse imaginer, celui de l'actif/passif, du possédant/possédé, du niqueur/
niqué, du tapeur/tapé (ces mots "pieds-noirs" sont ici de
circonstance : encore la valeur idéologique de la langue). Or
le paradigme, c'est le sens ; aussi, dans ces pays, toute pratique
qui déborde l'alternative, la brouille ou simplement la retarde
(ce que certains appellent dédaigneusement, là-bas, *faire
l'amour*) est d'un même mouvement *interdite et inintelligible*.

La "délicatesse" sexuelle s'oppose au caractère fruste de ces
pratiques, non sur le plan de la transgression, mais sur celui
du sens ; on peut la définir comme un *brouillage du sens*, dont
les voies d'énonciation sont : ou des protocoles de "politesse",
ou des techniques sensuelles, ou une conception nouvelle du
"temps" érotique. On peut dire tout cela d'une autre manière :
l'interdit sexuel est entièrement levé, non au profit d'une
"liberté" mythique (concept tout juste bon pour satisfaire les
timides fantasmes de la société dite de masse), mais au profit
de codes vides, ce qui exonère la sexualité du mensonge spontanéiste. Sade a bien vu cela : les pratiques qu'il énonce sont
soumises à une combinatoire rigoureuse ; cependant, elles restent marquées d'un élément mythique proprement occidental :
une sorte d'éréthisme, de transe, ce que vous appelez très bien
une sexualité *chaude* : et c'est encore sacraliser le sexe en en
faisant l'objet, non d'un hédonisme, mais d'un *enthousiasme*
(le dieu l'anime, la vivifie). »

XXI

*Si, maintenant, nous en venions à Fourier ? C'est peut-
être la partie de votre livre où j'ai le plus éprouvé ce
bonheur d'écriture, ce plaisir dont nous parlions tout à
l'heure. Sans doute parce que vous avez connu en l'écrivant un certain bonheur. Il y a, dans ces pages, ce qu'on
pourra appeler, sans doute, des biographèmes...*

Ce texte n'est pas parfait. Il y a d'une part des essais de
reconstitution, purement taxinomiques (des morceaux de système de Fourier sur le hiéroglyphe, les nombres, etc.) : ils ne
sont donc pas directement de la veine hédoniste dont vous
parlez ; c'est plutôt du travail sémiologique ; mais, c'est vrai,
j'ai un attachement réel pour certains thèmes fouriéristes : thèmes voluptueux, au sens étymologique, thèmes sybaritiques.
La nourriture par exemple : Fourier parle de la nourriture avec
l'avidité qu'on peut avoir lorsqu'on a faim ; il adorait les fruits
français, moi aussi. Il y a une circulation entre ses goûts et les

miens. Les descriptions de la limonade, des poires, des petits pâtés, des melons, me plaisent beaucoup.

Pour moi est également important le phalanstère en tant que lieu organisé, fermé et où pourtant le plaisir circule. Le sanatorium, par exemple, au moment où j'y étais, ressemblait beaucoup au phalanstère. J'y fus heureux. L'organisation de l'espace habité, habitable, la socialité à la fois affectueuse et aérée est un thème important pour la vie des hommes.

Il y a aussi le troisième grand plaisir fouriériste : l'éloge du néologisme.

XXII

Vous êtes très attentif donc à toutes les systématiques d'écrivains ou de créateurs de langues : systématiques très structurées, mais qui ne se ferment pas sur Dieu. Je pense par exemple à ce que vous écrivez de Fourier : « La construction fouriériste pose les droits d'une sémantique baroque, c'est-à-dire ouverte à la prolifération du signifiant : infinie et cependant structurée. »

Si l'étude du langage a pris une telle importance aujourd'hui, c'est que le langage nous offre l'image d'un ensemble (le mot est neutre volontairement) structuré et décentré. Le dictionnaire, je le répète, est l'objet concret qui rend compte le plus parfaitement de cette qualité contradictoire du langage. Un dictionnaire renvoie à une structure de la langue française, mais il est en même temps décentré. Le structuralisme n'est pas nouveau en tant qu'il a repris l'idée de structure. Nous avions l'idée d'une structure close, circulaire, centrée, alors que maintenant on commence à travailler sur des structures décentrées. Je renvoie ici à tous les auteurs contemporains que l'on met ordinairement ensemble, même s'ils ne s'y trouvent pas très bien.

XXIII

L'utopie fouriériste ?

Il ne faut pas occulter la critique de Marx, dont Fourier ne se relève pas, mais, en même temps, se rappeler que Fourier dit un peu ce que Marx a laissé passer.

XXIV

Pour préciser ma pensée, je vous citerai : « Le simplisme (passion fouriériste) serait de nos jours ou censure du Besoin, ou censure du Désir ; à quoi répondrait, en Harmonie (en Utopie ?), la science conjuguée de l'un ou de l'autre. »

L'utopie, c'est l'état d'une société où Marx ne critiquerait plus Fourier.

Les Lettres françaises, 9 février 1972.
Propos recueillis par Jean Ristat.

L'adjectif est le « dire » du désir

L'entretien avec Roland Barthes a été réalisé avant la paru-
tion de son très important livre Le Plaisir du texte, *aux Editions*
du Seuil. Il va sans dire que celui-ci en est la référence
majeure. Nous n'avons pas entrepris ici de faire l'exégèse de
Barthes, et ce dossier ne dispense pas de lire Le Plaisir du
texte *: nous voudrions au contraire y inciter. La première*
approche de la notion de plaisir se trouve dans la préface de
Sade, Fourier, Loyola *(Seuil, 1971). Mais Barthes avait publié*
l'année précédente son admirable texte sur le Japon, L'Empire
des signes *(Skira, 1970), qui est déjà, au plein sens du terme,*
un livre de plaisir.

> *La question du plaisir esthétique ne semble pas nouvelle :*
> *elle fut soulevée, entre autres, par la génération des*
> *Valery Larbaud, Schlumberger, etc. Mais est-ce bien la*
> *même question ? Ou plus précisément : qu'est-ce qui*
> *change quand on pratique cette infime manipulation des*
> *termes, substituant au « plaisir littéraire » le « plaisir du*
> *texte » ?*

Rien n'est nouveau, tout revient, c'est une très vieille com-
plainte. L'important, c'est que le retour ne se fasse pas à la
même place : substituer au cercle (religieux) la spirale (dialectique). Le plaisir de la lecture est connu et commenté depuis
très longtemps ; je ne vois aucune raison de le contester ou de
le censurer, même s'il s'exprime dans le cadre de ce qu'on
pourrait appeler une pensée mandarinale. Les plaisirs eux aussi
sont en nombre fini, et il faudra bien que la société désaliénée,

si elle s'accomplit un jour, reprenne, *mais à une autre place,
en spirale*, certains fragments du savoir-vivre bourgeois.

Cela dit, l'expression « plaisir du texte » peut être nouvelle
de deux manières : d'une part, elle permet de mettre à égalité,
et je dirai même *à identité*, le plaisir d'écrire et le plaisir de
lire (le « texte » est un objet invectorié, ni actif ni passif ; ce
n'est ni un objet de consommation, supposant un patient, ni
une technique d'action, supposant un agent ; c'est une production, dont le sujet, irréparable, est en perpétuel état de circulation) ; d'autre part, le « plaisir », dans une telle expression,
n'est pas une valeur esthétique : il ne s'agit pas de « contem-
pler » le texte, ni même de s'y « projeter », d'y « participer » ;
si le texte est « objet », c'est dans un sens purement psychanalytique : pris dans une dialectique du désir, et, pour être plus
précis, de la perversion : il n'est « objet » que le temps de
mettre en cause le « sujet ». Il n'y a pas d'érotique sans
« objet », mais il n'y en a pas non plus sans vacillation du
sujet : tout est là, dans cette subversion, dans cet ébranlement
de la grammaire. Aussi, dans mon esprit, le « plaisir du texte »
renvoie à quelque chose qui est tout à fait inconnu de l'esthétique, et notamment de l'esthétique littéraire, et qui est : la
jouissance, mode d'évanouissement, d'annulation du sujet.
Pourquoi dire alors « plaisir du texte », et non « jouissance du
texte » ? Parce qu'il y a dans la pratique textuelle toute une
gamme, tout un éventail des dispersions du sujet : le sujet peut
aller d'une consistance (il y a alors contentement, plénitude,
satisfaction, plaisir au sens propre) à une perte (il y a alors
annulation, *fading*, jouissance) ; malheureusement, la langue
française ne dispose pas d'un mot qui coiffe à la fois le plaisir
et la jouissance ; il faut donc accepter l'ambiguïté de l'expression « plaisir du texte », qui est tantôt spéciale (plaisir contre
jouissance), tantôt générique (plaisir et jouissance).

*Dans la démarche qui vous est propre, le mot « plaisir »
n'a surgi de manière explicite que fort récemment (daté
par* Sade, Fourier, Loyola). *Mais avant ce mot, il y avait
déjà une activité, ou du moins une obsession, quelque
chose de latent et de suffisamment ramifié pour innerver
jusqu'à vos premiers écrits. On dirait que la question a
commencé à se résoudre (en pratique) avant d'être posée*

> *(en théorie) : pour votre compte, vous aviez adopté le*
> *parti d'une langue moelleuse, sensuelle, qui, parlant d'un*
> *texte, faisait déjà passer un peu du plaisir que vous aviez*
> *pris à sa lecture...*

Le plaisir du texte est en moi une valeur très ancienne : c'est Brecht qui m'a apporté le premier le droit théorique au plaisir. Si j'ai affirmé cette valeur explicitement à un certain moment, c'est sous la pression tactique d'une certaine situation. Il m'a semblé que le développement quasi sauvage de la critique idéologique appelait une certaine correction, car elle risquait d'imposer au texte, à sa théorie, une sorte de père dont la fonction vigilante serait d'empêcher la jouissance : le danger serait alors double : se priver soi-même d'un plaisir capital et abandonner ce plaisir à l'art apolitique, à l'art de droite, dont il deviendrait la propriété abusive. Je suis trop brechtien pour ne pas croire à la nécessité de faire coexister la critique et le plaisir.

> *Vous vous plaisez à consteller vos textes d'incises méta-*
> *phoriques, dont on devine qu'elles excèdent la pure et*
> *simple fonction explicative ou ornementale. Et l'adjectif,*
> *plaie de la critique bourgeoise, est chez vous volontiers*
> *redondant. Mais jusqu'où est-il permis d'aller sans suc-*
> *comber au subjectivisme ? Ne maintenez-vous pas un pré-*
> *caire équilibre entre ces deux inconciliables qui sont rap-*
> *port « amoureux » et rapport « scientifique » ?*

Parler, écrire uniment sans adjectif ne serait qu'un jeu, analogue à ceux – souvent très savoureux – que montent les oulipiens. En fait (belle découverte !), il y a de bons adjectifs et il y en a de mauvais. Lorsque l'adjectif vient au langage d'une façon purement stéréotypée, il ouvre toute grande la porte à l'idéologie, car il y a identité entre l'idéologie et le stéréotype. Cependant, dans d'autres cas, lorsqu'il échappe à la répétition, l'adjectif, en tant qu'attribut majeur, est aussi la voie royale du désir : il est le *dire* du désir, une manière d'affirmer ma volonté de jouissance, d'engager mon rapport à l'objet dans la folle aventure de ma propre perte.

> *Il y a quelque chose d'oppressant dans le discours que*
> *tiennent, de Sollers (côté militant) à Todorov (coté uni-*

versitaire), tous ceux que préoccupent davantage les lois
du texte que son plaisir. La génération qui a été instruite
à cette école-là court le risque d'une frigidité à plus ou
moins brève échéance. Déjà (est-ce la « reprise en main »
qu'on nous promettait après la partie de plaisir d'il y a
cinq ans ?), les étudiants sont aussi férus de théorie
apprise qu'ignorants des nouvelles inventions romanes-
ques...

Le texte sollersien est un texte multiple, hétérologique, *dont*
il faut tenir toutes les rênes dans une seule main. Sollers est
l'un des rares écrivains qu'il ne faut pas fétichiser (il ne s'y
prête d'ailleurs pas), c'est-à-dire : découper, soupeser, sélec-
tionner : c'est à prendre comme un torrent, une aspersion puis-
sante, le charriage du *tout pluriel* du langage ; une pensée
sélective, distributive, serait à son égard une pensée du plaisir,
non une pensée de la jouissance. Quant aux énoncés « scientifiques » ou « universitaires », il est vrai que le plus souvent
ils relèvent d'une écrivance, non d'une écriture, dans la mesure
où l'on y renonce au signifiant le plus immédiatement efficace,
qui est en gros le signifiant stylistique (avec ses figures) ; mais
l'écriture ne peut se limiter à un tel signifiant ; en fait, même
sans « style », il peut y avoir « écriture » : il suffit qu'il y ait
une énergie et une singularité de pensée suffisamment puis-
santes pour engendrer un nouveau découpage (un nouveau
mapping) du réel (par exemple, du discours littéraire) : classer,
vigoureusement et de *soi-même*, c'est toujours écrire. Un écrivant qui classe est en route vers l'écriture, car il se risque dans
le signifiant, dans l'énonciation, même s'il se donne des alibis
scientistes.

Le plaisir du texte dépend-il de niveaux de culture ? Est-il
au contraire plus essentiellement corporel ? Vous-même
avez soulevé la question lors d'un récent entretien. C'est
en somme se demander s'il est ou non légitime de parler
d'une « érotique de la lecture ».

Rien n'est probablement plus culturel, et donc plus social, que
le plaisir. Le plaisir du texte (je l'oppose ici à la jouissance)
est lié à tout un dressage culturel, ou, si l'on préfère, à une
situation de complicité, d'inclusion (bien symbolisée par l'épi-

sode où le jeune Proust s'enferme dans le cabinet aux senteurs
d'iris, pour y lire des romans, en se coupant du monde, enveloppé par une sorte de milieu paradisiaque). La jouissance du
texte, elle, est au contraire atopique, asociale ; elle se produit
d'une façon imprévisible dans les familles de la culture, du
langage : personne ne peut rendre compte de sa jouissance,
personne ne peut la classer. Erotique de la lecture ? Oui, à
condition de ne jamais gommer la perversion, et je dirai presque : la peur.

> *A ce point de votre démarche où la théorie se mue en*
> *écriture – et ce dans la plus rigoureuse continuité, comme*
> *la double face réversible d'une même langue –, l'ultime*
> *métamorphose, le saut dans l'illimité, serait une œuvre*
> *de fiction. Y songez-vous ?*

Nous sommes parvenus à un point de la modernité où il est
très difficile d'accepter innocemment l'idée d'une « œuvre de
fiction » ; nos œuvres sont désormais des œuvres de langage ;
la fiction peut y passer, prise en écharpe, présente indirectement. Il est probable que je n'écrirai jamais un « roman »,
c'est-à-dire une histoire dotée de personnages, de temps ; mais
si j'accepte si facilement ce renoncement (car cela doit être
bien agréable d'écrire un roman), c'est sans doute que mes
écrits sont déjà pleins de romanesque (le romanesque, c'est le
roman sans les personnages) ; et il est vrai qu'actuellement,
envisageant d'une façon peu fantasmatique une nouvelle phase
de mon travail, ce dont j'ai envie, c'est d'*essayer* des formes
romanesques, dont aucune ne prendrait le nom de « roman »,
mais dont chacune garderait, si possible en le renouvelant,
celui d'« essai ».

Gulliver, n° 5, mars 1973.

Un rapport presque maniaque
avec les instruments graphiques

Avez-vous une méthode de travail ?

Tout dépend du niveau où vous placez la réflexion sur le travail. S'il s'agit de vues méthodologiques, je n'en ai pas. S'il s'agit en revanche de pratiques de travail, il est bien évident que j'en ai. Et là, votre question m'intéresse dans la mesure où une sorte de censure considère justement ce sujet comme tabou sous prétexte qu'il serait futile pour un écrivain ou un intellectuel de parler de son écriture, de son *timing* ou de sa table de travail.

Lorsque beaucoup de gens s'accordent pour juger un problème sans importance, c'est généralement qu'il en a. L'insignifiance, c'est le lieu de la vraie signifiance. Il ne faut jamais l'oublier. Voilà pourquoi il me paraît fondamental d'interroger un écrivain sur sa pratique de travail. Et cela, en se plaçant au niveau le plus matériel, je dirais même minimal, possible. C'est faire un acte antimythologique : contribuer à renverser ce vieux mythe qui continue à présenter le langage comme l'instrument d'une pensée, d'une intériorité, d'une passion, ou que sais-je, et l'écriture, en conséquence, comme une simple pratique instrumentale.

Comme toujours, l'histoire nous indique bien, d'ailleurs, la voie à suivre pour comprendre que des actes très laïcisés et futilisés chez nous, comme l'écriture, sont en réalité lourdement chargés de sens. Lorsque l'on replace celle-ci dans le contexte historique, voire même anthropologique, on s'aperçoit qu'elle s'est longtemps entourée de tout un cérémonial. Dans l'ancienne société chinoise, on se préparait à écrire, c'est-à-dire à manier le pinceau, au terme d'une ascèse quasi religieuse. Dans certaines abbayes chrétiennes du Moyen Age, les

copistes ne se livraient à leur travail qu'après un jour de méditation.

Personnellement, j'appelle l'ensemble de ces « règles », au
sens monastique du terme, qui prédéterminent l'œuvre (il
importe de distinguer les différentes coodonnées : temps de
travail, espace de travail et geste même de l'écriture), des
« protocoles » de travail. L'étymologie est claire : cela veut
dire la première feuille que l'on colle avant de commencer.

> *Est-ce à dire que votre propre travail s'inscrit dans un
> cérémonial ?*

D'une certaine manière, oui. Prenons le geste de l'écriture. Je
dirai, par exemple, que j'ai un rapport presque maniaque avec
les instruments graphiques. J'en change assez souvent pour le
simple plaisir. J'en essaie de nouveaux. J'ai d'ailleurs beaucoup trop de stylos. Je ne sais même plus qu'en faire. Pourtant,
dès que j'en vois, ils me font envie. Je ne puis m'empêcher
de les acheter.

Lorsque les pointes feutres sont apparues sur le marché, je
les ai beaucoup aimées. (Le fait qu'elles fussent d'origine
japonaise n'était pas, je l'avoue, pour me déplaire.) Depuis, je
m'en suis lassé, parce qu'elles ont le défaut d'épaissir un peu
trop vite. J'ai également utilisé la plume : pas la sergent-major
qui est trop sèche, mais des plumes plus molles comme la
« J ». Bref, j'ai tout essayé... sauf la pointe bic, avec laquelle
je ne me sens décidément aucune affinité. Je dirais même, un
peu méchamment, qu'il existe un « style bic » qui est vraiment
de la « pisse copie », une écriture purement transcriptive de
pensée.

En définitive, j'en reviens toujours aux bons stylos à encre.
L'essentiel, c'est qu'ils puissent me procurer cette écriture
douce à laquelle je tiens absolument.

> *Parce que vous écrivez tous vos ouvrages à la main ?*

Ce n'est pas aussi simple. Il faut distinguer, en ce qui me
concerne, deux stades dans le processus de création. Il y a
d'abord le moment où le désir s'investit dans la pulsion graphique, aboutissant à un objet calligraphique. Puis il y a le
moment critique où ce dernier va se donner aux autres de façon

anonyme et collective en se transformant à son tour en objet typographique (et il faut bien le dire : commercial ; cela commence déjà à ce moment-là). En d'autres termes, j'écris tout d'abord le texte entier à la plume. Puis je le reprends d'un bout à l'autre à la machine (avec deux doigts parce que je ne sais pas taper).

Jusqu'à présent, ces deux étapes – la première à la main, la deuxième à la machine – étaient, en quelque sorte, sacrées pour moi. Mais je dois préciser que je suis en train d'effectuer une tentative de mutation.

Je viens de m'offrir une machine à écrire électrique. Tous les jours, je m'exerce à taper pendant une demi-heure, dans l'espoir de me convertir à une écriture plus dactylographique.

Ce qui m'a amené à cette décision, c'est d'abord une expérience personnelle. Ayant des tâches multiples à accomplir, j'ai parfois été obligé (je n'aime pas beaucoup cela, mais cela m'est arrivé) de donner des textes à des dactylographes. Lorsque j'y ai réfléchi, j'ai été très gêné. Sans faire aucune espèce de démagogie, cela m'a représenté l'aliénation de ce rapport social, où un être, le copiste, est confiné vis-à-vis du maître dans une activité je dirais presque esclavagiste, alors que le champ de l'écriture est précisément celui de la liberté et du désir. Bref, je me suis dit : « Il n'y a qu'une solution. Il faut que j'apprenne vraiment à taper à la machine. » Philippe Sollers, à qui j'ai parlé de la question, m'a du reste expliqué comment, à partir du moment où l'on réussit à taper à une vitesse suffisante, l'écriture directe, à la machine, créait une sorte de spontanéité particulière qui a sa beauté.

Ma conversion, je l'avoue, est loin d'être acquise. Je doute même que je puisse un jour cesser tout à fait d'écrire à la main, aussi passéiste et individualiste que ce soit. En tout cas, voilà où j'en suis. Loyalement, j'essaie d'amorcer la mutation. Et déjà mon préjugé a cédé un tout petit peu.

Attachez-vous également de l'importance au lieu de travail ?

Je suis incapable de travailler dans une chambre d'hôtel. Ce n'est pas l'hôtel en soi qui me gêne. Il ne s'agit pas d'une question d'ambiance ou de décor, mais d'organisation de l'espace. (Ce n'est pas pour rien que je suis structuraliste, ou que l'on m'attribue ce qualificatif !)

Pour que je puisse fonctionner, il faut que je sois en mesure de reproduire structuralement mon espace laborieux habituel. A Paris, le lieu où je travaille (tous les jours de 9 h 30 à 13 heures ; ce *timing* régulier de fonctionnaire de l'écriture me convient mieux que le *timing* aléatoire qui suppose un état d'excitation continu) se situe dans ma chambre à coucher (qui n'est pas celle où je me lave et prends mes repas). Il se complète par un lieu de musique (je joue du piano tous les jours, à peu près à la même heure : 14 h 30) et par un lieu de « peinture », avec beaucoup de guille-mets (environ tous les huit jours, j'exerce une activité de peintre du dimanche ; il me faut donc une place pour barbouiller).

Dans ma maison de campagne, j'ai reproduit exactement ces trois lieux. Peu importe qu'ils ne soient pas dans la même pièce. Ce ne sont pas les cloisons mais les structures qui comptent.

Mais ce n'est pas tout. Il faut que l'espace laborieux proprement dit soit divisé, lui aussi, en un certain nombre de microlieux fonctionnels. Il doit y avoir d'abord une table. (J'aime bien qu'elle soit en bois. J'ai un bon rapport avec le bois.) Il faut un dégagement latéral, c'est-à-dire une autre table où je puisse étaler les différentes parties de mon travail. Et puis, il faut une place pour la machine à écrire et un pupitre pour mes différents « pense-bête », « microplannings » pour les trois jours à venir, « macroplannings » pour le trimestre, etc. (Je ne les regarde jamais, notez bien. Leur simple présence suffit.) Enfin, j'ai un système de fiches aux formes également rigoureuses : un quart du format de mon papier habituel. C'est ainsi qu'elles se présentaient, jusqu'au jour (c'est pour moi l'un des coups durs du Marché commun) où les normes ont été bouleversées dans le cadre de l'unification européenne. Heureusement, je ne suis tout de même pas totalement obsessionnel. Sinon, j'aurais dû reprendre à zéro toutes mes fiches depuis l'époque où j'ai commencé à écrire, il y a vingt-cinq ans.

Etant essayiste et non romancier, quelle est la part de la documentation dans la préparation de votre travail ?

Ce qui me plaît, ce n'est pas le travail d'érudition. Je n'aime pas les bibliothèques. J'y lis même fort mal. C'est l'excitation provoquée par le contact immédiat et phénoménologique avec le texte tuteur. Je ne cherche donc pas à me constituer une bibliothèque préalable. Je me contente de lire le texte en question, et cela de façon assez fétichiste : en notant certains passages, certains moments, voire certains mots qui ont le pouvoir de m'exalter. A mesure, j'inscris sur mes fiches soit des citations, soit des idées qui me viennent, et cela, curieusement, déjà sous un rythme de phrase, de sorte que, dès ce moment, les choses prennent déjà une existence d'écriture.

Après quoi, une deuxième lecture n'est pas indispensable. Je puis, en revanche, réassurer une certaine bibliographie, car, désormais, je me trouve plongé dans une sorte d'état maniaque. Tout ce que je lirai, je sais que je le ramènerai inévitablement à mon travail. Le seul problème, c'est d'éviter que mes lectures d'agrément viennent interférer avec celles que je destine à l'écriture. La solution est fort simple : les premières, par exemple un classique, ou un livre de Jakobson, sur la linguistique, qui me plaît tout particulièrement, je les fais au lit, le soir, avant de m'endormir. Les autres (également les textes d'avant-garde), le matin à ma table de travail. Il n'y a là rien d'arbitraire. Le lit, c'est le meuble de l'irresponsabilité. La table, celui de la responsabilité.

> *Et ces rapprochements inattendus qui sont votre spécialité, comment les obtenez-vous ? Faites-vous un plan avant de commencer à écrire ?*

Les correspondances, ce n'est pas une question d'écriture, mais d'analyse du texte. Il y a des personnes qui ont le réflexe structural et voient les choses en termes d'opposition. D'autres ne l'ont pas. Un point c'est tout.

Quant à l'institution du plan, je reconnais y avoir sacrifié, à une certaine époque, au début de la sémiologie. Depuis lors, il y a eu tout le mouvement de remise en cause de la dissertation. Mon expérience universitaire m'a également montré les contraintes très oppressives, pour ne pas dire répressives, que fait peser le mythe du plan et du développement syllogistique et aristotélicien sur les étudiants (cela a même été l'un des problèmes que nous avons essayé d'aborder cette année en séminaire). Bref, j'ai opté pour un découpage aléatoire (c'est ce que j'appelle le « tableautin »). Mon propos est de déconstruire la dissertation, de désangoisser le lecteur et de renforcer la partie critique de l'écriture en faisant vaciller la notion même du « sujet » d'un livre. Mais attention, si, de plus en plus, je tends à produire mes textes par fragments, cela ne veut pas dire pour autant que j'ai renoncé à toute contrainte. Lorsqu'on remplace la logique par le hasard, il faut surveiller celui-ci pour qu'il ne devienne pas, à son tour, mécanique. Personnellement, je procède selon une méthode que j'appellerais, en m'inspirant de certaines définitions du zen, « l'accident contrôlé ». Dans la deuxième partie, consacrée à Sade, du *Sade, Fourier, Loyola*, par exemple, le hasard n'intervient qu'à partir d'un premier geste de construction qui a consisté à donner un titre à chaque fragment. Dans *Le Plaisir du texte*, ceux-ci sont choisis selon les lettres de l'alphabet. Chaque livre exige finalement la recherche d'une forme appropriée.

N'avez-vous jamais songé à écrire un roman ?

Un roman ne se définit pas par son objet, mais par l'abandon de l'esprit de sérieux. Supprimer, corriger un mot, surveiller une euphonie ou une figure, trouver un néologisme, cela participe pour moi d'une saveur gourmande du langage, d'un plaisir véritablement romanesque.

Mais les deux opérations d'écriture qui me procurent le plaisir le plus aigu, ce sont, la première, de commencer, la seconde, d'achever. Au fond, c'est pour me multiplier à moi-même ce plaisir que j'ai opté (provisoirement) pour l'écriture discontinue.

Le Monde, 27 septembre 1973.
Propos recueillis par Jean-Louis de Rambures.

Les fantômes de l'Opéra

Qu'on le veuille ou non, la partie la plus dynamique de la littérature française contemporaine est aussi la plus « théorique », et la seule qui ait vraiment de l'influence à l'étranger : Roland Barthes en est une des figures centrales. Peu d'écrivains comme lui voient guetter ses recherches avec autant d'intérêt. Qu'il s'attache à un mot ou qu'il le crée, et aussitôt la vision d'un problème change ou un nouveau problème se pose. En tout cas, qu'il publie dans une revue un texte sur le chant[1] et, aussitôt, le bruit se répand qu'il va « s'attaquer » à l'opéra. De fait, à la demande de ses élèves, il va consacrer, aux Hautes études, un séminaire à « la Voix ». Hector Bianciotti l'a rencontré.

Beaucoup de sciences, beaucoup de disciplines sont intéressées par la voix : la physiologie, l'esthétique bien sûr, mais aussi la psychanalyse, la sémiologie (comment une voix peut-elle signifier, indépendamment de ce qu'elle dit ?) et même la sociologie : il y a un lien entre les classes sociales et les types de voix ; l'idéologie est présente dans la voix, et même la mode, qui porte souvent sur des objets réputés naturels. Chaque année, c'est un certain corps qui est à la mode et non un autre. Mais, au départ, ce qui m'intéresse le plus dans la voix, c'est que cet objet très culturel est, d'une certaine façon, un objet absent (beaucoup plus que le corps qui, lui, est représenté de mille manières par la culture de masse) : nous écoutons rarement une voix « en soi », nous écoutons ce qu'elle dit ; la voix a le statut même du langage, qui est un objet que l'on croit ne

1. *Musique en jeu*, n° 9.

pouvoir saisir qu'à travers ce qu'il véhicule ; mais, de même
qu'aujourd'hui, grâce à la notion de « texte », nous apprenons
à lire la matière même du langage, de même il nous faudra
apprendre à écouter le texte de la voix, sa signifiance, tout ce
qui, en elle, déborde la signification.

> *Et c'est donc cet élément insaisissable que vous avez*
> *appelé, dans un de vos articles, « le grain de la voix » ?*

Le *grain* d'une voix n'est pas indicible (rien n'est indicible),
mais je pense qu'on ne peut le définir scientifiquement, car il
implique un certain rapport érotique entre la voix et celui qui
l'écoute. On peut donc décrire le grain d'une voix, mais seulement à travers des métaphores.

> *Pourriez-vous me donner un exemple ? Avez-vous entendu*
> *récemment Gundula Janowitz dans* Les Noces de Figaro *?*

C'est une voix qui a effectivement un grain (du moins à mes
oreilles) ; pour dire ce grain, je trouve les images d'un lait
végétal, d'une vibration nacrée, située à la limite – exquise et
dangereuse – du *détimbré*. C'était d'ailleurs le seul grain de
la soirée.

> *Et Callas ?*

C'est un grain *tubulaire*, à la résonance un peu fausse (une
voix peut être juste et son grain peut être faux), que je n'aime
pas.

> *Dans ce texte sur le chant, vous parliez avec une vive*
> *admiration du chanteur Charles Panzéra, et vos remar-*
> *ques sur son art de traiter les consonnes et les voyelles,*
> *du coup, touchaient à l'esprit même de la langue fran-*
> *çaise...*

Je l'ai dit, l'art de Panzéra (je crois que je puis dire maintenant,
tout simplement : sa voix) a eu pour moi une valeur exemplaire, qui dépasse de beaucoup la simple jouissance esthétique : il m'a initié, si je puis dire, à la matérialité de ma langue,
la langue française. J'ai travaillé un peu avec lui, en amateur,

bien entendu, il y a de cela une trentaine d'années. Panzéra chantait la mélodie française. C'est un genre aujourd'hui assez discrédité, mais, pour moi, cette mélodie (de Duparc à Fauré), en dépit de ses origines « salonnardes », est une admirable mise en scène de la langue française et c'est en cela qu'elle m'importe. *La Bonne Chanson*, de Verlaine-Fauré, chantée par Panzéra, est un véritable texte linguistique : elle me représente la langue française, débarrassée à la fois du *naturel* et de l'hystérie qui marquent fatalement l'art traditionnel du comédien. Panzéra, par exemple, patinait les consonnes et purifiait à l'extrême les voyelles ; cela lui permettait de substituer à l'expressivité vulgaire du sentiment une sorte de clarté musicale qui avait (qui a encore, puisque nous avons quelques disques de lui) un caractère véritablement souverain : toute la langue, en soi, devenait évidente.

Au fond, il serait temps, peut-être, d'en revenir au « génie » de notre langue : non pas à son génie logique, emporté, je l'espère, avec le mythe bourgeois de la clarté française, mais à son génie phonique, si je puis dire. L'un des aspects actuels de la crise de la culture, en France, c'est précisément que les Français, dans leur masse, me semble-t-il, ne s'intéressent pas à leur langue. Le goût de la langue française a été entièrement hypothéqué par la scolarité bourgeoise ; s'intéresser à la langue française, à sa musicalité (qui n'est pas supérieure à une autre, mais du moins qui est spécifique) est devenu par la force des choses une attitude esthétisante, mandarinale. Et pourtant, il y a eu des moments où un certain contact était maintenu entre le « peuple » et la langue, à travers la poésie populaire, la chanson populaire ou la pression même de la masse pour transformer la langue en dehors des écoles-musées. On dirait que le contact a disparu ; on ne le perçoit plus aujourd'hui dans la culture « populaire », qui n'est guère qu'une culture fabriquée (par la radio, la télévision, etc.). Si je regrette cette rupture, ce n'est pas pour des raisons humanistes, c'est parce que, si l'on perd le contact avec le phonétisme de sa langue, la musique de sa langue, on détruit le rapport entre le corps et la langue. La censure, historique et sociale, entraîne une perte de la jouissance langagière.

Toute une partie de la mise en scène moderne cherche à
dégager la pure théâtralité de chaque spectacle, au-delà

du texte même. Ne vous semble-t-il pas que cette théâtralité-là, justement, culmine dans l'opéra, que la plupart des jeunes, aujourd'hui, ne voient qu'à travers un voile de ridicule ?

L'opéra est un spectacle total et peut-être, par là même, interdit : aller à l'Opéra est un acte compliqué, il faut louer les places longtemps à l'avance, elles coûtent cher, et dès lors on se croit tenu de rester jusqu'à la fin. Je rêve d'un Opéra aussi libre et aussi populaire qu'une salle de cinéma ou de catch : on y entrerait, on en sortirait selon son humeur : on découperait dans sa soirée une « prise » d'opéra ; mais je m'aperçois que cet opéra a existé ; c'était l'opéra aristocratique, celui de nos romans balzaciens. Bref, je rêve d'une loge à l'Opéra, ou d'un billet, à trois francs, comme celui d'un cinéma populaire.

Y êtes-vous allé récemment ?

Je viens de voir le ballet de Merce Cunningham et de John Cage.

Et comment l'avez-vous trouvé ?

J'ai trouvé que c'était un spectacle tendre et délicat ; mais, au-delà du ballet lui-même, j'ai été de nouveau subjugué par la sensualité en quelque sorte impériale du spectacle d'opéra : elle rayonne de toute part, de la musique, de la vision, des parfums de la salle et de ce que j'appellerai la *vénusté* des danseurs, la présence emphatique des corps dans un espace immense et prodigieusement éclairé.

Croyez-vous que l'on soit à la veille d'une redécouverte générale de l'opéra ?

Oui, il se peut qu'il y ait un certain retour à l'opéra – retour favorisé par la diffusion de la musique d'opéra grâce au microsillon ; il y a de nouveau un certain vedettariat des chanteurs et des chefs. Cela n'empêche pas l'opéra de rester, pour le moment, un spectacle de classe, d'abord parce que les places sont chères, ensuite parce que, pour prendre plaisir à l'opéra, il faut certains réflexes culturels, de répertoire, d'ambiance, de mondanité, qui sont encore des réflexes de classe. Et pourtant, il y a dans l'opéra lui-même bien des éléments progressistes ; c'est d'abord un spectacle total, mobilisant à la fois un grand nombre de sens, de plaisirs sensuels, y compris la possibilité pour le public de jouir en quelque sorte de lui-même, et cette totalité du spectacle, notre culture l'a toujours recherchée, du théâtre antique au spectacle pop.

Et puis l'opéra peut très bien supporter des pratiques d'avant-garde : tout y est possible, le lieu s'y prête, les moyens sont là. Enfin, curieusement, mais je dois dire savoureusement, le spectacle d'opéra peut se dédoubler ; j'ai vu récemment l'*Orphée* de Gluck : mis à part la musique, admirable, c'était un spectacle passablement ridicule, parodique sans le savoir de son propre genre ; or cet élément *kitsch* non seulement ne me gênait pas, mais encore me plaisait ; je jouissais à la fois, d'une façon dédoublée, de la vérité du spectacle et de sa parodie : un rire (ou un sourire) qui ne détruit pas, voilà peut-être une certaine forme de la culture à venir...

Le Nouvel Observateur, 17 décembre 1973.
Propos recueillis par Hector Bianciotti.

Roland Barthes contre les idées reçues

Il est difficile situer Roland Barthes : sémiologue, sociologue, écrivain, critique, depuis Le Degré zéro de l'écriture *jusqu'au* Plaisir du texte, *il a tenu tous ces rôles, et souvent simultanément. Le récent numéro de* L'Arc *qui lui est consacré montre l'étonnante richesse de son œuvre et aussi l'unité de ses préoccupations, la rigueur de sa démarche. Grâce à lui, les liens entre l'acte d'écrire et la pratique sociale sont révélés dans leur évidence.*

Non seulement Roland Barthes nous a offert des images nouvelles et passionnantes de Michelet, de Sade, de Fourier et de beaucoup d'autres, mais aussi il a réhabilité, poussé sur la scène ce personnage méconnu et capital, le lecteur.

Au cours de l'entretien que Roland Barthes nous a accordé, il n'était pas possible d'évoquer tous les aspects de son œuvre. Nous l'avons interrogé sur le présent de la littérature, sur son avenir, sur l'avant-garde qui se réclame de lui, sur ses goûts. Ses opinions contrecarrent beaucoup d'idées reçues, mais elles constituent aussi un magnifique discours sur les dernières métamorphoses de l'écriture.

Vous êtes un « lecteur ». Vous avez rénové l'art de lire. On a quelquefois envie de vous appliquer ce que vous dites à propos de Bachelard : « On dirait que pour Bachelard les écrivains n'ont jamais écrit : par une coupure bizarre, ils sont seulement lus. » Vous semblez déguster les écrivains au point de les avaler.

Permettez-moi de limiter votre remarque. D'une part, il me faut bien reconnaître que je ne suis pas un grand lecteur ; je lis peu et j'ai dit ailleurs pourquoi : ou bien le livre m'excite et je lève tout le temps la tête pour rêver ou réfléchir à ce qu'il me dit, ou bien il m'ennuie, et je le lâche sans vergogne ; certes, parfois il m'arrive de lire de la façon avide, gourmande, dont vous parlez ; mais c'est alors une lecture hors travail, qui s'applique ordinairement à des auteurs passés (d'Apulée à Jules Verne) ; la raison en est simple : pour lire, sinon voluptueusement, du moins « goulûment », il faut lire hors de toute responsabilité critique ; dès qu'un livre est contemporain, j'en suis, moi, lecteur, responsable, car il m'entraîne dans des problèmes de forme ou d'idéologie au milieu desquels je me débats ; le plaisir de lecture libre, heureux, gourmand, auquel vous pensez, est toujours un plaisir passéiste ; c'est probablement celui que Bachelard a connu et décrit : ses poètes préférés, ceux qu'il cite, dont il alimente sa rêverie, sont surtout des poètes d'autrefois.

Le rapport de Bachelard à la lecture est donc très limité, et c'est ce que j'ai voulu dire ; la phrase du *Plaisir du texte* que vous citez est plutôt critique : j'y dis indirectement mon regret de ce que Bachelard n'ait jamais que *consommé* quelque peu passivement des textes qui lui tombaient en quelque sorte tout cuits sous les yeux et dont il ne s'est jamais demandé *comment* ils avaient été faits.

Or j'ai la conviction qu'une théorie de la lecture (cette lecture qui a toujours été la parente pauvre de la création littéraire) est absolument tributaire d'une théorie de l'écriture : lire, c'est retrouver – au niveau du corps, et non à celui de la conscience – *comment ça a été écrit* : c'est se mettre dans la production, non dans le produit ; on peut amorcer ce mouvement de coïncidence, soit d'une façon assez classique, en revivant avec plaisir la poétique de l'œuvre, soit d'une façon plus moderne, en levant en soi toute espèce de censure et en laissant aller le texte dans tous ses débordements sémantiques et symboliques ; à ce point, lire, c'est vraiment écrire : j'écris – ou je réécris – le texte que je lis, mieux et plus loin que son auteur ne l'a fait.

La littérature d'avant-garde n'est plus le fait de la bourgeoisie, elle n'est pas lue par le peuple. Elle est l'apanage d'une caste mandarinale. N'y a-t-il pas là la base d'une nouvelle aliénation ?

C'est une objection que l'on fait souvent à la littérature d'avant-garde, dont on souligne tout à la fois la prétention révolutionnaire et l'impuissance sociale. Elle vient ordinairement de milieux bourgeois, qui ont de la révolution une idée paradoxalement plus souveraine que les révolutionnaires eux-mêmes ; passe encore en politique, où l'événement peut être brutal et immédiat ; mais, dans le champ de la culture, aucune révolution ne peut faire l'économie d'une longue période de contradictions. C'en est une, inévitable, que dans notre société, qui n'est pas révolutionnaire, le rôle de l'écrivain d'avant-garde ne soit pas de plaire au public populaire, qu'il ne faut d'ailleurs pas confondre purement et simplement avec la classe prolétarienne, car pour plaire à ce public, il faudrait souvent adopter l'art et les mots d'ordre d'une idéologie petite-bourgeoise, qui n'ont rien de révolutionnaire (c'est précisément l'une des contradictions qu'il faut assumer) : Brecht a essayé de produire un théâtre à la fois populaire et critique : reconnaissons qu'il a échoué.

Barré du côté du « grand » public, l'écrivain d'avant-garde ne peut non plus – et ceci paraîtra plus paradoxal – croire que sa tâche est de préfigurer littéralement l'art et la culture que la révolution mettra en place.

La révolution ouvre une disponibilité qui sera soumise pendant longtemps aux contraintes politiques, que nul ne peut prévoir car elles sont dictées par les circonstances de la lutte (c'est le sens de ce qui se passe aujourd'hui en Chine populaire) : la politique empêche pendant de longues années de voir ce que sera la culture. Par conséquent, dans la phase actuelle et dans une société occidentale, l'avant-garde a une tâche limitée : *liquider et théoriser*, selon le mot de Brecht : c'est en gros ce qu'elle fait.

Quant au « mandarinat » de l'avant-garde, le mot est abusif, voire déplacé. Les écrivains d'avant-garde vous font peut-être penser aux anciens mandarins, parce qu'ils vivent souvent en milieu clos, séparé, et qu'ils usent d'un langage raffiné (fût-ce dans la subversion) et fermé ; mais il y a entre eux une différence fondamentale : contrairement au mandarin, l'écrivain d'avant-garde n'est pas du côté du pouvoir, il ne bénéficie en rien de ses dons, de ses privilèges, de ses protections : il n'est pas compromis ; son soutien naturel n'est ni la classe possédante ni la classe dominée, c'est la troisième classe, celle qui rassemble des sujets historiques qui ne sont ni producteurs, ni propriétaires, ni complices : les étudiants, par exemple, et d'une manière générale certaines classes de jeunes.

> *Plus généralement, vous êtes énigmatique sur la littérature d'avant-garde. Vous dites qu'elle peut être fécondante sans qu'on la lise. On a l'impression que le plaisir du texte vous le trouvez chez des écrivains hostiles à la recherche formelle en soi-même si, à leur façon, ils l'ont fait avancer, par exemple Michelet, Brecht ou Zola.*

Pour moi, il peut y avoir du texte, de l'écriture, et partant de l'avant-garde, chez des écrivains anciens : il y en a, en effet, dans Proust, dans Michelet, dans Brecht : ce n'est pas une question de « forme » (encore moins de « formalisme »), mais de pulsion : il y a chance d'avant-garde chaque fois que c'est le corps qui écrit, et non l'idéologie.

S'il est plus difficile de parler des pratiques de l'avant-garde actuelle, c'est qu'il y a eu un glissement historique d'objets : l'objet d'avant-garde, aujourd'hui, est essentiellement *théorique* : sous la double pression des politiques et des intellectuels, ce sont les *positions* (et leur exposé) qui sont aujourd'hui d'avant-garde, non forcément les œuvres.

Les œuvres, il n'en manque pas (plus inédites, d'ailleurs, qu'éditées), mais comme il est difficile de les juger selon cette valeur ancienne qu'était le « goût », on est amené à les juger moins selon leur effet textuel (au reste, pourquoi n'y aurait-il pas, dans l'avant-garde comme ailleurs, un énorme déchet ?) que par l'intelligence théorique qu'elles mettent en scène. Encore faut-il préciser que la « théorie », qui est la pratique décisive de l'avant-garde, n'a pas *en soi* un rôle progressiste : son rôle – actif – est de révéler comme passé ce que nous croyons encore présent : la théorie mortifie, et c'est en cela qu'elle est d'avant-garde.

LA LITTÉRATURE VA À SA PERTE

*Evoquant l'avenir de la littérature, vous annoncez qu'elle
va à sa perte. Qu'est-ce que vous voulez dire par là ?*

Je peux dire seulement (et ne suis pas seul à le dire) que la
littérature a été un objet défini historiquement par un certain
type de société. La société changeant, inéluctablement, soit
dans un sens révolutionnaire, soit dans un sens capitaliste (car
la mort des objets de culture ne fait pas acception de régime),
la *littérature* (au sens institutionnel, idéologique et esthétique
que nous donnions naguère à ce mot) passe : elle pourra ou
s'abolir complètement (une société sans littérature est parfaitement concevable) ou modifier à tel point ses conditions de
production, de consommation et d'écriture, bref sa *valeur*,
qu'il faudra bien en changer le nom. Que reste-t-il déjà des
formes de l'ancienne littérature ?

   Quelques modes de discours, des maisons d'édition (vouées
à des difficultés croissantes de survie), un public fragile, infi-
dèle, miné par la culture de masse, qui n'est pas littéraire : les
grands *mainteneurs* de littérature s'éloignent : Aragon et Malraux disparus, il n'y aura plus de « grands écrivains » ; l'idéologie Nobel est contrainte de se réfugier dans des auteurs
passéistes, et même ceux-là, il faut les soutenir par la vague
politique.

*Vous avez écrit un livre magnifique sur les logothètes, les
fondateurs d'un style : Loyola, Sade, Fourier. Vous-même,
êtes-vous un logothète comme l'affirme Louis-Jean Calvet
dans le numéro de* L'Arc *qui vous est consacré ?*

D'une manière générale, il n'est pas dans mon pouvoir de dire
qui je suis – ou que je suis ceci, cela ; car, le disant, je ne
ferais qu'ajouter un texte de plus à mes textes, sans avoir
aucune garantie que ce texte soit « plus vrai » ; nous sommes
tous, surtout si nous écrivons, des êtres *interprétables,* mais le
pouvoir d'interprétation, ce n'est jamais nous, c'est toujours
l'autre qui en dispose ; en tant que sujet, je ne peux m'appliquer à moi-même aucun prédicat, aucun adjectif – sauf à

méconnaître mon inconscient, qui, cependant, ne m'est pas connaissable. Et non seulement nous ne pouvons nous penser nous-mêmes en termes d'adjectifs, mais encore les adjectifs qu'on nous applique, nous ne pouvons jamais les authentifier : ils nous laissent *muets* ; ce sont pour nous des fictions critiques.

Tout ce que je peux rappeler, c'est qu'un *logothète* (Sade, Fourier ou Loyola) n'est pas seulement et même n'est pas forcément un écrivain qui invente des mots, des phrases à lui, bref un style ; c'est quelqu'un qui sait voir dans le monde, dans son monde (social, érotique ou religieux), des éléments, des traits, des « unités », comme disent les linguistes, qu'il combine et agence d'une façon originale, comme s'il s'agissait d'une langue nouvelle dont il produirait le premier texte.

Je doute que, dans ce sens, on puisse dire que mon travail soit celui d'un logothète ; l'appréciation généreuse de Calvet se référait plus modestement, je crois, à la liberté que je prends parfois (ce qui lui plaît, mais agace d'autres) de créer des néologismes.

> *Vous êtes très sensible à l'aspect physique de l'écriture, à son développement dans l'espace. Les surcharges de Balzac sur ses épreuves vous ravissent. Vous avez écrit sur la calligraphie japonaise. J'aimerais bien que vous nous commentiez ce que vous avez dit un jour : « Le corps passe dans l'écriture. »*

Oui, j'aime l'écriture, mais comme ce mot a pris un sens métaphorique (c'est une manière d'énoncer, proche du style), je me donnerai la liberté (évoquée tout à l'heure) de risquer un mot nouveau : j'aime la *scription*, l'action par laquelle nous traçons manuellement des signes. Non seulement je garde autant que possible le plaisir d'écrire mes textes à la main, ne recourant à la machine que dans une phase finale de copie et de critique, mais aussi et surtout j'aime les traces de l'activité graphique, partout où elles sont : dans la calligraphie orientale et dans une certaine peinture, qu'il vaudrait mieux dès lors appeler « sémiographie » (par exemple, chez Masson, chez Réquichot ou chez Twombly).

L'écriture, c'est la main, c'est donc le corps : ses pulsions, ses contrôles, ses rythmes, ses pesées, ses glissements, ses complications, ses fuites, bref, non pas l'*âme* (peu importe la

graphologie), mais le sujet lesté de son désir et de son inconscient.

UN ESPACE DE RECHERCHE

*Vous êtes aussi professeur. Vous situez l'acte d'enseigner
entre la chaîne d'usine et le chapelet du plaisir. Quelle
relation existe entre vos activités de professeur et celles
d'écrivain ?*

Je ne suis pas professeur, mais directeur d'études (à l'Ecole
des hautes études) ; cela veut dire que je ne donne pas des
cours, mais que je tiens des séminaires ; cela veut dire encore
que je ne suis pas obligé de parler, de dispenser un savoir déjà
construit, mais que mon rôle est plutôt de travailler moi-même
avec mes étudiants pour créer un espace de recherche,
d'écoute, et pourquoi pas ? de plaisir. Le séminaire prend le
savoir, ou la recherche de savoir, dans une communauté mi-
intellectuelle, mi-amicale ; plus qu'une classe ou même qu'un
cours, il rappellerait assez ce qu'on nommait, au XVIIIe siècle,
en province, une « académie ».

Il n'y a donc pas de rapport direct entre le séminaire et le
livre ; pour que ce rapport existât, il faudrait que le livre devînt
collectif ; on y pense, mais c'est difficile. Cela viendra pourtant.

*Vous dites quelque part que Proust est votre référence.
Parlez-nous du plaisir de le lire.*

Proust, c'est un système complet de lecture du monde. Cela
veut dire que, si nous admettons tant soit peu ce système, ne
serait-ce que parce qu'il nous séduit, il n'y a pas, dans notre
vie quotidienne, d'incident, de rencontre, de trait, de situation,
qui n'ait sa référence dans Proust : Proust peut être ma
mémoire, ma culture, mon langage ; je puis à tout instant
rappeler Proust, comme le faisait la grand-mère du narrateur
avec Mme de Sévigné. Le plaisir de lire Proust – ou plutôt de
le relire – tient donc, le sacré et le respect en moins, d'une

consultation biblique : c'est la rencontre d'une actualité et de ce qu'il faut bien appeler, au sens complet du terme, une *sagesse* : un savoir de la « vie » et son langage.

Naturellement, il y a bien d'autres systèmes de lectures possibles ; celui-là est tributaire de données très particulières (sociales, psychologiques, philosophiques, névrotiques) et je suis loin d'y penser tout le temps : je ne suis pas « proustien ».

Qu'êtes-vous devenu par rapport à l'auteur du Degré zéro de l'écriture *?*

Ai-je évolué ? Il faudrait connaître les deux termes, ce que je fus, ce que je suis. Encore une fois, ce jugement n'est pas dans mon pouvoir : nul ne peut authentifier ni son être ni son devenir. Cependant, si vous voulez bien accepter une réponse « imaginaire », je dirai que je n'ai pas l'impression d'avoir beaucoup changé : j'aime et je commente les mêmes objets et les mêmes valeurs qui étaient présents dans *Le Degré zéro de l'écriture* : le langage, la littérature et cette notion même de « degré zéro » qui renvoie à l'utopie d'une levée des signes, d'une exemption du sens, d'une indivision du langage, d'une transparence des rapports sociaux. Ce qui a changé en moi, heureusement, ce sont les autres, car je suis aussi cet autre qui me parle, que j'écoute et qui m'entraîne. Combien je serais heureux si je pouvais m'appliquer ce mot de Brecht : « Il pensait dans d'autres têtes ; et dans la sienne d'autres que lui pensaient. C'est cela la vraie pensée. »

Le Figaro, 27 juillet 1974.
Propos recueillis par Claude Jannoud.

Que deviendrait une société
qui renoncerait à se distancer ?

*Les questions suivantes avaient été adressées à une ving-
taine de personnalités du monde intellectuel :*
   *1. Il existe, en France, une intelligentsia nombreuse et qui
s'exprime beaucoup. Avez-vous le sentiment d'en faire partie ?*
   *2. On reproche aux intellectuels d'allier l'irresponsabilité
au snobisme, la légèreté au « terrorisme ». Qu'y a-t-il de
fondé, à votre avis, dans ces griefs ?*
   *3. Quelle est, d'après vous, la principale fonction de l'intel-
lectuel ? Dans quelle mesure estimez-vous que l'intelligentsia
française assume cette fonction ?*
   Voici la réponse de Roland Barthes.

Le procès que l'on fait périodiquement aux intellectuels
(depuis l'affaire Dreyfus, qui a vu, je crois, la naissance du
mot et de la notion) est un procès de magie : l'intellectuel est
traité comme un sorcier pourrait l'être par une peuplade de
marchands, d'hommes d'affaires et de légistes : il est celui qui
dérange des intérêts idéologiques. L'anti-intellectualisme est
un mythe historique, lié sans doute à l'ascension de la petite-
bourgeoisie. Poujade a donné naguère à ce mythe sa forme
toute crue (« le poisson pourrit par la tête »). Un tel procès
peut exciter périodiquement la galerie, comme tout procès de
sorcier ; son risque *politique* ne doit pas être cependant
méconnu : c'est tout simplement le fascisme, qui se donne
toujours et partout pour premier objectif de liquider la classe
intellectuelle.
   Les tâches de l'intellectuel sont définies par ces résistances

mêmes, le lieu d'où elles partent ; Brecht les a plusieurs fois formulées : il s'agit de décomposer l'idéologie bourgeoise (et petite-bourgeoise), d'étudier les forces qui font bouger le monde et de faire progresser la théorie. Sous ces formules, il faut placer évidemment une grande variété de pratiques d'écriture et de langage (puisque l'intellectuel s'assume comme un être de langage, ce qui précisément dérange l'assurance d'un monde qui oppose superbement les « réalités » aux « mots », comme si le langage n'était pour l'homme que le décor vain d'intérêts plus substantiels).

La situation historique de l'intellectuel n'est pas confortable ; non à cause des procès dérisoires qu'on lui fait, mais parce que c'est une situation dialectique : la fonction de l'intellectuel est de critiquer le langage bourgeois sous le règne même de la bourgeoisie ; il doit être à la fois un analyste et un utopiste, figurer en même temps les difficultés et les désirs fous du monde ; il veut être un contemporain historique et philosophique du présent : que vaudrait et que deviendrait une société qui renoncerait à se distancer ? Et comment se regarder autrement qu'en se parlant ?

Le Monde, 15 novembre 1974.

Le jeu du kaléidoscope

Depuis Le Degré zéro de l'écriture, *qu'il publie en 1953, Roland Barthes s'est tenu sur le parcours de l'actualité théorique, inlassablement présent à chacun des rendez-vous que l'avant-garde fixait à ses plus brillants jouteurs. Aucun signe d'essoufflement, pendant ces vingt années de production critique : cette trajectoire dans la modernité évoque presque la flèche de Zénon d'Elée, « qui vibre, vole et ne vole point », tant elle semble toujours sur le point d'aboutir. Illusion, sans doute : Roland Barthes assure ne viser aucune destination objective.*

Pourtant, chaque livre de cet écrivain paraît semer les prémices d'un futur accomplissement, dont il s'amuserait à repousser l'échéance : intimement marquée du désir de l'écriture, on dirait que son œuvre en décline les plus naturelles invitations. En somme, il refuse de composer. *Il préfère tendre vers le public l'autre profil de l'écrivain, celui où vient se poser, dans les portraits académiques, l'autre main, la nonchalante, celle qui n'écrit pas mais semble soutenir tout le poids de la création. Le talent de Roland Barthes est de se tenir toujours à la* naissance *de l'œuvre, et de ne jamais la montrer qu'au* travail *: il est un accoucheur, au sens le plus socratique du mot, de textes, d'aventures et d'émotions littéraires. Nous l'avons rencontré au moment où il publiait* Le Plaisir du texte, *sans conteste l'un des plus grands livres de la décennie.*

Vous êtes un lecteur, *mais sans doute l'êtes-vous au sens où Oswald Spengler l'entendait : il affirmait que le grand art de lire est mort au temps de Goethe, et que dorénavant*

> *le lecteur démoralise le livre. Vous vous situez sans doute
> à la pointe extrême de cette entreprise de démoralisation,
> mal soutenue du reste par une armée de petits clercs
> obscurs et autres titilleurs diplômés...*

Dans la langue française, démoraliser a eu deux sens. Au
XIXᵉ siècle, cela signifiait : enlever la morale, se tenir dans
l'amoralité. Le sens actuel, c'est : décourager. Est-ce que nous
décourageons la lecture ? Est-ce qu'au contraire nous l'amo-
ralisons ? Idéalement, il faudrait ne rien faire pour la décourager, mais il faudrait tout faire pour la rendre immorale...
Depuis cinq ans, le problème de la lecture vient au premier
plan de la scène critique. Il est justifié qu'il se pose aujour-
d'hui, où nous disposons d'instruments épistémologiques
appropriés. Deux méthodologies devraient nous permettre de
concevoir de façon nouvelle la lecture : la critique idéologique
d'une part, et d'autre part la psychanalyse freudienne qui,
toutes les deux, reposant à neuf une philosophie nouvelle du
sujet humain, par là même nous obligeront à poser un nouveau
sujet-lecteur.

Cela dit, chacun de nous est engagé dans une génération,
dans une culture, dans des habitudes... Personnellement je me
sens, devant les livres des autres, un lecteur très particulier, en
ce sens que je me sens très désinvolte. Lorsqu'on me fait
compliment d'être un lecteur, d'une part, cela me touche beaucoup – il n'est pas de plus beau compliment que celui-là –,
d'autre part, je m'en sens indigne : en fait, je lis peu et, je le
répète, avec désinvolture. Si un livre m'ennuie – et un livre
m'ennuie facilement –, je le lâche. J'ai assez peu le temps de
lire, sinon le soir, comme ça, avant de m'endormir... et ce qui
me fait alors envie de lire, ce sont plutôt des livres anciens,
mûris, appartenant à une culture passée...

> *Désinvolture, je ne vous le fais pas dire. Il y a vingt ans,
> vous affirmiez que « l'écriture n'est nullement un instru-
> ment de communication, elle n'est pas une voie ouverte
> par où passerait une intention de langage ». Etait-ce une
> phrase définitive ?*

Il ne faut, je crois, ni jamais renier, ni jamais soutenir systématiquement une phrase écrite. Aujourd'hui, elle se connote-

rait, comme on dit, différemment. Ce qui reste juste ici, c'est la constance d'un thème paradoxal et réactif, qui est de toujours protester contre la réduction, qu'on fait communément, du langage à un simple instrument de communication. Cette phrase devançait son temps dans la mesure où il est de plus en plus difficile de soutenir – la psychanalyse, la sémiologie, le structuralisme s'en étant mêlés – que le langage est seulement un instrument d'expression et de communication : quand le sujet humain parle, on sait qu'il se passe beaucoup d'autres choses, à la fois en lui et dans celui à qui il s'adresse, que le simple message étudié par la linguistique.

> *Sur la sévérité du projet scientifique – la sémiologie – se greffe le plaisir, la gourmandise même, de la langue, et, peu à peu, l'exercice de style chez vous paraît prendre le pas sur l'exercice scientifique.*

Vous considérez le style comme un décor superfétatoire et joli. Je ne le considère pas comme ça. C'est une aventure très complexe. Pendant des siècles, le travail du style a été aliéné dans des idéologies qui ne sont plus les nôtres. Malgré tout, ce qu'on appelle l'écriture – c'est-à-dire le travail du corps qui est en proie au langage – passe par le style. Il y a toujours une phase stylistique dans le travail d'écriture. L'écriture commence même par le style, qui n'est pas le bien-écrire : il se réfère, je le disais déjà dans *Le Degré zéro de l'écriture*, au profond du corps, et ne peut être réduit à une intention de joliesse petitement esthétique.

> *Il y a tout de même chez vous ce goût prononcé pour les néologismes et autres métaphores...*

C'est certain, je le reconnais tout à fait.

> *Je n'irais pas jusqu'à prétendre que j'apprendrais sans surprise votre adhésion à l'Oulipo, mais enfin...*

Non, mais c'est très amusant d'écrire, il ne faut pas oublier cette dimension. Le style est une sorte d'agrément du voyage, c'est certain. Nous parlions de communication – je vais maintenant me retourner et m'en faire l'avocat : un texte qui est

pensé à l'aide de l'instrument stylistique a tout de même plus
de chance de communiquer qu'un autre, dans l'état actuel de
notre civilisation et de notre culture, parce qu'il est un instrument de diffusion et de percussion. Ne serait-ce que d'un point
de vue tactique, il faut donc accepter de passer par le style...
Je ne me laisserai pas enfermer dans l'opposition entre le style
d'un côté, et quelque chose qui serait plus sérieux de l'autre.
Ce qui est sérieux, c'est d'être dans le signifiant, c'est-à-dire
aussi dans le style, puisque c'est là que commence l'écriture.

*L'ombre portée des signifiants commence quand même à
se raccourcir.*

Le mot est usé par la force des choses, mais il n'a pas fini de
rendre service. C'est affaire d'appréciation.

*Vous-même en mettez quelques-uns au rancart, des signi-
fiants...*

Je suis très sensible à la fraîcheur des mots – d'où ce goût
pour les néologismes – et inversement à leur usure : je vis tout
le temps dans un rapport inquiet au langage, et je prends très
vite la mesure de mon goût ou de mon dégoût de certains
mots. Je passe effectivement mon temps à adopter certains
mots et à en liquider d'autres. Je ne vis donc pas toujours avec
les mêmes, ce qui permet d'utiles opérations de déflation sur
le langage, périodiquement nécessaires.

*Michaux disait que plus un chercheur trouve, moins il a
de temps pour connaître sa nouvelle ignorance. Quelle
est l'étendue de votre ignorance aujourd'hui ?*

Comme chacun, je traverse des phases d'appréciation et de
dépréciation de moi-même ; en tout cas, je ne vis pas dans une
idée toujours égale de mes tâches, de mes aptitudes, ni même
de mes plaisirs.

*Vous avez toujours eu l'art de vous faire pardonner vos
audaces. L'hermétisme, par exemple, en écrivant : « J'ai*

commenté, non pour rendre intelligible, mais pour savoir ce qu'est l'intelligible. »

C'était la phase structuraliste : le but était de comprendre ce que c'était que comprendre. Cette proposition n'était donc pas paradoxale, elle était même épistémologiquement fondée... Ce n'est jamais de gaieté de cœur qu'un chercheur constate la fermeture de son langage : le langage n'est pas un système infini de traduction. Il y a tout un registre d'idées, de propositions-phrases, qui ne peuvent se produire que dans une certaine obscurité. Il faut l'accepter, faire confiance à l'histoire, même à la petite histoire qui tôt ou tard débloquera les choses. D'autre part, l'obscurité elle-même peut être un instrument théâtral de l'écriture auquel il n'est pas obligatoire de renoncer... même si on peut attraper le virus classiciste et envier un type de formulation qui ait les apparences, en tout cas, de la clarté.

Vous faites école. Qu'en pense le maître ?

Rien n'est plus difficile, pour qui écrit, que de se faire une idée exacte de son rôle et de son image : elle ne vous parvient qu'en fragments, il est presque impossible de savoir précisément où va ce qu'on fait. Je n'en ai d'ailleurs pas la vocation.

Quand une trouvaille se répand en tics, ça procure quel sentiment ?

Je suis très philosophe et laxiste devant cela. C'est inévitable et ça ne m'irrite pas.

Etes-vous un romancier – j'allais dire manqué – rentré ?

Ou futur, qui sait. Votre question est très bonne, non parce qu'elle suscite une réponse très facile en moi, mais parce qu'en moi elle touche quelque chose de très vivant, qui est le problème, sinon du roman, du moins du romanesque. Dans la vie quotidienne, j'éprouve pour tout ce que je vois et entends une sorte de curiosité, presque d'affectivité intellectuelle qui est de l'ordre du romanesque. Il y a un siècle, je me serais sans doute promené dans la vie avec un carnet de romancier réaliste. Mais je ne m'imagine pas aujourd'hui composant une histoire, une anecdote, avec des personnages portant un nom propre, bref, un roman. Pour moi, le problème – problème d'avenir parce que j'ai très envie de me mettre à travailler de ce côté-là – sera de trouver peu à peu la forme qui détacherait le romanesque du roman, mais assumerait le romanesque plus profondément que je ne l'ai fait jusqu'à présent.

Vous ne pouvez quand même pas regretter le paysage d'une époque que vous avez contribué, parmi les premiers, à façonner. D'autre part, à quoi servirait une théorisation qui ne déboucherait pas sur une nouvelle pratique ?

Il y a en moi une sorte d'éros du langage, de pulsion du désir à l'égard du langage, qui a fait de moi un être de langage. Ma chance historique a été que cet être est venu à une époque où les sciences et les philosophies du langage ont pris un extraordinaire essor, très large, très profond et très nouveau. Sur ce point, j'ai été porté, enthousiasmé, par mon époque et j'ai pu m'y insérer de telle sorte qu'on ne sache plus très bien si je suis entièrement fabriqué par elle, ou si j'ai concouru même de façon minime à lui donner un accent... D'autre part, la théorie doit déboucher sur une pratique, et même il faut qu'à tout moment de la théorie il y ait la pensée de la pratique. Je pense que la théorie peut maintenant marquer le pas, et qu'on devrait entrer dans une phase plus laborieuse, je dirais presque expérimentale. Là, on rencontre le réel social, et le problème est de savoir où ces expériences textuelles pourront aller.

La revanche du signifié ?

Non, le signifié menace toujours, notamment dans les régions scientistes de la littérature – et même au nom du signifiant. La sémiologie elle-même est en train d'engendrer ici et là un petit scientisme. Ce qui sauve du risque de récupération théologique – par un signifié –, c'est justement d'accentuer le plaisir de la production, c'est de se faire soi-même un producteur, c'est-à-dire un amateur. La grande figure d'une civilisation qui se libérerait serait celle de l'amateur. L'amateur actuellement n'a pas de statut, il n'est pas viable ; mais on peut

imaginer une société où les sujets qui en auraient envie pourraient produire. Ce serait beau.

> *Depuis trente ans, la littérature semble s'écarter du*
> *monde.*

Ne pouvant plus maîtriser la réalité historique, elle est passée
d'un système de représentation à un système de jeux symboliques. Pour la première fois dans son histoire, le monde
déborde la littérature ; elle est au fond toujours en état de
surprise, devant un monde plus profus qu'elle.

> *Si vous écrivez bientôt un roman, on considérera que vous*
> *aurez sauté le pas... et que votre œuvre critique aura été*
> *comme une longue prise d'élan.*

J'aime bien cette image, mais elle accréditerait l'idée que ma
vie de travail a eu un sens, une évolution, un but et qu'elle
trouverait en lui sa vérité. A cette idée d'un sujet unitaire, je
préfère le jeu du kaléidoscope : on donne une secousse, et les
verreries se mettent dans un autre ordre... Ce qui me paraîtrait
le plus difficile à assumer si j'écrivais un roman, ce ne serait
pas les problèmes liés à la « grande forme », mais tout simplement de donner par exemple un nom propre aux personnages, ou bien d'employer le passé simple.

> *Vous éprouvez encore quelque difficulté à nommer un*
> *chat ?*

Oui, enfin... on peut écrire comme dans Chateaubriand qu'il
était jaune, et c'est déjà du roman.

Les Nouvelles littéraires, 13 janvier 1975 [1].
Propos recueillis par Jean-Louis Ézine.

---

1. Interview reproduite dans Jean-Louis Ézine, *Les Écrivains sur la sellette*,
Paris, Seuil, 1981.

Vingt mots-clés pour Roland Barthes

Des anciens thèmes – analogie, doxa, *signe – à l'irruption du plaisir du texte, aux fragments de R.B. par lui-même, Roland Barthes nous raconte ici vingt mots-clés, et quelques-uns des auteurs qui ont eu et gardent pour lui leur importance.*

L'IRRUPTION DU MOT « PLAISIR »

Le mot « plaisir », autour duquel tourne ce que vous écrivez actuellement, est apparu assez récemment chez vous.

Il est apparu d'une façon que j'appellerai tactique. J'ai eu le sentiment que le langage intellectuel, aujourd'hui, se soumettait trop facilement à des impératifs moralisateurs qui évacuaient toute notion de jouissance. Par réaction, j'ai donc voulu réintroduire ce mot, dans mon champ personnel, ne pas le censurer, le défouler, le *dé-refouler.*

Un mouvement tactique, dans l'ordre des idées, trouve sur son chemin des explications, s'entoure de raisons. La première raison, c'est que j'accorde, sur le plan subjectif, une certaine importance à ce qui peut se grouper sous le nom un peu désuet d'hédonisme, et notamment au thème de l'art de vivre. Ce sont des choses que j'avais soulignées déjà, de façon indirecte, par exemple quand j'ai parlé du rapport de Brecht et de ses cigares. D'ailleurs, dans toute l'œuvre de Brecht, dont on ne peut nier qu'elle soit authentiquement marxiste, il y a une considération extrême du plaisir.

Il y a donc, en ce qui me concerne, la prise en responsabilité

d'un certain hédonisme, le retour d'une philosophie discréditée, refoulée depuis des siècles. D'abord par la morale chré-
tienne, puis ce refoulement a été reconduit par la morale positiviste, rationaliste et était, ou est, hélas, de nouveau en passe
de l'être par une certaine éthique marxiste.

La seconde justification de cette émergence, de ce retour du
mot « plaisir », c'est qu'il permet une certaine exploration du
sujet humain. Quand on essaie de faire un certain partage entre
« plaisir » et « jouissance », quand on pose le problème de la
jouissance, on retrouve alors une thématique très actuelle, que
connaît bien la psychanalyse, et qui intéresse ce qu'on appelle
l'avant-garde.

*Vous mettez en rapport, et souvent en opposition, « plai-
sir » et « jouissance ».*

L'opposition « plaisir/jouissance » est l'une de ces oppositions
volontairement artificielles, pour lesquelles j'ai toujours eu une
certaine prédilection. J'ai souvent essayé de créer de telles
oppositions : par exemple entre « écriture » et « écrivance »,
« dénotation » et « connotation ». Ce sont des oppositions qu'il
ne faut pas chercher à honorer littéralement, en se demandant
par exemple si tel texte est de l'ordre du plaisir ou de la
jouissance. Ces oppositions permettent surtout de déblayer,
d'aller plus loin ; tout simplement de parler et d'écrire.

Cela dit, la différence entre les deux mots est tout de même
réelle, et je ne suis pas seul à la soutenir. Le plaisir est lié à
une consistance du moi, du sujet, qui s'assure dans des valeurs
de confort, d'épanouissement, d'aise – et pour moi, c'est tout
le domaine, par exemple, de la lecture des classiques. A
l'opposé, la jouissance est le système de lecture, ou d'énonciation, à travers lequel le sujet, au lieu de consister, se perd,
éprouve cette expérience de dépense qui est à proprement
parler la jouissance.

Si l'on voulait établir provisoirement une ventilation des
textes selon ces deux mots, il est certain que l'énorme majorité
des textes que nous connaissons et que nous aimons sont en
gros des textes de plaisir, alors que les textes de jouissance
sont extrêmement rares – et rien ne dit qu'ils soient aussi des
textes de plaisir. Ce sont des textes qui peuvent vous déplaire,
vous agresser, mais qui, tout au moins provisoirement, le temps

d'un éclair, vous permutent, vous transmutent, et opèrent cette dépense du moi qui se perd.

Ce thème de la jouissance a des rapports de frontière avec d'autres thèmes, par exemple celui non de la drogue proprement dit, mais du « droguant », ou de certaines formes de perversion.

> *Sans vouloir attribuer de bonnes notes, si vous aviez à citer des textes de jouissance, lesquels ?*

Des textes, disons, de l'avant-garde, c'est-à-dire des textes qui ne sont pas du côté du vraisemblable. Dès qu'un texte reste soumis à un code du vraisemblable, si incendiaire soit-il – je pense par exemple à Sade : on serait tenté de mettre Sade parmi les textes de jouissance, et il y est par bien des côtés, non parce qu'il parle de la jouissance, mais par la manière dont il en parle ; malgré tout, le texte sadien, parce qu'il est soumis, par une contrainte d'époque, au code du vraisemblable, reste du côté des textes de plaisir. Le texte de jouissance doit être du côté d'une certaine illisibilité. Il doit nous ébranler, pas seulement dans notre registre d'images et d'imagination, mais au niveau de la langue même.

> *La jouissance serait donc plutôt du côté de Severo Sarduy, par exemple.*

Pleinement. Les textes de Sollers, aussi. Mais c'est difficile à exposer parce que, autant on peut imaginer des critères esthétiques pour juger le texte de plaisir, autant, pour les textes de jouissance, ces critères sont encore obscurs.

> *D'autant que le temps a tendance à faire passer les textes du côté de la jouissance au côté du plaisir.*

Sûrement. La culture récupère. La récupération est la grande loi de l'histoire.

ANALOGIE, NATURE ET IMAGINAIRE

> *Il y a une série que vous semblez particulièrement détes-*
> *ter, c'est la série « analogie, nature, imaginaire ».*

C'est vrai, pour l'analogie et la nature, et ce n'est pas nouveau ;
j'ai toujours ressenti de l'hostilité pour les formes analogiques
de la pensée et de l'art. C'est d'ailleurs pour la raison inverse
que j'ai tant aimé, si je puis dire, le signe linguistique : quand
j'ai découvert, en lisant Saussure, il y a bien longtemps, qu'il
n'y a eu aucune analogie dans le signe linguistique, qu'il n'y
a pas de rapport de ressemblance entre le signifiant et le signifié. C'est une chose qui m'a toujours beaucoup attaché au
signe linguistique et à toutes ses transformations dans la phrase
écrite, dans le texte, etc.

On peut s'analyser un peu plus loin et comprendre que la
dénonciation de l'analogie est en fait une dénonciation du
« naturel », de la pseudo-nature. Le monde social, conformiste,
appuie toujours l'idée qu'il se fait de la nature sur le fait que
les choses se ressemblent : on produit ainsi une idée à la fois
artificielle et répressive de la nature qu'on appelle le « naturel », le sens commun juge toujours « naturel » ce qui se ressemble. De l'analogie, je suis donc remonté très facilement à
ce thème du « naturel », du « ce qui passe pour naturel aux
yeux de la plupart ». Et c'est un thème bien ancien chez moi,
puisque c'est lui qui alimente déjà les *Mythologies*, qui se
donnent pour une dénonciation du « ce qui va de soi ». C'est
aussi un thème brechtien : « Sous la règle découvrez l'abus. »
Sous le naturel, découvrez l'histoire, découvrez ce qui n'est
pas naturel, découvrez les abus.

Quant à l'*imaginaire*, c'est un terme plus récent, puisqu'on
l'emploie aujourd'hui dans un sens lacanien, et non plus dans
un sens bachelardien.

> *Ni sartrien.*

Ni sartrien non plus, encore qu'il soit assez intéressant, il
faudra le faire un jour, de revenir à ces premiers écrits de Sartre
qu'on a complètement abandonnés et qui étaient des écrits

d'une très grande richesse. Il faudra revoir la question sartrienne. Je crois d'ailleurs que cela s'imposera tout seul.

Ce que Lacan indique par « imaginaire » a de très grands rapports avec l'analogie, l'analogie entre les images, puisque l'imaginaire est ce registre du sujet où il colle à une image, dans un mouvement d'identification et où il s'appuie notamment sur la coalescence du signifiant et du signifié. On retrouve ici le thème de la représentation, de la figuration, de l'homogénéité des images et des modèles.

> *A cette pensée-là, vous opposez la pensée du signifiant.*

Il faut un peu se méfier du mot, il commence à s'user. J'ai un intérêt sinon pour le signifiant, du moins pour ce qu'on appelle la signifiance ; la signifiance est un régime de sens, certes, mais qui ne se ferme jamais sur un signifié, et où le sujet, quand il écoute, parle, écrit, et même au niveau de son texte intérieur, va toujours de signifiant en signifiant, à travers du sens, sans jamais le clore. Alors que l'analogie se referme sur elle-même en justifiant sa fermeture par une identité des deux parties du signe.

LE FRAGMENT, LA DICTÉE, LE HAÏKU

> *Est-ce que ce goût de la signifiance n'est pas lié chez vous au goût du fragment, du commencement, du haïku ?*

Le goût du fragment est en moi un goût très ancien, qui a été réactivé par *R.B. par lui-même*. En relisant mes livres et mes articles, ce qui ne m'était jamais arrivé auparavant, j'ai constaté que j'avais toujours écrit selon un mode d'écriture courte, qui procède par fragments, par tableautins, par paragraphes titrés, ou par articles – il y a eu toute une période de ma vie où je n'écrivais que des articles, pas de livres. C'est ce goût de la forme courte qui maintenant se systématise. Ce qui y est impliqué du point de vue d'une idéologie ou d'une contre-idéologie de la forme, c'est que le fragment casse ce que j'appellerai le nappé, la dissertation, le discours que l'on construit dans l'idée de donner un sens final à ce qu'on dit, ce qui est la règle de toute la rhétorique des siècles précédents. Par rapport au nappé du discours construit, le fragment est un trouble-fête, un discontinu, qui installe une sorte de pulvérisation de phrases, d'images, de pensées, dont aucune ne « prend » définitivement.

> *Une écriture anarchiste en quelque sorte.*

Je serais ravi qu'il en soit ainsi, à condition seulement que l'« anarchisme » ne soit pas le signifié de ce système. Ce qui est compliqué dans ce système de formes, c'est qu'il faut les empêcher de « prendre », de se solidifier. Peut-être – mais c'est là une position un peu paradoxale par rapport au style de l'avant-garde – le meilleur moyen d'empêcher cette solidification est-il de feindre de rester à l'intérieur d'un code apparemment classique, de garder les apparences d'une écriture soumise à certains impératifs stylistiques, et d'atteindre ainsi la dissociation du sens final à travers une forme qui n'est pas spectaculairement désordonnée, qui évite l'hystérie.

> *La ruse de l'écriture après la ruse de l'histoire ?*

Oui. Je ne sais pas du tout si c'est cela qui se produit dans ce que je fais. Mais si je voulais quelque chose, ce serait ça.

> *Cependant, il y a deux styles entièrement constitués que vous semblez aimer beaucoup, qui sont la dictée et le haïku.*

Dans *R.B. par lui-même*, il y a en effet quelques « dictées ». La dictée est un problème qui m'a beaucoup intéressé. Lorsque j'avais envie de raconter un souvenir d'enfance, il prenait malgré moi une certaine forme d'écriture, qui est en gros l'écriture scolaire, ce à quoi on nous avait habitués, la forme de la dictée ou de la rédaction. Le discours naturel du souvenir est le discours scolaire, le discours de la dictée. Au lieu de forclore complètement ce mode d'expression, j'ai décidé de l'assumer, de temps en temps de faire des dictées ou de me donner des sujets de rédaction. Comme si je donnais moi-même un futur morceau choisi à une anthologie scolaire. Ce qui est peut-être beaucoup de prétention de ma part : mais je l'ai fait dans un esprit essentiellement ludique, sans m'imaginer du tout figurer un jour dans un manuel de français.

Autour de certains de ces fragments du *R.B. par lui-même*, j'ai donc mis implicitement – mais j'espère que ça se verra quand même – des guillemets.

> *Mais en évitant soigneusement de faire des pastiches de dictée.*

Vous avez raison de le noter, je n'ai pas voulu faire des pastiches. Au début du projet de ce livre, j'ai cru que j'allais me pasticher moi-même, en faisant la critique littéraire de quelqu'un qui par hasard aurait été moi. Et puis j'ai constaté que, passée l'excitation première d'un projet-canular, d'un projet-gag, cela n'allait pas, cela m'ennuyait. Et puis, je ne suis peut-être pas doué pour la parodie.

C'est à ce moment-là que mon projet a évolué et que j'ai renoncé à un pastiche déclaré, tout en restant vaguement dans un domaine citationnel, intertextuel.

Le haïku, c'est autre chose : c'est le devenir essentiel, musical du fragment. Je l'ai rencontré dans sa nature historique, réelle, au cours de mes voyages au Japon. C'est une forme pour laquelle j'ai une admiration profonde, c'est-à-dire un désir profond. Si je m'imagine écrivant d'autres choses, maintenant, certaines seraient de l'ordre du haïku. Le haïku est une forme très courte, mais qui, à l'opposé de la maxime, forme également très courte, se caractérise par sa matité. Il n'engendre pas de sens, mais, en même temps, il n'est pas dans le non-sens. C'est toujours le même problème : ne pas laisser prendre le sens, mais ne pas quitter le sens, sous peine de rejoindre le pire des sens, le sens du non-sens.

Dans *R.B. par lui-même*, il y a des sortes de haïkus, qui ne sont pas du tout donnés sous une forme poétique, et que j'ai appelés des « anamnèses » : des souvenirs de mon enfance et de ma jeunesse, donnés dans une, deux ou trois phrases au plus et qui ont cette caractéristique – du moins, je l'espère, c'est très difficile à réaliser – d'être absolument mats. Qui ne sont pas solidifiés.

Le haïku, c'est un peu l'anti-dictée. C'est pourquoi il était légitime de coupler les deux notions.

LES TROIS ARROGANCES

> *Vous parlez un moment des trois arrogances, celle de la*
> doxa *(l'opinion, le consensus), de la science et du mili-*
> *tant. Or la linguistique est quand même une science, et*
> *la linguistique a été l'un des pivots de votre pensée et de*
> *votre démarche.*

C'est juste. Mais, d'abord, je n'ai pas toujours eu la même
intolérance à l'arrogance de la science. La science, ou plutôt
la scientificité, m'a fasciné. Aujourd'hui, ce qui me sépare
de la linguistique, c'est que la linguistique, qui se veut science
du langage, reste collée, de manière quasi analogique ou
imaginaire, à un métalangage de type scientifique et, par là
même, rejoint le monde du signifié. Ce que je mets en cause
maintenant dans la linguistique, comme dans d'autres sciences sociales ou humaines, c'est qu'elles sont incapables de
mettre en question leur type d'énonciation, leur mode de
discours.

Or, actuellement, il paraît difficile d'éviter cette mise en
cause de l'énonciation, puisque, depuis une trentaine d'années,
nous savons très bien que l'énonciation se fait sous deux instances que nous ne connaissions pas autrefois : d'une part
l'idéologie, la conscience de l'idéologie, d'autre part l'inconscient, et, si je puis dire, la conscience de l'inconscient. Maintenant, tout le problème de l'énoncé, du discours, où qu'il se
tienne, doit passer par la considération de ces deux instances.
Or ces deux instances échappent par statut au sujet qui écrit,
qui ne sait pas exactement dans quelle idéologie il est et ne
connaît pas son inconscient.

Le problème des sciences humaines est qu'elles ignorent
ces deux instances. Or, si je puis me permettre ce jeu de mots,
s'il est normal qu'on les méconnaisse, il n'est pas normal
qu'on les ignore.

Mais c'est un problème d'histoire générale : tout ne peut
pas se faire d'un coup. Et la distance que j'ai à l'égard des
sciences linguistiques, et même sémiologiques, n'est pas du
tout une distance à l'égard des gens qui les font. Disons que,
personnellement, je ne me sentirais plus motivé pour tenir un

discours linguistique selon une discursivité orthodoxe. De toute manière, en linguistique, je n'ai jamais été qu'un amateur.

> *Est-ce que cette méfiance à l'égard de la science n'est pas une attitude très sartrienne ? Sartre, même s'il ne l'exprime jamais, se caractérisant par son éloignement à l'égard de la science.*

Au moment où j'ai commencé à écrire, après la guerre, l'avant-garde, c'était Sartre. La rencontre avec Sartre a été très importante pour moi. J'ai toujours été non pas fasciné, le mot est absurde, mais modifié, emporté, presque incendié par son écriture d'essayiste. Il a véritablement créé une langue nouvelle de l'essai, qui m'a beaucoup impressionné. Cependant, la suspicion de Sartre à l'égard de la science venait de l'horizon d'une philosophie phénoménologique, d'une philosophie du sujet existentiel, alors que la mienne s'alimenterait davantage, tout du moins actuellement, à un langage psychanalytique.

> *Mais la psychanalyse est aussi une philosophie du sujet.*

C'est pourquoi je vous redis que le sartrisme devra être réexaminé, et pour ainsi dire réécrit, au sens chomskien du moins.

> *Vous parlez de l'arrogance de la science et de celle du militant, or Chomsky, précisément, se veut scientifique et militant.*

Je n'ai pas de sympathie humorale à l'égard de Chomsky. De l'admiration, c'est évident. Mais le linguiste pour lequel j'ai une sympathie profonde, c'est Benveniste. Nous devons beaucoup à Saussure, évidemment, à Jakobson, à d'autres. Mais, finalement, le nombre des gens qui vous impressionnent réellement est restreint. Pour moi, il y a eu Sartre. Il y a eu Brecht, et ça continue, j'ai toujours un lien très vivant avec Brecht. Et il y a eu Benveniste.

> *N'est-ce pas aussi parce qu'il y a dans Benveniste un côté*
> *romanesque, d'imagination dans la philologie ?* Noms
> d'agents et Noms d'actions en indo-européen, *c'est aussi*
> *un admirable roman.*

Ce qu'il y a de très beau dans Benveniste, c'est qu'il n'est pas
seulement un savant du langage, de la fonction langage, c'est
un savant des langues. Il a été affronté aux langues. Et ce sont
les langues qui sont importantes, davantage que le langage. Et
ainsi, Benveniste a été amené à traiter de choses extrêmement
concrètes, à travers les noms, les mots. D'où cet aspect presque
romanesque de l'œuvre de Benveniste.

Le second élément, c'est qu'il y a chez Benveniste une
écriture, un style, à la fois de pensée et de forme, qui a une
classe extraordinaire. Ce n'est pas simplement de l'écrivance
de savant qui livre ses pensées. Il y a un rapport spécifique
entre le corps de Benveniste, même si ce corps lutte pour
apparaître comme absent, et ce qu'il écrit, la manière dont il
écrit. J'aime chez Benveniste ce côté à la fois brûlant et discret,
l'absence totale de vulgarité intellectuelle, ce tact, toutes ces
valeurs esthétiques qui me séduisent infiniment. D'ailleurs,
c'est un peu le même tableau de valeurs qu'on retrouve dans
Brecht, précisément.

Puisque ceci doit être imprimé, je crois qu'il faut dire, que
je dois dire ceci : nous sommes quelques-uns à éprouver une
impression de scandale devant la situation de Benveniste ; c'est
aujourd'hui un homme très malade, qui vit sa maladie dans
des conditions matérielles extrêmement difficiles et auquel la
culture aujourd'hui dans ses aspects officiels comme dans ses
aspects de mode ne prête aucune attention, alors que c'est l'un
des plus grands savants, incontestablement, de la France
actuelle. Sa situation, parce qu'elle ne se borne pas à une
misère physique – il a été frappé il y a quatre ou cinq ans par
la maladie, une maladie terrible, surtout pour un homme de
langage –, devrait faire honte à la communauté.

NOMS DE PERSONNE, PRONOMS PERSONNELS

> *Vous attachez un grand intérêt et une grande importance*
> *aux noms de personne. Votre ascendance proustienne ?*

Là aussi, c'est assez ancien puisque le seul texte que j'aie écrit
sur Proust, c'est un texte sur les noms propres. Lui-même avait
toute une philosophie des noms propres. Il est vrai que j'ai,
avec les noms propres, un rapport qui m'est énigmatique, qui
est de l'ordre de la signifiance, du désir, peut-être même de la
jouissance. La psychanalyse s'est beaucoup occupée de ces
problèmes et l'on sait très bien que le nom propre est, si je
puis dire, une avenue royale du sujet et du désir. Je reconnais
cet attachement à la fois amoureux et énigmatique aux noms
propres, notamment aux noms propres de mon enfance. J'ai
passé mon enfance et une partie de mon adolescence au sein
de la bourgeoisie d'une petite ville de province, Bayonne, et
j'ai toujours été en contact avec les noms des familles bour-
geoises de Bayonne, qui m'ont toujours intéressé, amusé, intri-
gué, à la fois par leur consonance, leur phonétisme pur, poétique, et leur charge sociale, historique.

Et, second intérêt, quand je lis des romans, des romans de
l'ancien temps, ou des mémoires, je suis très sensible aux noms
propres. Très souvent, j'ai même pensé que la réussite d'un
roman tenait à la réussite de son onomastique.

> *La preuve, c'est que vous avez écrit sur Pierre Loti un*
> *article qui s'intitulait « Le nom d'Aziyadé ».*

Aziyadé est un nom très bien trouvé.

> *Du nom de personne, passons aux pronoms. Il y a dans*
> *votre dernier livre un jeu, un passage très subtil entre*
> *« R.B. » et « je ». Telle phrase où R.B. est le sujet, qui est*
> *à la troisième personne, comportera très naturellement*
> *un adjectif possessif de la première personne.*

Dans *R.B. par lui-même*, il y a quatre régimes : le « je », le
« il » (je parle de moi en disant « il »), il y a « R.B. », mes

initiales, et quelquefois je parle de moi en disant « vous ». Je
me suis un peu expliqué dans un fragment sur ce sujet, mais
toute explication, étant essentiellement imaginaire, n'épuise
absolument pas le sujet. Ce sera au lecteur à aller plus loin
que moi.

En gros, disons que le pronom « je » est véritablement le
pronom de l'imaginaire, du moi. Chaque fois que je dis « je »,
je puis être assuré, comme maintenant d'ailleurs, que je suis
dans l'imaginaire. J'ai voulu tisser une espèce de moire de
tous ces pronoms pour écrire un livre qui est effectivement le
livre de l'imaginaire, mais d'un imaginaire qui essaie de se
défaire, au sens où l'on défait une étoffe, de s'effilocher, de
se dépiécer, à travers des structures mentales qui ne sont plus
seulement celles de l'imaginaire, sans pour autant être la structure de la vérité. On fait une espèce de va-et-vient, dans un
mouvement un peu brownien, entre différentes dominantes
névrotiques.

Le « je », c'est le pronom de l'imaginaire, le « il », que
j'emploie assez souvent, c'est le pronom de la distance. On
peut le prendre de plusieurs façons, et là le lecteur est le maître.
Soit comme une sorte d'emphase, comme si je me donnais
tellement d'importance, que je dise « il » en parlant de moi,
soit comme une sorte de mortification : dire « il » en parlant
de quelqu'un, c'est l'absenter, le mortifier, en faire quelque
chose d'un peu mort. Soit aussi – mais ce serait une hypothèse
trop heureuse ; énonçons-la quand même – comme le « il » de
la distance, dans une optique brechtienne, un « il » épique où
je me mets moi-même en critique.

Quant au « vous », là aussi il y a deux possibilités d'interprétation. Je me dis rarement « vous » à moi-même, mais cela
arrive dans trois ou quatre occasions. « Vous » peut être pris
comme le pronom de l'accusation, de l'auto-accusation, une
sorte de paranoïa décomposée, mais aussi une manière beaucoup plus empirique, désinvolte, comme le « vous » sadien, le
« vous » que s'adresse Sade dans certaines notes. C'est le
« vous » de l'opérateur d'écriture, qui se met – ce qui était
tellement moderne et génial à l'époque – en position de décrocher le scripteur du sujet.

« R.B. » n'est pas très important. Il vient surtout dans des
phrases où le « il » serait ambigu.

> *Est-ce que R.B. ne désigne pas, de manière un peu rhé-*
> *torique, le personnage qui se souvient ? La source du*
> *discours indirect : R.B. disait que...*

Il y a certainement rémanence, puisqu'il s'agit de musique de phrase, du très beau texte que Philippe Sollers avait écrit sur moi dans *Tel Quel*, et qui s'intitulait « R.B. ».

L'AMATEUR

> *Un autre mot que j'ai relevé, c'est le mot « amateur »,*
> *un mot qui revient souvent chez Roger Vailland. Qu'est-ce*
> *que c'est pour vous que l'amateur ?*

C'est un thème qui m'intéresse. Je peux prendre le thème de façon purement pratique et empirique : quand j'ai du temps, je fais un peu de musique ou de peinture au titre complètement assumé d'un simple amateur. Le profit énorme de la situation d'amateur, c'est qu'elle ne comporte pas d'imaginaire, de narcissisme. Quand on fait un dessin ou un coloriage en tant qu'amateur, on ne se préoccupe pas de l'*imago*, de l'image qu'on va donner de soi en faisant ce dessin ou cette peinture. C'est donc une libération, je dirai presque une libération de civilisation. A inclure dans une utopie à la Fourier. Une civilisation où les êtres agiraient sans préoccupation de l'image qu'ils vont déclencher chez les autres.

Ce thème très important sur le plan de la pratique, je le convertis en théorie, dans la mesure où je peux imaginer une société à venir, totalement désaliénée, qui, sur le plan de l'écriture, ne connaîtrait plus que des activités d'amateur. Notamment dans l'ordre du texte. Les gens écriraient, feraient des textes, pour le plaisir, profiteraient de la jouissance de l'écriture sans préoccupation de l'image qu'ils pourraient susciter chez autrui.

> *Quel est votre rapport à la musique ? Vous dites : je fais*
> *de la musique en amateur, mais le piano implique des*
> *exercices réguliers, un effort continu.*

J'ai travaillé le piano quand j'étais enfant. La sœur de mon père, qui habitait Bayonne, était professeur de piano. J'ai donc vécu dans une atmosphère de musique. Mais depuis je n'ai pas travaillé, je n'ai aucune technique, aucune vélocité. Simplement, j'ai été habitué très tôt à déchiffrer, dans la mesure de mes doigts. Donc je sais déchiffrer, mais je ne sais pas jouer. Ce qui va bien d'ailleurs avec l'activité d'amateur. A travers des tempi trop lents, des fausses notes, j'accède quand même à la matérialité du texte musical, parce que cela passe dans mes doigts. Toute la sensualité qu'il y a dans la musique n'est pas purement auditive, mais aussi musculaire.

L'amateur n'est pas le consommateur. Le contact entre le corps de l'amateur et l'art est très étroit, présent. C'est ce qu'il y a de beau et c'est là qu'est l'avenir. Mais là, on débouche sur un problème de civilisation. Le développement technique, le développement de la culture de masse accentuent terriblement le divorce entre les exécutants et les consommateurs. Nous sommes une société de consommation, si j'ose dire, en jouant sur le stéréotype, et pas du tout une société d'amateurs.

L'histoire se présente avec des contrecoups, des contretemps, cette fameuse courbe en cloche connue des statisticiens. Il y a eu des temps aliénés (les sociétés monarchiques ou même féodales) où il y avait un amateurisme réel au sein des classes dirigeantes. Ce qu'il faudrait, c'est retrouver cela à un autre lieu de la socialité, ailleurs que dans « l'élite ». Maintenant, nous sommes un peu au creux de la courbe.

> *C'est pourquoi vous parlez quelque part du charme (discret) de la culture bourgeoise. Car il n'y a de culture que bourgeoise.*

Il y a une culture petite-bourgeoise, qui est une culture bourgeoise dégradée, ce qui est historiquement normal.

LA POLITIQUE

> *Où est la place de la politique ? Dans ce que vous écrivez, votre rapport à la politique est extrêmement discret.*

Discret, mais obsédé. Je ferai d'abord une distinction qui vous paraîtra peut-être un peu spécieuse, mais elle est vivante en moi : entre « le » politique et « la » politique. Le politique est à mes yeux un ordre fondamental de l'histoire, de la pensée, de tout ce qui se fait, de tout ce qui se parle. C'est la dimension même du réel. La politique, c'est autre chose, c'est le moment où le politique se convertit en discours ressassant, en discours de la répétition. Et autant j'ai un intérêt profond pour le politique, un attachement profond au politique, autant j'ai une sorte d'intolérance au discours politique. Ce qui ne rend pas ma situation très facile. C'est une situation un peu déchirée, souvent culpabilisée. Mais je pense que je ne suis pas le seul, et qu'à l'heure actuelle, la plupart des sujets, en tout cas des sujets intellectuels, ont au politique un rapport culpabilisé. L'une des tâches essentielles d'une avant-garde aujourd'hui serait de s'attaquer à ce problème de la culpabilité de l'intellectuel à l'égard de la politique.

Ce qui est très compliqué parce que cet éclaircissement devrait être fait à l'aide d'une méthode dialectique : il n'est pas question de liquider la politique au profit d'une dépolitisation pure et simple. Ce qu'on cherche, c'est un mode de présence dans le discours du politique qui ne soit pas ressassant.

Mes voies sont évidemment discrètes, obscures. Ce que je cherche, c'est une sorte de déflation, car je me sens très entouré, menacé par une inflation du discours politique.

> *Mais la politique n'est pas seulement du discours, mais aussi de l'activité ?*

C'est un grand problème : est-ce qu'elle est vraiment une activité, est-ce qu'elle n'est pas seulement un discours ?

> *Quand on lit* Mythologies, *on a l'impression de se trouver devant des textes directement politiques. Pas seulement l'article sur Poujade, mais aussi bien celui sur Bardot ou sur la D.S. Et puis, dans ce que vous écrivez ensuite, l'environnement politique devient à la fois de plus en plus discret et de plus en plus menaçant. Le* Michelet *est*

encore par lui-même lié au politique et même à la politique.

Encore que ce soit un des aspects que j'ai sans doute sousestimés : son idéologie.

Vous dites cependant que vous l'avez réglé en une page, la page initiale.

Ce n'est peut-être pas ce que j'ai fait de mieux.

Dans R.B. *par lui-même,* il semble que le politique soit toujours présent, mais caché, comme possibilité d'agression.

Oui, en tant que discours. Ce qui n'implique aucune ambiguïté sur les options pratiques que peut comporter la vie d'un Français dans le moment présent. Ce qui est en cause, c'est le rapport au discours. S'il y a eu évolution, complexisation du problème, c'est que, quand j'ai écrit *Mythologies*, le discours arrogant venait uniquement de la droite, qui avait toutes les caractéristiques d'une droite. Actuellement, nous assistons à un glissement de l'arrogance vers la gauche. Il y a un discours de gauche arrogant et c'est ce qui fait le cœur de mon problème personnel. Je suis divisé entre ma situation dans un lieu politique et les agressions de discours qui me viennent de ce lieu.

Cependant, si l'on se réfère à l'époque des Mythologies, *qui est à peu près l'époque où des intellectuels comme Edgar Morin ont été exclus du Parti communiste, l'arrogance du discours stalinien était beaucoup plus forte que maintenant.*

Oui, c'est vrai. Il y a plus d'arrogance discursive aujourd'hui dans le gauchisme que dans le communisme. Mais, si je puis dire, ça n'en est pas mieux pour ça. Parce que ça veut dire que le langage communiste passe dans le langage un peu poisseux de la *doxa*, du naturel, de l'évidence, du bon sens, du « cela va de soi ». On est encore pris entre ces deux langages dont j'ai esquissé le mode de domination en parlant du règne de l'un et du triomphe de l'autre.

On est pris entre un règne et un triomphe et c'est pour cela que le lieu actuel est difficile à habiter.

> *D'où l'évolution de beaucoup de gens de la gauche vers la droite, lieu plus facile à habiter.*

Bien sûr, mais, pour moi, je ne veux pas de cela. J'aime mieux être taxé de « difficulté d'habitat » que d'éprouver une sécurité d'habitat.

> *La vraie bête noire, c'est la* doxa, *et l'irruption du plaisir est une nouvelle attaque contre elle.*

Oui. Quand la *doxa* se donne comme une censure de plaisir, une censure de jouissance, l'attaque contre elle se renforce d'une pulsion de jouissance, elle explose dans cet acharnement sinon violent, du moins très tenace, contre le consensus, les opinions de majorité.

LA LECTURE

> *Une chose me frappe, c'est que vous êtes l'un des rares critiques à dire « j'aime lire ».*

Je ne voudrais pas vous enlever une illusion, d'autant que ce n'en est pas une : j'aime lire. Mais je ne suis pas un grand lecteur, je suis un lecteur désinvolte. Je suis un lecteur désinvolte dans la mesure où je prends rapidement la mesure de mon plaisir. Si un livre m'ennuie, j'ai l'espèce de courage, ou de lâcheté, de l'abandonner. Je me libère de plus en plus de tout sur moi à l'égard des livres. Si bien que ceux que je prends, c'est en effet parce que j'aime les prendre.

Mon régime de lecture n'est pas du tout un régime d'ingestion régulière et pacifiée. Ou bien le livre m'ennuie et je le lâche, ou bien il m'excite et à tout instant j'ai envie de l'arrêter pour penser à partir de là. Ce qui se reflète aussi dans la manière de lire en vue d'un travail : je suis incapable, non désireux, de résumer un livre, de le mettre en fiche en m'effaçant derrière lui, mais au contraire très capable, et très désireux, d'isoler certaines phrases, certains traits du livre, pour les ingérer, en tant que discontinu. Ce qui n'est pas une bonne attitude philologique évidemment, puisque cela revient à déformer le livre à mon propre profit.

> *Vous avez dit quelque part que vous n'avez écrit que des livres de commande. Est-ce vrai pour* Plaisir du texte *?*

Non, c'est une exception. Il ne m'était pas demandé et le sujet, c'est moi qui l'ai trouvé, c'est évident. Ce que je voulais dire, c'est que souvent la commande aide et, pendant très longtemps, j'ai écrit parce qu'on me demandait des textes. Le seul texte qu'on ne m'ait jamais demandé, c'est le premier que j'avais montré à Nadeau par l'intermédiaire d'un ami. A partir de là, on m'a toujours plus ou moins demandé un texte ou un sujet.

Actuellement, cela change. La commande m'étouffe un peu et j'ai plutôt envie d'écrire des livres suscités en moi par moi. Pour le plaisir de les écrire, de les façonner, de les feindre comme on dirait étymologiquement.

LA CAMPAGNE, LE CAFÉ

> *Vous parlez de la campagne dans* R.B. *par lui-même, et, peut-être par manque d'imagination, je ne vous vois pas du tout à la campagne.*

Vous avez sans doute tort et raison.

> *Vous dites que la disposition des choses, le bureau, le piano, les plumes, est la même qu'à Paris. Mais l'environnement est tellement différent.*

Mais non. Dans le Sud-Ouest, je vis dans la maison. La campagne, c'est la maison. Et l'opposition n'est pas entre ville et campagne, mais entre appartement et maison. Ce qui ne veut pas dire que, pour moi, l'environnement n'existe pas (en particulier, j'aime la lumière du Sud-Ouest).

Pour vous, l'un des lieux importants est le café ?

C'est le lieu de mes rendez-vous, et j'aime le café parce que c'est un espace complexe. Quand je suis au café, je suis entièrement complice de ceux qui sont à la même table que moi, tout à l'écoute de ce qu'ils me disent, et en même temps, comme dans un texte, comme dans un paragramme, comme dans une stéréophonie, il y a autour de moi tout un champ de diversion, des gens qui entrent et qui sortent, un déclic romanesque qui se produit. Et je suis très sensible à cette stéréophonie du café.

Alors que la campagne, c'est la solitude. Le rêve, c'est d'y arriver avec un mois ou deux devant soi, mais avec un travail intellectuel déjà très bien préparé, de façon à pouvoir le gratter peu à peu, comme un fonctionnaire, ou comme un cantonnier.

Mais la campagne, c'est aussi un lieu de la dissipation : vous parlez de tous ces petits actes – manger un fruit, aller regarder une plante – qui vous distraient de votre travail.

C'est que le travail est ennuyeux, il ne faut jamais le nier.

LE ROMANESQUE

J'ai relevé cette phrase où vous dites : « Je me considère non comme un critique, mais comme un romancier, non du roman mais du romanesque. J'aime le romanesque, mais je sais que le roman est mort. »

Le romanesque est un mode de discours qui n'est pas structuré selon une histoire ; un mode de notation, d'investissement, d'intérêt au réel quotidien, aux personnes, à tout ce qui se passe dans la vie. Transformer ce romanesque en roman me paraît très difficile parce que je ne m'imagine pas élaborant un objet narratif où il y aurait une histoire, c'est-à-dire essentiellement pour moi des imparfaits et des passés simples et des personnages psychologiquement plus ou moins constitués. C'est ce que je n'arriverais pas à faire et c'est en quoi le roman me paraît impossible. Mais en même temps, j'ai une grande envie de pousser dans mon travail l'expérience romanesque, l'énonciation romanesque.

> *Vous n'avez jamais écrit de roman, ou de début de roman ?*

Sincèrement non, jamais.

> *Vous disiez que toute biographie est romanesque, est un roman qui n'ose pas dire son nom.* R.B. par lui-même, *biographie, n'est-il pas aussi un roman ?*

C'est un roman, mais pas une biographie. Le détour est différent. C'est du romanesque intellectuel : romanesque pour deux raisons. D'abord, bien des fragments s'intéressent à cette espèce de surface romanesque de la vie, et d'autre part, ce qui est mis en scène dans ces fragments, c'est un imaginaire, c'est-à-dire le discours même du roman. Je me suis mis en scène comme un personnage de roman, mais qui n'aurait pas de nom propre, en quelque sorte, et à qui il n'arriverait pas d'aventure à proprement parler romanesque.

C'est un discours romanesque plus qu'un discours intellectuel et c'est pourquoi il accepte parfois d'être un peu bête. Dans la mesure où ce n'est pas le sujet intellectuel qui s'identifie avec ce qu'il énonce, mais un autre sujet, un sujet romanesque, qui accepte donc de lâcher parfois des idées, ou des jugements, que le premier sujet trouve un peu bêtes, mais qu'il lâche tout de même parce que cela fait partie de son imaginaire. Et sans le dire.

> *La place de la bêtise dans votre monde est d'ailleurs curieuse. Elle est un peu partout et nulle part, elle est un peu Dieu pour vous.*

Espérons pour Dieu que la réciproque n'est pas vraie. J'ai en effet une grande fascination à l'égard de la bêtise. Et en même temps, une grande nausée, bien sûr. Il est très difficile de parler de la bêtise, puisque le discours de la bêtise est un discours dont on ne peut pas s'exclure *simplement*. Je ne dis pas du tout qu'on ne peut pas s'en exclure, ce serait de la mauvaise foi, mais on ne peut pas s'en exclure *simplement*.

On le sait bien depuis Flaubert. L'attitude de Flaubert à l'égard de la bêtise est très complexe. Apparemment critique, mais faussement critique, c'est évident. Une attitude de gêne.

De toute manière, le mode d'être de la bêtise, c'est le triomphe. On ne peut rien contre elle. On peut seulement l'intérioriser, la manier en soi à dose homéopathique – point trop n'en faut tout de même.

> *Alors que* Mythologies *était tout entier dirigé contre la bêtise.*

C'est que *Mythologies* s'appuyait sur une conscience politique, ou contre-idéologique, beaucoup plus simple, pour les raisons historiques que j'ai dites.

QUELQUES NOMS IMPORTANTS

> *Sade ?*

Oui, et pour une raison immédiate : j'aime lire Sade. Je ne le lis peut-être pas comme il faut – mais qui sait comment il faut lire Sade ? Je le lis de façon très romanesque. Je trouve que c'est un très grand écrivain, au sens le plus classique du terme, qu'il a construit des romans merveilleux. C'est cela que j'aime dans Sade, et pas tellement l'aspect transgressif – encore que j'en comprenne l'importance. J'aime Sade comme un écrivain, comme j'aime Proust.

> *Marx ?*

Chaque fois que je le lis ou que je le relis, j'éprouve, non pas l'émerveillement qu'on pourrait avoir devant le fondateur d'une vulgate très importante dans le jeu politique aujourd'hui, mais celui qu'on a devant quelqu'un qui a opéré une rupture dans le discours, dans la discursivité. Dans chaque page de

Marx, il y a un détour où ça devient inattendu et pénétrant, en
dehors même du système, et je suis très sensible à cela.

Brecht ?

Oui, Brecht : j'ai beaucoup aimé son œuvre théâtrale, peut-être
plus encore son œuvre intellectuelle. Derniers en date, les
Écrits sur la politique et la société, qui ont été traduits il y a
quatre ou cinq ans, sont un livre admirable. Juste et violent à
la fois. Le texte qui me donne une envie perpétuelle de citation.
En faisant *R.B. par lui-même*, un moment, je n'étais pas sûr
d'avoir assez de choses à dire et j'imaginais alors – ne serait-ce
que comme fantasme – que j'intercalerais des passages de
Brecht.

J'ai découvert Brecht en 54, quand le Berliner Ensemble est
venu, dans le cadre du théâtre des Nations, jouer *Mère Courage*
et je me rappelle très bien, au balcon du théâtre Sarah-Bern-
hardt, avec Bernard Dort, avoir été littéralement incendié par
cette représentation, mais, je le dis tout de suite, incendié aussi
par les vingt lignes de Brecht reproduites dans le programme.
Je n'avais jamais lu un tel langage sur le théâtre et sur l'art.

Quelle a été la découverte ?

C'est une découverte qui a évolué. D'abord, j'ai été saisi par
l'alliance d'une pensée marxiste extrêmement vigilante, infor-
mée, ferme, et d'un sens du plaisir, des formes, des couleurs,
des éclairages, des tissus, de toute cette matérialité de l'art si
extraordinairement pensée. C'est le résultat de ces deux
contraintes que j'ai reconnu comme la chose à faire, l'objet à
désirer. Puis j'ai lu d'autres textes de Brecht, et j'ai découvert
en lui cette éthique à la fois du plaisir et de la vigilance
intellectuelle, de la responsabilité, qui ne passait pas par le
temps mort du pathos, du poisseux, que ce soit le poisseux
humaniste, ou le poisseux spontanéiste.

Et aussi, dans Brecht, le côté rusé et, si l'on peut dire – le
mot a une autre connotation –, le côté chinois.

*Vous ne réduisez pas, comme beaucoup, Brecht à l'écri-
vain de théâtre ?*

Non. C'est un très grand écrivain d'idées. Dans les *Ecrits sur la politique et la société*, il y a justement mille formes d'essais. Pas seulement des dissertations ; des bouts de dialogues, des projets, des prospectus, des notes : tout ce qui fait vivant.

> *Sartre était finalement injuste en disant, dans les années 50, qu'il n'y avait qu'un seul marxiste qui savait lire, Lukács. Il y avait aussi Brecht ?*

Evidemment. Pour Lukács, je ne saurais dire, je ne le connais pas très bien, et il ne m'attire pas beaucoup. Finalement, les critères ne sont pas systématiques. Il y a, si je puis dire, une esthétique de l'intellect et je l'assume.

GIDE

> *Vous parlez, dans* R.B. par lui-même, *de Gide comme de votre « Ursuppe », votre soupe littéraire originelle.*

On ne parle plus assez de Gide. Or Gide a été important pour moi quand j'étais jeune. Ce qui a sans doute occulté d'autres choses : ainsi, je n'ai pas eu de contacts littéraires avec le surréalisme, alors que j'en ai eu de nombreux avec Gide. Et j'ai toujours gardé une grande sympathie pour Gide. Il y a au moins un grand livre, et un grand livre moderne de Gide : *Paludes* qui, sans aucun doute, devrait être réévalué par la modernité. Et le *Journal*, que j'ai toujours beaucoup aimé, en liaison avec les thèmes qui me préoccupent : celui de l'authenticité qui se déjoue elle-même, de l'authenticité retorse, qui n'est plus l'authenticité. La thématique du *Journal* est très proche de celle des fragments du *R.B. par lui-même.*

LA CRITIQUE

> *Pour resituer un peu les choses : vous aviez écrit une*
> *série de préfaces aux pièces de Racine, que vous aviez*
> *réunies en volume, avec une introduction, dans* Sur
> Racine. *Alors, un professeur de Sorbonne, auteur lui-*
> *même d'une thèse sur Racine, a écrit contre quelques-uns,*
> *et particulièrement contre vous, un pamphlet intitulé* Nou-
> velle Critique ou Nouvelle Imposture, *paru chez Pauvert.*
> *A quoi vous avez répondu par un texte intitulé* Critique
> et Vérité. *Outre le fait que Picard avait écrit une grosse*
> *thèse historique sur Racine que peu de gens avaient lue,*
> *alors que tout le monde avait lu votre livre, quel était*
> *l'enjeu véritable de cette polémique ?*

C'est un souvenir très ancien. Pour parler objectivement et, si
je puis dire, historiquement, même si le mot d'« histoire » est
bien grand pour cette petite chose, l'enjeu, à mon avis, était
d'abord strictement universitaire. Sans doute, par mes préfaces
sur Racine, s'introduisait dans les dissertations des étudiants
de Sorbonne un vocabulaire – car c'est essentiellement une
question de terminologie – dont le professeur, à la fin, a eu
assez. Il y a eu sans doute, de la part du professeur, un sentiment d'intolérance qui s'explique très bien : le sentiment
excédé qu'on a, quand on voit un langage revenir sans cesse,
massivement, sur le devant de la scène.
   Je pense que le pamphlet de ce professeur, qui était d'ailleurs
talentueux, a eu pour origine cette espèce d'intolérance personnelle, née de voir revenir sans cesse dans les dissertations
sur Racine un vocabulaire qui n'était pas – et c'est là où l'enjeu
universitaire se double d'un enjeu idéologique, il faut bien le
dire – le vocabulaire de la critique habituelle des grandes
œuvres du passé. Car cette critique habituelle continuait à être
ou bien une critique positiviste d'histoire littéraire, des sources,
des influences, ou bien une critique esthétique – et c'est le cas
de ce professeur qui, dans les préfaces au théâtre de Racine
qu'il a faites pour la Pléiade, s'essayait à une critique esthétique, d'inspiration presque valéryenne ; ou alors, une critique
qui ne retenait qu'une psychologie complètement dépassée

aujourd'hui, puisqu'elle ne tient pas compte de la psychanalyse.

Dans ce duel un peu factice, il y avait la lutte traditionnelle de l'ancien et du nouveau. Le nouveau, d'ailleurs modeste, c'était que je maniais, à propos de textes aussi classiques que les pièces de Racine, un langage qui n'était pas celui de la critique psychologique ou esthétisante, ni celui de la critique des sources.

> *Mais la critique psychanalytique n'était-elle pas déjà entrée dans les mœurs universitaires avec des gens comme Charles Mauron ?*

C'est exact. Mais dans le *Sur Racine*, il y avait deux langages, deux épistémologies, pour employer de grands mots ; d'une part le langage psychanalytique, ou tout au moins sa vulgate, d'autre part une tentative de structuration. Le langage structural commençait à passer dans la critique, et j'avais analysé les personnages de Racine non pas en termes psychologiques, mais selon leur position dans une structure : relation d'autorité, ou de sujétion, etc. Il y avait donc ces deux éléments qui, aux yeux d'un professeur de Sorbonne, étaient indûment à la mode : un langage psychanalytique et un langage structuraliste.

La psychanalyse pouvait entrer à l'Université par le biais de gens comme Mauron parce que la psychanalyse de Mauron est ancienne, orthodoxe par rapport aux premières tentatives de critique littéraire psychanalytique ; elle fonde l'œuvre par rapport à la jeune enfance de l'auteur. Si l'on retenait dans le champ du travail critique la biographie de l'auteur, sa petite enfance, la Sorbonne ne faisait plus aucune objection.

En revanche, la critique structurale (celle de Goldmann, par exemple, bien que très éloignée de moi) était traitée de façon hostile et méprisante. Et je me demande si ce n'est pas l'aspect structuraliste ou préstructuraliste du *Sur Racine* qui a choqué l'Université davantage que son aspect psychanalytique.

> *Tout cela est en effet un peu ancien. On voit mal aujourd'hui ce genre d'objection.*

Oui. Cependant, et cela dépasse la personne de Picard tout autant que la mienne, le professeur de Sorbonne est une figure. Qui peut toujours revenir, même sous une autre forme.

LE JAPON

> *Vous dites que, de tous vos livres, c'est* L'Empire des signes, *le livre sur le Japon paru dans la collection de Skira « Les sentiers de la création », qui est « le plus heureusement écrit ».*

Je me suis permis de dire cela. Pourquoi ? Pourquoi est-ce qu'on ne dirait pas soi-même ce qu'on pense de ses propres livres ? D'autant que les liens affectifs, très subtils, que l'on entretient avec les livres qu'on a faits ne recouvrent pas forcément la distribution que font les critiques, les gens qui vous entourent. Ainsi, je n'ai pas de liens très étroits, personnels, corporels, avec un livre bien connu comme *Le Degré zéro de l'écriture*, ou même les *Mythologies*. Alors que j'ai un lien profond avec un livre dont on a moins parlé, le *Michelet par lui-même*.

Pour *L'Empire des signes*, il me semblait avoir eu un plaisir sans mélange, sans angoisse, sans intervention de l'*imago*, quand j'écrivais ce livre. Et je l'ai dit, dans ce fragment, d'une note discrète dont je ne dépasserai pas ici la discrétion : à savoir que ce bonheur était en rapport avec le bonheur de la sexualité, une sexualité heureuse que j'ai trouvée plus au Japon qu'ailleurs. Et je crois que j'ai raison de mettre les deux choses en rapport.

> *Il me semble que vous êtes un peu asiatique, qu'il y a une affinité entre le mode de vie du Japon et vous.*

Je suis très attiré par cela. On retrouve une fois de plus ici Brecht au carrefour, puisque Brecht a été l'un des premiers Occidentaux à s'intéresser au théâtre chinois, à une époque où la Chine n'était absolument pas à la mode.

L'Empire des signes est l'un des rares livres (l'autre étant l'essai sur Fourier) où vous parliez de nourriture, où il y a non pas une théorie, mais une description extrême-ment sensuelle des plats.

C'est exact. Le Japon m'a beaucoup libéré sur le plan de l'écriture en me fournissant des occasions de sujets très quo-tidiens qui soient, contrairement à ceux des *Mythologies*, des sujets heureux. Parce que, précisément, au Japon, la quotidien-neté est esthétisée. C'est tout au moins comme cela que je l'ai perçue et c'est cela qui m'a séduit. L'art de vivre est un thème très important pour moi, auquel je voudrais d'ailleurs revenir un jour, je ne sais sous quelle forme. Et il se place dans une esthétique globalement asiatique de la distance, de la discré-tion, d'un certain vide, et en même temps d'une sensualité fine : le principe de délicatesse énoncé par Sade, si vous vou-lez.

En même temps, le Japon frénétique, hyperindustrialisé n'apparaît pas du tout dans votre livre.

Bien sûr, mais je n'ai pas prétendu donner une photographie du Japon.

Vous avez très bien censuré, pour vous-même, cet aspect.

C'est le début du décrochage qui s'est accentué dans *Plaisir du texte*.

En l'occurrence, c'était aussi le plaisir du lieu.

J'ai toujours vécu très bien au cours des séjours que j'ai faits au Japon ; j'y ai eu à chaque fois, si je puis dire, une vie d'ethnologue, mais sans la mauvaise foi de l'ethnologue occi-dental qui va surveiller les attitudes étrangères. J'ai même eu là-bas des comportements contraires à mon caractère, des éner-gies que je n'aurais pas ici : des vagabondages, la nuit, dans une ville immense, la plus grande du monde, complètement inconnue, dont j'ignorais tout à fait la langue. Et je me suis toujours senti d'une aisance totale. A quatre heures du matin, dans des quartiers absolument perdus, j'étais toujours très heureux. Alors que si j'allais, ici, à la même heure à Bagnolet, j'irais sans doute, mais je n'aurais certainement pas la même fascination.

Pour les choses qui m'intéressaient au Japon – c'est pour ça que je parle d'ethnologue –, j'étais absolument à l'affût de toutes les informations que je pouvais recevoir, et je les honorais toutes. Si on me parlait d'un endroit qui pouvait me faire envie, même de façon vague, je ne lâchais pas avant de l'avoir trouvé. C'est l'attitude de l'ethnologue : l'exploration tirée par le désir.

> *D'ailleurs, vous dites que vous êtes ethnologue dans* Racine, *dans Sade ou dans Proust.*

Je dis dans ce fragment, en deux mots, pourquoi l'ethnologie c'est bien. Non pas l'ethnologie des peuples primitifs, pour laquelle il n'y a plus de terrain, et qui est éteinte, mais l'ethnologie de la modernité, ou de la grande ville, ou l'ethnologie de la France, inaugurée par Michelet. Et Proust, Sade, Racine, ce sont des peuplades, des sociétés.

LA DRAGUE

> *J'aimerais que vous définissiez ce mot sublime, qui revient plusieurs fois dans* R.B. *par lui-même,* la drague.

En en parlant, j'arriverai peut-être à le définir. C'est un thème important pour moi. La drague, c'est le voyage du désir. C'est le corps qui est en état d'alerte, de recherche par rapport à son propre désir. Et puis, la drague implique une temporalité qui met l'accent sur la rencontre, sur la « première fois ». Comme si la première rencontre possédait un privilège inouï : celui d'être retirée hors de toute répétition. Un thème maléfique pour moi, c'est la répétition, le ressassement, le stéréotype, le naturel comme répétition. La drague, c'est l'antinaturel, l'anti-répétition. L'acte de draguer est un acte qui se répète, mais son contenu est une primeur absolue.

C'est pourquoi la drague est une notion que je peux très bien transporter de l'ordre de la quête érotique, où elle prend son origine, dans la quête des textes, par exemple, ou la quête des traits romanesques. Ce qui s'offre dans la surprise de la « première fois ».

La drague du texte est aussi une drague très sensuelle.

Oui, tout ceci doit être mis en rapport avec la capture des phrases, des citations, des formules, des fragments. Le thème de l'écriture courte, évidemment. Quand j'essaie de produire cette écriture courte, par fragments, je me mets dans la situation d'un auteur que le lecteur va draguer. C'est le bonheur du hasard, mais d'un hasard très voulu, très pensé : épié, en quelque sorte.

LA PERVERSION

Cette phrase de vous : « La perversion, tout simplement, rend heureux. »

Tout simplement.

Outre l'opposition perversion/simplement, qu'est-ce que cela veut dire, « perversion » ?

Dans le fragment auquel vous vous référez, j'ai cité le mot « perversion » après deux allusions, au haschich et à l'homosexualité. C'est dire que « perversion » n'a pas ici une rigueur psychanalytique – pour la psychanalyse, la drogue ne serait pas à proprement parler classable dans les perversions. La perversion, c'est la recherche d'un plaisir qui n'est pas rentabilisé par une finalité sociale ou de l'espèce. C'est, par exemple, le plaisir d'amour qui n'est pas comptabilisé en vue d'une procréation. C'est l'ordre des jouissances qui s'exercent pour rien. Le thème de la dépense.

On peut cependant réintroduire dans la généralité du terme une spécificité psychanalytique. Ainsi, pour la pensée freudienne, l'une des perversions majeures est le fétichisme (thème que l'on retrouve dans le vœu d'une écriture *découpée*). Et dans la mesure où, psychanalytiquement, la perversion est décrochée de la névrose, la pensée freudienne met l'accent sur le fait que le pervers est, en somme, quelqu'un d'heureux.

Ce que j'ai fait depuis le livre sur le Japon jusqu'à certains fragments de *R.B. par lui-même* est sous le signe d'une sorte d'écriture perverse.

La perversion, c'est le principe de plaisir.

La perversion, par le relais du fétichisme, implique un rapport particulier avec la Mère ; un autre thème pointe alors, qui m'intéresse actuellement beaucoup, celui de l'*imaginaire*. D'ailleurs, le *R.B.*, c'est un peu la charnière entre une pensée du fétichisme et une pensée de l'imaginaire. Et c'est pour ça qu'on peut penser que *R.B. par lui-même* est un livre finalement plus chaste que *Plaisir du texte* : dans la mesure où ce qui y occupe la première place, ce n'est pas le problème de la jouissance, mais celui de l'image, de l'imaginaire.

Ce qui m'intéresse actuellement, c'est ce champ de l'imaginaire dont *R.B. par lui-même* est la première mise en scène. Et je commence à l'Ecole des hautes études un séminaire sur le discours amoureux, qui est pour moi encore plus nettement lié à ces problèmes de l'imaginaire.

Le Magazine littéraire, février 1975.
Propos recueillis par Jean-Jacques Brochier.

Littérature/enseignement

Vous avez écrit que vous n'aimez pas l'entretien parlé, enregistré, puis retranscrit : « l'entretien est un article au rabais », tant pour la disjonction « pensée »/« forme » qu'il implique, que pour le nécessaire ressassement qu'il autorise, l'interviewé devant parler après sur ce qu'il a « écrit ».

Nous avons donc choisi la forme du questionnaire *en espérant que vos réponses contribueront à combler l'intervalle entre le lieu d'où nous vous posons les questions (la pratique pédagogique) et le vôtre (à définir ?). Ce faisant, nous souhaitons solliciter votre « imaginaire » sur un sujet encore peu travaillé/imaginé même s'il se trouve recouvert par des discours multiples : l'enseignement de la littérature.*

1° Peut-on enseigner la « littérature » ? Si l'on définit provisoirement la fonction enseignante comme la transmission d'un savoir constitué, on peut se demander :
– si ce savoir existe, en tant que constitué ;
– s'il existe, de quel type il est ;
– si, existant, il présente une utilité pour les enseignés, laquelle ?

2° Le plaisir du texte. Quel peut être le plaisir du texte dans une relation où interviennent l'enseignant et son savoir (?), l'enseigné et son savoir (?), face à un texte comme objet d'un travail ?

3° La relation enseignante. Plaisir/savoir/lire : compte tenu de ce triple enjeu, comment envisagez-vous la relation enseignante, concrètement, dans l'école d'aujourd'hui ?

4° L'écriture/la lecture. Vous avez écrit qu'il y avait aujourd'hui « un divorce entre le lecteur et le scripteur ». Qu'entendez-vous par là ? Comment, dans une pratique pédagogique, articuler l'apprentissage de la lecture et l'apprentissage de l'écriture ?

5° Vous avez parlé de « l'édification (collective) d'une théorie libératrice du signifiant » (S/Z). Pourriez-vous expliciter ce projet ?

*6° Littérature/école/société. Vous avez écrit qu'il fallait « faire du lecteur un écrivain » et que « pour cela il faut une transformation sociale » (*Tel Quel, n° 47)*. Quel rôle spécifique peut tenir l'école, et plus précisément la classe de français, dans le processus de transformation sociale ?*

Avant de répondre à vos questions, je voudrais poser deux préalables qui sont en fait deux champs de réflexion et qui doivent vous concerner.

Certes, ces préalables peuvent apparaître comme des précautions oratoires, mais ils auront l'avantage de signaler d'éventuels blocages, donc peut-être de constituer des éléments importants de notre collaboration.

Tout d'abord, quelques remarques personnelles : je suis très loin, c'est un fait, de la pratique scolaire. J'ai été jeune professeur de lettres durant la guerre, dans un lycée où j'enseignais le français et le latin. L'éloignement dans le temps (1939-1940) fait que j'ai peu de souvenirs ; et même si j'en avais, les conditions d'enseignement et l'environnement institutionnel ont très certainement changé.

Par la suite, j'ai développé une écriture théorique ou, plutôt, parathéorique, car cette écriture ne se situe pas par rapport à la théorie comme pourrait le faire une réflexion philosophique. Simultanément, j'ai développé une activité d'« écrivain », personnage qu'il faut définir non pas comme un individu sacré, mais comme quelqu'un qui éprouve quelque jouissance à écrire et à reconduire ce plaisir.

Ces deux raisons font qu'il y a un hiatus, une béance, entre la pratique du professeur de secondaire que chacun de vous est et la pratique de l'intellectuel écrivain que je suis.

Il ne faut pas essayer de masquer ce hiatus par des propositions creuses qui, venant du théorique, s'adresseraient au pratique et qui resteraient alors toutes rhétoriques. Ce ne serait pas une bonne façon de répondre. Au contraire, il faut assumer ce hiatus parce qu'il importe de se rendre compte que, d'une part, le théorique est, d'une certaine façon, inhabitable dans notre société actuelle (on ne peut y être à l'aise), alors qu'il pouvait être habitable pour un philosophe du XIXᵉ – et il ne faut pas gommer ce caractère inhabitable –, et que, d'autre part, corollairement, quant à l'écrivain, il faut assumer le fait que sa pratique est une pratique « pour rien ». L'écrivain est, du moins en grande partie, infonctionnel, ce qui le pousse à développer une utopie de la dépense pure, de la dépense « pour rien ». L'écrivain ne se soutient dans la société actuelle que comme un pervers qui vit sa pratique comme une utopie, il a tendance à projeter sa perversion, son « pour rien », en utopie sociale.

Je ne pourrai donc aborder les problèmes concrets, opératoires, de votre métier ; je serai donc, comme vous, dans l'indirect, et notre rencontre sera celle de deux inhabitables. Je crois en effet qu'il ne faut pas céder trop vite au mythe selon lequel la théorie vient renflouer la pratique, qui, à son tour, redresse la théorie. Cette dialectique, vraie dans le politique, ne saurait être aussi simple dans l'espace du langage.

Vous me demanderez sans doute quelle peut être alors ma fonction, pour autant que j'en aie une. Je dirai qu'elle est d'asserter inlassablement que le langage n'est pas seulement une communication, qu'il n'est pas une communication *droite*.

Mon second préalable est le suivant : on se préoccupe le plus souvent des contenus dans l'enseignement de la langue et de la littérature. Mais la tâche ne porte pas seulement sur les contenus ; elle porte aussi sur la relation, sur la cohabitation entre des corps ; cohabitation dirigée, et en grande partie faussée, par l'espace institutionnel. Le vrai problème est de savoir comment l'on peut mettre dans le contenu, dans la temporalité d'une classe dite de lettres, des valeurs ou des désirs qui ne sont pas prévus par l'institution, quand ils ne sont pas refoulés par elle. En fait, comment mettre de l'*affect* et du *délicat,* au sens où Sade l'entend ? Ceci, aujourd'hui, est laissé au mode d'être du professeur dans sa classe et n'est pas pris en charge par l'institution.

Quand on parle du monde des enseignés, on met toujours l'accent sur le caractère répressif de l'école. Mais la contestation pure et simple du répressif reste superficielle. Il me semble que, face à une classe, ma grande angoisse serait de savoir ce qui est désiré. Il ne s'agirait pas de vouloir libérer les désirs, ni même de les connaître (ce serait d'ailleurs une tâche immense), mais de poser la question : « Est-ce qu'il y a du désir ? »

Aujourd'hui, en France, quand je regarde autour de moi, j'ai l'impression que le vrai problème n'est pas tant celui de la répression que celui de la carence des pulsions de jouissance : ce qu'on appelle, en psychanalyse, l'*aphanisis*, la carence de désir. Ce serait en fait logique, car il y a une aliénation plus profonde que la contrainte : la castration. La France est un monde où il y a un langage de la contestation, mais il n'est pas sûr qu'il recouvre des pulsions de jouissance. C'est l'aliénation la plus profonde qui puisse être : en mythologie, au-dessous de l'esclave, il y a l'eunuque, le castrat.

Je conclurai ce second préalable sur l'expérience que j'ai d'un espace totalement anomique, celui de mon séminaire, où les gens viennent en désirant. Les thèses de troisième cycle, pour les neuf dixièmes des étudiants, sont des alibis de fantasmes. Il s'agit toujours, au fond, d'un désir d'écriture. C'est parce que j'ai écrit que les gens viennent. Bien sûr, la motivation sémiologique ou méthodologique n'est pas à négliger, mais elle est surdéterminée.

Première question : peut-on enseigner la littérature ?

A cette question que je reçois de plein fouet, je répondrai aussi de plein fouet en disant qu'*il ne faut enseigner que cela*.

On peut appeler « littérature » un corpus de textes sacralisés mais aussi classés par un métalangage (l'« histoire de la littérature »), c'est-à-dire un corpus de textes passés s'étendant du XVIe au XXe siècle (avec cette restriction et la maldonne qui fait que la « littérature » n'est que la « bonne littérature » : les autres textes étant considérés comme indignes ou dangereux, Sade, Lautréamont...).

Cette littérature est jusqu'au XXe siècle une *mathésis* : un champ complet du savoir. Elle met en scène, à travers des textes très divers, tous les savoirs du monde à un moment donné. Il est bien évident que ce n'est pas un savoir scientifique, bien qu'il soit articulé sur les codes scientifiques des différentes époques. Il serait très intéressant de faire émerger le savoir investi, par exemple, dans Balzac. On peut, à ce propos, reprocher au structuralisme, d'autant qu'il en avait les moyens, de ne pas s'être suffisamment intéressé aux codes du savoir. La « littérature » est, certes, un code narratif, métaphorique, mais aussi un lieu où se trouve engagé, par exemple, un immense savoir politique. C'est pourquoi j'affirme paradoxalement qu'il ne faut enseigner que la littérature, car on pourrait y approcher tous les savoirs.

Il faut répondre aussi à un préjugé très dangereux, idéologique, qui consiste à croire que la littérature *ment* et que le savoir serait partagé entre des disciplines qui disent la vérité et d'autres qui mentent et qui sont alors considérées comme des disciplines de la fiction, de l'agrément et de la vanité. La « littérature » ne dit pas la vérité, mais la vérité n'est pas seulement là où ça ne ment pas (il y a d'autres lieux pour la vérité, ne serait-ce que l'inconscient) : le contraire de mentir n'est pas, forcément, dire la vérité. Il faut déplacer la question : l'important n'est pas d'élaborer, de diffuser un savoir sur la littérature (dans les « histoires de la littérature »), c'est de manifester la littérature comme une médiatrice de savoir. Il est plus utile de voir comment le savoir s'investit dans l'œuvre que d'apprendre que Racine a été précédé d'une théorie du naturel, du vraisemblable.

A l'heure actuelle, les choses changent. La « littérature », le texte, ne peuvent plus coïncider avec cette fonction de *mathésis*, et ceci pour trois raisons :

1° Le monde est planétaire, aujourd'hui. C'est un monde profus, ce que l'on sait du monde, on le sait tout de suite, mais on est bombardé d'informations parcellaires, dirigées. La connaissance du monde n'étant plus filtrée, ce monde aurait beaucoup de mal à entrer dans une *mathésis littéraire*.

2° Le monde est trop surprenant, son pouvoir de surprise est si excessif qu'il échappe aux codes du savoir populaire. Ainsi Brecht faisait remarquer très justement qu'aucune littérature ne pouvait prendre en charge ce qui s'était passé dans les camps nazis d'Auschwitz et de Buchenwald. L'excès, la surprise rendent impossible l'expression littéraire. La littérature, comme *mathésis*, était la clôture d'un savoir homogène.

3° Il est banal de dire que le savoir a un rapport avec la science, mais, aujourd'hui, la science est plurielle : il n'y a pas une science mais des sciences et le vieux rêve du XIXᵉ s'est effondré. En effet, les frontières entre les sciences sont impossibles à maintenir. De plus, s'il y a encore des sciences-pilotes, tout *leadership* est précaire. Le *leadership* de la linguistique, qui dure depuis vingt ans environ, est en train d'être remplacé par le *leadership* de la biologie et ainsi de suite.

Le fait que la littérature ne peut plus être une *mathésis* est visible dans l'absence de roman réaliste, alors que les conditions politiques de la société n'ont pas fondamentalement changé. Au XIXe siècle, les romans réalistes rendent compte de la division des classes ; au XXe, cette division existe toujours et, pourtant, même les romans réalistes socialistes, du moins en France, ont disparu. Les textes essaient alors de constituer une *sémiosis*, c'est-à-dire une mise en scène de *signifiance*. Le texte d'avant-garde (Lautréamont, Mallarmé, Joyce...) met en scène le savoir des signes.

Pendant des siècles, la littérature a été à la fois une *mathésis* et une *mimésis,* avec son métalangage corrélatif : le reflet. Aujourd'hui, le texte est une *sémiosis,* c'est-à-dire une mise en scène du symbolique, non pas du contenu, mais des détours, des retours, bref des jouissances du symbolique. Il est probable que la société résiste à la *sémiosis,* à un monde qui serait accepté comme un monde de signes, c'est-à-dire sans rien derrière.

> *Tout texte n'est-il pas une* sémiosis *au sens où vous l'entendez, c'est-à-dire pratique sur les significations produisant des effets de sens ?*

Oui, bien entendu ; il y a du texte dans l'œuvre classique, on peut même dire qu'il y a de l'écriture dans le style. Dans l'état actuel des choses, d'ailleurs, l'écriture commence par le style. Dans cette optique, on peut dire que la littérature est un champ de textes, un corpus, à valoriser comme corps. Il est possible de pulvériser ce corpus, même classique, de le jouer, de le rendre ludique, de le considérer comme une fiction des fictions, d'en faire l'espace où l'on peut se mettre à désirer.

> *N'est-il pas tactiquement important de défendre l'enseignement comme un lieu de diffusion d'un savoir qui s'adosse aux différentes pratiques théoriques ?*

Oui, il faut affirmer, en face d'un non-savoir, un savoir du texte : le « savoir du symbolique », à définir comme le savoir psychanalytique ou, mieux, comme la science du *déplacement*, au sens freudien du terme. Il est évident que le « savoir du symbolique » ne peut être positiviste, puisqu'il est lui-même pris dans l'énonciation de ce savoir. C'est le problème des sciences humaines qui n'ont pu faire leur conversion vers l'énonciation. Ainsi, à Genève, un étudiant ayant fait un exposé sur le symbolique à propos d'un passage de *Bouvard et Pécuchet* s'est contenté de faire du « symbolisme sauvage », de l'association d'idées. Certes, cet exposé était spontané, mais banal, le propre du spontané étant d'être mauvais, banal. A l'époque, il m'était difficile de le contrer directement. J'aurais dû lui expliquer qu'il y a des avenues du symbolique qu'il faut connaître. Quand on ouvre la littérature au champ du symbolique, on accepte de renier les valeurs anciennes (le « goût »...), et on n'est pas à même de postuler de nouvelles valeurs, non répressives : c'est donc très compliqué, mais c'est ce dans quoi l'on est.

> *Seconde et troisième question : le plaisir du texte, la relation enseignante.*

Peut-on faire d'un travail un plaisir ? Il faudrait analyser ce mot, car, ce qui empêche le plaisir, ce n'est pas tant le travail que ses entours. Autrement dit, je suis pessimiste, il me paraît presque impossible d'introduire le plaisir dans la classe, car, si on lui conserve des impératifs de travail, la jonction plaisir/travail ne peut se faire qu'au terme d'une élaboration très patiente.

A priori, il faudrait donner aux enfants la possibilité de créer des objets complets (ce que le devoir ne peut être), dans une temporalité longue. Il faudrait presque imaginer que chaque élève va faire un livre et qu'il se pose toutes les tâches nécessaires à sa réalisation. Il serait bon de s'attarder à l'idée d'objet-maquette, ou de production dans un temps où le produit n'est pas encore réifié. En tous les cas, il s'agit de contourner le *donné* de l'exercice (devoir-rédaction) et de proposer à l'élève une possibilité réelle d'agencement des parties de l'objet à créer. L'élève doit redevenir, je ne dis pas un individu, mais un sujet qui gère son désir, sa production, sa création.

Sur le plan institutionnel, cela supposerait bien sûr qu'il n'y ait pas de savoir national (un programme).

> *Les exercices scolaires ont en effet un rôle important dans la passivité créatrice des élèves. Dans le premier cycle, le désir d'écrire est autorisé (rédaction) mais se heurte aux normes morales et esthétiques du correcteur qui ne tolérera pas, par exemple, qu'un élève raconte une scène d'enterrement sur le mode humoristique. Dans le second cycle, l'écriture n'est plus permise, seul domine un discours critique réducteur sous la forme de dissertations, d'explications de texte. Le problème, comme vous le soulignez ailleurs, n'est-il pas de « faire du lecteur un écrivain », ce qui nécessite toute une « éducation », d'autres exercices, etc. ?*

Vous avez raison et je reviendrai sur ce problème. Pour en rester au plaisir de la fabrication, on peut se demander pourquoi créer implique un certain travail. Pour ma part, il en est ainsi, car je dois me poser, à la différence de l'avant-garde, le problème des *effets*. La pensée des effets implique à la fois l'idée de travail mais aussi le désir de séduire, de communiquer, d'être aimé. Une pédagogie des effets est donc possible : on sensibilisera les élèves sur la production et la réception des effets.

Quatrième question. L'écriture et la lecture.

C'est une banalité que de dire qu'il y a plus de gens qui lisent que de gens qui écrivent. Mais ce phénomène n'est pas normal, naturel : il est historiquement déterminé. On connaît des sociétés à zones privilégiées où il y avait une grande adéquation numérique entre les auteurs et leur public. Ainsi la musique classique, jusqu'au XIXᵉ siècle, était écoutée avant tout par ceux qui en jouaient. Aujourd'hui, ce n'est plus le cas. C'est pourquoi j'accorde tant d'importance au rôle de l'« amateur », qui doit revaloriser la fonction productive que les circuits commerciaux ont réifiée. Le lecteur se trouve coupé de toute relation avec le monde de la production. Englué dans un monde où il se projette, il ne projette pas son faire (son corps), mais sa psychologie. Il projette, lui qui ne peut pas écrire, son imaginaire (zone narcissique de la psyché) très loin de son corps musculaire, charnel, le corps de jouissance. Il est entraîné dans le leurre de l'imaginaire.

Est-il alors encore possible d'apprendre à lire ? Oui, à condition de distinguer la fonction des codes institutionnels. Tout d'abord, il faut maintenir en les déplaçant les acquis de l'école laïque, libérale : l'exercice de l'*esprit critique*, le décryptage des codes, en s'aidant des études sémiologiques.

> *Il faut, en effet, considérer la lecture comme apprentissage critique des codes, la détection, derrière le naturel, de l'organisé, à tous les niveaux du lire (romans, bandes dessinées, films...), instaurer ce que vous appelez un nouveau « régime de lisibilité ».*

Oui, il faut être attentif à démystifier les apparences, à débusquer le signifié transcendantal, idéaliste. Il doit y avoir une pensée éthique de la sémiologie, qui dirait comment la sémiologie peut rendre plus efficace l'esprit critique. La psychanalyse, quant à elle, peut apprendre à lire, *là où cela n'était pas attendu*. On lit en remarquant ce qu'il n'était pas attendu de remarquer. La psychanalyse apprend à lire *ailleurs*.

> *« L'édification (collective) d'une théorie libératrice du signifiant. »*

La « théorie libératrice du signifiant » doit aider à libérer le texte – tous les textes – des théologies du signifié transcendantal. Je parlerai aujourd'hui plutôt de « signifiance » que de « signifiant » : le texte renvoie d'un signifiant à un autre signifiant sans jamais se refermer.

Littérature/école/société.

Quel est le rôle spécifique de l'école ? C'est de développer l'esprit critique dont j'ai parlé plus haut. Mais il s'agit de savoir aussi si l'on doit enseigner quelque chose de l'ordre du doute ou de la vérité. Et comment échapper à cette alternative ? Il faut enseigner le doute lié à la jouissance, et non pas le scepticisme. Mieux que le doute, il faudrait chercher du côté de Nietzsche, là où il parle d'« ébranler la vérité ». La visée ultime reste de faire frissonner la différence, le pluriel au sens nietzschéen, sans jamais faire sombrer le pluriel dans un simple libéralisme, bien que cela soit préférable au dogmatisme. Il faut poser les rapports du sens au « naturel » et ébranler ce « naturel », assené aux classes sociales par le pouvoir et par la culture de masse. Je dirai que la tâche de l'école est d'empêcher que, s'il y a ce processus de libération, cette libération passe par un retour du signifié. Il ne faut jamais considérer que les contraintes politiques soient un purgatoire où l'on doit tout accepter. Au contraire, il faut mettre en avant, toujours, la revendication du signifiant pour empêcher le retour du refoulé. Il ne s'agit pas de faire de l'école un espace de prêchage du dogmatisme mais d'empêcher les contrecoups, le retour de la monologie, du sens imposé.

Pratiques, n° 5, février 1975.
Propos recueillis par André Petitjean.

Les surréalistes ont manqué le corps

Les textes surréalistes sont-ils pour vous « textes de plaisir » ou « textes de jouissance » ? Y a-t-il un Kamasutra *de l'écriture surréaliste ?*

Le plaisir et/ou la jouissance textuels ne sont pas des attributs attachés objectivement à tel ou tel type de texte ; on ne peut établir un palmarès sûr des textes de plaisir ou de jouissance : ces affects ne font pas acception d'école. Rien n'empêche le texte surréaliste d'être un texte de plaisir ou de jouissance, mais aussi rien ne l'y oblige.

Il semble que les surréalistes se soient peu préoccupés de « déconstruire » la langue. Mais alors, pourquoi ?

Je suppose que, si les « surréalistes » (mais ne faudrait-il pas d'abord « déconstruire » ce générique ?) n'ont pas ou ont peu déconstruit la langue, c'est parce qu'au fond ils avaient une idée normative du corps – et pour tout dire, de la sexualité. Le « corset » imposé à la syntaxe (son drapé énorme, dans le cas de Breton) et la contrainte sexuelle, c'est la même chose. Le « rêve » qu'ils concevaient n'était pas accès au corps fou (sauf dans le cas d'Artaud : mais je suppose que celui-là, vous le mettez à part), mais plutôt à une sorte de vulgate culturelle, à l'« onirisme », c'est-à-dire à un lâcher rhétorique des images. Ils ont, me semble-t-il, *manqué* le corps. C'est pourquoi il reste d'eux *trop* de littérature.

Vous écrivez dans Le Plaisir du texte *: « Le texte a une forme humaine, c'est une figure, une anagramme du corps », plus loin : « Le plaisir du texte, c'est ce moment où mon corps va suivre ses propres idées. » Ne peut-on*

*rapprocher cette figuration du corps de l'écriture auto-
matique ? Et, en ce qui vous concerne, ne proposez-vous
pas une sorte de lecture automatique ?*

Je n'aime pas du tout la notion d'*écriture automatique*. Sans
entrer dans un débat désormais classique de pure histoire littéraire (ont-ils vraiment fait de l'écriture automatique ?),
l'automatisme, à supposer qu'on garde provisoirement cette
notion vague, ne ramène nullement du « spontané », du « sauvage », du « pur », du « profond », du « subversif », mais au
contraire du « très codé » : le mécanique ne peut faire parler
que l'Autre, et l'Autre est toujours *conforme*. Si nous imagi-
nons que la fée *Automatisme* touche de sa baguette le sujet
parlant ou écrivant, les crapauds et les vipères qui jailliront de
sa bouche seront tout simplement des stéréotypes. L'idée
d'écriture automatique implique une vue idéaliste de l'homme,
divisé en sujet profond et sujet parlant. Le texte, lui, ne peut
être qu'une tresse, menée d'une façon extrêmement retorse,
entre le symbolique et l'imaginaire. On ne peut écrire – c'est
du moins ma conviction – sans imaginaire. Il en est de même,
bien entendu, pour la lecture.

*Estimez-vous que Breton et les surréalistes ont vraiment
rempli le contrat formulé par Breton : « Se reporter d'un
bond à la naissance du signifiant » ?*

Le signifiant n'a pas de « source ». C'est toujours cette idée
d'origine, de profondeur, de primitivité, et pour tout dire de
nature, qui me gêne dans le discours surréaliste.

Je lis, toujours dans Plaisir du texte *: « L'important, c'est
d'égaliser le champ du plaisir, d'abolir la fausse opposition de la vie pratique et de la vie contemplative. »
Abolir les oppositions, on entend Breton. Seriez-vous,
dans cette recherche de « l'atopie de la jouissance », un
surréaliste ?*

C'est peut-être, à mes yeux, ce qu'il y a de mieux chez les
surréalistes : concevoir que l'écriture ne s'arrêtait pas à l'écrit,
mais pouvait transmigrer dans des conduites, des actes, des
pratiques, en bref dans le privé, le quotidien, l'*agi* : il y a des

écritures de vie, et nous pouvons faire de certains moments de notre vie de véritables textes, dont seuls ceux qui nous entourent (nos amis) peuvent avoir la lecture. Il est probable que c'est cette idée – pressentie – qui donne à l'*amitié* des surréalistes une importance quasi textuelle (alors qu'on ne lit ordinairement leur groupement que comme un fait de terrorisme) : le groupe surréaliste a été lui-même un espace textuel. Ce qui néanmoins me fait problème, c'est que la textualité vécue (en quoi s'abolit l'opposition du livre et de la vie, de la pratique et de la spéculation) a eu chez eux, pour ce qu'on en sait, une allure *littéraire* : le surréalisme agi était toujours un *geste*, non une *fiction*.

> *Vous parlez de l'« écriture à haute voix ». Vous citez Artaud, Sollers. Mais les* Champs magnétiques*, Desnos ?*

Mais oui, pourquoi pas ? Lorsqu'on aborde la généralité de la littérature, on oublie toujours quelqu'un. Ignorance ? Désinvolture ? Ou plutôt impossibilité, en matière de littérature, de remplir le contrat de la science : la parfaite et complète adéquation de la règle et de l'exemple, de la langue et de la parole ? Dans mon oubli, il y a sans doute anguille sous roche : la différence infinie.

Le Quotidien de Paris, mai 1975.
Propos recueillis par Daniel Oster.

La crise de la vérité

> Bouvard et Pécuchet, *n'est-ce pas un peu, de la part de Flaubert, la même tentative, mais inversée, que celle du* Livre à venir *de Mallarmé ? Flaubert veut qu'après* Bouvard et Pécuchet *personne n'ose plus écrire, Mallarmé souhaite faire le livre qui contienne tous les livres possibles.*

Les encyclopédies du XVIIIe, du XIXe et même du XXe siècle sont des encyclopédies du savoir, ou des savoirs. Or, au milieu de cette histoire, il y a un moment Flaubert, un moment *Bouvard et Pécuchet,* qui est le moment-farce. L'encyclopédie y est prise comme une dérision, une farce. Mais cette farce s'accompagne, en sous-main, de quelque chose de très sérieux : aux encyclopédies de savoir succède une encyclopédie de langages. Ce que Flaubert enregistre et repère dans *Bouvard et Pécuchet,* ce sont des langages.

Évidemment, dans la mesure où par rapport aux savoirs c'est une farce, et où le problème du langage est dissimulé, le ton, l'*éthos* du livre est très incertain : on ne sait jamais si c'est sérieux ou pas.

> *Flaubert dit d'ailleurs dans une de ses lettres que le lecteur ne saura jamais si on se fiche de lui ou pas.*

C'est d'ailleurs l'avis unanime sur *B et P* : si on choisit de prendre le livre au sérieux, ça ne marche pas. L'option contraire non plus. Tout simplement parce que le langage n'est ni du côté de la vérité ni du côté de l'erreur. Il est des deux côtés à la fois, donc on ne peut pas savoir s'il est sérieux ou non. Ce qui explique que personne n'a pu fixer le Flaubert de *B et P,* livre qui me semble l'essence même de Flaubert. Flaubert y apparaît comme un « énonciateur » à la fois parfaitement net et parfaitement incertain.

N'est-ce pas ce mélange que Flaubert appelle la bêtise ?

Ça a trait à la bêtise, mais il ne faut pas se laisser hypnotiser par ce mot. Je l'ai moi-même été en étudiant la bêtise chez Flaubert, puis je me suis rendu compte que l'important était peut-être ailleurs. Dans *B et P,* mais aussi dans *Madame Bovary,* et encore davantage dans *Salammbô,* Flaubert apparaît comme un homme qui se bourre, littéralement, de langages. Mais de tous ces langages, finalement, aucun ne prévaut, il n'y a pas de langage-maître, pas de langage qui en coiffe un autre. Aussi, je dirai que le livre chéri de Flaubert, ça n'est pas le roman, c'est le dictionnaire. Et ce qui est important dans le titre *Dictionnaire des idées reçues*, ce n'est pas « idées reçues », mais « dictionnaire ». C'est en cela que le thème de la bêtise est un peu un leurre. Le grand livre implicite de Flaubert, c'est le dictionnaire phraséologique, le dictionnaire des phrases, comme on en trouve par exemple dans les articles du Littré.

D'ailleurs, le dictionnaire est lié au thème de la copie, par lequel commence et finit B et P. *Parce que, qu'est-ce qu'un dictionnaire, sinon copier des phrases chez les autres ?*

Assurément. Le thème de la copie est d'ailleurs un grand thème. Il y a eu des dictionnaires de copie fort intéressants, comme le *Dictionnaire critique* de Bayle à la fin du XVIIᵉ siècle. Mais la copie chez Flaubert est un acte vide, purement réflexif. Quand Bouvard et Pécuchet, à la fin du livre, se remettent à copier, il ne reste plus que la pratique gestuelle. Copier n'importe quoi, pourvu qu'on conserve le geste de la main.

C'est un moment historique de la crise de la vérité, qui se manifeste également, par exemple chez Nietzsche, bien qu'il n'y ait aucun rapport entre Nietzsche et Flaubert. C'est le moment où on s'aperçoit que le langage ne présente aucune garantie. Il n'y a aucune instance, aucun garant du langage : c'est la crise de la modernité qui s'ouvre.

Tout ce qui est écrit est « en mal de sens », selon l'excellente expression de Lévi-Strauss. Ce qui ne veut pas dire que la production est simplement insignifiante. Elle est en mal de sens : il n'y a pas de sens, mais il y a comme un rêve du sens. C'est la perte inconditionnelle du langage qui commence. On n'écrit plus pour telle ou telle raison, mais l'acte d'écrire est travaillé par le besoin du sens, ce qu'on appelle aujourd'hui la signifiance. Pas de signification du langage, mais la signifiance.

> *Dans la nouvelle de B. Maurice,* Les Deux Greffiers, *dont Flaubert est parti, comme Bouvard et Pécuchet, à la fin, les deux greffiers recommencent à copier. Mais contrairement à eux, chacun dicte à l'autre ce qu'il copie. Il y aurait là comme une réapparition du langage, sous forme de dictée.*

Cela touche à un second trait, à la fois énigmatique et pour certains répulsif, de *Bouvard et Pécuchet*. Vous savez que c'est un livre que beaucoup de gens, à commencer par Sartre lui-même, n'aiment pas. Je crois que le malaise que beaucoup ressentent, c'est qu'il n'y a pas, dans *Bouvard et Pécuchet*, ce qu'on appelle, dans le jargon linguistique, de plan allocutoire : personne ne s'adresse à personne, et on ne sait jamais d'où part et où va le message. Eux-mêmes, les deux personnages, forment un bloc amoureux, mais ils sont en rapport de miroir : on a d'ailleurs beaucoup de mal à les distinguer. Et en réalité, si l'on regarde le livre de près, on s'aperçoit qu'ils ne s'adressent jamais la parole. Et ce couple, ce bloc amoureux qu'ils forment, on ne peut même pas s'y projeter. Il est lointain, glacé, et ne s'adresse pas au lecteur. Le livre ne s'adresse pas à nous, et c'est précisément ce qui peut gêner quelqu'un comme Sartre, dont j'ai noté cette citation à propos du *Dictionnaire des idées reçues* : « Etrange ouvrage : plus d'un millier d'articles, et qui se sent visé ? Personne, sinon Gustave lui-même. » Je dirai plus : Gustave lui-même n'est même pas visé, il n'est pas un « sujet ». Pour moi, c'est cette perte de l'allocutoire, de l'adresse – intercommunication qui existe dans tout livre écrit, même à la troisième personne – qui est fascinante, parce qu'elle est, en germe, le discours du psychotique.

Le psychotique, quand il parle, ne s'adresse pas et c'est

pourquoi *Bouvard et Pécuchet*, sous un habillage tout à fait traditionnel, est un livre fou, au sens propre du terme. Dans le même ordre d'idées, ce qui frappe dans *Bouvard et Pécuchet,* c'est la perte du don : Bouvard et Pécuchet ne donnent jamais rien. Même les excréments, qui sont aujourd'hui considérés comme la matière même du don, ils les récupèrent pour en faire du fumier : c'est un épisode célèbre du livre. Tout s'échange toujours, tout est prévu, dit comme un échange, mais cet échange rate toujours. C'est un monde sans dépense, sans écho, mat. L'art de Flaubert, dans *Bouvard et Pécuchet,* est un art elliptique, donc en cela classique, mais où l'ellipse ne recouvre jamais aucun sous-entendu. Des ellipses sans reste. Ce qui est impensable pour une conscience classique, humaniste, et même pour une conscience ordinaire aujourd'hui. C'est, littéralement, une œuvre d'avant-garde.

C'est comme si le langage existait et que les hommes n'existent plus.

Oui. Et avec de telles expressions, vous définissez un mouvement très moderne.

Si Flaubert arrive jusqu'à la psychose avec Bouvard et Pécuchet, *toute sa souffrance du style, de la phrase, est, elle, parfaitement névrotique.*

Flaubert, acceptant l'héritage classique, s'est placé dans la perspective d'un travail du style, qui était la règle de l'écrivain depuis Horace et Quintilien : l'écrivain est quelqu'un qui travaille son langage, qui travaille sa forme. Flaubert a poussé ce travail de manière démentielle. On en a mille exemples : quand il raconte qu'il mettait huit heures pour corriger cinq pages, que *Madame Bovary,* c'était toute une semaine pour quatre pages, qu'il avait passé un lundi et un mardi entiers à rechercher deux lignes, etc. Ce travail de la forme ressortit à la catégorie de l'*atroce.* L'atroce représente un sacrifice total, et obstiné, de celui qui écrit : Flaubert s'est enfermé à Croisset à l'âge de vingt-cinq ans. Et cet enfermement est symbolisé, emblématisé par ce meuble indispensable de son cabinet, le lit, où il allait se jeter quand il n'avait pas d'idée : ce qu'il appelait la « marinade ».

Dans ce travail du style, Flaubert portait deux croix particulièrement lourdes : la chasse maniaque aux répétitions de
mots et les transitions. Et l'alibi de ce travail acharné était de
substituer à la poésie comme valeur la prose comme valeur.
C'est Flaubert, le premier, qui a dit que la prose était aussi
compliquée à produire que la poésie.

Tout ce travail se constitue autour d'un objet qui, par Flaubert, devient très singulier : la phrase. La phrase de Flaubert
est un objet très complet : c'est à la fois une unité de style –
donc pas seulement linguistique, mais aussi rhétorique –, c'est
une unité de travail puisqu'il mesure ses journées au nombre
de phrases, et c'est une unité de vie : sa vie se résume dans
des phrases. Flaubert a su élaborer, dans la théorie et dans la
pratique, un concept que Proust a très bien vu et qu'il appelle
la *substance spéciale* de la phrase, substance spéciale que,
Proust le note aussi, Balzac n'a pas. La phrase de Balzac n'est
pas cet objet incroyablement reconnaissable qu'est la phrase
de Flaubert. La preuve pratique de cela, c'est que, parmi les
pastiches de Proust, qui sont de très grandes analyses théoriques sur le style, le pastiche qui éclipse tous les autres, c'est
celui de Flaubert. On pourrait jouer sur l'ambiguïté de
l'expression et dire que Flaubert a passé toute sa vie à « faire
des phrases ». La phrase de Flaubert est un objet parfaitement
identifiable. A un moment, Flaubert dit : « Je vais donc reprendre ma pauvre vie, si plate et tranquille, où les phrases sont
des aventures. » Pourquoi cette phrase de Flaubert a-t-elle eu
un rôle de destin pour sa vie, et pour l'histoire de notre littérature ? C'est parce qu'elle présente, comme sur un piédestal,
la contradiction même de tout le langage. A savoir que la
phrase est structurable (la linguistique, jusqu'à Chomsky, l'a
démontré) et, puisqu'elle a une structure, elle pose un problème de valeur : il y a une bonne et une mauvaise structure,
ce qui explique que Flaubert ait cherché cette bonne structure
de manière obsessionnelle ; et d'autre part elle est infinie. Rien
n'oblige à finir une phrase, elle est infiniment « catalysable »,
on peut toujours lui ajouter quelque chose. Et cela, jusqu'à la
fin de notre vie. Ce que Mallarmé, par exemple, a postulé dans
le *Coup de dé*. Tout le vertige de Flaubert tient dans ces deux
mots d'ordre, contradictoires mais maintenus simultanés :
« travaillons à finir la phrase », et, d'autre part, « ça n'est
jamais fini ».

Flaubert, par le travail du style, est le dernier écrivain classique, mais parce que ce travail est démesuré, vertigineux, névrotique, il gêne les esprits classiques, de Faguet à Sartre. C'est par là qu'il devient le premier écrivain de la modernité : parce qu'il accède à une folie. Une folie qui n'est pas de la représentation, de l'imitation, du réalisme, mais une folie de l'écriture, une folie du langage.

Le Magazine littéraire, janvier 1976.
Propos recueillis par Jean-Jacques Brochier.

Un grand rhétoricien des figures érotiques

Sade entre Fourier et Loyola, Roland Barthes n'hésite pas à l'oser. C'est que les trois ont inventé une langue, que leur œuvre est une combinatoire de signes originaux, pour les passions, pour les figures érotiques, pour la prière. Comme Loyola et Fourier, Sade est un grand écrivain. De plus, il donne à la littérature française ce qui lui manque, la dimension du roman picaresque.

C'est au XXe siècle, me semble-t-il, que Sade a été pour la première fois reconnu comme écrivain. Alors qu'au XIXe il est simplement le diable, présent partout mais caché, et qu'à la fin du XVIIIe siècle on le tient pour un écrivain pornographique comme un autre. Pourquoi, au XXe siècle, cette apparition de Sade sur la scène de l'écriture ?

Il faudrait faire une sorte d'étude mythologique de la fortune de Sade, un peu comme Etiemble a fait autrefois pour Rimbaud : comme il y a une mythologie de Rimbaud, il y a une mythologie de Sade. Sade a commencé à sortir de son purgatoire à la fin du XIXe siècle. Je me souviens d'avoir lu quelques phrases remarquables de Léon Bloy sur Sade, et pourtant leurs idéologies n'étaient rien moins que voisines. Même si rien chez Bloy ne le portait à reconnaître Sade, il était cependant un esprit très intéressant, curieux, dans les deux sens du mot. Puis il y a eu Apollinaire.

On peut penser qu'il y a une lignée mythologique qui partirait de Bloy, qui irait, en déformant beaucoup, jusqu'à Klossowski, qui prend Sade comme une sorte d'écrivain absolu. Et une autre veine mythologique, la plus prolifique surtout ces dernières années, qui considère Sade comme le Transgresseur, celui qui allie le thème de la transgression et le thème de l'écriture, en faisant finalement rejaillir la transgression sur l'écriture.

Cette lignée partirait de Blanchot ?

Oui, et passerait par Bataille, *Tel Quel*, même s'il y a entre eux des nuances énormes. Mais ici nous simplifions. Il faudrait esquisser l'histoire de la littérature que les historiens ne font jamais, une histoire mytho-logique, à travers les images semi-collectives de l'écrivain selon les époques.

Vous avez consacré un essai à Sade, que vous avez uni, dans le même volume, avec Loyola et Fourier. Pourquoi avoir choisi Sade, plutôt par exemple que Restif de La Bretonne ?

Ce qui m'a intéressé dans Sade, ce n'est pas l'aspect transgressif, ce n'est pas l'aspect nietzschéen (« nietzschéen » entre guillemets, parce qu'en fait il y a très peu de rapports entre Sade et Nietzsche), c'est éminemment l'aspect scriptural : un homme qui, par l'écriture, construit des structures romanesques extrêmement bien faites qui sont aussi des structures érotiques : les figures sont à la fois des figures érotiques, des postures, et des figures rhétoriques. Sade est en quelque sorte un grand rhétoricien des figures érotiques.

Quand on parle aujourd'hui de Sade écrivain, il faut bien spécifier que Sade n'est cependant pas encore reconnu de façon générale comme un écrivain : on le reconnaît comme un producteur-transgresseur d'écriture, mais la société refuse encore de le placer dans le panthéon des écrivains. Il ne figure pas, ou presque pas, dans les histoires de la littérature.

Les fameuses réticences : Sade est très ennuyeux, Sade est illisible, etc.

Sade est très ennuyeux, c'est ce que Pompidou avait dit. Evidemment, il y a dans Sade un aspect répétitif. Mais, sans parler des *120 jours de Sodome*, dont le quart seulement a été complètement rédigé, je tiens *Juliette* pour un très grand roman romanesque. C'est le grand roman picaresque que la littérature française n'a jamais produit ; à part Sade et peut-être à part Proust, qu'on peut aussi considérer comme un romancier picaresque, romancier du fragment, du voyage infini, de l'anecdote qui entraîne une autre anecdote. Ce que j'aime dans Sade, c'est ça, ce romanesque qui ne finit jamais, ce monde autarcique dans lequel on est plongé. Au XIXᵉ siècle, on a eu aussi de ces grandes cosmogonies, Balzac ou Wagner par exemple, mais il s'agissait toujours de cosmogonies « bien-pensantes ». Sade produit, lui, une cosmogonie romanesque à la fois très répétée, structurée, et très renouvelée, qui s'installe dans le très grand débat d'une philosophie contestataire.

> *Comment expliquer que Sade ne soit pas encore reconnu comme écrivain ? Est-ce que c'est sa morale qui fait encore scandale ?*

Oui, je crois. Tout simplement. Et pour le reconnaître comme écrivain, il faudrait le faire à deux niveaux : d'une part, comme un bon fabricateur d'histoires, ce que je tiens pour évident, et comme producteur d'une phrase typique. Dans les développements érotiques, la phrase sadienne est d'une beauté, d'une netteté incroyables. Il suffirait de comparer avec des romans dits pornographiques, on verrait que la différence tient dans le style. Et, on pourrait ainsi faire l'expérience de ce qu'est un grand écrivain.

> *La différence, peut-être, c'est que Sade, dans une phrase érotique, emploie les mots qui conviennent, selon la cadence qui convient, avec la tranquillité précise qu'on a quand on écrit :* « La marquise sortit à cinq heures. »

En effet, Sade produit quelque chose de très rare dans la littérature, dans la rhétorique : une écriture parfaitement dénotée. Quand il décrit, dans une phrase, un acte érotique, il n'y a absolument aucune connotation. La phrase est tellement mate qu'aucun symbolisme ne peut intervenir. Il n'y a, par exemple, aucun clin d'œil au lecteur. Si le symbolisme est une fuite, l'érotisme de Sade est parfaitement antisymbolique. La preuve, c'est que, quand le symbolisme a eu besoin d'une matrice originelle pour établir son discours, il a inventé le mot « sadisme ».

> *Il y a aujourd'hui – je pense particulièrement au livre de Philippe Roger,* La Philosophie dans le pressoir *– une lecture qui me semble restrictive de Sade, parce qu'elle réduit Sade à un rhétoricien, en oubliant la fabrication romanesque, l'invention d'histoires.*

Je ne partage pas votre réticence. Je pense qu'il faut du courage, et le sens de ce qui est nécessaire, pour intervenir maintenant dans le champ sadien et abandonner le commentaire ou la lecture « moderniste ». Après Blanchot, Bataille et quelques autres, on ne peut plus, sur leur plan, que se répéter ou répéter. Philippe Roger a rompu avec ce plan, cette tradition. Non pas en la méconnaissant – il est visible qu'il la connaît très bien –, mais il n'en a pas fait, si je puis dire, son « jargon ». D'autre part, son étude a une valeur sociologique, au bon sens du mot, puisqu'il a replacé Sade par rapport à l'humus littéraire et rhétorique de son temps. On voudrait que tous les travaux des historiens de la littérature soient de cette qualité. Et qu'au lieu d'établir des filiations et des écoles, ils rétablissent le climat idéologique littéraire d'une époque, l'apprentissage rhétorique d'un écrivain, sans toutefois méconnaître l'apport des autres traditions.

> *Mais il est dommage de laisser de côté cette extraordinaire faculté qu'a Sade de raconter des histoires.*

Je ne crois pas que c'était là le propos de Philippe Roger. Mais il serait très intéressant en effet qu'un sémiologue étudie minutieusement les structures de la narrativité sadienne.

> *Sans jamais perdre de vue que la machine désirante et la machine racontante sont une seule et même machine.*

… avec, sur le plan de la représentation, ce rythme très singulier entre la scène érotique et la dissertation, qui tirent leur sens l'une de l'autre, et qui alternent perpétuellement comme la trame et la chaîne du tissu narratif. Et il faudrait voir de

près la fonction de ces deux grands morceaux de langage, qui
vont toujours en alternant.

Pourquoi avoir fait côtoyer Sade avec Fourier et Loyola ?

Il y a assurément des motifs de circonstance, mais la justification que j'en ai donnée n'est pas artificielle : tous les trois
ont élaboré une langue, c'est-à-dire un système d'unités, de
figures, et toute leur œuvre est la représentation de ce système.
Celui qui veut inventer une langue est obligé de prendre des
unités sémantiques et d'établir une combinatoire, une syntaxe.
C'est ce qu'ils ont fait.

Loyola a combiné des figures de méditation, qui étaient pour
la plupart des fantasmes plus ou moins mystiques, pour produire la langue de son mysticisme ; car le mysticisme de
Loyola n'est pas, par exemple, celui de saint Jean de la Croix.
Les grands mystiques classiques traversent le langage pour
parvenir au-delà du langage ; le langage est leur ennemi. Au
contraire, tout l'effort de Loyola vise à produire du langage et
des images, à donner du langage aux retraitants. Loyola produit
la langue de la retraite spirituelle.

Quant à Fourier, c'est évident, c'est un combinateur des
passions (il en compte 1 620), et a tiré de ces combinaisons
des unités plus complexes, des séries, des phrases. Le phalanstère est comme un discours.

On trouve également dans Sade la fondation d'une langue.

> *N'y a-t-il pas aussi chez les trois – et c'est peut-être la
> même chose – le même classicisme, le même refus du
> romantisme : le classicisme étant défini comme cette
> construction délibérée d'une langue au-delà de laquelle
> on ne peut pas aller.*

Il serait intéressant de chercher s'il n'y a pas, dans le romantisme considéré au sens large, des œuvres structurales, c'est-
à-dire fabricatrices de langues. A première vue, il ne semble
pas en effet que ce soit la démarche romantique, qui est plus
métaphorique que métonymique, et qui par conséquent ne met
pas l'accent sur la combinaison.

*Et qui surtout pense que toute combinaison est insuffi-
sante pour rendre compte de ce dont elle veut rendre
compte.*

A première vue, il y a une démarche romantique qu'il faudrait
interroger cependant, celle de Wagner, parce qu'il y a dans
l'univers wagnérien l'obsession de cellules, de thèmes.

*Il y a un écrivain qui me semble éminemment classique,
dans la lignée de Sade : c'est Robbe-Grillet.*

Oui, à ceci près que l'univers de Robbe-Grillet, qui est une
combinatoire, se donne explicitement pour un univers de la
perversion, alors que le sadisme n'est pas réductible à quelque perversion érotique que ce soit, il est inclassable dans le
tableau névrotique. Sade bouscule la psychiatrie, bouscule la
psychanalyse : c'est d'ailleurs cela qui définit sa radicalité.

*Pour Sade, comme pour Fourier et pour Loyola, vous avez
employé le mot « fantasme ».*

C'est un mot que j'emploie – peut-être trop – souvent, au sens
où l'ont défini Laplanche et Pontalis dans leur dictionnaire de
psychanalyse. Ce qui en rend l'emploi facile pour les écrivains,
c'est que le fantasme est un scénario, dans lequel le sujet se
met en fonction de son désir. Cette définition, très simple,
convient très bien aux scènes – on passe très facilement du
scénario aux scènes. Les scènes ignaciennes, les scènes fouriéristes et les scènes sadiennes sont effectivement des scéna-
rios dans lesquels le sujet se met en fonction de son désir, en
vue de la satisfaction – bien sûr fantasmée – de son désir.
Sade, Fourier et Loyola, même s'ils sont complètement séparés
par l'idéologie, ont ce trait commun, très fort, d'écrire en
fonction de leur désir. Et de produire des langues selon leur
désir, des langues du désir.

Le Magazine littéraire, juin 1976.
Propos recueillis par Jean-Jacques Brochier.

A quoi sert un intellectuel ?

Père du structuralisme et de la sémiologie littéraires, Roland Barthes vient d'entrer au Collège de France, après Michel Foucault et Pierre Boulez. Avec Le Degré zéro de l'écriture *et* Mythologies, *Roland Barthes s'affirmait dès les années 1950 comme l'un des penseurs les plus originaux de la génération succédant à celle de Sartre et de Camus. Commentateur de Brecht et, surtout, des classiques – Michelet, Sade, Fourier, Balzac ou même Pierre Louÿs –, Barthes a découvert de nouvelles méthodes d'explication littéraire et philosophique qui ont fait école. Longtemps professeur aux Hautes Études, pédagogue dans l'âme mais volontiers secret, il a accepté de se confier à Bernard-Henri Lévy au moment où il allait prononcer la leçon inaugurale de la chaire de sémiologie littéraire qui lui a été attribuée.*

On vous voit peu, Roland Barthes, et on vous entend rarement : hors vos livres, on ne sait à peu près rien de vous...

A supposer que ce soit vrai, c'est parce que je n'aime pas beaucoup les interviews. Je m'y sens coincé entre deux dangers : ou bien énoncer des positions d'une façon impersonnelle et laisser croire alors qu'on se prend pour un « penseur » ; ou bien dire sans cesse « je » et se faire alors accuser d'égotisme.

Vous parlez de vous, pourtant, dans Roland Barthes par lui-même. *Mais, prolixe sur votre enfance et votre adolescence, vous restez étrangement silencieux sur la suite,*

> *le Barthes de la maturité, advenu à l'écriture et à la notoriété...*

C'est que, comme tout le monde, je crois, je me souviens très bien de mon enfance et de ma jeunesse, je sais la dater et j'en connais les repères. Et ensuite, au contraire, il se passe cette chose curieuse : je ne me souviens plus, je ne parviens plus à dater, à me dater. Comme si je n'avais de mémoire que de l'origine, comme si l'adolescence constituait le temps exemplaire, unique, de la mémoire. Oui, c'est cela : passé l'adolescence, je vois ma vie comme un immense présent, impossible à découper, à mettre en perspective.

> *Ce qui veut dire qu'à la lettre vous n'avez pas de « biographie »...*

Je n'ai pas de biographie. Ou, plus exactement, à dater de la première ligne que j'ai écrite, je ne me vois plus, je ne suis plus une image pour moi-même. Je ne parviens plus à m'imaginer, à me fixer en images.

> *D'où l'absence, dans votre* Roland Barthes par lui-même, *de photographies de vous adulte ?*

Non seulement il n'y en a pour ainsi dire pas, mais je n'en possède à peu près pas. Le livre dont vous parlez est d'ailleurs partagé d'une ligne inflexible. Je ne raconte rien de ma jeunesse ; cette jeunesse, je l'ai mise en photographies, car c'est proprement l'âge, le temps de la mémoire, des images. Et pour la suite, au contraire, je ne dis plus rien en images, parce que je n'en ai plus, et tout passe par l'écriture.

> *Cette coupure, c'est aussi celle de la maladie. Elles sont en tout cas contemporaines...*

Il ne faut pas dire « maladie » en ce qui me concerne, il faut dire « tuberculose ». Parce qu'à l'époque, avant la chimiothérapie, la tuberculose était un véritable genre de vie, un mode d'existence, je dirais presque un choix. On pouvait même, à la limite, imaginer une conversion à cette vie, un peu comme Hans Castorp, vous savez, dans *La Montagne magique*, de

Thomas Mann... Un tuberculeux pouvait très sérieusement envisager, et je l'ai fait moi-même, l'idée de toute une vie au sana ou dans une profession parasanatoriale...

Une vie hors du temps ? Soustraite aux aléas du temps ?

Disons au moins un genre de vie qui n'est pas sans rapport avec l'idée monastique. La saveur d'une vie réglée, de strictes contraintes d'horaires, comme dans un monastère. Phénomène troublant qui me poursuit encore aujourd'hui, et sur lequel je compte revenir cette année dans mon cours au Collège.

On parle toujours de la maladie comme de quelque chose qui mutile, entrave ou ampute. Rarement de ce qu'elle apporte, positivement, jusque dans la pratique de l'écriture...

Effectivement. En ce qui me concerne, je n'ai pas eu beaucoup de mal à endurer ces cinq ou six années hors du monde : sans doute avais-je des dispositions caractérielles à « l'intériorité », à l'exercice solitaire de la lecture. Ce qu'elles m'ont apporté ? Une forme de culture, sûrement. L'expérience d'un « vivre ensemble » qui se caractérisait par une excitation intense des amitiés, l'assurance d'avoir ses amis près de soi, tout le temps, de n'en être jamais séparé. Et aussi, beaucoup plus tard, ce sentiment bizarre d'être perpétuellement cinq ou six ans moins âgé que je ne le suis en réalité.

Vous écriviez ?

Je lisais en tout cas énormément, puisque c'est tout de même lors de mon second séjour en sana que j'ai lu Michelet intégralement, par exemple. En revanche, j'écrivais peu. Tout juste deux articles, l'un sur le *Journal* de Gide et l'autre sur *L'Étranger,* de Camus, qui fut le germe du *Degré zéro de l'écriture.*

Vous avez connu Gide ?

Non, je ne l'ai pas connu. Je l'ai aperçu une fois de très loin, à la brasserie « Lutétia » : il mangeait une poire et il lisait un livre. Je ne l'ai donc pas connu ; mais, comme pour beaucoup d'adolescents de l'époque, il y avait mille données qui faisaient que je m'intéressais à lui.

Par exemple ?

Il était protestant. Il faisait du piano. Il parlait du désir. Il écrivait.

Qu'est-ce que cela signifie, pour vous, être protestant ?

Difficile de répondre. Parce que, quand c'est vide de foi, il ne reste plus que l'empreinte, l'image. Et l'image, ce sont les autres qui l'ont. A eux de dire si j'ai « l'air » protestant.

Je veux dire : qu'en avez-vous tiré, là encore, dans votre apprentissage ?

Je pourrais dire à la rigueur, avec la plus grande prudence, qu'une adolescence protestante peut donner un certain goût ou une certaine perversion de l'intériorité, du langage intérieur, celui que le sujet se tient constamment à lui-même. Et puis, être protestant, c'est, ne l'oubliez pas, ne pas avoir la moindre idée de ce qu'est un prêtre ou une formule... Mais il faut laisser cela aux sociologues des mentalités, si le protestantisme français les intéresse encore.

On vous dit surtout « hédoniste ». Est-ce par malentendu ?

L'hédonisme, c'est « mal ». Mal vu. Mal entendu. Incroyable ce que ce mot peut être péjoratif ! Personne, personne au monde, aucune philosophie, aucune doctrine, n'ose l'assumer. C'est un mot « obscène ».

Mais vous, l'assumez-vous ?

Peut-être vaudrait-il mieux trouver un mot nouveau. Parce que, si l'hédonisme est une philosophie, les textes qui la fondent sont exceptionnellement fragiles. Il n'y a pas de textes. A peine une tradition. Alors il est très difficile de se placer là où les textes sont si inconsistants, et la tradition si mince.

Il y a tout de même l'épicurisme.

Oui, mais depuis longtemps censuré...

Vous avez bien une « morale »...

Mettons, une morale de la relation affective. Mais je ne puis rien en dire tellement j'aurais à en dire. Comme dit le proverbe chinois : « Le lieu le plus sombre est toujours sous la lampe. »

Une chose dont vous ne parlez jamais : la sexualité...

Je parle plutôt de sensualité.

A dire vrai, vous parlez parfois de sexualité, mais pour en minimiser l'importance. Cette phrase, par exemple, relevée dans un de vos livres : « Le problème formateur pour moi fut moins le sexe que l'argent »...

Je voulais dire par là que je n'ai jamais vraiment souffert de l'interdit sexuel, bien qu'il pesât, il y a quarante ans, beaucoup plus lourd qu'aujourd'hui. J'avoue franchement qu'il m'arrive de m'étonner de l'indignation de certains contre l'emprise de la normalité. Je ne nie pas cette emprise, bien sûr, mais il y a des interstices.

Par quel miracle y avez-vous échappé ?

Je n'y ai pas échappé. Simplement, il y a toujours eu primauté en moi de l'état amoureux. Et, par conséquent, à la notion de l'« interdit », de ce qui est interdit, s'est toujours substituée celle du « refusé », de ce qui est refusé. Ce qui me faisait souffrir, ce n'était pas d'être interdit mais d'être refusé, ce qui est tout à fait différent.

Restons-en à cette « sensualité ». Vous parlez de littéra-ture, de musique ou d'opéra, d'un mets, d'un voyage ou d'une langue, avec un égal bonheur, comme de plaisirs égaux...

Pas toujours. La musique et l'opéra, par exemple, c'est tout de même très différent. J'aime écouter de la musique et j'en écoute beaucoup. Mais le vrai investissement, pour moi, c'est d'en faire : autrefois de chanter, aujourd'hui de déchiffrer au piano. L'opéra, c'est autre chose. C'est, disons, une fête, une fête de la voix ; j'y suis sensible mais je n'en suis pas fanatique.

> *C'est aussi un « spectacle total ».*

Oui. Mais je dois dire que ce n'est pas ainsi, sous cet angle, que je le consomme personnellement. Il y a sans doute deux types d'amateurs d'opéra : on aime l'opéra ou bien à partir de la musique, ou bien à partir de l'opéra lui-même, et je fais partie des premiers. Il y a deux moments, pour moi, où je le goûte et ces moments sont discontinus : d'une part, la surprise immédiate de la mise en scène qui fait de moi une sorte de voyeur ; d'autre part, le plaisir intériorisé de la musique et de la voix : c'est là, en ce second temps seulement, que je peux fermer les yeux et jouir du plaisir musical.

> *Au fond, vous semblez dire à la fois que l'opéra ce n'est pas la musique et que c'est la musique, pourtant, que vous goûtez à l'opéra ?*

Oui, et c'est même la raison pour laquelle je ne crois pas être un amateur d'opéra... Cet été, par exemple, je suis allé à Bayreuth pour la première fois et j'y ai passé huit jours. C'était passionnant mais, pendant ces huit jours, je me suis ennuyé de musique car il n'y avait aucun autre concert en dehors de l'opéra.

> *Aimez-vous les voyages, indépendamment de tel ou tel attrait singulier ?*

Autrefois beaucoup, à présent un peu moins. Il y a une époque où, quand j'avais quatre jours et quatre sous, je partais. Vers des pays d'élection qui variaient au gré des années. J'ai aimé la Hollande, puis l'Italie, ensuite ce fut le Maroc. Récemment, le Japon...

Au gré aussi, j'imagine, de ce que vous y trouviez...

Sans doute. Mais je n'ai jamais eu une passion pour les monuments, les traces et les témoins culturels, sauf pour la peinture, en Hollande. Quand je voyage, ce qui m'intéresse le plus, ce sont les lambeaux d'art de vivre que je peux saisir au passage. La sensation de plonger dans un monde facile et opaque (pour le touriste, tout est facile). Pas la plongée canaille mais l'immersion voluptueuse dans une langue, par exemple, dont je ne perçois que les sons. C'est une chose qui repose énormément, de ne pas comprendre une langue. Ça élimine toute vulgarité, toute bêtise, toute agression.

Au fond, vous concevez les voyages comme une manière d'ethnographie distraite et inspirée...

C'est un peu ça. Une ville comme Tokyo, par exemple, est à soi seule une prodigieuse matière ethnographique. J'y suis allé avec la passion d'un ethnologue.

Cette attitude, je suppose, se transforme dans les rapports humains ?

Je répondrai clairement : le voyage est aussi pour moi une aventure, une série d'aventures possibles, et d'aventures d'une grande intensité. Il est très évidemment lié à une sorte d'alerte amoureuse.

Il y a un voyage dont vous, vous ne parlez pas, un des plus récents pourtant...

Oui, je sais, la Chine. J'y ai passé trois semaines. D'une façon organisée comme toujours, et selon le schéma classique. Même si nous avons eu des égards un peu particuliers.

Et, au retour, vous n'avez presque rien écrit. Pourquoi ?

J'ai peu écrit mais j'ai tout regardé et écouté avec la plus grande attention et la plus grande intensité. Cela dit, pour

écrire, il faut autre chose, il faut un sel quelconque qui s'ajoute
à l'écoute et au regard, et que je n'ai pas trouvé.

> *La Chine ne manque pourtant pas de « signes » !*

C'est vrai, bien sûr. Mais votre plaisanterie n'est pas inutile :
elle dit bien que les signes ne m'importent que s'ils me séduis-
sent ou m'agacent. Ils ne m'importent jamais en soi, il faut
que j'aie le désir de les lire. Je ne suis pas un herméneute.

> *Et vous ne pouviez du coup rapporter de Pékin qu'un
> article sur le « neutre »...*

De fait, je n'ai trouvé là-bas aucune possibilité d'investissement d'ordre érotique, sensuel ou amoureux. Pour des raisons
contingentes, j'en conviens. Et peut-être structurelles : je pense
notamment au moralisme du régime.

> *Vous parlez de « lambeaux d'art de vivre » : l'art de vivre,
> c'est aussi la façon de se nourrir, la nourriture comme
> fait culturel.*

En tant que fait culturel, la nourriture signifie au moins trois
choses pour moi. D'abord, le prestige ou le goût du modèle
maternel, la nourriture de la mère telle que celle-ci la fait et
la conçoit : ça, c'est la nourriture que j'aime. Deuxièmement,
à partir de là, j'apprécie les excursions, les digressions vers
le nouveau, l'insolite : je ne résiste jamais à l'attrait d'un plat
qu'on me présente comme nouveau. Et puis enfin, troisième-
ment, il y a un aspect auquel je suis particulièrement sensible,
c'est la convivialité, liée à l'acte de se nourrir ensemble, mais
à la condition que cette convivialité soit très réduite : dès
qu'elle s'élargit à l'excès, le repas m'ennuie et je n'aime plus
manger ou, au contraire, je mange beaucoup pour me distraire.

> *Vous ne m'avez pas entièrement répondu tout à l'heure.
> Qu'entendez-vous au juste quand vous écrivez de l'argent
> qu'il fut, plus que le sexe, le problème formateur de votre
> existence ?*

Ceci, simplement, que j'ai eu une enfance et une adolescence pauvres. Qu'il nous arrivait fréquemment de n'avoir pas de quoi manger. Qu'il fallait, par exemple, aller, trois jours durant, acheter un peu de pâté de foie ou quelques pommes de terre dans une épicerie de la rue de Seine. La vie était véritablement rythmée par les dates du terme, où il fallait payer le loyer. Et j'avais le spectacle quotidien de ma mère qui travaillait dur, qui faisait de la reliure, alors qu'elle n'était pas du tout faite pour ça. La pauvreté, à l'époque, avait un contour existentiel qu'elle n'a peut-être plus, en France, au même degré...

> *D'autant que vous apparteniez à une famille bourgeoise, au moins par ses origines.*

Une famille bourgeoise mais appauvrie et tout à fait désargentée. D'où un effet symbolique redoublant la pauvreté réelle. La conscience d'un déclassement matériel, même si l'entour familial avait su préserver un art de vivre. Je me souviens par exemple qu'à chaque rentrée scolaire il y avait de menus drames. Je n'avais pas les costumes qu'il fallait. Pas d'argent au moment des quêtes collectives. Pas de quoi payer les livres de classe. Ce sont des petits phénomènes, voyez-vous, qui marquent durablement, qui vous rendent par la suite dépensier.

> *Est-ce à cela que remonte votre aversion à l'égard de la « petite bourgeoisie », comme vous dites souvent dans vos livres ?*

C'est vrai, j'ai beaucoup employé ce mot ; je le fais moins désormais ; car il arrive qu'on se fatigue de son propre langage. En tout cas, c'est indéniable : il y a dans la petite bourgeoisie une sorte d'élément éthique et/ou esthétique qui me fascine et me déplaît. Mais est-ce bien original ? C'est déjà dans Flaubert. Qui ose assumer d'être un petit bourgeois ? Historiquement et politiquement, la petite bourgeoisie est la clef du siècle. C'est elle la classe qui monte ; en tout cas, c'est elle la classe qui se voit. La bourgeoisie et le prolétariat sont devenus des abstractions : elle, en revanche, elle est partout, on la voit partout, jusque chez les bourgeois et les prolétaires, quand il en reste.

Vous ne croyez plus au prolétariat, à sa mission historique et à tout ce qui en découle politiquement ?

Je dis qu'il y a eu une époque où le prolétariat *se voyait* mais que cette époque est révolue. En France, c'était le temps où il était travaillé par l'anarcho-syndicalisme et la tradition proudhonienne ; mais, aujourd'hui, le marxisme et le syndicalisme régulier ont remplacé cette tradition.

Avez-vous jamais été marxiste ?

« Etre marxiste » : que veut dire le verbe « être » dans cette expression ? Je l'ai dit un jour : je suis « venu » au marxisme assez tardivement, et grâce à un ami cher qui est mort depuis, et qui était trotskiste. De sorte que j'y suis venu sans avoir jamais milité, et par une filière dissidente qui n'avait rien à voir avec ce qu'on appelait déjà le stalinisme. Mettons que j'ai lu Marx, Lénine, Trotski. Pas tout, bien sûr, mais j'en ai lu. Et, depuis un certain temps, je n'en ai pas relu, sauf ici et là un texte de Marx.

Lisez-vous un texte de Marx comme un texte de Michelet, de Sade ou de Flaubert ? Un pur système de signes, générateur de pure jouissance ?

Marx pourrait être lu de cette façon mais ni Lénine ni même Trotski. Pourtant, je ne crois pas qu'on puisse seulement avoir avec Marx le rapport qu'on a avec un écrivain. On ne peut pas s'abstraire des effets politiques, des inscriptions ultérieures par quoi le texte existe concrètement.

C'est un peu la démarche de gens comme Lardreau, Jambet ou Glucksmann...

Je connais Glucksmann, nous avons travaillé ensemble et j'aime ce qu'il fait. Quant à *L'Ange,* je ne l'ai pas lu mais on m'en parle. Vous comprenez : je passe mon temps à me sentir très proche de ces position, et à m'en écarter d'une distance incalculable. Pour des raisons de style je suppose, pas de style d'écriture mais de style général...

Je veux dire que, contrairement à tant d'autres, vous n'avez pas derrière vous d'« itinéraire politique »...

C'est vrai que, dans mon discours écrit, il n'y a pas de discours politique au sens thématique du mot : je ne traite pas de thèmes directement politiques, de « positions » politiques. Et cela parce que je ne parviens pas à être excité par la politique et qu'à l'époque actuelle un discours qui n'est pas excité ne s'entend pas, tout simplement. Il y a un degré décibélique à atteindre, un seuil à franchir pour qu'il soit entendu. Et ce seuil, je ne l'atteins pas.

Vous semblez le regretter.

La politique, ce n'est pas forcément parler, ce peut être aussi écouter. Et il nous manque peut-être une pratique de l'*écoute* politique.

Au fond, s'il fallait vous définir, l'étiquette d'« intellectuel de gauche » collerait pour une fois assez bien.

Ce serait à la gauche de dire si elle me comprend parmi ses intellectuels. Pour moi, je veux bien, à condition d'entendre la gauche non pas comme une idée mais comme une sensibilité obstinée. Dans mon cas : un fonds inaltérable d'anarchisme, au sens le plus étymologique du mot.

Un refus du pouvoir ?

Disons une sensibilité extrême à l'égard de son ubiquité – il est partout – et de son endurance – il est perpétuel. Il ne se fatigue jamais, il tourne, comme un calendrier. Le pouvoir, c'est pluriel. Aussi ai-je le sentiment que ma guerre à moi, ce n'est pas le pouvoir, ce sont les pouvoirs, où qu'ils soient. C'est en cela peut-être que je suis plus « gauchiste » qu'« à gauche » ; ce qui brouille les choses, c'est que, du gauchisme, je n'ai pas le « style ».

Croyez-vous qu'un « style » ou un refus de « style » suffise à fonder une politique ?

Au niveau du sujet, une politique se fonde existentiellement. Par exemple, le pouvoir, ce n'est pas seulement ce qui opprime, ce qui est opprimant, c'est aussi ce qui est oppressant : partout où je suis oppressé, c'est qu'il y a quelque part du pouvoir.

Et aujourd'hui, en 1977, n'êtes-vous pas oppressé ?

Je suis oppressé mais pas tellement indigné. Jusqu'ici, la sensibilité de gauche se déterminait par rapport à des cristallisateurs qui n'étaient pas des programmes mais de grands thèmes : l'anticléricalisme avant 1914, le pacifisme dans l'entre-deux-guerres, la Résistance ensuite, puis encore la guerre d'Algérie... Aujourd'hui, pour la première fois, il n'y a plus rien de tel : il y a Giscard, qui est tout de même un maigre cristallisateur, ou un « Programme commun » dont je vois mal comment, même s'il est bon, il pourrait mobiliser une sensibilité. C'est ce qui est nouveau pour moi dans la situation actuelle : je ne vois plus la pierre de touche.

D'où le fait que vous ayez accepté l'invitation à déjeuner de Giscard ?

Ça, c'est autre chose. Je l'ai fait par curiosité, par goût d'écouter, un peu comme un chasseur de mythes aux aguets. Et un chasseur de mythes, comme vous savez, ça doit aller partout.

Qu'attendiez-vous de ce déjeuner ?

Savoir s'il y avait chez Giscard un autre langage possible que celui de l'homme d'État. Pour cela, évidemment, il fallait pouvoir l'écouter à titre privé. J'ai eu effectivement l'impression de quelqu'un qui savait tenir sur son expérience un discours second, un discours réflexif. L'intéressant, pour moi, c'était de saisir un « décrochage » de langages. Quant au contenu, il s'agissait évidemment d'une philosophie politique articulée sur une tout autre culture que celle d'un intellectuel de gauche.

Le personnage vous a-t-il séduit ?

Oui, dans la mesure où il m'a semblé voir fonctionner un grand bourgeois très réussi.

De quoi avez-vous parlé ?

C'est lui qui a parlé, surtout. Peut-être a-t-il été déçu – ou au contraire heureux – d'avoir à nuancer son image : mais nous l'avons fait parler beaucoup plus que nous n'avons parlé nous-mêmes.

A gauche, on a souvent mal pris ce déjeuner...

Je sais. Il y a, même à gauche, des gens qui remplacent l'ana-lyse difficile par l'indignation facile : c'était *shocking,* incor-rect ; ça ne se fait pas de toucher son ennemi, de manger avec lui ; il faut rester pur. Ça fait partie des « bonnes manières » de la gauche.

N'avez-vous jamais été tenté de reprendre vos Mytholo-gies *d'il y a vingt ans, en élargissant le travail à la gauche, aux nouvelles mythologies de la gauche ?*

Il est évident qu'en vingt ans la situation a changé. Il y a eu Mai 68, qui a libéré, ouvert le langage de la gauche, quitte à lui donner une certaine arrogance. Surtout, dans un pays où 49 % des gens ont voté à gauche, il serait bien étonnant qu'il n'y ait pas eu un glissement, un travestissement de la mytho-logie sociale : les mythes, ça suit le nombre. Alors, pourquoi est-ce que je tarde à la décrire, cette mythologie ? Je ne le ferai jamais si la gauche elle-même ne soutient pas cette entre-prise : *Le Nouvel Observateur,* par exemple...

Une mythologie parmi d'autres : est-il évident pour vous que Giscard soit « l'ennemi » ?

Ceux qu'il représente, les hommes qui sont derrière lui et l'ont poussé là où il est, oui. Mais il y a une dialectique de l'histoire qui fait qu'un jour, peut-être, il sera moins notre ennemi que quelqu'un d'autre...

> *Au fond, si vous avez une politique, c'est, un peu comme la morale provisoire de Descartes, une politique constamment provisoire, minimale, minimaliste...*

La notion de position minimale m'intéresse et me paraît souvent la moins injuste. Pour moi, le minimal en politique, ce qui est absolument intraitable, c'est le problème du fascisme. J'appartiens à une génération qui a su ce que c'était et qui s'en souvient. Là-dessus, mon engagement serait immédiat et total.

> *Cela signifie-t-il qu'en deçà de cette barre, fixée finalement assez haut, les choses sont équivalentes et les choix politiques indifférents ?*

Cette barre n'est pas si haute que ça. D'abord parce que le fascisme inclut beaucoup de choses ; pour fixer les idées, je précise qu'est fasciste à mes yeux tout régime qui, non seulement empêche de dire, mais surtout *oblige* à dire. Ensuite parce que ça, c'est la tentation constante du pouvoir, son naturel, celui qui revient au galop après qu'on l'a chassé. La barre est vite franchie...

> *Un minimaliste politique peut-il encore désirer, vouloir la révolution ?*

C'est curieux : la révolution, c'est pour tout le monde une image plaisante et c'est pourtant une réalité certainement terrible. Remarquez que la révolution pourrait rester une image, et on pourrait désirer cette image, militer pour cette image. Mais ce n'est pas qu'une image, il y a des incarnations de la révolution. Et c'est, voyez-vous, ce qui complique tout de même le problème... Les sociétés où la révolution a triomphé, je les appellerais volontiers des sociétés « décevantes ». Elles sont le lieu d'une déception majeure dont nous sommes nombreux à souffrir. Ces sociétés sont décevantes parce que l'État n'a pas dépéri... Dans mon cas, ce serait démagogique de parler de révolution, mais je parlerais volontiers de subversion. C'est un mot plus clair pour moi que le mot de révolution. Il signifie :

venir par en dessous pour tricher les choses, les dévier, les porter ailleurs qu'au lieu où on les attend.

Le « libéralisme » n'est-il pas aussi une position mini-male qui convient finalement assez bien ?

Il y a deux libéralismes. Un libéralisme qui est presque tou-jours, souterrainement, autoritaire, paternaliste, du côté de la bonne conscience. Et puis un libéralisme plus éthique que politique ; ce pour quoi il faudrait lui trouver un autre nom. Quelque chose comme une suspension profonde du jugement. Un non-racisme intégral appliqué à n'importe quel type d'objet ou de sujet. Un non-racisme intégral qui irait, mettons, dans la direction du zen.

C'est une idée d'intellectuel ?

C'est sûrement une idée d'intellectuel.

Il fut un temps où les intellectuels se prenaient, se pen-saient comme le « sel de la terre »...

Je dirais pour ma part qu'ils sont plutôt le déchet de la société. Le déchet au sens strict, c'est-à-dire ce qui ne sert à rien, à moins qu'on ne le récupère. Il y a des régimes justement où l'on s'efforce de récupérer ces déchets que nous sommes. Mais, fondamentalement, un déchet ne sert à rien. En un cer-tain sens, les intellectuels ne servent à rien.

Qu'entendez-vous par « déchet » ?

Le déchet organique prouve le *trajet* de la matière qui aboutit à lui. Le déchet humain, par exemple, prouve le trajet nutritif. Eh bien, l'intellectuel prouve, lui, un trajet historique dont il est en quelque sorte le déchet. Il cristallise, sous forme de déchet, des pulsions, des envies, des complications, des blo-cages qui appartiennent probablement à toute la société. Les optimistes disent que l'intellectuel est un « témoin ». Je dirais plutôt qu'il n'est qu'une « trace ».

Il est donc, selon vous, totalement inutile.

Inutile mais dangereux : tout régime fort veut le mettre au pas. Son danger est d'ordre symbolique ; on le traite comme une maladie surveillée, un supplément qui gêne mais que l'on garde pour fixer dans un espace contrôlé les fantaisies et les exubérances du langage.

Vous-même, de quel trajet êtes-vous le déchet ?

Disons simplement que je suis sans doute la trace d'un intérêt historique pour le langage ; et aussi la trace de multiples engouements, modes, termes nouveaux.

Vous parlez de mode : est-ce que ça veut dire l'air du temps ? Autrement dit, lisez-vous vos contemporains ?

En fait, d'une manière générale, je lis peu. Ce n'est pas une confidence : ça saute aux yeux dans mes textes. J'ai trois façons de lire, trois sortes de lecture. La première consiste à *regarder* un livre : je reçois un livre, on m'en parle, alors je le regarde ; c'est un type de lecture très important et dont on ne parle jamais. Comme Jules Romains, qui faisait des élucubrations sur la vision paroptique des aveugles, je parlerais volontiers, pour ce premier type de lecture, d'une information para-acoustique, une information floue et peu rigoureuse mais qui fonctionne tout de même. Ma deuxième façon de lire : quand j'ai un travail à faire, un cours, un article, un livre, alors oui, je lis des livres, je lis d'un bout à l'autre, en prenant des notes, mais je ne les lis qu'en fonction de mon travail, ils *vont* dans mon travail. La troisième lecture enfin, c'est celle que je fais le soir, quand je rentre chez moi. Là, je lis généralement des classiques...

Vous ne m'avez pas répondu...

Mes « contemporains » ? Je les range presque tous dans la première catégorie : je les « regarde ». Pourquoi ? C'est difficile à dire. Sans doute parce que je crains d'être séduit par une matière trop proche, si proche que je ne pourrais plus la transformer. Je me vois mal transformant du Foucault, du Deleuze ou du Sollers... C'est trop proche. Ça vient dans une langue trop absolument contemporaine.

Il y a des exceptions ?

Quelques-unes. Un livre, ici ou là, qui m'a beaucoup impressionné et qui est passé dans mon travail. Mais, d'une part, c'est toujours un peu par hasard. Et, d'autre part, quand je lis vraiment un livre contemporain, je le lis toujours très tardivement, jamais au moment même où l'on m'en parle. Quand on en parle, ça fait trop de bruit, et je n'ai donc pas envie de lire. J'ai lu le *Nietzsche* de Deleuze, par exemple, ou son *Anti-Œdipe*, mais toujours bien *après* leur sortie.

Et puis, il y a Lacan, auquel vous vous référez tout de même souvent.

Souvent, je ne sais pas. Surtout, en fait, au moment où je travaillais sur *Le Discours amoureux*. Parce que j'avais besoin d'une « psychologie » et que la psychanalyse est seule capable d'en fournir une. Alors, c'est là, sur ce point précis, que j'ai rencontré souvent Lacan.

Le lacanisme ou le « texte » lacanien ?

Les deux. Le texte lacanien m'intéresse comme tel. C'est un texte qui mobilise.

A cause des jeux de mots ?

Justement non. C'est à quoi je suis le moins sensible. Je vois bien à quoi ça correspond, mais là je perds l'écoute. Le reste, en revanche, j'aime souvent beaucoup. Lacan, c'est, au fond, pour reprendre la typologie nietzschéenne, une alliance assez rare du « prêtre » et de l'« artiste ».

Y a-t-il un rapport entre le thème de l'imaginaire, central dans votre œuvre, et l'imaginaire lacanien ?

Oui, c'est la même chose mais sans doute je déforme le thème parce que je l'isole. J'ai l'impression que l'imaginaire, c'est un peu le parent pauvre de la psychanalyse. Coincé entre le réel et le symbolique, on dirait qu'il est déprécié, au moins par la *vulgate* psychanalytique. Mon prochain livre se présente au contraire comme une affirmation de l'imaginaire.

Et vous, vous lisez-vous ? Je veux dire : vous relisez-vous ?

Jamais. J'ai trop peur. Soit de trouver ça bien et de me dire que je ne le referai plus. Soit, au contraire, mauvais, et de regretter de l'avoir fait.

Savez-vous en revanche qui vous lit ? Pour qui écrivez-vous ?

Je crois qu'on sait toujours à qui, pour qui l'on parle. Il y a toujours, dans le cas de la parole, une somme d'allocuteurs définie, même si elle est hétérogène. Alors que ce qui fait l'absolue singularité de l'écriture, c'est qu'elle est vraiment le degré zéro de l'allocution. La place existe mais elle est vide. On ne sait jamais qui va remplir cette place, pour qui l'on est en train d'écrire.

Avez-vous parfois le sentiment d'écrire pour la postérité ?

Franchement non. Je ne peux pas m'imaginer que mon œuvre ou mes œuvres seront lues après ma mort. A la lettre, je ne l'*imagine* pas.

Vous dites « œuvre ». Avez-vous conscience d'écrire une « œuvre » ?

Non. J'ai d'ailleurs spontanément corrigé « œuvre » au singulier par « œuvres » au pluriel : je n'ai pas conscience d'une œuvre. J'écris au coup par coup. Par un mélange d'obsessions, de continuités et de détours tactiques.

Y a-t-il des « œuvres » qui se soient constituées autrement ?

Peut-être pas. Je ne sais pas.

Ce qui est sûr, en tout cas, c'est que, comme Valéry, vous écrivez souvent « à la commande ».

Souvent oui ; mais, à vrai dire, de moins en moins. Quand c'est une commande d'*écriture*, ça fonctionne assez bien, qu'il s'agisse de préfacer un livre, de présenter un peintre, d'écrire un article... Bref, tout objet fonctionne assez bien si c'est mon écriture qu'on me demande. Quand il s'agit en revanche d'une commande de dissertation, de traiter un sujet, par exemple, ça ne va plus du tout. Et, quand je me laisse aller à accepter, j'en deviens très malheureux...

D'où le caractère terriblement fragmenté de ce que vous écrivez...

C'est comme une pente. Je vais de plus en plus vers le fragment. J'en aime du reste la saveur et je crois à son importance théorique. Au point, d'ailleurs, que je finis par avoir du mal à écrire des textes suivis.

Même fragmenté et soumis à la contingence des commandes, votre travail est tout de même parcouru, unifié par quelques grands thèmes...

Il y a des thèmes. L'imaginaire, par exemple. L'indirect. La *doxa*. Le thème aussi de l'anti-hystérie, même s'il a évolué récemment. Mais je dis bien que ce sont des thèmes.

Voulez-vous dire que ce ne sont pas des « concepts », au sens des philosophes ?

Non. Ce sont des concepts. Mais des concepts-métaphores, qui fonctionnent comme métaphores. Si le mot de Nietzsche est juste, si les concepts ont, comme il le dit, une origine métaphorique, alors c'est à cette origine que je me replace. Et mes concepts, du coup, n'ont pas toute la rigueur que leur donnent d'habitude les philosophes.

Ce qui frappe le plus dans vos livres, c'est moins

> *l'absence de rigueur que le caractère sauvage de vos*
> *importations conceptuelles.*

Vous dites « sauvage ». C'est juste. J'observe une espèce de
loi pirate qui reconnaît mal la propriété des origines. Pas du
tout d'ailleurs par esprit de contestation. Mais par immédiateté
du désir, par avidité, en quelque sorte. C'est par avidité que
je m'empare quelquefois des thèmes et des mots des autres.
Au reste, moi-même je ne proteste jamais quand on me
« prend » quelque chose.

> *De sorte que l'unité, elle est moins dans les thèmes que*
> *du côté d'opérations du type de celle dont vous parlez ?*

Exactement. Plutôt des mouvements et des opérations que des
thèmes ou des concepts. Par exemple, le « glissement ». Le
glissement des images. Le glissement du sens des mots. Ou
encore le recours à l'étymologie. Ou encore la déformation,
l'anamorphose des concepts. Toute une série de recours, de
procédés dont j'aurais peut-être dû, dans le *Roland Barthes
par lui-même*, tenter de faire la nomenclature.

> *A quoi visent ces procédés ? Et visent-ils même un effet*
> *quelconque, indépendamment de leur pur exercice ?*

Je cherche une écriture qui ne paralyse pas l'autre. Et en même
temps qui ne soit pas familière. C'est là toute la difficulté : je
voudrais arriver à une écriture qui ne soit pas paralysante et
qui ne soit pas pour autant une écriture « copine ».

> *Autrefois, vous disiez que vous cherchiez des « grilles »*
> *par quoi appréhender, approprier le réel...*

Je ne crois pas que j'aie parlé d'une grille. En tout cas, si j'ai
une grille, ce ne peut être que la littérature. Une grille que
j'emporte avec moi un peu partout. Mais je crois que des effets
de soulèvement du réel, comme dit un ami à moi, sont possibles sans « grille » ! Si je dis ça, c'est parce que c'est tout le
problème de la sémiologie : elle a d'abord été une grille et j'ai
moi-même essayé d'en faire une grille. Mais, quand elle l'est

devenue, elle n'a plus rien soulevé du tout. Et j'ai été obligé d'aller ailleurs, sans la renier, bien entendu.

> *Les gens qui ne vous aiment pas parlent, à propos de vos livres, d'une superstition, d'une sacralisation de l'écriture...*

La sacralisation, je ne suis pas contre. Lacan vient de dire que les vrais athées sont très rares. Il y a toujours du sacré quelque part... Alors mettons que pour moi ce soit tombé sur l'écriture. J'insiste : c'est très difficile de ne rien sacraliser. Je ne connais que Sollers pour y parvenir. Et encore ce n'est pas sûr. Il a peut-être son secret, comme Saint-Fond dans Sade. En tout cas, en ce qui me concerne, je sacralise sûrement. Je sacralise une jouissance, une jouissance d'écrire.

> *Le langage, cela dit, c'est aussi le langage parlé. Le langage théâtral par exemple...*

J'ai des rapports compliqués avec le théâtre. Comme énergie métaphorique, il conserve encore aujourd'hui une extrême importance pour moi : je vois le théâtre partout, dans l'écriture, dans les images, etc. Mais, quant à aller au théâtre, aller voir du théâtre, ça ne m'intéresse plus guère, je n'y vais presque plus. Disons que je reste sensible à la théâtralisation, et que celle-ci est une opération, au sens que je disais tout à l'heure.

> *Que vous retrouvez dans le cas de la parole pédagogique.*

Le rapport enseignant-enseigné, c'est autre chose encore. C'est un rapport contractuel qui est un rapport de désir. Un rapport de désir réciproque qui implique la possibilité de la déception et donc de la réalisation. Je pourrais dire de façon provocante : un contrat de prostitution.

> *Vous entrez cette année au Collège de France. Pensez-vous que cela changera quelque chose à la nature de ce lien pédagogique ?*

Je ne crois pas. J'espère que non. De toute façon, j'ai toujours eu, dans le cadre de mes séminaires, un rapport « idyllique »

à l'enseignement. Je ne me suis jamais adressé qu'à des sujets
qui me choisissent, qui viennent là pour m'écouter, et à qui je
ne suis pas imposé. Conditions privilégiées qui sont aussi, par
définition, celles d'un cours au Collège.

> *A cette réserve près que le séminaire suppose le dialogue*
> *et le cours le soliloque...*

Cela n'a pas forcément l'importance qu'on croit. Il y a un
fâcheux préjugé qui veut que, dans un rapport pédagogique,
tout soit dans celui qui parle, et rien dans celui qui écoute.
Alors qu'il passe, qu'il se passe à mon avis autant de choses
ici que là. Il ne faut pas censurer l'écoute, au nom de la parole.
Écouter peut être une jouissance active.

> *Autrement dit, pas de rapport de pouvoir nécessaire et*
> *obligé ?*

Il y a la question, bien sûr, du pouvoir intérieur au discours,
à tout discours, dont je parle dans ma leçon inaugurale. Pour
le reste, je ne crois pas qu'il y ait urgence à supprimer le
principe du cours au profit de faux dialogues qui tournent
souvent en psychodrames. Et on peut fort bien penser le soliloque comme une sorte de théâtre, à la limite frauduleux, flou
et incertain, où se mène un jeu subtil entre la parole et l'écoute.
Le soliloque n'est pas forcément magistral : il peut être
« amoureux ».

Le Nouvel Observateur, 10 janvier 1977.
Propos recueillis par Bernard-Henry Lévy.

« Fragments d'un discours amoureux »

Ces jours-ci paraît un nouveau livre de Roland Barthes,
Fragments d'un discours amoureux *aux Éditions du Seuil (collection « Tel Quel »).*
Roland Barthes a bien voulu répondre à nos questions.
*Comment situe-t-il son travail aujourd'hui ? Quelle place a-t-il
le sentiment d'occuper dans le débat actuel des idées ? Pourquoi, aujourd'hui, un livre sur le discours amoureux ? Quel
rôle joue l'élément autobiographique ? Quel lien y a-t-il entre
écriture et éthique ?*

> *Roland Barthes, il me semble que depuis* Le Degré zéro
> de l'écriture, *depuis les* Mythologies, *et de livre en livre,
> vous devenez un auteur de moins en moins localisable.
> Comment, si vous jetez un coup d'œil rétrospectif sur
> votre travail passé, vous situez-vous dans l'histoire de la
> pensée de ces dernières années ? Et aujourd'hui, quelle
> place dans le débat d'idées en cours avez-vous le senti-
> ment d'occuper ?*

Il y a précisément dans ces fragments du discours amoureux,
d'un discours amoureux, une figure qui porte un nom grec,
l'adjectif que l'on appliquait à Socrate. On disait que Socrate
était *atopos*, c'est-à-dire « sans lieu », inclassable. C'est un
adjectif que je rapporte plutôt à l'objet aimé, si bien qu'en tant
que sujet amoureux simulé dans le livre je ne saurais pas me
reconnaître comme *atopos* mais au contraire comme quelqu'un
de très banal, dont le dossier est très connu. Sans prendre parti
sur le fait que je suis inclassable, je dois reconnaître que j'ai
toujours travaillé par à-coups, par phases, et qu'il y a une sorte

de moteur, que j'ai un peu expliqué dans le *R.B.*, qui est le paradoxe. Quand un ensemble de positions paraissent se réifier, constituer une situation sociale un peu précise, alors effectivement, de moi-même et sans y penser, j'ai envie d'aller ailleurs. Et c'est en cela que je pourrais me reconnaître comme un intellectuel ; la fonction de l'intellectuel étant d'aller toujours ailleurs quand « ça prend ». Quant à la seconde partie de votre question, comment je me situe maintenant, je me situe non pas du tout comme quelqu'un qui essaye de parvenir à l'originalité mais comme quelqu'un qui essaye toujours de donner une voix à une certaine marginalité. Ce qui est un peu compliqué à expliquer, c'est que chez moi cette revendication de marginalité ne se fait jamais d'une façon glorieuse. Ça essaye de se faire doucement. C'est une marginalité qui conserve des aspects assez courtois, assez tendres – pourquoi pas ? – et on ne peut pas lui donner d'étiquette bien définie dans le mouvement actuel des idées.

> *Il y a souvent chez vous, et de manière explicite, une double revendication apparemment contradictoire. D'une part, vous manifestez votre intérêt pour la modernité (introduction de Brecht en France, le Nouveau Roman, Tel Quel...), d'autre part vous aimez à rappeler vos goûts littéraires traditionnels. Quelle est la cohérence profonde de ces choix ?*

Je ne sais pas s'il y a une cohérence profonde, mais c'est vraiment le vif du sujet. Les choses n'ont pas été aussi claires en moi que vous les dites maintenant, et pendant longtemps je me suis senti déchiré d'une façon presque inavouable entre certains de mes goûts, ou de ce que j'appellerais – parce que j'aime bien définir les choses en termes de conduite plutôt que de goût – mes lectures du soir (ce que je lis le soir) et qui sont toujours des livres classiques, et mon travail de la journée où, effectivement, sans aucune espèce d'hypocrisie, je me sentais extrêmement solidaire sur le plan théorique et critique de certains travaux de la modernité. Cette contradiction demeurait un peu clandestine et ce n'est qu'à partir du *Plaisir du texte* que j'ai revendiqué le droit à me reconnaître et à faire reconnaître au lecteur certains goûts pour la littérature passée. Alors, comme toujours quand on se reconnaît le droit à dire un goût, la théorie n'est pas loin. Et j'essaye plus ou moins de faire la théorie de ce goût du passé. Je me sers de deux arguments : premièrement d'une métaphore. L'histoire marche en spirale, selon l'image de Vico, des choses anciennes reviennent, mais évidemment elles ne reviennent pas à la même place ; par conséquent, il y a des goûts, des valeurs, des conduites, des « écritures » du passé qui peuvent revenir mais à une place très moderne. Le second argument est lié à mon travail sur le sujet amoureux. Ce sujet se développe principalement dans un registre que, depuis Lacan, on appelle l'imaginaire – et je me reconnais, moi, comme sujet de l'imaginaire : j'ai un rapport vivant à la littérature passée, parce que, justement, cette littérature me fournit des images, me fournit un bon rapport à l'image. Par exemple, le récit, le roman, est une dimension de l'imaginaire qui existait dans la littérature « lisible » ; en reconnaissant mon attachement à cette littérature, je revendique en faveur du sujet imaginaire dans la mesure où ce sujet est en quelque sorte déshérité, écrasé par ces deux grandes structures psychiques qui ont principalement retenu l'attention de la modernité, à savoir la névrose et la psychose. Le sujet imaginaire est un parent pauvre de ces structures-là parce qu'il n'est jamais ni tout à fait psychotique, ni tout à fait névrosé. Vous voyez que je peux me donner l'alibi, en militant discrètement pour ce sujet de l'imaginaire, d'un travail finalement assez avancé, quelque chose comme une forme de l'avant-garde de demain, avec un peu d'humour bien sûr...

> *N'est-ce pas aussi lorsque la modernité se transforme en discours hégémonique, en stéréotypes, que vous prenez, à votre façon, vos distances ? N'y a-t-il pas quelque provocation à parler de « l'amour » aujourd'hui, comme il y en avait, hier, en plein structuralisme, à défendre le « plaisir du texte » ?*

Sans doute, mais je ne vis pas cela comme des comportements tactiques. Simplement, j'ai, comme vous l'avez très bien dit, une espèce de difficulté profonde à supporter la stéréotypie, l'élaboration de petits langages collectifs que je connais bien par mon travail dans un milieu donné, le milieu étudiant. J'entends donc très facilement ces langages stéréotypés de la marginalité, la stéréotypie de la non-stéréotypie. Je les entends se former. Au début, cela peut procurer une sorte de plaisir, mais peu à peu cela pèse. Pendant un certain temps, je n'ose pas aller ailleurs et finalement, à cause souvent d'un accident de ma vie personnelle, je prends ce courage de rompre avec ces langages.

L'ARCHÉTYPE DE L'AMOUR-PASSION

Venons-en, si vous le voulez, à ces Fragments d'un discours amoureux. *Pour éviter de possibles méprises de lecture, pouvez-vous expliciter le titre ?*

Il me faut faire, rapidement, l'histoire du projet. J'avais, j'ai toujours, un séminaire à l'École des hautes études et vous savez que nous sommes un certain nombre de chercheurs, d'essayistes, à travailler sur la notion de discours, de discursivité. Notion qui se décroche de celle de langue, de langage. Il s'agit de discursivité au sens très large : la discursivité, la nappe de langage, est un objet d'analyse. Je me suis dit, il y a un peu plus de deux ans, je vais étudier un certain type de discours : celui que je présumais être le discours amoureux, étant entendu qu'il s'agissait dès le départ de sujets amoureux relevant de ce qu'on appelle l'amour-passion, l'amour romantique. J'ai donc décidé de faire un séminaire, qui serait l'analyse objective d'un type de discursivité. J'ai choisi alors un texte tuteur et analysé le discours amoureux dans cette œuvre. Pas l'œuvre elle-même, mais le discours amoureux. Ce fut le *Werther* de Goethe, qui est l'archétype même de l'amour-passion. Mais, pendant les deux ans de ce séminaire, j'ai constaté un double mouvement. D'abord, je me suis aperçu que moi-même je me projetais, au nom de mon expérience passée, de ma vie, dans certaines de ces figures. J'en arrivais même à mêler des figures qui venaient de ma vie aux figures de *Werther*.

Deuxième constatation : les auditeurs du séminaire se projetaient eux-mêmes très fortement dans ce qui était dit. Dans ces conditions, je me suis dit que l'honnêteté, à partir du moment où je passais du séminaire au livre, était non pas d'écrire un traité sur le discours amoureux, car cela aurait été une sorte de mensonge (je ne prétendais plus à une généralité de type scientifique), mais au contraire d'écrire moi-même le discours d'un sujet amoureux. Il y a eu un renversement. Bien sûr, l'influence de Nietzsche, même si je le déforme beaucoup, a alors été sensible. En particulier, tout ce que Nietzsche apprend sur la nécessité de « dramatiser », d'adopter une méthode de « dramatisation » qui avait pour moi l'avantage épistémologique de me décrocher du métalangage. Depuis *Le Plaisir du texte,* je ne peux plus supporter la « dissertation » sur un sujet. J'ai donc fabriqué, simulé un discours qui est le discours d'un sujet amoureux. Le titre est très explicite et il est volontairement construit : ce n'est pas un livre sur *le* discours amoureux, c'est le discours *d'un* sujet amoureux. Ce sujet amoureux, ce n'est pas forcément moi. Je le dis franchement, il y a des éléments qui viennent de moi, il y en a qui viennent du *Werther* de Goethe ou de lectures culturelles que j'ai eues, du côté des mystiques, de la psychanalyse, de Nietzsche... Il y a aussi des confidences, des conversations qui viennent d'amis. Ceux-ci sont très présents dans ce livre. Le résultat est donc le discours d'un sujet qui dit *je,* qui est donc individué au niveau de l'énonciation ; mais c'est tout de même un discours composé, simulé, ou, si vous voulez, un discours « monté » (résultat d'un montage).

Néanmoins, qui dit « je » dans ces Fragments *?*

A vous je pourrai répondre, et vous comprendrez, celui qui dit « je » dans le livre est le *je* de l'écriture. C'est vraiment tout ce qu'on peut en dire. Naturellement, sur ce point-là, on peut m'entraîner à dire qu'il s'agit de moi. Je fais alors une réponse de Normand : c'est moi et ce n'est pas moi. Ce n'est pas plus moi, si vous me permettez la comparaison qui est peut-être d'infatuation, que Stendhal mettant en scène un personnage. C'est en cela que c'est un texte assez romanesque. D'ailleurs, le rapport entre l'auteur et le personnage qui est mis en scène est de type romanesque.

En effet, certains « fragments » sont de véritables débuts de récits. Une histoire commence à naître et elle est immédiatement interrompue. Je me suis souvent demandé

> *devant ces amorces très réussies, très « écrites », mais*
> *pourquoi ne poursuit-il pas ? Pourquoi pas un vrai*
> *roman ? Une vraie autobiographie ?*

Cela viendra peut-être. Je flirte depuis longtemps avec cette idée-là. Mais dans le cas de ce livre, si l'histoire ne prend jamais, c'est en fonction, je dirai, d'une doctrine. La vision que j'ai du discours amoureux est une vision essentiellement fragmentée, discontinue, papillonnante. Ce sont des épisodes de langage qui tournent dans la tête du sujet énamoré, passionné, et ces épisodes s'interrompent brusquement à cause de telle circonstance, telle jalousie, tel rendez-vous manqué, telle attente insupportable, qui interviennent, et à ce moment-là ces espèces de bouts de monologues sont cassés et on passe à une autre figure. J'ai respecté le discontinu radical de cette tourmente de langage qui déferle dans la tête amoureuse. C'est pourquoi j'ai découpé l'ensemble en fragments et mis ceux-ci dans un ordre alphabétique. Je ne voulais à aucun prix que ça ressemble à une histoire d'amour. Ma conviction est que l'histoire d'amour bien construite, avec un début et une fin, une crise au milieu, est la façon que la société offre au sujet amoureux de se réconcilier en quelque sorte avec le langage du grand Autre, en se construisant à lui-même un récit dans lequel il se met. Je suis persuadé que l'amoureux qui souffre n'a même pas le bénéfice de cette réconciliation et il n'est pas lui, paradoxalement, dans l'histoire d'amour ; il est dans autre chose qui ressemble beaucoup à la folie, ce n'est pas pour rien qu'on parle d'amoureux fous, c'est que l'histoire est impossible du point de vue du sujet amoureux. J'ai donc, à tout instant, essayé de casser la construction de l'histoire. J'avais même pensé un moment mettre au début une figure qui a une valeur de fondation initiale, c'est le coup de foudre, l'énamoration, le ravissement ; j'ai beaucoup hésité et je me suis dit non, même celle-là je ne peux pas jurer que ce soit chronologiquement une première figure parce qu'il se peut très bien que le coup de foudre ne fonctionne finalement que comme une sorte d'après-coup, quelque chose que se raconte le sujet amoureux. C'est donc un livre discontinu qui proteste un peu contre l'histoire d'amour.

ÉCRIRE POUR L'OBJET AIMÉ

Que voulez-vous dire lorsque vous écrivez : « je suis à côté de l'écriture » ?

D'abord une digression : je me suis aperçu qu'il y avait deux types de sujet amoureux. Il y a celui de la littérature française, de Racine à Proust, qui est, disons, le paranoïaque, le jaloux. Il y a un autre qui n'existe pas bien dans la littérature française mais qui a été admirablement mis en scène par le romantisme allemand et notamment dans les lieder de Schubert et Schumann (dont je parle d'ailleurs dans le livre). Celui-là est un type d'amoureux qui n'est pas centré sur la jalousie ; la jalousie n'est pas exclue de cet amour-passion, mais c'est un sentiment amoureux qui est beaucoup plus effusif, qui vise à un comblement. La figure essentielle est alors la Mère. L'une des figures de mon livre concerne précisément l'envie, la tentation, la pulsion que le sujet amoureux a, semble-t-il, souvent, et c'est attesté par les livres, de créer, ou de peindre, ou d'écrire pour l'objet aimé. J'essaie alors d'exprimer le profond pessimisme qu'on peut avoir sur ce plan-là, c'est-à-dire que le discours du sujet amoureux ne peut pas devenir une écriture sans d'énormes abandons et transformations.

Ma pensée profonde sur le sujet amoureux est qu'il est un marginal. D'où la décision, d'une certaine façon, pour moi de publier ce livre en tant que donnant une voix à une marginalité d'autant plus forte aujourd'hui qu'elle n'est même pas dans la mode des marginaux. Un livre sur le discours amoureux est beaucoup plus kitsch qu'un livre sur les drogués, par exemple.

Ne faut-il pas une forme d'audace pour parler de l'amour comme vous le faites, face au discours psychanalytique envahissant ?

Il y a en effet dans mon livre un rapport au discours psychanalytique qui est, je dirai, « intéressant », car ce rapport a évolué au moment même où je faisais le séminaire et le livre. Vous savez très bien que, si on interroge la culture aujourd'hui – c'est aussi un des arguments du livre –, il n'y a aucun grand langage qui prenne en charge le sentiment amoureux. La psychanalyse, parmi ces grands langages, a au moins tenté des descriptions de l'état amoureux, il y en a chez Freud, chez Lacan, chez d'autres analystes. J'ai été obligé de me servir de ces descriptions, elles étaient topiques, elles m'appelaient, tellement elles étaient pertinentes. J'en fais état dans le livre parce que le sujet amoureux que je mets en scène est un sujet qui a une culture d'aujourd'hui, avec, donc, un peu de psychanalyse qu'il s'applique à lui-même, d'une façon sauvage. Mais, au fur et à mesure que se déroulait le discours simulé de l'amoureux, ce discours se développait comme l'affirmation d'une valeur, l'amour comme un ordre de valeurs affirmatives qui tient tête contre toutes les attaques. A ce moment-là, le sujet amoureux ne peut que se séparer du discours analytique dans la mesure où celui-ci parle certes du sentiment amoureux, mais d'une façon finalement toujours dépréciative, invitant le sujet amoureux à réintégrer une certaine normalité, à séparer « être amoureux » de « aimer » et « aimer bien », etc. Il y a une normalité du sentiment amoureux dans la psychanalyse qui est en fait la revendication du couple, du couple marié même... Donc le rapport que j'ai dans ce livre avec la psychanalyse est très ambigu ; c'est un rapport qui, comme toujours, utilise des descriptions, des notions psychanalytiques, mais qui les utilise un peu comme les éléments d'une fiction, qui n'est pas forcément crédible.

L'ÉCRITURE COMME UNE MORALE

> *Jamais je n'ai tant eu l'impression, en vous lisant, que l'écriture, en profondeur, avait partie liée avec l'éthique. Vous avez insisté sur ce point dans votre leçon inaugurale au Collège de France. J'aimerais que vous y reveniez...*

C'est une très belle question. Mais je n'y vois pas clair du tout et je peux simplement vous dire que l'écriture de ce livre, je la ressens comme un peu particulière. Vu le sujet, j'étais requis de protéger ce livre. Pour protéger ce discours qui se tenait au nom du « je », ce qui est tout de même un risque, mon arme

de protection la plus grande a été la langue pure, ou je dirais
même, précisément, la syntaxe. J'ai ressenti à quel point la
syntaxe pouvait protéger celui qui parlait. Elle est une arme à
double tranchant parce qu'elle peut être aussi un instrument
d'oppression – elle l'est très souvent –, mais quand le sujet
est très démuni, très offert, très seul, la syntaxe le protège. Ce
livre est assez syntaxique, c'est-à-dire que c'est une écriture
peu lyrique, assez litotique, assez elliptique, où il n'y a pas de
grandes inventions de mots, de néologismes, mais où il y a
une attention au cerne de la phrase. C'est à ce moment-là que
l'écriture fonctionne en quelque sorte comme une morale qui
aurait plutôt ses modèles du côté de l'agnosticisme, du scepticisme, des morales qui ne sont pas des morales de la foi.

> *Quel est le titre de vos cours au Collège de France ?*

J'ai lancé une série de cours sur le « Vivre ensemble », qui
visait à explorer l'utopie de certains petits groupes. Non pas
des communautés comme nous en avons connu à la suite des
mouvements hippies, mais l'utopie de groupements affectifs
qui vivraient effectivement ensemble mais chacun à son
rythme propre, ce que l'on appelait autrefois, chez les moines
orientaux, l'idiorythmie. J'ai beaucoup centré le cours sur la
notion d'idiorythmie.
   [...]
   Il me semble que maintenant, au niveau des cours, je vais
revenir à des matériaux proprement littéraires, mais je me
donne toujours le droit de digresser et, comme vous l'avez dit
très justement, de faire surgir dans l'écriture un point de fuite
éthique. Finalement, le « vivre ensemble » est un problème
d'éthique.
   Je suis sûr que, si l'année prochaine je m'occupe de forme
littéraire caractérisée, l'éthique va revenir.
   Si j'étais philosophe, et si je voulais écrire un grand traité,
je lui donnerais le nom d'une étude d'analyse littéraire. Sous
couvert d'une analyse littéraire, j'essayerais de libérer une
éthique au sens large du mot.

Art Press, mai 1977.
Propos recueillis par Jacques Henric.

Le plus grand décrypteur de mythes
de ce temps nous parle d'amour

*Roland Barthes n'aime pas qu'on fasse de lui un « gourou »,
comme c'est la mode. Il préfère qu'on le dise sémiologue,
critique, essayiste. Il y a pourtant un « phénomène Barthes »,
qui ne tient pas seulement à l'importance et à la diversité de
son œuvre publiée. C'est aussi que* Le Degré zéro de l'écriture,
Mythologies, Critique et Vérité, Le Plaisir du texte, *ses études
sur Michelet et sur Racine, le* Sade, Fourier, Loyola, *presque
tous ses livres ont eu un sort exceptionnel : ils sont devenus,
en quelques années, des classiques, après avoir fait figure de
pamphlets ou de provocations.*

*A peine élu au Collège de France, Roland Barthes récidive.
Son nouveau scandale ? Le voilà qui parle d'amour. Et en un
temps où c'est la sexualité (voire la pornographie) qui fait
recette, tout le monde se jette sur son livre,* Fragments d'un
discours amoureux. *Roland Barthes, qui a aussi écrit un Système de la mode,* pourrait bien être un de ceux qui aujourd'hui
la font – la mode de demain, évidemment !*

*A Philippe Roger, chercheur et critique, spécialiste du liber-
tinage, qui a publié récemment un* Sade : la Philosophie dans
le pressoir, *nous avons demandé d'interroger, pour les lecteurs
de* Playboy, *Roland Barthes sur l'amour.*

*Démodé, sûrement. Mais, avec des livres comme le sien, s'il
allait revenir, le « joli temps d'aimer » ?*

> *Roland Barthes, vous venez de publier un livre qui
> s'appelle* Fragments d'un discours amoureux. *Quand on
> est professeur au Collège de France, est-ce que cela fait
> bien sérieux ?*

Non, c'est vrai. Si j'avais dit ou écrit : « Le sentiment amoureux », cela aurait fait déjà plus sérieux, parce que ça aurait fait appel à quelque chose d'important dans la psychologie du XIXe siècle. Mais le mot « amour » est manié par tout le monde, il est dans toutes les chansons pour rimer avec « toujours », comme chacun sait. Alors, évidemment, parler de « l'amour », comme ça, ça ne fait pas sérieux.

> *C'est un livre très personnel, mais une référence domine pourtant : le* Werther *de Goethe. Ce roman qui déclencha la fameuse vague des suicides « à la Werther », il date de 1774. Il n'y a donc plus, aujourd'hui, de grands romanciers de l'amour ?*

Il y a, bien sûr, des descriptions de sentiments amoureux, mais il est très rare que le roman contemporain décrive une *passion*. Au moins, je n'en ai pas souvenir.

> *L'amour est-il démodé ?*

Oui, sans aucun doute. L'amour est démodé dans les milieux intellectuels. Du point de vue de « l'intelligentsia », de ce milieu intellectuel qui est le mien, dans lequel je vis, dont je me nourris... et que j'aime, j'ai eu le sentiment de faire un acte d'écriture assez démodé.

> *Mais, en dehors de ce milieu intellectuel ?*

Il y a aussi un sentiment populaire qui s'exprime dans les remarques, les plaisanteries, les gauloiseries. Elles déprécient le sujet amoureux qui est assimilé à un lunaire, à un fou. Mais il faut dire que les énormes dépréciations dont souffre l'amour, ce sont celles qui sont imposées par les « langages théoriques ». Ou bien ils n'en parlent pas du tout, comme le langage politique, le langage marxiste. Ou bien ils en parlent avec finesse, mais d'une façon dépréciative, comme la psychanalyse.

> *Qu'est-ce que c'est que cette « dépréciation » dont souffre aujourd'hui l'amour ?*

L'amour-passion (celui dont j'ai parlé) n'est pas « bien vu » ; on le considère comme une maladie dont il faut guérir ; on ne lui attribue pas, comme autrefois, un pouvoir d'enrichissement.

Cet amoureux « déprécié », qui est-ce, maintenant qu'on ne le reconnaît plus au « costume Werther » ?

Oui, l'habit bleu et le gilet jaune...

Comment faire ? A quoi le reconnaissez-vous ?

Perfidement, je dirai que j'ai écrit le livre pour pouvoir le reconnaître ! Pour recevoir des lettres et des confidences qui me permettent de penser, maintenant, qu'il y a beaucoup plus de sujets amoureux que je ne croyais...

Et s'il ne vous écrit pas ?

Il ne se reconnaît pas extérieurement. Parce que, dans la vie urbaine actuelle, il n'y a plus aucune des poses du pathétique amoureux.

Par ces « poses », vous voulez dire la scène du balcon, par exemple ? « Juliette habite au vingt-cinquième étage, il n'y a plus de Roméo... » C'était dans une anti-chanson d'amour, récemment.

C'est ça. On n'a plus la scène du balcon. Mais on n'a même plus la morphologie des traits de l'amoureux, ses expressions, sa mimique ; alors qu'au XIXe, il y avait des centaines de lithographies, de peintures, de gravures, qui le représentaient. Donc, on ne peut plus reconnaître un amoureux dans la rue. Nous sommes entourés d'êtres dont nous ne pouvons pas savoir s'ils sont amoureux. Car, s'ils le sont, ils se contrôlent énormément.

Face à votre amoureux, il y a « l'objet aimé ». Pourquoi cette expression curieuse d'« objet aimé » ?

D'abord pour une raison de principe : c'est que le sentiment amoureux est un sentiment unisexe, comme les jeans et les coiffeurs, maintenant. C'est très important à mes yeux.

*Pour vous, l'amoureux hétérosexuel et l'amoureux homo-
sexuel aiment de la même façon ?*

Je pense qu'on retrouvera exactement la même *tonalité* chez
l'homme qui aime une femme, la femme qui aime un homme,
l'homme qui aime un homme, et la femme qui aime une
femme. Et donc, j'ai pris soin de marquer le moins possible
la différence des sexes. Malheureusement, la langue française
ne favorise pas ce genre d'exercice. « L'objet aimé » a l'avantage d'être une expression qui ne prend pas parti sur le sexe
de *qui* on aime.

Mais « objet » s'oppose aussi à « sujet » ?

Oui. C'est inévitablement un objet. On ne le vit pas du tout
comme sujet. « Objet » est le mot juste, parce qu'il indique la
dépersonnalisation de l'objet aimé.

*Pour vous, ce n'est pas la « personne » de l'autre qu'on
aime ?*

Je crois que là est la grande énigme du sentiment amoureux.
Car cet objet privé de toute personnalisation devient en même
temps la personne par excellence, qu'on ne peut comparer à
aucune autre. C'est ce que la psychanalyse appelle l'objet
unique.

Serait-il plus juste, alors, de dire qu'on aime une image ?

Assurément. On n'est même jamais amoureux *que* d'une
image. Le coup de foudre, ce que j'appelle le « ravissement »,
se fait par une image.

*A la limite, pour une « vraie » image ? Pour une photo-
graphie de* Playboy *?*

La question se pose. Mais je dirai non, quand même. Car
l'image qui nous ravit, c'est une image vivante, une image en
action.

> *Comme celle de Charlotte coupant des tartines pour ses frères, dans* Werther...

Oui. J'ajouterais, prudemment, que la passion ne connaît pas de limites. Un être peut tomber éperdument amoureux d'une photo. Mais, en général, le mécanisme du coup de foudre ne se déclenche pas sur une image privée de tout contexte : il faut qu'elle soit « en situation ».

> *Voilà votre amoureux « ravi »... C'est ce qu'un sondage de l'an dernier appelait le « grand amour ». Et une majorité impressionnante de Français interrogés disaient « y croire », et qu'il durait toute la vie. Qu'en pense votre amoureux ?*

Il répondrait « oui », bien sûr, à la question du « grand amour ». Mais « toute la vie » ? J'hésite. Cela implique un optimisme qui n'est pas dans le sujet amoureux, tel que je l'ai simulé. Pour lui, l'expression « toute la vie » n'a pas de sens. Il est dans une sorte d'absolu du temps. Il ne monnaye pas le temps tout le long d'une vie à prévoir...

> *Dans la vie amoureuse de ce sujet, parmi les « figures » qu'il décrit, la souffrance tient une grande place. Elle est si présente qu'on a l'impression que l'amoureux ne la fuit guère.*

En effet, la souffrance est assumée par lui comme une sorte de valeur. Mais pas du tout au sens chrétien. Au contraire : comme une souffrance qui est pure de toute faute.

> *Comment réagit-il à cette souffrance ?*

Il tendrait à *accepter* cette souffrance, sans accepter la culpabilité.

> *Le chagrin d'amour paraît donc inévitable ?*

Oui, je crois qu'il est inévitable. Ou plutôt, je dirais que le sentiment amoureux se définit justement comme ça : parce que la souffrance est inévitable. Mais on peut toujours imaginer que le sentiment puisse se transformer...

Et cesse d'être amoureux ?...

C'est là le plus grand problème, sur lequel le livre s'arrête. Le bon sens dit qu'il y a un moment où il faut décrocher « être amoureux » et « aimer ». On laisse de côté « être amoureux », avec son cortège de leurres, d'illusions, d'emprises tyranniques, de scènes, de difficultés, voire de suicides... Pour accéder à un sentiment plus pacifié, plus dialectique, moins jaloux, moins possessif.

Vous venez d'évoquer la jalousie. Dans les romans, comme dans la vie sans doute, la souffrance la plus spectaculaire de l'amoureux est liée à la jalousie. Pas dans votre livre.

Oui, vous l'avez remarqué, dans mon livre, cette figure cardinale de la passion est très courte. J'ai même pensé la supprimer...

Est-ce parce qu'elle vous est étrangère ?

Non, elle ne m'est pas étrangère, au contraire. Mais c'est un sentiment qui, bien qu'il soit atrocement vécu, ne s'enracine pas dans mon existence. En réalité, je n'ai pas d'idées sur la jalousie. Ou j'ai les idées de tout le monde. Et c'est la seule figure pour laquelle je n'ai pas donné une définition personnelle. Je me suis contenté de reproduire celle du *Littré*, parce qu'elle est parfaite. Jalousie : « Sentiment qui naît dans l'amour et qui est produit par la crainte que la personne aimée ne préfère quelque autre. » C'est, de toutes les figures, celle qui me donne la plus grande impression de banalité.

Tout le monde est jaloux ?

Je dirais – je vais me lancer dans les grands mots – que c'est un mouvement d'ampleur anthropologique. Aucun être au monde n'est privé de certaines ondes de jalousie. Et il ne me paraît pas possible d'être amoureux, même d'une manière extrêmement laxiste et décontractée comme on peut imaginer que des jeunes le sont aujourd'hui, sans que finalement, à certains moments, la jalousie ne traverse le sentiment amoureux.

> *Vous êtes sceptique sur ces tentatives de « décontraction » ?*

Oui. Je vis parmi des amis plus jeunes que moi. Très souvent, je suis stupéfait par ce qui est, à première vue, une absence de jalousie dans leurs rapports. Et je me dis que, moi-même, dans une telle situation, je serais terriblement jaloux. Je m'étonne, je les admire beaucoup de partager les biens sensuels, les biens sexuels, les biens de cohabitation, semble-t-il, sans de grands problèmes. Mais ce n'est qu'une première vue. Si on les regarde vivre avec plus d'attention, on s'aperçoit qu'il y a, même parmi eux, des mouvements de jalousie.

En fait, un amoureux qui ne serait pas jaloux – j'allais dire : ce serait le mystique par excellence ; mais non, justement : on a d'admirables textes où le mystique témoigne d'une certaine jalousie, à l'égard de Dieu ou à l'égard des autres. Non : ce serait, à la lettre, un *saint*.

> *A défaut, si j'ose dire, de ne pas être jaloux, peut-on aimer plusieurs personnes à la fois ?*

Je crois que, pendant un certain temps, en tout cas, on peut. On peut... et je pense même que c'est un sentiment – pour employer un mot classique – *délicieux*. Oui, c'est un sentiment délicieux, de baigner dans un climat d'amours multiples, de flirt généralisé – en donnant à « flirt » une certaine force...

> *Un certain temps, seulement... ?*

Je ne crois pas que ça puisse durer très longtemps, cette souveraineté que donnent des investissements multiples. Parce que, pour l'amoureux, il y a un moment où ça « cristallise ».

> *Et c'est la fin de la « papillonne », ou du papillonnage ?*

Oui, à partir du moment où l'amoureux est plongé dans la passion, cela exclut le papillonnage. Le papillonnage de l'autre le fait horriblement souffrir. Et lui-même n'a plus envie de papillonner.

C'est le rapport tyrannique dont vous parliez tout à l'heure...

C'est ça. L'amoureux se sent dominé, captivé, saisi par l'objet aimé. Mais, en réalité, celui qui aime exerce aussi un pouvoir tyrannique sur celui qui est aimé. Ce n'est pas drôle d'être aimé de quelqu'un qui est amoureux... Je suppose que ce n'est pas drôle...

Donc pas d'amour sans combat, sans rapport de forces, luttes, victoires, défaites ?

L'amoureux lutte pour ne pas être assujetti. Mais il échoue. Il constate avec humiliation, et quelquefois avec délices, qu'il est entièrement assujetti à l'image aimée. Et, d'autre part, dans ses bons moments, il souffre beaucoup d'assujettir l'autre ; il essaie de ne pas le faire.

C'est ce que vous appelez le « non-vouloir-saisir » Est-ce la solution ?

Oui. La solution *idéale,* c'est de se placer dans un état de non-vouloir-saisir. C'est une notion empruntée aux philosophies orientales. « Ne pas saisir » l'objet aimé, et laisser circuler le désir. En même temps, ne pas « sublimer » : maîtriser le désir pour ne pas maîtriser l'autre.

C'est donc, sinon un programme, du moins une proposition ?

Oui, c'est une proposition. Une utopie peut-être...

Vers un nouveau monde amoureux...

Oui, c'est ça.

Mais ce nouveau monde amoureux, ce serait tout autre

chose, je suppose, que la « sexualité libérée » dont on parlait beaucoup il y a dix ans. On a l'impression qu'il y a, aujourd'hui, une réaction à ces idéologies. Qu'il y a une méfiance à l'égard du désir. Est-ce que vous situez votre livre dans ce courant, ou contre-courant ?

Oui, d'une certaine manière, je le situe dans ce courant. Le point commun, c'est qu'être amoureux permet une distanciation de la sexualité.

Et du désir ?

Il y a du désir dans le sentiment amoureux. Mais ce désir est dévié, et s'oriente vers une sexualité diffuse, vers une sorte de sensualité généralisée.

Que diriez-vous de l'érotisme dans ce rapport ?

C'est compliqué de parler de l'érotisme, disons, « réussi ». Mettons des guillemets, parce que la réussite dépend de chaque sujet. Il n'y a pas de recettes. Un érotisme « réussi », c'est un rapport sexuel et sensuel avec l'être qu'on aime. Cela arrive, tout de même. Et c'est quelque chose de si beau, de si bon, de si parfait, de si éblouissant, qu'à ce moment-là l'érotisme lui-même est une espèce de voie d'accès à une transcendance de la sexualité. La sexualité reste dans la pratique, et plus l'érotisme est grand, plus cette pratique est aiguë. Mais il y a une plus-value sentimentale, qui fait que l'érotisme est complètement détaché de toute pornographie.

L'Empire des sens, est-ce un film d'amour ?

Oui, je dirais que c'est un film d'amour. Je n'y ai peut-être pas été très sensible, pour des raisons qui me sont personnelles. Mais c'est un très beau film. L'exemple même du film d'amour...

A l'amoureux, dans votre livre, vous opposez le « dragueur »...

Oui, il faut opposer deux types de « discours », au sens large :

celui de l'amoureux et celui du dragueur. Les pratiques de la drague ne coïncident pas du tout avec les pratiques très ascétiques du sujet amoureux, qui ne s'éparpille pas dans le monde, qui reste emprisonné avec son image.

> *Mais est-ce que l'amoureux n'est pas aussi dragueur ?*

Justement, oui. Il y a des dragueurs qui draguent pour trouver *de qui* être amoureux. C'est même un cas typique. Dans les milieux homosexuels, en tout cas, où la drague est très développée, on peut très bien draguer des années entières, souvent d'une façon inévitablement sordide, par les lieux mêmes que cela oblige à fréquenter, avec en fait l'idée invincible qu'on va trouver de qui être amoureux.

> *Contrairement à don Juan, dont le plaisir est justement*
> *« tout entier dans le changement » et ne cesse de courir*
> *de pays en pays, de femme en femme...*

Pour moi, en effet, don Juan, c'est le type du dragueur, avec sa fameuse liste : « Mille et trois. » C'est la devise même du dragueur. Vous savez, les dragueurs échangent beaucoup leurs informations. Et leurs conversations se ramènent toujours à des listes...

> *Outre les amoureux et les dragueurs, il y a les casés, les* sistemati...

Oui. Je parlais un jour avec un ami qui me disait qu'en italien « casé » se dit *sistemato*. J'avais trouvé ça très bien qu'au lieu de dire : « Untel est casé », « Untel est marié », on puisse l'imaginer « systémé », pris dans un système...

> *Mais parler de gens « casés », n'est-ce pas un mot de*
> *dragueur ?*

Je n'avais pas pensé à cela. Oui, peut-être. Parce qu'en fait, le dragueur et l'amoureux sont à égale distance par rapport aux « casés ». Ils sont tous les deux dans une marginalité par rapport au couple installé. Exclus tous deux.

Dans votre livre, en tout cas, c'est plutôt le couple qui est exclu...

Oui, c'est très vrai. J'ai quand même fait une « figure » sur l'Union, à la fin. Mais, pourquoi ne pas le dire, je n'avais pas d'expérience personnelle de ce type d'union. Et donc je n'avais pas le langage pour la décrire. Mais ce n'est pas une prise de position...

L'amoureux pense-t-il en termes de couple ?

Je pense que le couple est toujours à l'horizon. L'option du livre était celle d'un sujet amoureux qui n'est pas aimé. Mais, bien sûr, il pense sans cesse à l'être, donc à former couple. Je dirais même qu'il n'a que cette envie.

A l'autre bout de la scène, il y aurait ceux qu'on appelle, selon les vocabulaires, les « déviants » ou les « pervers ». Ils sont tout aussi absents que le couple installé. Votre amoureux, parfois, donne l'impression de parler à leur place.

Non. Le sujet amoureux ne parle pas par procuration pour les autres déviants. Pour une raison essentielle : il est déviant par rapport aux déviants. Au sens où il est moins revendicatif, moins contestataire... et moins glorieux. Par rapport aux problèmes de l'homosexualité, il y a une conséquence importante : si l'on parle d'un ou d'une homosexuel(le) amoureux ou amoureuse, le mot important, ce n'est pas « homosexuel », c'est « amoureux ». Je me suis refusé à tenir, de près ou de loin, un discours homosexuel. Non pas pour refuser de voir la chose, non pas par censure, ou par prudence, mais pour cette raison-là : que le discours amoureux n'a pas plus de rapport avec l'homosexualité qu'avec l'hétérosexualité.

L'amoureux est donc déviant par rapport aux « déviants », déviant par rapport aux « désirants ». Mais, entre eux, ce n'est pas la guerre ?

Je crois que non. Je crois qu'ils sont dans des planètes assez différentes. Ce qui n'est peut-être pas plus gai...

> *Vénus aux désirants, et les amoureux dans la Lune ! Ce qui leur donne, peut-être, leur air bête. C'est vous qui l'écrivez : « Quoi de plus bête qu'un amoureux ? »... Qu'est-ce qui le rend bête ?*

C'est qu'il est dans ce que j'appelle la « dé-réalité ». Tout ce que le monde appelle la « réalité », il le sent comme illusion. Tout ce qui amuse les autres, leurs conversations, leurs passions, leurs indignations, tout ça lui paraît dé-réel. Son « réel » à lui, c'est son rapport à l'objet aimé, et les mille incidents qui le traversent – justement ce que le monde considère comme sa « folie ». Par là même, à cause de ce renversement, il se sent prisonnier d'une inadaptation cuisante. Et, dans la pratique, il a en effet des conduites, des petits actes qui, aux yeux du bon sens, sont idiots...

> *Asocial, il est aussi apolitique. Vous écrivez plus précisément qu'il ne « s'excite » plus pour la politique. Mais n'est-ce pas une manière de dire qu'il n'en fait plus, qu'elle ne compte plus pour lui ?*

Non, je tiens à la nuance. Parce que je la ressens profondément. Un sujet humain fonctionne sur plusieurs longueurs d'ondes. Il peut continuer à recevoir les ondes politiques. Mais, ce qu'il ne comprend plus, c'est qu'on puisse investir passionnellement pour elle. Il n'est pas « dépolitisé » au sens où il n'est pas foncièrement indifférent à ce qui se passe politiquement. Mais il s'est fait une hiérarchie en lui. Et il trouve tout à fait extraordinaire qu'on puisse, justement, « s'exciter » pour ces choses-là.

> *On est tenté d'opposer le « désirant-révolutionnaire » d'hier à votre « amoureux-décrispé », décrispé comme le libéralisme... Est-ce que vous assumez cette opposition ?*

Oui, je l'assume. Le sujet amoureux est lui-même le lieu d'un investissement forcené. Alors, il se sent exclu des autres investissements. Le seul être humain dont il pourrait se sentir

complice, ce serait, exclusivement, un autre amoureux. Tout
de même : c'est vrai que les amoureux se comprennent entre
eux ! Mais un militant politique est, à sa façon, amoureux
d'une idée, d'une cause. Et la rivalité est insoutenable. Pour
l'un comme pour l'autre. Je ne pense pas qu'un militant politique supporterait bien un amoureux fou...

> *Je vois quand même une ambiguïté. Votre amoureux est-il
> vraiment « intraitable », « irrécupérable », et en ce sens,
> subversif ? Ou est-il, pour tout système, tranquille et inof-
> fensif ?*

C'est un marginal. Mais comme je l'ai dit, modeste, non glorieux. Sa marginalité ne se voit pas. Elle n'est pas revendica-
trice. En ce sens, il est vraiment « irrécupérable ».

> *Mais, vous le dites vous-même : un soir sur deux, à la
> télévision, il se dit « je t'aime ». Il y a donc une « pro-
> motion » de l'amour par les médias. Comment se peut-il
> que la culture de masse diffuse « de l'amour », si c'est
> asocial et dangereux ?*

C'est une question plus difficile. En effet : pourquoi la culture
de masse étale-t-elle tellement les problèmes du sujet amoureux ? En réalité, ce qu'elle met en scène, ce sont des *récits*,
des *épisodes,* pas le sentiment amoureux lui-même. C'est peut-
être une distinction un peu subtile, mais j'y tiens beaucoup.
Cela veut dire que, si vous mettez le sujet amoureux dans une
« histoire d'amour », par là même, vous le *réconciliez* avec la
société. Pourquoi ? Parce que raconter, cela fait partie des
grandes contraintes sociales, des activités codées par la société.
Par l'histoire d'amour, la société apprivoise l'amoureux.

> *Si je vous comprends bien, votre amoureux est subversif,
> mais* La Marquise des Anges *est conformiste ?*

C'est exactement ça. Et c'est d'ailleurs pourquoi j'ai pris des
précautions draconiennes pour que mon livre *ne soit pas* une
« histoire d'amour ». Pour laisser l'amoureux dans sa nudité ;
dans sa situation d'être inaccessible aux formes habituelles de
récupération sociale : en particulier, le roman.

*Ce n'est pas un travail de romancier ; c'est un livre de
sémiologue. Et un livre d'amoureux. Est-ce que ce n'est
pas un être bizarre : un « sémiologue amoureux » ?*

Mais non ! L'amoureux, c'est le sémiologue sauvage à l'état
pur ! Il passe son temps à lire des signes. Il ne fait que ça :
des signes de bonheur, des signes de malheur. Sur le visage
de l'autre, dans ses conduites. Il est véritablement en proie
aux signes.

Donc, le proverbe ment : l'amour n'est pas aveugle...

L'amour n'est pas aveugle. Au contraire, il a une puissance
de déchiffrement incroyable, qui tient à l'élément paranoïaque
qui est dans tout amoureux. Un amoureux, vous savez, conju-
gue des bouts de névrose et de psychose : c'est un tourmenté
et un fou. Il voit clair. Mais le résultat est souvent le même
que s'il était aveugle.

Pourquoi ?

Parce qu'il ne sait pas où ni comment arrêter les signes. Il
déchiffre parfaitement, mais il ne sait pas s'arrêter sur une
certitude de déchiffrement. Et il est repris dans un cirque perpétuel, que rien ne vient jamais apaiser.

*J'en viens à une question que j'ai envie de vous poser
depuis le début : ce livre d'amoureux, étiez-vous amoureux quand vous l'avez écrit ?*

(Sourire.) C'est une question à laquelle jusqu'ici j'ai toujours
refusé de répondre. Enfin... disons que le livre est fait en grande
partie à partir d'une expérience personnelle ; en grande partie
aussi de lectures, de confidences. Pour la partie qui m'appartient, l'expérience personnelle que j'ai utilisée n'est pas prise
dans une histoire unique. Ce sont des états, des mouvements,
des contorsions qui me sont venus de plusieurs expériences
amoureuses antérieures. Cela dit – pourquoi ne pas le dire ? –
il y a eu un épisode cristallisateur. Disons que j'ai conçu le
livre comme une façon de ne pas me perdre, de ne pas sombrer

dans le désespoir. Je l'ai écrit, les choses s'étant d'elles-mêmes dialectisées...

Deux temps nécessaires ?

Je n'aurais sans doute pas pu l'écrire avec la distance de la phrase, du style, si je n'avais pas moi-même dialectisé les choses...

Ce n'est pas forcément la fin d'une histoire vécue qui pousse à écrire ?

Je dirais que le désir d'écrire un tel livre vient à deux moments. Ou bien à la fin, parce que l'écriture a une puissance merveilleuse de pacification. Ou bien, dans un moment d'exubérance, au début, parce qu'on pense qu'on va écrire un livre d'amour. Qu'on va le donner, le dédicacer à l'être aimé.

Alors, cet amoureux qui parle, c'est bien vous, Roland Barthes ?

Je vais vous répondre d'une manière qui peut avoir l'air d'une pirouette. Mais ce n'en est pas une. Le sujet que je suis n'est pas unifié. C'est une chose que je ressens profondément. Alors dire : « C'est moi ! », ce serait postuler une unité de soi-même que je ne me reconnais pas.

Permettez-moi alors de la poser autrement. Pour chaque figure du livre, l'une après l'autre, est-ce que vous dites : « C'est bien moi, ça » ?

Ah !... Quand j'ai fait un séminaire de recherche sur le même sujet, j'ai fait état de figures que je n'avais pas ressenties, que j'avais prises dans les livres... Mais, évidemment, c'est ce qui a sauté dans le livre. Oui, c'est certain, j'ai un rapport personnel avec toutes les figures du livre.

Roland Barthes, devant ce « portrait structural » de l'amoureux, on a l'impression, souvent, que vous ne voulez pas seulement décrire, mais convaincre. Peut-on dire

que c'est, en faveur des « Amoureux Réunis », un livre
modestement militant ?

Militant ? Vous me provoquez un peu, là. C'est un livre qui
implique une position de valeur.

Et une morale ?

Oui, il y a une morale.

Qui serait ?

Une morale d'affirmation. Il ne faut pas se laisser impression-
ner par les dépréciations dont le sentiment amoureux est
l'objet. Il faut affirmer. Il faut oser. Oser aimer...

Playboy, septembre 1977.
Propos recueillis par Philippe Roger.

Propos sur la violence

Avec beaucoup de gentillesse, vous m'avez dit que vous seriez heureux d'être interviewé par Réforme... *Pourquoi ?*

C'est sentimental. J'ai eu une enfance protestante ; ma mère était protestante, et j'ai bien connu le protestantisme au temps de mon adolescence. Il m'a même intéressé, posé des questions et j'y ai pris parti. Puis je me suis éloigné. Mais j'ai toujours gardé un lien sentimental, plus peut-être avec les protestants qu'avec le protestantisme. Peut-être à cause de ce sentiment de bienveillance qu'on ressent toujours à l'égard d'une minorité ?

Au-delà de toutes les définitions de la célébrité, qui êtes-vous, Roland Barthes ?

J'ai participé à bien des types d'activités intellectuelles, que ce soit la théorie du sens, la critique littéraire et sociale... Mais s'il y a un mot qui désignerait bien ce qui se passe en moi, et non dans mes écrits, ce serait le mot « philosophe », qui ne renvoie pas à un type de compétence, car je n'ai aucune formation philosophique.

Ce que je fais en moi, c'est de philosopher, de réfléchir sur ce qui m'arrive. J'y trouve une joie et un bienfait et, lorsque j'en suis empêché, je suis un peu malheureux, privé de quelque chose d'important. Philosopher ? Cela appartient peut-être plus à l'ordre éthique qu'à l'ordre métaphysique...

Le temps des vacances estompe bien des thèmes qui, tout au long de l'année, hantent l'opinion publique et les colonnes des journaux. La violence est de ceux-là. Parce qu'on en parle trop et mal, souvent, Présence protestante *a préparé une émission télévisée sur ce thème ; c'est dans cette perspective que*

Jacqueline Sers est allée demander à Roland Barthes, écrivain, analyste, professeur..., de décortiquer ce mot : « violence », ainsi qu'il l'a fait pour d'autres mots, avec art et saveur, dans ses Mythologies. *Une interview dont* Réforme *a l'exclusivité donc, mais dont on retrouvera des échos dans l'émission de* Présence protestante *(dimanche 3 septembre à 10 h sur TF1), qui, autour du thème de la violence, réunit, avec Jacqueline Sers, Danielle Levy-Alvarès, journaliste, le professeur G. Menut, le docteur Y. Roumageon et Jacques Barrot, animateur en cité de transit.*

> *Pourriez-vous disséquer le mot « violence », si couramment employé aujourd'hui, ainsi que vous l'avez fait pour d'autres mots du vocabulaire français, dans vos* Mythologies *?*

Quand on lance ainsi ce mot, on s'aperçoit qu'il est tout à fait hétéroclite et qu'il suscite en vous une espèce d'affolement dans les réactions et les réponses.

C'est un mot qui est entendu différemment par beaucoup d'êtres très différents, et qui recouvre des choses très différentes : on peut avoir une acception étroite de la violence mais, en y réfléchissant, son sens s'agrandit à l'infini. C'est une première difficulté, d'ordre intellectuel et analytique, d'autant que ce mot se prête à la dissertation, car il est déjà figé, engoncé dans des rapports, des documents, des traitements juridiques. Devant ce mot, il y a toutes sortes d'écrans, mis par la culture de masse elle-même.

La seconde difficulté est d'ordre existentiel. La violence touche à notre corps : nous avons donc à son égard des réactions qui sont généralement des réactions de rejet, de refus ; mais il y a peut-être des êtres qui assument la violence et même y trouvent une sorte d'épanouissement. La violence ne renvoie pas à quelque chose de simple.

Troisième difficulté : c'est un mot qui pose des problèmes de conduite au niveau des États, des collectivités, des individus. En fait, là, on se sent très démuni. C'est un problème vieux comme le monde : comment limiter la violence, autrement que par une autre violence ?

C'est une sorte d'impasse qui finit par avoir une dimension d'ordre religieux. Cela fait beaucoup de difficultés et il faut accepter d'être, devant ce mot, en quelque sorte impuissant. C'est un mot insoluble.

> *Pourquoi cette référence à une dimension d'ordre religieux, à propos du mot « violence » ?*

Il n'y a pas une religion au monde, en tout cas les religions de grandes civilisations, de l'Orient à l'Occident, qui n'ait pris en charge, dans une conception générale d'ordre métaphysique, le problème de la violence, en assimilant la violence au mal ou, au contraire, en assimilant la violence au droit dans certaines religions plus archaïques. Le fait qu'une religion prenne en charge ce problème implique donc une conversion pour le traiter. Si on veut le traiter en termes laïcs, c'est une autre clé qu'il faut prendre. Il faut choisir sa clé pour traiter de la violence.

> *Si le mot est insoluble ainsi que vous l'avez dit, il n'a pas de clé, en termes laïcs ?*

Dans le domaine religieux, il est également insoluble, temporellement ! Qu'il soit soluble spirituellement, c'est possible, et même certain, mais ce n'est pas à moi de répondre.

Mais pour en revenir au plan de l'analyse intellectuelle, il faut être conscient qu'il y a plusieurs types de violence :

Il y a celle qui réside dans toute contrainte de la collectivité sur l'individu. C'est pourquoi il est juste de dire qu'il y a une violence de la loi, des lois, une violence des polices, de l'État, du droit : le droit, qui, dans certains cas, se présente comme devant limiter la violence ou la surveiller, ne peut le faire qu'en fondant à son tour une violence qui n'est pas corporelle, mais est tout de même la violence de la contrainte. C'est un thème qui doit être rappelé, car il a reçu un traitement politique et culturel de la part de penseurs tels que Sorel, Walter Benjamin, sans parler de Marx. Et cela peut aller très loin : subir la contrainte d'une norme peut être ressenti comme un affrontement avec la violence. Mais c'est une violence diffuse, sèche, polie...

Il y a la violence qui concerne le corps des individus : tantôt elle consiste à limiter la liberté de ce corps et on pourrait

l'appeler la violence carcérante, tantôt elle est violence sanglante, celle des blessures, des assassinats, des attentats. Il est
évident que c'est cette dernière violence qui, pour l'instant,
est sous le feu de nos projecteurs, dans nos rues... la violence
gangstérisée ou anarchiste et même guerrière.

Il faut distinguer entre ces différents cercles de violence,
parce que, en général, il se produit une sorte de mécanisme
qui fait qu'on ne répond à une violence d'un type que par une
violence du second type, extensif.

Par exemple : à une violence de l'État, on répondra par une
violence sanglante. Donc est mise en place une sorte de système infini ; le caractère de la violence est d'être perpétuelle,
elle s'engendre elle-même... Aussi banale que soit cette constatation, comment en sortir ?

> *Le mot « violence » n'a-t-il pas deux sens : celui d'une
> violence destructive, signe de mort, et en même temps
> celui d'une pulsion qui est agressivité, créativité, force
> de vie ?*

Même si cela peut paraître paradoxal, je ferais volontiers une
distinction entre le substantif *violence* et l'adjectif *violent*. Il
y a en effet des états, des conduites ou des choix qui peuvent
être positivement violents, ou plutôt violents *et* positifs : des
passions créatrices, des radicalités créatrices ! Mais cela n'est
inclus que dans l'adjectif, lorsqu'il n'est que l'attribut d'une
autre finalité. La violence en soi apparaît lorsque l'attribut, qui
était dans l'adjectif, devient l'essence...

Je voudrais aussi faire trois remarques :

Un problème aigu est posé par la violence lorsqu'elle se
présente comme étant au service d'une cause, d'une idée. Pour
ma part, je supporte très mal qu'un alibi doctrinal soit donné
à des conduites de violence et de destruction. Je fais mien ce
mot très simple d'un calviniste du XVIᵉ siècle, Castellion :
« Tuer un homme, ce n'est pas défendre une doctrine, c'est
tuer un homme. » Par là même, Castellion s'est opposé au
Calvin de Genève. Le bénéfice de cette phrase est de représenter, dirais-je, l'entêtement de la lettre, le moment où la
lettre – tuer un homme – ne tue pas, mais garde la vie. Interpréter la lettre – dire que tuer un homme, c'est défendre une
doctrine – me paraît indéfendable, face à la vie.

Dans l'état actuel des conversations et des débats, un problème devrait être posé et est posé : le rapport de la violence et du pouvoir. Tout pouvoir contient inéluctablement une violence. Joseph de Maistre disait, à l'envers du sens où je l'entends, de par ses positions : « Toute espèce de souveraineté est absolue de sa nature. Qu'on la place sur une ou plusieurs têtes, qu'on divise, qu'on organise les pouvoirs comme on voudra, il y aura toujours en dernière analyse un pouvoir absolu qui pourra faire le mal impunément, qui sera donc despotique sous ce point de vue dans toute la force du terme et contre lequel il n'y aura d'autre rempart que celui de l'insurrection. » Si l'on veut se décrocher de la violence, il faut avoir une pensée du non-pouvoir, en termes sociaux actuels, une pensée de la marge absolue. Si l'on est contre la violence, il faut arriver à avoir une éthique, ferme en soi, hors du pouvoir, et ne pas se mettre en situation de participer au pouvoir.

Enfin, je me pose une question : peut-on être contre la violence seulement en partie, c'est-à-dire seulement sous condition, en reconnaissant des exceptions ? Peut-on monnayer la non-violence ? C'est une question que je pose, et que je me pose. Je sens que vous avez sans cesse envie de me présenter certaines objections ou limitations, qui sont miennes aussi. Mais je vous réponds par une question : peut-on entrer dans une appréciation des contenus de la violence, de ses justifications ?

En fait, il y a deux attitudes éthiques : ou bien l'on se donne le droit de juger les contenus de la violence, pour en sauver certains et en condamner d'autres, c'est ce que fait en général le monde. Ou bien, on reçoit la violence dans son corps comme une forme intolérable et à ce moment-là on refuse les alibis et on ne monnaye pas la non-violence ; mais c'est une attitude excessive et qui n'est assumée que dans les zones-limites de la morale personnelle.

> *Vos réponses sont très pessimistes, presque sans issue. Y en a-t-il une cependant ?*

Je ne vois pas que la société mondiale actuelle prenne le chemin d'une résolution générale du problème de la violence. Le monde apparaît sans espoir au niveau de l'organisation générale : les États se multiplient et chaque État multiplie sa force de contrainte, son pouvoir. Les issues socialistes paraissent complètement bloquées, bouchées : tel est l'enseignement des cinquante dernières années, et c'est de cela d'ailleurs que nous souffrons beaucoup. Imaginer un monde sans violence paraît une utopie, qui n'est même plus amusante, si je puis dire, tellement elle s'alimente mal à notre réalité.

Le sujet qui vit dans cette société-là est obligé de se replier sur des solutions ou des conduites individuelles.

> *Est-ce là une solution de désespoir ?*

Pas forcément ! Depuis deux cents ans, nous sommes habitués par la culture philosophique et politique à valoriser énormément, disons, le collectivisme en général.

Toutes les philosophies sont des philosophies de la collectivité, de la société, et l'individualisme est très mal vu. Il n'y a plus ou très rarement de philosophie de la non-grégarité, de la personne. Peut-être faut-il justement assumer cette singularité, ne pas la vivre comme une sorte de dévalorisation, de honte, mais repenser effectivement une philosophie du sujet. Ne pas se laisser intimider par cette morale, diffuse dans notre société, qui est celle du surmoi collectif, avec ses valeurs de responsabilité et d'engagement politique. Il faut peut-être accepter le scandale de positions individualistes, bien que tout ceci demanderait à être précisé.

> *Cela ne me paraît pas un scandale. Ne faut-il pas d'abord « être », avant « d'être avec » ?*

Oh, si, c'est un scandale pour tout ce qui pense et théorise, disons, depuis Hegel ! Toute philosophie qui essaye de se soustraire à ces impératifs de collectivité est extrêmement singulière, et, je dirais, a une mauvaise image de marque.

> *Et vous, Roland Barthes, est-ce aussi ce que vous pensez ?*

Moi, je cherche et j'essaye, peu à peu, de me libérer de tout ce qui m'est ainsi imposé intellectuellement. Mais lentement... Il faut laisser faire ce travail de transformation...

Réforme, 2 septembre 1978.
Propos recueillis par Jacqueline Sers.

Des mots pour faire entendre un doute

Admiré – ou vilipendé – par les intellectuels, donc par une minorité, Roland Barthes aurait peut-être traversé l'époque discrètement s'il n'avait publié, l'année dernière, ses Fragments d'un discours amoureux, *qui connaissent aujourd'hui un tirage considérable aux Editions du Seuil.*

La très grande culture de Roland Barthes, son inlassable souci de fouiller ce signe qu'est le mot, cette structure qu'est la phrase, de les déplacer, de les défiger jusqu'à ce qu'ils cèdent et avouent enfin ce que parler veut dire, la rigueur d'écriture de ce pianiste et peintre amateur qui choisit dans la palette des mots jusqu'à élire celui qui va rendre la couleur exacte ou la note juste, font un immense écrivain de ce chercheur, qui, pour sa nouvelle critique du texte et du langage, s'est vu offrir, il y a deux ans, une chaire de sémiologie littéraire au Collège de France.

La sémiologie est la science des signes et tout est signe pour Barthes. Tout est langage. Le problème est que tout langage finit par engluer la pensée, l'intelligence. Les mots finissent par être des leurres qui engendrent des stéréotypes mentaux. Parce que, dénonçant ce danger, il fait appel à l'intelligence en cette fin de siècle où un certain désenchantement de société nous oblige plus que jamais à réviser les idées reçues, parce qu'à la lecture de ses livres, parfois difficiles, j'ai eu le plaisir de l'effort et de la découverte d'une pensée tout à fait neuve, j'ai demandé à Roland Barthes de répondre à des questions auxquelles beaucoup ne savent répondre.

Il faut toujours, dites-vous, rester à l'écoute du contemporain qui contient les signes avant-coureurs du lende-

main. Ne peut-on pas déjà, aujourd'hui, percevoir une
résurgence de l'antisémitisme ? Un certain retour au
romantisme ? Et une nostalgie du sacré révélée par la
prolifération des sectes ?

L'avenir ne se prédit jamais à l'état pur. Mais toute lecture du
présent laisse, en effet, escompter des lendemains pénétrés de
craintes et de menaces. L'antisémitisme latent, comme tout
racisme dans chaque pays, chaque civilisation, chaque mentalité, est toujours vivant dans l'idéologie petite-bourgeoise. En
France, il n'est heureusement pas soutenu par des décisions
politiques d'envergure. Mais la tentation antisémite et raciste
est présente dans la presse et les conversations. Le fait qu'elle
soit une réalité au niveau idéologique oblige les intellectuels
à une grande vigilance. Ils ont là un rôle positif à jouer. La
règle absolue est de surveiller ce que l'on dit à tous les niveaux
et en toutes occasions, afin de ne jamais accréditer l'idée qu'il
y a une réalité sémite. Il faut absolument que le langage, à
tout instant, gomme cet horrible fantôme.

L'appel vers le romantisme est, lui, plus ambigu. Le romantisme contient des forces de création, d'exaltation du désir
d'individualité et une résistance à la systématique des rationalistes, et tout cela peut être positif. Mais il véhicule le mythe
de l'anti-intellectualisme, et même un certain risque d'antisémitisme. Rappelons-nous l'Allemagne postromantique.

Quant au sacré, il contient toute l'ambiguïté du religieux.
Je suis convaincu que l'humanité ne peut pas vivre sans sacré,
sans symbolique. Mais elle court deux risques : l'obscuran-
tisme au niveau des sectes et la prise en charge du sacré par
le pouvoir politique.

Je crois qu'en face de tous ces dangers, le juste, c'est-à-dire
l'espoir, est toujours du côté des marges. Du combat à la
mesure individuelle. Je veux dire que le romantisme et le sacré
doivent se vivre marginalement et individuellement. Car dès
qu'une valeur prend dans une société aussi grégaire que la
nôtre, cette valeur devient agressive.

On parle, justement avec beaucoup d'agressivité, de
« liquidation » des maîtres penseurs et d'un désir général
de retour au « bon sens ». Nous n'en sommes pas au

*goulag intellectuel mais ne percevez-vous pas, depuis
quelque temps, une très nette poussée fasciste ?*

Vous avez raison de lier le risque de fascisme à cet état d'esprit.
Mais gardons le sens des mots si nous voulons mieux combattre. Dans le langage, le discours, la presse, les conversations, bien sûr, il y a des éléments fascistes qui s'épaississent
et donnent peu à peu cette impression tragique. Il est certain
qu'il y a un racisme anti-intellectuel et que l'intellectuel sert
de bouc émissaire comme le juif, le pédéraste, le nègre. Le
procès des intellectuels revient périodiquement en France
depuis le romantisme. Procès intenté par le « bon sens », par
la grosse opinion conformiste. Par ce que l'on appelait en
Grèce l'« opinion droite », c'est-à-dire ce que la majorité est
censée penser. La petite bourgeoisie, classe majoritaire, est
dangereuse : ballottée entre la bourgeoisie et le prolétariat, elle
a toujours fini par se rallier aux régimes forts et fascistes.
Incontestablement, il y a, en France, une poussée historique
de la petite bourgeoisie. C'est la classe qui monte, qui essaie
d'arriver au pouvoir. Et qui, dans une grande mesure, y est
déjà.

Quant à la prétendue liquidation des maîtres penseurs par
l'opinion, c'est une entourloupette débile qui consiste à décréter qu'il y a des maîtres penseurs – ce qui n'est pas sûr du
tout – pour mieux décider de leur mort. La moindre dialectique,
la moindre subtilité effraie tellement les gens à l'esprit très
gros que, pour défendre leur épaisseur, ils allèguent le bon
sens qui tue les nuances.

*Croyez-vous qu'il y a deux types d'intelligence comme on
le croit communément : la mathématique et la littéraire ?*

Tout dépend du degré de développement des mathématiques
et de la littérature. Il y a un premier niveau où il y a deux
types d'aptitudes ou d'inaptitudes à ces deux langages. Je crois
que c'est une opposition qui n'est pas complètement mythique.
Mais, à un second niveau, dès qu'on pousse un peu les mathématiques ou la littérature, les barrières tombent. Il y a des
interactions, des chassés-croisés.

Dans la mathématique, il y a une richesse d'imagination
énorme, des grands modèles de pensée logique, une pensée

qui arrive à se faire d'une façon très vivante, uniquement sur les formes et sans tenir compte des contenus. Tout cela intéresse au plus haut point la littérature. Et, dans la littérature, il y a de plus en plus un mouvement vers des formes de pensée mathématique. Il y a un niveau où mathématique et littérature se rejoignent.

> *Que signifierait pour vous la fin de tous les mythes ? La fin de l'imaginaire et de la créativité ?*

Je crois que l'usure des mythes et des religions est due à l'accélération de l'histoire qui use les valeurs, tantôt rapidement, tantôt lentement. Actuellement, il y a une accélération de l'usure, un glissement d'intensité et de durée des grands fantasmes de l'humanité. Mais, et je le dis fermement, les mythes sont absolument nécessaires à toutes les sociétés pour ne pas s'entre-déchirer. Cependant, ils ne doivent pas être vécus comme des alibis du réel ; ils doivent être vécus dans l'art, qui n'est pas un maître d'erreurs, comme on le croit. L'erreur, il l'affiche. Et, à ce moment-là, elle n'est plus dangereuse.

> *N'avez-vous pas envie, aujourd'hui, d'écrire une suite à* Mythologies, *qui a vingt ans ? En ce qui concerne* Elle, *l'image que vous en donniez dans ce livre est périmée. Si le rosâtre a été un temps notre couleur de prédilection, depuis 1968 nous avons pris du ton. Il nous arrive même souvent de traiter des sujets très noirs.*

Je reste de longues périodes sans lire de revues. Mais je crois, effectivement, que *Elle* a beaucoup changé. Au niveau d'un journal comme *Elle*, il y a une tâche du grand journalisme qui ressort un peu de tout ce que nous venons de dire. Le bon journalisme doit à coup sûr aider les lecteurs à prendre une conscience critique et sans tabou de la société. Dans le cas de *Elle*, la transformation du journal et les éléments de réflexion qu'il peut comporter sont évidemment en liaison avec le développement de la conscience féminine. Et l'important, pour les femmes, n'est pas d'avoir une voix forte – comme y prétendent quelquefois des mouvements féminins –, mais d'avoir une voix juste. Une voix qui accepte la subtilité.

> *Vous dites que les Français s'enorgueillissent d'avoir eu*
> *Racine, mais ne se lamentent pas de n'avoir pas eu Sha-*
> *kespeare. L'amour, ici, serait-il un jardin à la française*
> *bien ordonné, limité ? Où est notre jardin à l'anglaise :*
> *l'amour-passion ? L'avons-nous jamais eu dans notre*
> *patrimoine ?*

Les grands classiques français ont décrit l'amour-passion en
mettant l'accent sur la jalousie. Disons en gros la paranoïa.
Alors que les Allemands, comme Heine par exemple, ont plutôt
mis l'accent sur la blessure, la nostalgie, l'effusion. Et c'est
effectivement assez étranger à la tradition française. La France
a un peu raté le romantisme et cela se ressent dans son attitude
à l'égard de l'amour.

> · *Et l'amour divin ? Puisqu'il passe par le langage de la*
> *prière, que donnerait sur les Évangiles le travail de*
> *décryptage que vous avez fait sur* Sarrasine, *cette nouvelle*
> *de Balzac ?*

Bossuet a dit d'une façon absolument combative qu'il n'y avait
pas de prière qui ne soit articulée, formulée en langage. Il atta-
quait en cela Fénelon et les mystiques qui prétendaient que la
prière pure est en dehors du langage, dans l'ineffable absolu. Le
mysticisme a toujours représenté l'expérience la plus difficile
du langage. C'est d'ailleurs pourquoi il est passionnant. Peut-on
faire un travail d'analyse structurale sur les Évangiles ? Je dirais
oui. Personnellement, j'ai fait deux brèves analyses sur des textes de l'Ancien et du Nouveau Testament. Mais il est impossible
d'aller très loin dans la mesure où l'analyse structurale ne décrit
que des formes et reste en deçà du message religieux. Le texte,
n'est-ce pas, est comme un gâteau feuilleté : les sens y sont
superposés comme à la manière des feuillets du gâteau. Et, en
ce qui concerne l'Évangile, ce travail serait très nécessaire. Il
permettrait, après avoir examiné tous les niveaux d'organisation
des textes, d'en revenir à la lettre, sans que la lettre tue le texte.

> *Dans votre* Système de la mode, *vous dites que la mode*
> *n'a pas d'existence, sinon en tant que système de signi-*

fication. Voulez-vous dire par là : « Dis-moi comment tu t'habilles, je te dirai qui tu es » ?

La mode est un code, un langage. Et il y a un rapport compliqué entre le langage tel qu'il a été codé et la façon dont le sujet le parle. Un rapport entre la compétence – savoir parler le langage, connaître le code – et la performance – ce qu'on en fait quand on parle. La mode est exactement cela, c'est ce qui m'a permis de la décrire comme une langue. Il y a une façon personnelle de parler cette langue qui vous oblige à dire des choses personnelles dans un code artificiel. La mode vous oblige à dire ce que l'on croit être, ce que l'on veut paraître avec la langue de tous. Et je dirai que c'est la définition même de la condition humaine. L'homme est condamné à se dire soi-même avec la langue des autres. Regardez les modes féminines depuis cinquante ans. Leur mutation implique des érotismes très différents. Et, voyez-vous, je pense que la mode est trop culturelle pour pouvoir jamais libérer le corps. En revanche, je la crois progressiste quand elle essaie de développer des valeurs aristocratiques de goût. Quand elle essaie d'imaginer des formes et des couleurs, des types et des silhouettes qui gardent un certain rapport avec les grandes expériences plastiques de l'humanité. Avec l'art, tout simplement.

Et l'art de vivre. Celui du Japon vous a conquis. Pensez-vous qu'il y a un art de vivre national avant tout art de vivre individuel ?

Un art de vivre peut être social. Par exemple, l'art de vivre bourgeois qui, en France, n'est d'ailleurs pas désagréable. Ou national. J'ai souvent rêvé de constituer sur le papier, sous forme de descriptions, une sorte d'art de vivre synthétique qui réunirait tous les traits d'art de vivre réussis de civilisations extrêmement différentes.

Dans notre société industrielle, l'amateurisme n'est-il pas une sorte d'art de vivre libérateur ?

Absolument, car il met l'accent sur la production de l'œuvre et non sur l'œuvre comme produit. Or nous sommes dans une civilisation du produit où il devient subversif de prendre plaisir à produire. La peinture a des amateurs qui ont une joie immense à peindre, et cette joie est quelque chose de très important. Mais le « bon sens » a une certaine commisération pour l'amateurisme. Quand ce n'est pas une sorte de crainte. Celle qu'il fabrique des marginaux. Donc des subversifs.

Votre nouvelle façon de percevoir, de lire entre les lignes, n'est-elle pas, elle aussi, subversive au plus haut point ?

Je pense que ce serait très prétentieux de ma part de penser que je suis subversif. Mais je dirai qu'étymologiquement, oui, j'essaie de subvertir. C'est-à-dire de venir par-dessous un conformisme, par-dessous une façon de penser qui existe et de la déplacer un peu. Pas de révolutionner, non, mais de tricher un peu les choses. De les désépaissir. De les rendre plus mobiles. De faire entendre un doute. Donc, de toujours ébranler le prétendu naturel, la chose installée.

Elle, 4 décembre 1978.
Propos recueillis par Françoise Tournier.

Un contexte trop brutal

Je suis un essayiste. Je n'ai pas plus approché la création dramatique que la création romanesque : je n'ai jamais créé de personnages fictifs. Dans certains essais, j'ai approché, bien sûr, le romanesque, mais en tant que catégorie. J'avoue être tenté aujourd'hui d'écrire quelque chose qui pourrait s'apparenter au roman, mais cette tentation ne va pas à la pièce de théâtre. Le monde professionnel du théâtre est un monde très difficile, très irrégulier ; tout se joue dans un contexte extrêmement brutal et dans un temps record.

Cette notion temporelle, sur le plan de la survie d'un texte, est rebutante. Ce qui fait la brutalité de la création théâtrale en fait sans doute aussi sa volupté et son prix. Ce doit être très excitant de voir son texte passer dans le corps de l'acteur, dans ses gestes, dans cette espèce de réalisation immédiate. Mais la machine théâtrale française repose sur un système économique très âpre : il y a une lutte avec ou contre l'argent. Peut-être serai-je un jour acculé à la tentation d'écrire des dialogues. Mais ce qui me manquerait alors serait le complément d'une histoire ou d'une intrigue, même si le théâtre d'aujourd'hui peut s'en passer. Il est arrivé qu'on porte à la scène des morceaux d'un texte écrit comme *Fragments d'un discours amoureux*. Pour moi, en tant qu'auteur, ce fut très intéressant. Cela me montrait ce que devient un texte « silencieux » quand il passe dans la voix, dans le souffle de l'acteur, cela me montrait ce que devient la ponctuation, une fois dans le corps de l'acteur, les virgules se transformant en silences ou en gestes. A ce moment, j'ai eu envie d'écrire « exprès » des dialogues de théâtre. Si, par miracle, j'écrivais une pièce, je sens que j'écrirais un texte très littéraire. Je réagirais alors contre un certain théâtre actuel qui sacrifie entièrement le texte à la dramaturgie.

Dans les essais que j'ai écrits, et qui concernaient la littérature et non le théâtre, j'ai souvent lutté pour qu'on ne limite pas la lecture d'un texte à un sens défini. Or, dès qu'il y a spectacle, j'ai besoin qu'il y ait un sens fort, unique, une responsabilité morale ou sociale. Car je suis toujours fidèle aux idées de Brecht auxquelles j'étais très attaché quand je m'occupais du théâtre comme critique.

Les Nouvelles littéraires, 6-13 février 1979.

Roland Barthes s'explique

L'œuvre de Roland Barthes – près d'une quinzaine de livres parmi lesquels des titres devenus célèbres : Le Degré zéro de l'écriture, Mythologies *et, récemment,* Fragments d'un discours amoureux – *se caractérise d'abord par sa diversité : on y trouve aussi bien des études critiques sur Michelet et Racine qu'une analyse méthodique du langage de la mode ou encore un étonnant essai sur* L'Empire des signes, le Japon. *Cette polyvalence n'est pas seulement apparente. Roland Barthes, au lieu de chercher à construire un système de pensée, s'est toujours promené à travers les savoirs, passant tranquillement d'une théorie à l'autre en puisant, par exemple, une notion chez Marx pour la mettre à l'épreuve dans la linguistique, ou vice versa. Et si, à l'occasion, il s'est arrêté pour fabriquer une machine à analyser, ainsi la « sémiologie », il s'en est quelque peu détourné le jour où celle-ci risquait de devenir un carcan rigide et une grille unique d'interprétation.*

L'itinéraire de Roland Barthes, malgré ses détours, ses dérives et ses explorations de traverse, présente pourtant une constante : une attention privilégiée au langage. D'une part, pour en dénoncer l'oppression, c'est-à-dire ces formes figées que sont le sens commun, le « ce qui va de soi » ou le stéréotype (et là où il y a stéréotype, mieux même, bêtise, Roland Barthes accourt). Mais, d'autre part, pour en magnifier les extraordinaires possibilités de jubilation et d'explosion du sens offertes grâce à un exercice se renouvelant depuis des siècles : la littérature. Et c'est justement le Roland Barthes amoureux de la littérature que j'ai avant tout essayé d'interroger. Celui qui vient de publier un recueil d'articles consacrés à son ami l'écrivain Philippe Sollers dont les expériences littéraires sont jugées par les uns « d'avant-garde », par les autres d'une soporifique « illisibilité ». Mais également celui dont les der-

niers ouvrages parus – et en particulier Fragments d'un discours amoureux *– sont considérés, de par leur écriture surtout,
de plus en plus proches de l'espace littéraire à tel point que
l'on parle plutôt aujourd'hui de Roland Barthes écrivain que
de Roland Barthes critique. Qu'en est-il exactement ? Comment envisage-t-il son travail actuel, ce professeur au Collège
de France qui dit être arrivé à l'âge désigné en latin par le
terme* sapientia *et qu'il traduit par « nul pouvoir, un peu de
savoir, un peu de sagesse et le plus de saveur possible » ? Ou,
en simplifiant beaucoup : structuraliste hier et romancier
demain ? C'est à ce genre de questions que Roland Barthes a
accepté de répondre, situant sa place parmi les intellectuels,
précisant son point de vue sur la littérature d'avant-garde, et
répondant au passage à ceux qui l'accusent de jargonner. Un
dernier mot tout de même avant de lui laisser la parole : juste
pour souligner, dans la voix et le regard de cet homme, cet
équilibre indéfinissable entre une véritable tolérance, une
extrême finesse et un discret hédonisme. Peut-être est-ce cela
qui aboutit à ce qu'on appelait parfois la* politesse *et que
Roland Barthes, à sa manière, remet à la mode.*

> *J'aimerais commencer cette interview en vous demandant
> justement : pour vous, qu'est-ce qu'une interview ?*

L'interview est une pratique assez complexe, sinon à analyser,
tout du moins à juger. D'une manière générale, les interviews
me sont assez pénibles et à un moment j'ai voulu y renoncer.
Je m'étais même fixé une sorte de « dernière interview ». Et
puis j'ai compris qu'il s'agissait d'une attitude excessive :
l'interview fait partie, pour le dire de façon désinvolte, d'un
jeu social auquel on ne peut pas se dérober ou, pour le dire
de façon plus sérieuse, d'une solidarité de travail intellectuel
entre les écrivains, d'une part, et les médias, d'autre part. Il y
a des engrenages qu'il faut accepter : à partir du moment où
l'on écrit, c'est finalement pour être publié et, à partir du
moment où l'on publie, il faut accepter ce que la société
demande aux livres et ce qu'elle en fait. Par conséquent, il faut
se prêter à l'interview, tout en essayant parfois de freiner un
peu la demande.

Maintenant, pourquoi les interviews me sont-elles pénibles ?
La raison fondamentale tient aux idées que j'ai sur le rapport
de la parole et de l'écriture. J'aime l'écriture. Et la parole, je
ne l'aime que dans un cadre très particulier, celui que je fabrique moi-même, par exemple dans un séminaire ou dans un
cours. Je suis toujours gêné quand la parole vient en quelque
sorte doubler l'écriture, parce que j'ai alors une impression
d'inutilité : ce que j'ai voulu dire, je ne pouvais pas le dire
mieux qu'en écrivant, et le redire en parlant tend à le diminuer.
Voilà la raison essentielle de ma réticence. Il y a une autre
raison qui tient plus à l'humeur : je ne crois pas que ce sera
le cas avec vous, mais très souvent, vous le savez, dans les
interviews des grands médias, il s'établit un rapport un peu
sadique entre l'interviewer et l'interviewé, rapport où il s'agit
de pourchasser chez ce dernier une sorte de vérité en lui posant,
pour le faire réagir, des questions soit agressives, soit indis-
crètes. En somme, il y a des risques de manquer à la délicatesse
qui me choquent.

Ce que je viens de dire ne répond pourtant pas à l'un des
sens de votre question : à quoi sert une interview ? Je sais
seulement que c'est une pratique assez traumatisante qui provoque chez moi un « je n'ai rien à dire » relevant d'une défense
plus ou moins inconsciente. Pour celui qui écrit, et même pour
celui qui parle, l'aphasie est une menace perpétuelle contre
laquelle il doit lutter (étant entendu qu'une forme de l'aphasie
c'est le bavardage ou la logorrhée). Tout cela tourne autour
d'une écriture et d'une parole juste ou, pour employer un mot
pédant, « homomètre », c'est-à-dire où il y a un rapport métrique juste entre ce que l'on a à dire et la façon dont on le dit.
Votre question, enfin, relève d'une étude générale qui manque
et que j'ai toujours eu envie de prendre comme objet d'un
cours : un vaste tableau médité des pratiques de la vie intellectuelle d'aujourd'hui.

C'est pourquoi l'un de vos projets de livre dans Roland
Barthes par lui-même *porte comme titre* Ethologie des
intellectuels *?*

Exactement. L'éthologie s'intéresse d'habitude aux mœurs des
animaux. Il faudrait à mon avis accomplir le même travail à
propos des intellectuels : on étudierait leurs pratiques, les col-

loques, les cours, les séminaires, les conférences, les interviews, les signatures, etc. Il y a toute une pratique des intellectuels dans laquelle nous vivons et dont, à ma connaissance, on n'a jamais fait la philosophie.

> *L'instrument qui est là entre nous, le magnétophone, embarrasse, voire inquiète beaucoup les intellectuels aujourd'hui. Et vous ?*

Il est vrai que le magnétophone me gêne un peu mais, selon l'expression bizarre, « je prends sur moi ». Le magnétophone ne laisse pas lire ses moyens de rature. Dans l'écriture, et c'est merveilleux, les moyens de rature sont immédiats. Et dans la parole il existe un code grâce auquel on peut raturer ce que l'on vient de dire : « Non, je n'ai pas voulu dire cela », etc. Avec le magnétophone, il y a une telle rentabilité de la bande enregistreuse que l'on a du mal à se reprendre et qu'il devient plus risqué de parler.

> *Le magnétophone, dit-on aussi, est considéré comme un risque pour l'écriture et, partant, pour la littérature.*

Les Nouvelles littéraires ont publié à ce propos un dossier dans lequel on trouvait le témoignage de jeunes écrivains qui semblaient tout à fait libres vis-à-vis du magnétophone. Moi, et c'est une question de génération, je vis sous la fascination d'une maîtrise de la langue qui reste encore de type classique et, par conséquent, la critique de la langue en tant que je la fabrique est très importante. On retrouve là le problème de la nature. Et puis le corps humain qui est médiatisé par l'écriture manuelle est différent du corps humain médiatisé par la voix. La voix est un organe de l'imaginaire et, avec le magnétophone, on peut avoir ainsi une expression moins refoulée, moins censurée et moins soumise à des lois internes. L'écriture, au contraire, implique une sorte de légalisation et de fonctionnement d'un code assez sévère portant notamment sur la phrase. La phrase n'est pas la même avec la voix et avec l'écriture.

> *Vous n'utilisez donc pas le magnétophone. Et la machine à écrire ?*

J'écris toujours mes textes à la main puisque je les rature beaucoup. Ensuite, il est essentiel que je les transcrive moi-même à
la machine à écrire parce que vient alors une seconde vague de
corrections, corrections allant toujours dans le sens de l'ellipse
ou de la suppression. C'est le moment où ce que l'on a écrit, qui
reste très subjectif dans l'apparence graphique de l'écriture
manuelle, s'objective : ce n'est pas encore un livre ou un article
mais, grâce aux caractères de la machine à écrire, il y a déjà une
apparence objective du texte et c'est une étape très importante.

> *En 1964, en publiant vos* Essais critiques, *puis, en 1966,
> dans* Critique et vérité, *vous affirmiez que le critique est
> un écrivain. Or, récemment, en 1977, au colloque de
> Cerisy qui vous était consacré, vous avez déclaré : « Il y
> a une offensive journalistique qui consiste à faire de moi
> un écrivain. »*

Bien entendu, il s'agit d'une phrase-astuce, volontairement
truquée. Je voudrais beaucoup être un écrivain et je l'ai toujours voulu, sans pétition de valeur puisque ce n'est pas pour
moi un tableau d'honneur mais une pratique. J'ai donc simplement observé avec amusement que ma petite image sociale
s'est mise depuis quelque temps à muter vers le statut d'écrivain en s'éloignant du statut de critique. Ce que j'ai écrit depuis
quelques années y a aidé et je ne le regrette donc pas du tout.
Reste que l'image sociale est toujours l'objet d'orchestration
et c'est pourquoi j'ai pu parler d'offensive dans la mesure où
l'on sent bien comment cette image sociale se construit et se
déplace souvent indépendamment de soi-même.

> *Mais, à votre avis, pourquoi cette offensive ?*

Si je continuais à être le rationaliste que j'ai un peu été autrefois, je dirais : parce que la société intellectuelle française
d'aujourd'hui a besoin d'écrivains. Il y a des places vides et
je suis là avec quelques éléments pour pouvoir remplir l'une
de ces cases.

> *Vous êtes aujourd'hui professeur au Collège de France,
> l'un des lieux les plus prestigieux de l'Université fran-*

*çaise. Il y a pourtant un thème qui revient avec insistance
chez vous et jusque dans votre leçon inaugurale au Collège de France : vous êtes, dites-vous, un « sujet incertain » ou un « sujet impur » par rapport à l'Université,
notamment parce que vous n'avez pas passé l'agrégation.*

Il est évident que c'est un thème subjectif très important qui
n'est pas bien liquidé en moi. J'ai toujours eu une envie forte
et pulsionnelle de faire partie de l'Université, envie originée
dans mon adolescence à un moment où l'Université était très
différente. Or je n'ai pas pu m'intégrer par un cursus normal
à l'Université, ne serait-ce que parce que j'ai été malade à
chaque fois qu'il fallait franchir un échelon. Une première fois,
j'ai été malade en classe de philosophie et je n'ai pas pu
préparer l'École normale supérieure comme je le voulais, puis
j'ai eu une rechute quand il s'agissait de préparer l'agrégation.
Ma carrière même prouve que je suis toujours resté attaché à
l'idée de faire partie de l'Université, mais j'en ai fait partie –
ce qui a été ma chance – à travers des institutions marginales
qui ont pu m'accepter sans les diplômes requis ordinairement :
le CNRS, l'Ecole pratique des hautes études et maintenant le
Collège de France. Ces institutions sont marginales pour des
raisons de style mais aussi pour une raison objective qui n'a
pas été bien comprise lorsque j'en ai parlé dans ma leçon
inaugurale : le Collège de France et, en grande partie, l'École
pratique des hautes études ne délivrent pas de diplômes. On
n'est donc pas entraîné dans un système de pouvoir, ce qui
crée une marginalité objective.

*Ce léger décalage vis-à-vis de l'Université vous satisfait
finalement ?*

Du point de vue professionnel, j'ai eu la meilleure vie que je
pouvais avoir puisque j'ai été accueilli – quitte à être contesté
– dans cette Université que j'aimais bien depuis le début, mais
accueilli dans des lieux assez marginaux et hors pouvoir. Je
n'oublie pas pour autant qu'au Collège de France, qui est une
institution au fonctionnement très difficile à expliquer à un
étranger, il y a des contradictions entre des attitudes très nova-
trices et un aristocratisme incontestable.

*J'ai souvent remarqué dans les librairies que vos livres
ne sont jamais classés au même endroit et que, selon le
cas, on les trouve dans le rayon linguistique, philosophie,
sociologie ou littérature. Cette difficulté à vous classer
correspond bien à votre démarche ?*

Oui, et si nous dépassions un peu mon cas, je crois que cela
correspond à un travail de brouillage qui a commencé avant
moi. Avec Sartre en particulier qui a été un très grand poly-
graphe : il a été philosophe, essayiste, romancier, dramaturge
et critique. C'est sans doute à partir de ce moment-là que le
statut de l'écrivain a commencé à se brouiller, en rencontrant,
pour bientôt s'y mêler, le statut de l'intellectuel et celui du
professeur. Aujourd'hui, on va vers une sorte de péremption
ou de suppression des genres traditionnels d'écriture, mais ce
brouillage n'est pas bien suivi par le commerce éditorial qui
a encore besoin de classification.

*Même si l'on considère qu'il a échoué, Sartre a tout de
même essayé de construire un grand système. Ce qui n'est
pas du tout votre cas. Alors quel est le Sartre qui a compté
pour vous ?*

D'abord, s'il est vrai que Sartre, avec une puissance philosophique que je ne possède pas, a essayé de produire un grand
système de pensée, je ne dirais pas qu'il a échoué. De toute
manière, à l'échelle de l'histoire, aucun grand système philosophique ne réussit : il devient à un moment une grande fiction,
ce qu'il est d'ailleurs toujours à l'origine. Je dirais plutôt que
Sartre a produit une grande fiction philosophique qui s'est
incarnée dans des écritures diverses et qui a pu prendre la
forme d'un système. Alors quel est le Sartre qui a compté pour
moi ? Celui que j'ai découvert après la Libération, après mon
passage au sanatorium où j'avais surtout lu les classiques et
non des modernes. C'est avec Sartre que j'ai débouché dans
la littérature moderne. Avec *L'Etre et le néant*, mais aussi avec
des livres que je trouve très beaux, que l'on a un peu oubliés
et qu'il faudrait reprendre : *Esquisse d'une théorie des émotions* et *L'Imaginaire*. Et puis il y a surtout son *Baudelaire* et

Saint Genet, comédien et martyr que je tiens pour de grands livres. Ensuite, j'ai moins lu Sartre, j'ai un peu décroché.

> *Quand, à un moment donné, vous parliez d'une science de la littérature, c'était comme d'un modèle impossible, d'une science qui n'existera jamais ?*

Dans la phrase à laquelle vous faites allusion, j'écrivais : « la science de la littérature... (si elle existe un jour) ». Ce qui est important c'est la parenthèse. Même à ce moment-là où j'avais des impératifs scientistes beaucoup plus marqués, je n'y croyais pas. Maintenant, bien entendu, j'y crois encore moins. Mais les attitudes scientistes, positivistes ou rationalistes doivent être traversées par un sujet. A l'heure actuelle, j'en suis sorti. Que d'autres continuent des analyses littéraires en essayant des formalisations, pourquoi pas ? Cela m'agace un peu, mais je le comprends très bien.

> *En quel sens avez-vous pu écrire : « Ne suis-je pas fondé à considérer tout ce que j'ai écrit comme un effort clan-destin pour faire réapparaître un jour, librement, le thème du « journal » gidien » ?*

Adolescent, la lecture de l'œuvre de Gide a été très importante pour moi et, ce que j'aimais par-dessus tout, c'était son *Journal*. C'est un livre qui m'a toujours fasciné par sa structure discontinue, par son côté « patchwork » s'étendant sur plus de cinquante ans. Dans le *Journal* de Gide, tout y passe, toutes les irisations de la subjectivité : les lectures, les rencontres, les réflexions, et même les bêtises. C'est cet aspect-là qui m'a séduit et c'est ainsi que j'ai toujours envie d'écrire : par frag-ments. Pourquoi, me direz-vous alors, je n'écris pas un jour-nal ? C'est une tentation que beaucoup d'entre nous ont, et pas seulement les écrivains. Mais cela pose le problème du « je » et de la sincérité qui était peut-être plus facile à résoudre du temps de Gide – en tous les cas que lui a bien résolu sans complexe et avec maîtrise – et qui aujourd'hui est devenu beaucoup plus difficile après les transformations de la psycha-nalyse et le passage du bulldozer marxiste. On ne peut pas recommencer intégralement une forme passée.

Vous écrivez par « fragments ». Le terme « fragment »
n'est-il pas ambigu en donnant l'impression qu'il s'agit
de petits morceaux d'un tout ou de petits morceaux d'un
édifice ?

Je comprends votre objection. Mais je pourrais vous répondre
d'une manière spécieuse en vous disant que ce tout existe et
qu'effectivement l'écriture n'est jamais que le reste souvent
assez pauvre et assez mince de choses merveilleuses que tout
le monde a en soi. Ce qui vient à l'écriture, ce sont de petits
blocs erratiques ou des ruines par rapport à un ensemble compliqué et touffu. Et le problème de l'écriture, il est là : comment
supporter que ce flot qu'il y a en moi aboutisse dans le meilleur
des cas à un filet d'écriture ? Personnellement, alors, je me
débrouille mieux en n'ayant pas l'air de construire une totalité
et en laissant à découvert des résidus pluriels. C'est ainsi que
je justifie mes fragments.

Cela dit, j'ai maintenant la tentation très forte de faire une
grande œuvre continue et non pas fragmentaire. (Une fois de
plus, c'est un problème typiquement proustien, puisque Proust
a vécu la moitié de sa vie en ne produisant que des fragments
et que, tout d'un coup, en 1909, il s'est mis à construire ce
flot océanique de *La Recherche du temps perdu*.) Cette tentation est telle, chez moi, que mon cours au Collège de France
est construit par le biais de nombreux détours à partir de ce
problème. Ce que j'appelle le « roman » ou « faire un roman »,
j'en ai envie non pas dans un sens commercial mais pour
accéder à un genre d'écriture qui ne soit plus fragmentaire.

Le succès de Fragments d'un discours amoureux *vous a*
vraiment étonné ?

Sincèrement oui. J'ai failli ne pas lâcher ce manuscrit dont je
ne pensais pas qu'il intéressait plus de cinq cents personnes,
c'est-à-dire cinq cents sujets qui auraient de l'affinité pour ce
type de subjectivité.

Au colloque de Cerisy, vous avez déclaré que Fragments
d'un discours amoureux *avait eu du succès parce que*

vous en aviez travaillé l'écriture. Seulement à cause de cela ?

C'est une justification après coup qui n'est pas forcément fausse : le fait d'avoir travaillé l'écriture de ce livre a peut-être permis de transcender l'extrême particularité de cette subjectivité. Car n'oubliez tout de même pas qu'il s'agit d'un type d'amoureux très particuliers appartenant à une tradition romantique plutôt allemande, ce qui pouvait laisser prévoir bien des résistances du public français et surtout du public intellectuel. Vu le succès de ce livre, je me pose bien sûr des questions, mais que je ne pouvais vraiment pas imaginer avant. Et c'est d'ailleurs ce qu'il y a de passionnant dans « le métier d'écrire » comme disait Pavese : au fond, on ne sait jamais ce qui va arriver. On apporte un soin fou à essayer de prévoir et de savoir, tout simplement parce qu'on a besoin d'une réponse d'amour lorsqu'on écrit. Mais rien n'y fera : on ne le saura pas et il n'y a pas de marketing des livres.

Vous pensez beaucoup à vos lecteurs ?

De plus en plus. Par le fait même d'avoir abandonné un statut scientifique, voire un statut strictement intellectuel, je suis forcément travaillé par des envies non pas de grand public mais de réponses affectives d'un certain public. Je me pose ainsi des questions de style, de clarté, de simplicité. Ce qui n'est pas toujours très facile, puisqu'il n'y a pas la forme, d'un côté, et le contenu, de l'autre : s'exprimer simplement ne suffit pas, il faut aussi penser et sentir simplement.

Le succès de Fragments d'un discours amoureux *aurait modifié votre écriture ?*

Il peut y avoir un tel effet en retour. Lorsqu'on écrit, on est très sensible à l'écoute et je peux effectivement être téléguidé par l'envie de retrouver un rapport simple comme celui que j'ai eu, semble-t-il, avec ce livre. Mais je suis très prudent parce qu'il ne faut pas que cela détermine des attitudes de complaisance.

Vous venez tout juste de publier un nouveau livre : Sollers écrivain. *Un premier point d'abord : vous réclamez dans*

> *ce livre, qui est en réalité un recueil d'articles, le droit*
> *de pratiquer une « critique affectueuse », c'est-à-dire de*
> *ne pas dissocier votre lecture de Sollers de l'amitié que*
> *vous lui portez. Toute critique étant plus ou moins affec-*
> *tueuse, je ne vois pas qui pourrait vous dénier ce droit.*

Il vaut mieux l'affirmer. Je connais Sollers depuis longtemps,
j'ai des rapports d'affection intellectuelle très vifs avec lui et
je ne pense pas qu'il faut les séparer de la manière dont je
parle de son œuvre. Je répète toujours que Michelet tenait
beaucoup à une distinction historique à laquelle il avait donné
des noms quasi mythologiques : d'un côté, il y avait « l'esprit
guelfe », c'est-à-dire l'esprit du scribe, du législateur ou du
jésuite, un esprit sec et rationaliste, et, de l'autre côté, « l'esprit
gibelin », un esprit féodal et romantique, de dévotion de
l'homme à l'homme. Moi, je me sens plus gibelin que guelfe :
au fond, j'ai toujours envie de défendre des hommes et pas
tellement des idées. Ainsi, je suis attaché à Sollers par des
liens affectifs intellectuels et je le défends globalement comme
personnalité et comme individu. Vous dites aussi que toute
critique est affectueuse. Oui, très souvent, et jc suis content
que vous le disiez. Mais il faudrait aller plus loin et presque
théoriser l'affect comme moteur de la critique. Il y a quelques
années encore, la critique restait une activité très analytique,
très rationnelle, soumise à un surmoi d'impartialité et d'objectivité et c'est un peu contre cela que j'ai voulu réagir.

> *Je ne veux pas entrer ici dans le détail, mais disons, pour*
> *aller vite, qu'avec les textes de Sollers comme avec*
> *d'autres textes d'avant-garde littéraire se pose avant tout*
> *pour un lecteur la question de la lisibilité ou de l'illisi-*
> *bilité.*

Effectivement, on ne peut pas dans le cadre d'une interview
traiter vraiment ce problème très complexe des règles de lisibilité. Mais, en gros, je rappellerai d'abord qu'il n'y a aucun
critère objectif de la lisibilité ou de l'illisibilité. Ensuite, je
dirai qu'être lisible est un modèle classique venu de l'école :
être lisible, c'est être lu à l'école. Mais, en réalité, si l'on
observait les parties vivantes de la société, les paroles vivantes
que les gens échangent entre eux, toute cette subjectivité qui

s'exprime dans notre vie quotidienne et urbaine, il y aurait certainement des tas de zones qui nous paraîtraient illisibles et qui peuvent très bien être des zones populaires. Enfin, je fais l'hypothèse que, si des textes comme ceux de Sollers sont considérés comme illisibles, c'est que l'on n'a pas trouvé le bon rythme de lecture. On n'a jamais bien étudié cet aspect-là de la question.

> *Pour beaucoup de lecteurs, l'illisibilité est tout simplement le synonyme de l'ennui.*

Eh bien, justement : peut-être qu'en lisant plus lentement certains textes on s'ennuierait beaucoup moins. Des auteurs comme Alexandre Dumas, il faut les lire très vite, à défaut de quoi ce serait d'un ennui mortel. En revanche, des auteurs comme Sollers, sans doute faut-il les lire à un rythme plus lent, d'autant plus qu'il s'agit d'un projet de subversion et de transmutation de la langue très lié à des expériences de parole. Cela dit et je vous tends presque un argument dont je ne saurai pas me sortir : lorsqu'on confronte des textes dits illisibles, on commence à voir ceux qui, pour employer un langage grossier, sont bons ou mauvais.

Car les critères du goût sont aussi modifiés. Mais ces critères, on ne les connaît pas du tout. Pourquoi ce texte sonne-t-il mieux qu'un autre ? On ne le sait pas. Mais il faut de la patience, car tout cela fait partie d'une sorte de marqueterie de la culture actuelle en train de se faire et très vivante par sa diversité.

> *En attendant, le vieux critère ou mythe de la clarté fonctionne toujours.*

Moi-même, j'ai beaucoup souffert de ce mythe de la clarté puisque très souvent, et encore récemment, j'ai été accusé de jargon obscur. Pourtant, je ne pense pas que la clarté soit un bon mythe. De plus en plus, on sait qu'on ne peut pas séparer le fond de la forme et que la clarté ne veut pas dire grand-chose. Mais on peut opter pour des esthétiques ou de la fausse clarté, ou de la subjectivité, ou du leurre de clarté, par des sortes de second ou troisième classicisme qui, dans l'histoire de la littérature, peuvent apparaître comme des attitudes d'avant-garde. Personnellement, mon travail n'est absolument pas dans la ligne et dans l'aventure de celui de Sollers et j'ai envie maintenant d'arriver à une pratique de la langue de plus en plus simple. Ce qui n'empêche pas du tout d'être sensible à la vie qu'il y a dans la tentative de Sollers.

> *Vous qui n'aimez pas du tout les stéréotypes, ne trouvez-vous pas tout de même qu'il y en a de beaux dans l'avant-garde ?*

C'est certain. Il y a des stéréotypes de la non-stéréotypie, il y a un conformisme de l'illisibilité. Qu'est-ce qui peut faire alors la preuve ? Je vais employer un critère un peu démodé et très « kitsch » dans l'expression que je lui donne : c'est la « souffrance » de l'écrivain. Et, la souffrance pour moi, ce n'est pas le fait de peiner une journée sur une page mais le fait que toute la vie de quelqu'un comme Sollers est visiblement fascinée, travaillée et presque crucifiée par la nécessité d'écrire. C'est en cela que l'illisibilité de Sollers a un prix et qu'elle cessera sans doute un jour d'être perçue comme telle.

> *Si je vous suis bien, votre intérêt pour des textes d'avant-garde, comme ceux de Sollers, ne vous conduit pas à vous détourner de textes plus classiques avec des histoires et des personnages ?*

Bien sûr. Ma subjectivité demande ce classicisme. Et si j'avais à écrire une œuvre, je la doterais d'une apparence classique très forte. Je ne serais donc pas d'avant-garde, au sens courant de l'expression.

> *Dans* Sollers écrivain, *vous vous référez à la « crise de la représentation » en peinture, c'est-à-dire au passage de l'art figuratif à l'art abstrait. Pourquoi cette crise de représentation a-t-elle été finalement bien acceptée par le public en ce qui concerne la peinture abstraite et assez mal en ce qui concerne la littérature ?*

C'est une question fondamentale à laquelle je ne peux que donner une réponse très générale. La difficulté tient au fait que le matériau de la littérature c'est le langage articulé et que ce matériau est déjà lui-même immédiatement signifiant : un mot veut déjà dire quelque chose avant même d'être utilisé. Par conséquent, défaire toutes les procédures d'analogie, de figuration, de représentation, de narrativité, de description, etc., devient beaucoup plus difficile en littérature puisqu'il faut lutter avec un matériau déjà signifiant. Une fois posé ce cadre, on retrouve une question éthique : faut-il lutter ou non ? Doit-on lutter pour périmer le sens, le détruire, le transmuter, pour atteindre par les mots une autre zone du corps ne relevant pas de la logique syntaxique ou, au contraire, faut-il ne pas lutter ? Là, je dis que les réponses ne peuvent être que tactiques et que cela dépend de la manière dont on juge soi-même le point de l'histoire où l'on est arrivé et le combat que l'on doit mener. C'est, me semble-t-il, le sens de toute notre conversation. Moi, et c'est un point de vue absolument personnel, je crois que le moment est peut-être venu où il faudrait moins lutter, moins militer pour des textes, se replier un peu. Tactiquement, j'ai une vue de léger repli : déconstruire moins les textes et jouer davantage la lisibilité (même à travers des leurres, des feintes, des astuces ou des ruses), en somme moins lutter avec les données sémantiques du langage. Mais, encore une fois, n'oubliez pas qu'une époque culturelle est faite de plusieurs essais tactiques concomitants.

> *Dans* Le Nouvel Observateur, *vous avez écrit dernièrement : « Rien ne dit que Kousnetsov soit un "bon" écrivain. Je penserais même volontiers qu'il ne l'est pas, non plus que Soljénitsyne... » Pour vous, Soljénitsyne n'est pas un « bon » écrivain ?*

Soljénitsyne n'est pas un « bon » écrivain *pour nous* : les problèmes de forme qu'il a résolus sont un peu fossilisés par rapport à nous. Sans qu'il en soit responsable – et pour cause –, il y a soixante-dix ans de culture qu'il n'a pas traversés et que nous avons traversés. Cette culture n'est pas forcément meilleure que la sienne, mais elle est là et nous ne pouvons pas la nier, nier par exemple tout ce qui s'est passé dans la littérature française depuis Mallarmé. Et quelqu'un écrivant, disons comme Maupassant ou Zola, nous ne pouvons pas le juger de la même façon que quelqu'un qui soit écrivain maintenant chez nous. Reste que je connais mal les littératures étrangères, j'ai un rapport très aigu et très sélectif à la langue maternelle et je n'aime vraiment que ce qui est écrit en français.

> *Au début de* Sollers écrivain, *vous dites :* « *L'écrivain est seul, abandonné des anciennes classes et des nouvelles. Sa chute est d'autant plus grave qu'il vit dans une société où la solitude elle-même, en soi, est considérée comme une faute.* » *Pourquoi ce constat très pessimiste ?*

Tout simplement parce que, depuis 1945, il y a eu un terrible désenchantement de la classe intellectuelle et d'abord un désenchantement politique survenu à travers certains événements mondiaux, comme les goulags, Cuba, ou la Chine. Le progressisme est une attitude très difficile à tenir pour un intellectuel aujourd'hui. D'où l'apparition des « nouveaux philosophes » qui, à titres divers, ont enregistré ce pessimisme historique et établi la mort provisoire du progressisme.

> *Et vous écrivez dans* Roland Barthes par lui-même *:* « *Dans une situation historique donnée – de pessimisme et de rejet –, c'est toute la classe intellectuelle qui, si elle ne milite pas, est virtuellement dandy.* »

Oui, tout ce qui effectivement consiste à assumer une marginalité extrême devient une forme de combat. A partir du moment où le progressisme politique n'est plus simple et possible, on est reporté vers des attitudes de ruse ou détournées. Car l'ennemi principal devient alors ce que Nietzsche appelait la « grégarité » de la société. Et il est fatal qu'il y ait des statuts de solitude comme peut-être on n'en avait jamais connu. C'est pourquoi l'écrivain, aujourd'hui, est fondamentalement et transcendantalement seul. Bien sûr, il a accès à des appareils de presse et d'édition. Mais cela n'élimine pas sa solitude de créateur qui est très grande. L'écrivain aujourd'hui n'est soutenu par aucune classe sociale repérable, ni par la grande bourgeoisie (à supposer qu'elle existe encore), ni par la petite bourgeoisie, ni par le prolétariat qui, culturellement, est petit-bourgeois. L'écrivain est dans une marginalité si extrême qu'il ne peut même pas bénéficier de l'espèce de solidarité existant entre certains types de marginaux ou de minorités. Vraiment, l'écrivain est terriblement seul en 1979 et c'est ce que j'ai voulu diagnostiquer à travers le cas de Sollers.

> *Mais vous, vous ne vous sentez pas dans la même solitude ?*

Non, parce que j'ai décidé depuis quelques années de « cultiver » une certaine affectivité dans mon rapport avec un certain public. Par là même, chaque fois que je trouve cette réponse affective, je ne suis plus seul. Si je combattais pour une idée de la littérature, je serais sans doute très seul. Mais comme j'ai changé la portée tactique de ma pratique, aussi bien dans ce que j'écris que dans mes cours, la récompense en quelque sorte est différente.

> *Estimez-vous que l'on voit se manifester actuellement un certain anti-intellectualisme, anti-intellectualisme dont vous-même avez pu être la cible à travers un pastiche ?*

Sûrement. En réalité, l'anti-intellectualisme est un mythe romantique. Ce sont les romantiques qui ont commencé à porter le soupçon sur les choses de l'intellect en dissociant la tête et le cœur. Ensuite, l'anti-intellectualisme a été relayé par des épisodes politiques, comme l'affaire Dreyfus. Puis, périodiquement, la société française, en contradiction d'ailleurs avec son goût du prestige, pique des crises ou des accès d'anti-intellectualisme. Sans pousser l'analyse, on peut considérer que c'est lié aujourd'hui au remaniement des classes sociales. En France, et pour parler en termes anciens, il y a une poussée « petite-bourgeoise » incontestable dans les institutions et dans la culture. L'intellectuel devient alors une sorte de bouc émissaire puisqu'il use d'un langage dont les gens se sentent séparés. On revient toujours au langage et à cette malédiction qui fait que les hommes ont un langage séparé et qu'ils ne peuvent produire un langage unitaire que d'une façon artificielle. La recrudescence de l'anti-intellectualisme est centrée sur les problèmes d'expression et c'est en ce sens-là que j'ai fonctionné dernièrement comme un bouc émissaire. Dans le petit groupe des intellectuels, à cause de *Fragments d'un discours amoureux*, j'étais l'un des intellectuels les plus « écrivains » et donc l'un des plus connus en dehors de ce petit groupe. Par là même, on pouvait fabriquer et monter une opération mettant en cause l'intellectuel « hermétique » sans s'adresser à quelqu'un d'absolument inconnu.

[Ce n'est pas la première fois que l'œuvre de Roland Barthes est l'objet d'un pamphlet dénonçant son style d'expression et son langage. En 1963, considéré comme l'un des représentants de « la nouvelle critique » qui, refusant de recourir à une vague psychologie, s'efforçait d'analyser les textes par leur structure interne, il publie un essai à propos de l'un de nos grands classiques : Sur Racine *(ouvrage qui vient précisément d'être réédité en poche dans la collection « Points », Ed. du Seuil). Quelques mois plus tard, Raymond Picard, professeur à la Sorbonne et spécialiste de Racine, fait paraître chez Pauvert un pamphlet :* Nouvelle Critique ou Nouvelle Imposture. *Roland Barthes y répondra en 1966 avec* Critique et vérité. *Comme je l'interrogeais sur les rapports possibles entre ce pamphlet de Raymond Picard et le pastiche de Burnier-Rambaud, Roland Barthes m'a précisé que, pour lui, ce dernier ouvrage était « effectivement une opération Picard avec plus de dix ans de retard, à cette différence près que le théâtre de l'opération a changé : parce que je suis plus connu, on est passé de l'enceinte de l'Université à celle des médias. Mais, au fond, le problème reste le même, lié au langage ».]*

> *Au colloque de Cerisy, vous vous êtes étonné que les journalistes ne vous interrogent jamais sur votre* Michelet *par lui-même, « le livre de moi, disiez-vous, d'une part, dont on parle le moins et, d'autre part, que je supporte le mieux ». Je ne voudrais pas terminer cet entretien sans précisément vous demander pourquoi vous aimez bien ce livre.*

Ah, vous me tendez un piège redoutable ! Mais, c'est vrai, je reconnais que je trouve la thématique de ce livre assez bien faite. Et puis, Michelet reste assez novateur parce que c'est un historien qui a vraiment introduit le corps humain dans l'histoire. On peut, bien sûr, lui adresser des tas de reproches de type scientifique : il a commis beaucoup d'erreurs historiques. Mais toute l'école des *Annales* devenue l'école historique vivante avec Duby, Le Roy Ladurie ou Le Goff, reconnaît ce que l'histoire peut devoir à Michelet. Michelet qui a réexaminé et repensé le corps dans l'histoire avec ses souffrances, ses humeurs, le sang, les physiologies ou les nourritures. Et Michelet qui a fondé l'ethnologie de la France en s'éloignant de la chronologie pour regarder la société française comme des ethnologues regardent les sociétés autres.

> *Et un peu à la manière de Michelet repensant le corps dans l'histoire, vous aussi vous êtes de plus en plus attentif à la saveur des choses et du savoir.*

Un peu, oui. Pour cela, je prends alors le détour de la subjectivité. Disons que je m'assume davantage comme sujet.

Lire, avril 1979.
Propos recueillis par Pierre Boncenne.

Osons être paresseux

Ne rien faire. Regarder l'herbe pousser. Se laisser glisser dans le cours du temps. Faire de sa vie un dimanche... Roland Barthes parle du délice de la paresse.

La paresse est un élément de la mythologie scolaire. Comment l'analyseriez-vous ?

La paresse n'est pas un mythe, c'est une donnée fondamentale et comme naturelle de la situation scolaire. Pourquoi ? Parce que l'école est une structure de contrainte, et que la paresse est un moyen, pour l'élève, de se jouer de cette contrainte. La classe comporte fatalement une force de répression, ne serait-ce que parce qu'on y enseigne des choses dont l'adolescent n'a pas forcément le désir. La paresse peut être une réponse à cette répression, une tactique subjective pour en assumer l'ennui, en manifester la conscience et, d'une certaine façon, ainsi, la dialectiser. Cette réponse n'est pas directe, elle n'est pas une contestation ouverte, car l'élève n'a pas les moyens de répondre de front à des contraintes ; c'est une réponse détournée, qui évite la crise. Autrement dit, la paresse scolaire a une valeur sémantique, elle fait partie du code de la classe, de la langue naturelle de l'élève.

Si l'on regarde l'étymologie, on remarque que, en latin, *piger*, l'adjectif (puisque paresse vient de *pigritia*), veut dire « lent ». C'est le visage le plus négatif, le plus triste de la paresse qui est alors de faire les choses, mais mal, à contre-cœur, de satisfaire l'institution en lui donnant une réponse, mais une réponse qui traîne.

En grec, au contraire, paresseux se dit *argos*, contraction de *a-ergos*, tout simplement « qui ne travaille pas ». Le grec est beaucoup plus franc que le latin.

Déjà, dans ce petit débat étymologique, se profile la possibilité d'une certaine philosophie de la paresse.

Je n'ai été professeur de lycée qu'un an. Ce n'est pas de là que je tire une idée de paresse scolaire, mais plutôt de ma propre expérience d'élève. Je retrouve spontanément la paresse scolaire, mais à titre de métaphore dans ma vie actuelle, qui n'a en principe rien de celle d'un écolier : souvent, devant les tâches qui m'ennuient considérablement, comme le courrier, les manuscrits à lire, je résiste et je me dis que je n'arrive pas à les faire, exactement comme l'écolier qui ne peut pas faire ses devoirs. Il s'agit, à ces moments-là, d'une expérience douloureuse de la paresse, dans la mesure où c'est une expérience douloureuse de la volonté.

> *Quelle place faites-vous – ou devez-vous concéder – à la paresse dans votre vie, dans votre travail ?*

Je serais tenté de dire que je ne fais aucune place à la paresse dans ma vie et c'est là l'erreur. Je sens cela comme un manque, comme un tort. Souvent, je me mets en situation de lutter pour faire les choses. Quand je ne les fais pas, ou du moins tout le temps que je ne les fais pas – car je finis en général par les faire –, il s'agit d'une paresse qui s'impose à moi, au lieu que je l'aie choisie et que je m'impose à elle.

Evidemment, cette paresse honteuse ne prend pas la forme du « ne rien faire », qui serait la forme glorieuse de la paresse, la forme philosophique.

A une époque de ma vie, je m'accordais après la sieste, jusque vers 4, 5 heures de l'après-midi, un peu de cette paresse euphorique, qui ne lutte pas. Je prenais, sans me raidir, les ordres de mon corps, qui était à ce moment-là un peu endormi, pas très dispos.

Je n'essayais pas de travailler, je laissais aller.

Mais c'était une vie à la campagne, pendant l'été. Je faisais un peu de peinture, de bricolage comme font beaucoup de Français. Mais, à Paris, je suis plus tenaillé par la nécessité de travailler et par la difficulté de travailler. Je me laisse aller à cette forme de paresse subie qu'est la diversion, la répétition des diversions qu'on se crée : se faire un café, prendre un verre d'eau... En toute mauvaise foi d'ailleurs puisque, si une diversion m'arrive de l'extérieur, au lieu de la bien accueillir, je suis très fâché contre celui qui la provoque. Je peux subir avec désagrément des téléphones ou des visites qui, en fait, ne dérangent qu'un travail qui ne se fait pas.

A côté de ces diversions, je connais aussi une autre forme de paresse douloureuse. Je la mettrais sous l'invocation de Flaubert qui l'appelait la « marinade ». Cela veut dire qu'on se jette à un moment sur son lit et qu'on « marine ». On ne fait rien, les pensées tournent en rond, on est un peu déprimé...

Des « marinades », j'en ai souvent, très souvent, mais elles ne durent jamais longtemps, un quart d'heure, vingt minutes... Après, je reprends courage.

Je crois qu'en fait, et je reviens à ce thème du « ne rien faire », je souffre de ne pas avoir la puissance et la liberté de ne rien faire. Il y a des moments, pourtant, où je voudrais vraiment me reposer. Mais, comme disait encore Flaubert : « A quoi voulez-vous que je me repose ? »

Si vous voulez, je suis incapable de mettre de l'oisiveté dans ma vie, encore moins du loisir. A part les amis, je n'y mets que du travail ou de la paresse maussade.

Je n'ai jamais beaucoup aimé le sport, et maintenant, de toute manière, j'en aurais passé l'âge. Alors, que voulez-vous que quelqu'un comme moi fasse s'il décide de ne rien faire ?

Lire ? Mais c'est mon travail. Ecrire ? Encore plus. C'est pour cela que j'aimais bien la peinture. C'est une activité absolument gratuite, corporelle, esthétique malgré tout et en même temps un vrai repos, une vraie paresse, parce que, n'étant rien de plus qu'un amateur, je n'y investissais aucune espèce de narcissisme. Cela m'était égal de faire bien ou mal.

Quoi d'autre ? Rousseau, en Suisse, vers la fin de sa vie, faisait de la dentelle.

On pourrait sans trop d'ironie poser le problème du tricot. Tricoter, c'est le geste même d'une certaine paresse, sauf si l'on est rattrapé par le désir de finir l'ouvrage.

Mais les conventions interdisent aux hommes de tricoter.

Cela n'a pas toujours été. Il y a cent cinquante ans, cent ans peut-être, les hommes faisaient couramment de la tapisserie. Maintenant, ce n'est plus possible.

Le spectacle, la chose la plus anticonformiste et donc, à la lettre, la plus scandaleuse que j'aie vue peut-être dans ma vie, scandaleuse, non pour moi, mais pour les gens qui y assistaient, c'était, dans un wagon de métro à Paris, un jeune homme qui a sorti de son sac un tricot et s'est mis ostensiblement à tricoter. Tout le monde a eu une sensation de scandale, mais personne ne l'a dit.

Le tricot, voilà l'exemple d'une activité manuelle, minimale, gratuite, sans finalité, mais qui représente tout de même une belle paresse bien réussie.

Il faudrait voir aussi ce qu'est la paresse dans la vie moderne. Avez-vous remarqué que l'on parle toujours d'un droit aux loisirs, mais jamais d'un droit à la paresse ? Je me demande d'ailleurs si chez nous, Occidentaux et modernes, cela existe : *ne rien faire*.

Même des gens qui ont une tout autre vie que la mienne, plus aliénée, plus dure, plus laborieuse, quand ils sont libres, ils ne font pas « rien ». Ils font toujours quelque chose.

Je me souviens de cette image... Quand j'étais enfant, adolescent, Paris était différent. C'était avant la guerre. L'été, il faisait chaud, plus chaud que maintenant, tout au moins on le croit, en tout cas, moi, je le crois. Alors, très souvent, on voyait les concierges parisiens – il y en avait beaucoup, c'était une institution –, le soir, quand il faisait très chaud, sortir des chaises devant les portes, dans la rue, et s'asseoir sans rien faire.

C'est une vision de la paresse qui s'est effacée. Je ne la retrouve plus dans la vie. Dans le Paris actuel, il n'y a plus tellement de gestes de paresse. Le café, c'est tout de même une paresse avec des relais : il y a des conversations, un « paraître » aussi. Ce n'est pas la vraie paresse.

Il est probable que, maintenant, la paresse consiste, non pas à ne rien faire, puisque nous en sommes incapables, mais à couper le temps le plus souvent possible, à le diversifier. C'est ce que je fais à ma petite échelle quand j'introduis des diversions dans mon travail. Je coupe le temps. C'est une manière de se rendre paresseux. Pourtant, j'aspire à une autre paresse.

Un poème zen, qui m'éblouit toujours par sa simplicité, pourrait être la définition poétique de cette paresse dont je rêve :

> *Assis paisiblement sans rien faire*
> *le printemps vient*
> *et l'herbe croît d'elle-même.*

De plus, le poème, tel qu'il est traduit en français, présente une admirable anacoluthe, une rupture de construction. Celui qui est assis paisiblement n'est pas le sujet de la phrase. Ce n'est pas le printemps qui est assis. Cette rupture de construction, qu'elle soit voulue ou non, indique bien que, dans la situation de paresse, le sujet est presque dépossédé de sa consistance de sujet. Il est décentré, il ne peut même pas dire « je ». Cela serait la vraie paresse. Arriver, à certains moments, à ne plus avoir à dire « je ».

Le sujet amoureux ne serait-il pas celui qui cherche le plus à atteindre cette paresse ?

La paresse que demande le sujet amoureux, ce n'est pas seulement « ne rien faire », c'est surtout ne pas décider.

Dans un *Fragment*, intitulé « Que faire ? », j'ai dit que le sujet amoureux, à certains moments, essaie de s'arranger, dans cette tension perpétuelle que représente pour lui la passion, « un petit coin de paresse ».

En effet, le sujet amoureux que je m'efforçais de décrire se pose à tout instant des problèmes de conduite : est-ce que je dois téléphoner ? Est-ce que je dois aller au rendez-vous ! Est-ce que je ne dois pas y aller ?

J'avais rappelé que le « que faire ? », c'est-à-dire le tissu des délibérations et des décisions dont est faite peut-être notre vie, est semblable au *kârma* bouddhique, c'est-à-dire à l'enchaînement des causes qui nous oblige sans cesse à agir, à répondre. Le contraire du *kârma*, c'est le *nirvâna*. On peut donc, quand on souffre beaucoup de *kârma*, postuler, fantasmer une sorte de *nirvâna*. La paresse prend alors une dimension d'anéantissement.

La vraie paresse serait au fond une paresse du « ne pas décider », de l'« être là ». Comme les cancres, qui sont au fond de la classe, qui n'ont pas d'autre attribut que d'être là.

Ils ne participent pas, ils ne sont pas exclus, ils sont là, un point c'est tout, comme des tas.

C'est de cela que l'on a quelquefois envie : être là ; ne rien décider. Il existe, je pense, un enseignement du tao sur la paresse, sur le « ne rien faire », dans le sens de « ne rien bouger », ne rien déterminer.

On pourrait retrouver aussi certaines tentations de la morale tolstoïenne. Dans la mesure où l'on pourrait se demander si l'on n'a pas le droit d'être paresseux devant le mal. Tolstoï répondait que oui, c'est encore cela qui est le mieux puisqu'il ne faut pas répondre à un mal par un autre mal.

Inutile de vous dire que cette morale est maintenant tout à fait discréditée. Et si l'on s'avançait plus loin encore, la paresse pourrait apparaître comme une haute solution philosophique du mal. Ne pas répondre. Mais, une fois encore, la société actuelle supporte très mal les attitudes neutres. La paresse lui est donc intolérable, comme si elle était, au fond, le mal principal.

Ce qu'il y a de terrible avec la paresse, c'est qu'elle peut être la chose la plus banale, la plus stéréotypée, la moins pensée du monde, comme elle peut être la mieux pensée.

Elle peut être une facilité, mais aussi une conquête.

Cette paresse pensée ne serait-ce pas ce que Proust nomme le Temps perdu *?*

L'attitude de Proust face au travail de l'écrivain est quelque chose de très particulier. Son œuvre est édifiée, sinon à partir, du moins en compagnie d'une théorie de la mémoire involontaire, de la remontée libre des souvenirs, des sensations. Cette remontée libre implique évidemment une sorte de paresse. Etre paresseux, selon cette perspective-là, c'est précisément, pour reprendre la métaphore proustienne, être comme la madeleine qui se désagrège lentement dans la bouche, qui, à ce moment-là, est paresseuse. Le sujet se laisse désagréger par le souvenir et il est paresseux. S'il ne l'était pas, il retrouverait une mémoire volontaire.

On peut avoir recours à une autre image de Proust : celle des fleurs japonaises en papier, très serrées, qui s'étendent et se développent dans l'eau. La paresse, ce serait cela : un moment de l'écriture, un moment de l'œuvre.

Pourtant, même pour Proust, écrire n'est pas une activité paresseuse. Proust emploie une autre métaphore pour désigner l'écrivain, une métaphore de travail. Il dit qu'il fait une œuvre comme une couturière fait une robe. Cela implique une activité incessante, méticuleuse, butineuse, constructrice, rajouteuse comme celle de Proust. Car enfin, il a peut-être été paresseux jusqu'au milieu de sa vie (et encore !), mais ensuite, quand il

s'est enfermé pour écrire *La Recherche*, il n'a pas été paresseux, il a travaillé tout le temps.

Au fond, il y aurait, dans l'écriture, deux temps. Un premier
temps qui serait le temps de la balade, un temps baladeur,
dragueur presque, pendant lequel on drague les souvenirs, les
sensations, les incidents, on les laisse s'épanouir. Puis, il y
aurait un second temps, celui de la table où l'on écrit (pour
Proust, le temps du lit).

Mais je crois vraiment que, pour écrire, il ne faut pas être
paresseux et c'est justement l'une des difficultés d'écrire.
Ecrire est une jouissance, mais en même temps une jouissance
difficile parce qu'elle doit traverser des zones de travail très
dures, avec les risques que cela comporte : envies et menaces
de paresse, tentations d'abandonner, fatigues, révoltes. Il y a
une heure encore, j'étais en train de prendre des notes sur le
journal intime de Tolstoï. C'est un homme qui était obsédé par
les règles de vie, le quadrillage des horaires, le problème moral
de ne pas être paresseux. A tout instant, il note ses manque-
ments. C'est une lutte incessante, une lutte véritablement diabolique. Et, effectivement, si l'on est fondamentalement paresseux, ou si l'on a décidé de l'être, ce qui se conçoit et se
défend très bien, on ne peut pas écrire.

> *Y a-t-il des rites de la paresse ou le dimanche est-il un
> jour comme les autres ?*

Ce qu'il est temps de dire, c'est qu'il y a tout de même autant
de paresses que de métiers, peut-être de classes sociales. Et si
le dimanche est la case institutionnelle de la paresse, il est
évident que le dimanche d'un professeur n'est pas le même
que le dimanche d'un manœuvre, d'un bureaucrate ou d'un
médecin.

Mais, en dehors de ce problème sociologique, se pose le
problème historique du rôle du jour hebdomadaire, que ce soit
le dimanche, le samedi, le vendredi, suivant les religions...
c'est-à-dire le problème de la « paresse » ritualisée.

Dans les sociétés très codées, comme dans l'Angleterre vic-
torienne, par exemple, ou dans la judaïcité actuelle, le jour du
repos était et est un jour marqué par des rites d'interdiction de
faire. Le rite vient au-devant de ce désir du « ne rien faire »
ou « faire rien ». Mais il semble malheureusement que, dès

que les gens sont obligés de se soumettre à ce rite d'interdiction, ils souffrent du « faire rien ».

La paresse, parce qu'elle vient alors de l'extérieur, parce qu'elle est imposée, devient un supplice. Ce supplice s'appelle l'ennui.

Schopenhauer a dit : « L'ennui a sa représentation sociale le dimanche. »

Pour moi, enfant, le dimanche était plutôt un jour ennuyeux. Je ne sais pas très bien pourquoi, mais je pense que souvent les enfants le pensent comme tel. Il n'y a pas d'école ce jour-là, et l'école, même si elle est ambiguë pour l'enfant, est un milieu social et affectif... assez distrayant.

Maintenant, comme je ne suis plus enfant, le dimanche est redevenu pour moi un jour faste. Un jour qui suspend cette demande sociale – courrier, téléphone, rendez-vous – qui est ma fatigue de la semaine. Un jour heureux, parce que c'est un jour blanc, un jour silencieux où je peux rester paresseux, c'est-à-dire libre. Car la forme votive de la paresse moderne, c'est finalement la liberté.

Le Monde-Dimanche, 16 septembre 1979.
Propos recueillis par Christine Eff.

Pour un Chateaubriand de papier

Alors, où en êtes-vous avec Chateaubriand ?

Dans ma vie, dans mes souvenirs culturels, Chateaubriand a d'abord été, comme pour tout le monde, l'auteur de morceaux choisis, celui dont on exhibe les descriptions de clairs de lune ou de paysages américains. Ces pages *officielles* ne manquent pas de beauté, mais je ne crois pas que notre plaisir puisse y trouver son compte... Ce sont, généralement, des pages que l'on mobilise pour étoffer une certaine mythologie du héros romantique alors qu'en fait elles désignent fort mal une œuvre qui les déborde. Je pense, à cet égard, que Chateaubriand est devenu la victime exemplaire de notre enseignement, car c'est bien à cause de l'appauvrissement scolaire dont il a été l'objet – et du *déport* de sympathie qui s'est ensuivi – que les Français le lisent désormais si peu ou si mal.

Vous le lisiez déjà assez pour avoir envie de préfacer La Vie de Rancé...

Er effet, il a fallu que je découvre ce livre somptueux et austère pour comprendre que Chateaubriand n'était pas seulement le champion appliqué dont parlent les manuels. Dans *La Vie de Rancé*, j'ai trouvé un homme profond, grave, puissant, et c'est peut-être en pensant à ce Chateaubriand-là que je me mis, il y a quelques mois, à lire vraiment les *Mémoires d'outre-tombe*. Et là, ce fut un éblouissement...

Ces *Mémoires* sont devenus mon livre de chevet pendant plusieurs semaines ; je m'y précipitais, chaque soir, car la langue y est d'une beauté inconcevable, à couper le souffle. Plus encore, cette beauté ménage des effets de suspense : on a, sans cesse, envie d'en savoir plus, de retrouver l'enchantement d'une ligne et, de ce fait, cette lecture vous aspire...

Est-ce que cette beauté de langue vous suffit ?

Derrière la langue, il y a un Chateaubriand complexe, contradictoire, avec une morale et une vraie pensée politique.

La pensée politique de La Monarchie selon la Charte *ou du* Génie du christianisme *?*

Je ne parle ici que du Chateaubriand des *Mémoires d'outre-tombe. Le Génie* est un livre qui m'ennuie. Et, en évoquant sa pensée politique, je fais allusion à quelque chose de plus vaste qu'une simple dissertation constitutionnelle. En politique, Chateaubriand a une sorte de grandeur, il y a en lui une qualité d'âme, la noblesse. Il n'aurait jamais pu dire le mot cynique de Joseph de Maistre : « On n'a rien fait contre les opinions tant qu'on n'a pas attaqué les personnes. » Lui, reste loyal, même envers ceux dont il fait le plus sévère portrait. Songez à son portrait de Charles X.

Et le Chateaubriand vaniteux, menteur...

Sa vanité, ses mensonges ne me gênent pas. Ils appartiennent à son « moi », qui, au fond, le protège de la bassesse. Nietzsche parle de cette « antique souveraineté du moi », dont Chateaubriand est une belle figure... L'essentiel, dans ma lecture, c'est la noblesse que j'y perçois. Cette noblesse qui semble lui enjoindre de ne jamais consentir à la mesquinerie, même dans le monde de la politique où il se déplace et qui y prédispose tant.

Auriez-vous aimé écrire une biographie de Chateaubriand ?

Souvent, j'ai eu envie d'écrire une biographie, mais j'avoue n'avoir jamais songé à Chateaubriand. La vie d'un musicien allemand, peut-être, si j'avais été bon germaniste... De toute façon, cette biographie de Chateaubriand, elle existe désormais. Le gros livre de Painter [1]...

> *D'une manière générale, comment jugez-vous les entreprises biographiques de Painter, leur méticuleuse mise en scène ?*

J'ai beaucoup aimé son *Proust*, car Painter y fut le premier à réhabiliter le « marcellisme », c'est-à-dire un intérêt réel pour la personne privée de Proust et non plus seulement pour les personnages de son œuvre. En revanche, son livre sur Gide m'a déçu... Quant à ce *Chateaubriand* qu'on publie aujourd'hui, il ne m'est pas encore facile d'en juger ; le premier volume – le seul dont on dispose pour l'instant – s'arrête en 1793. Or le Chateaubriand qui m'intéresse est le Chateaubriand de la vieillesse. Cela étant, je reconnais volontiers à Painter un certain génie de la biographie. C'est toujours très bien fait, vivant. Mais...

> *Mais ?*

... Je me demande si la logique même du genre où il excelle n'interdit pas à Painter l'accès à ce qui fait de Chateaubriand une figure unique : à savoir son style, sa langue. De plus, Painter n'entretient pas avec le français des rapports de « langue maternelle » et je me demande ce que peut offrir une intimité avec Chateaubriand si l'on ne privilégie pas le mystère de sa langue, ce qui précisément le rend unique. Aujourd'hui, en France, il n'y a pas une crise de la langue – car les mots s'arrangent toujours pour survivre ; mais il y a une *crise de l'amour de la langue*. Sans l'évaluation sensible de cette crise-là, sans cet amour, que comprendrait-on à ce qui fait la modernité d'un syntaxicien et d'un lexiste aussi prodigieux que Chateaubriand ?

> *Croiriez-vous ainsi que la rhétorique, plus que l'anecdote, nous dira la vérité des* Mémoires d'outre-tombe *?*

1. *Chateaubriand, une biographie,* t. I, *Les Orages désirés,* Gallimard, 650 pages, traduction de Suzanne Nettiard.

La question n'est pas vraiment là. Mais, puisque Chateaubriand nous parle de sa vie et de son temps à travers une langue jubilatoire – qui devait lui donner tant de jouissance à écrire et qui nous donne, à nous, tant de jouissance à le lire –, je ne crois pas qu'on puisse faire l'économie de son analyse.

> *Bon, parlons de cette langue, de son mystère ; n'avez-vous pas l'impression que, parfois, Chateaubriand s'entend aussi comme une énorme machine* d'« inanité sonore », *qu'il s'abandonne volontiers à la facilité, comme les compositeurs trop doués dont on dit qu'ils lâchent tous leurs cuivres en même temps ?*

Je ne suis pas de votre avis. Pour moi, Chateaubriand est, dans les *Mémoires d'outre-tombe*, un miracle d'équilibre et de mesure car il possède, là, la science du mot juste, c'est-à-dire sans démesure : quand il décrit, par exemple, Mme Récamier « en robe blanche sur un sofa bleu », c'est simple et parfait. Et ailleurs, cette langue ne cesse de le servir pour mettre en scène son destin, à la jointure de deux mondes, ou pour sa vieillesse...

C'est cette langue, encore, qui lui permet de transformer poétiquement des choses ingrates, comme l'ennui dont il parle si bien et qui, de ce fait, se métamorphose en *autre chose*. Et puis, cette langue qui lui permet de tenir, de dire, la noblesse qui, à tout moment, reste son choix inflexible...

> *Mais qu'entendez-vous par noblesse ?*

L'absence de calcul, de petitesse, la soumission à un esprit de générosité, et je dirai une façon générale d'accueil, d'hospitalité – toutes qualités dont l'absence aujourd'hui, dans le discours politique, me gêne. Certes, cette noblesse s'accompagne d'un certain *drapé* moral et chevaleresque, mais la phrase chez Chateaubriand y reste simple et des choses justes y sont dites. Cela rend nostalgique.

> *Vous prêtez à votre Chateaubriand l'innocence et la loyauté dont, à l'évidence, il n'a pas toujours fait preuve...*

« Mon » Chateaubriand, c'est d'abord son œuvre, ses livres. C'est un Chateaubriand de papier et il se peut, en effet, qu'il

ne ressemble pas au Chateaubriand des biographes. Il ne
m'intéresse pas beaucoup de confronter ce Chateaubriand de
papier à l'homme de chair et d'os que Painter fait revivre.

> *On dit généralement que le* XVIIIe *siècle français était*
> *intelligent alors que le siècle suivant fut plutôt dévoué à*
> *la sottise. Il semblerait, selon vous, que Chateaubriand*
> *y fasse exception...*

L'« intelligence » que l'on prête au XVIIIe siècle et que l'on
refuse au XIXe participe en général d'une mythologie réactionnaire, maurrassienne. Il suffit de *lire* les *Mémoires* pour voir
que Chateaubriand y est *intelligent*, bien sûr : qu'il dit des
choses magnifiques sur les Français et leur « psychologie »
politique. Souvenez-vous de ce passage à propos de Napoléon :
« Une expérience journalière fait que les Français vont instinc-
tivement au pouvoir. Ils n'aiment point la liberté, l'égalité seule
est leur idole. Or l'égalité et le despotisme ont des liaisons
secrètes. Sous ces deux rapports. Napoléon avait sa source au
cœur des Français militairement inclinés vers la puissance et
démocratiquement amoureux du niveau. » N'est-ce pas la
vérité même que cette obsession, chez nous, de l'égalité du
niveau ? Alors voyez-vous, Chateaubriand – celui dont le corps
est en papier – m'émeut par cette lucidité digne qui le pousse
toujours à dire la vérité, *malgré tout*. Chateaubriand était souvent déçu mais toujours lucide, soucieux de dire les choses
justement ; c'est pour cela qu'il fut, plus qu'un politique, un
écrivain dépositaire d'une éthique. A lire, donc, aujourd'hui...

Le Nouvel Observateur, 10 décembre 1979.
Propos recueillis par Jean-Paul Enthoven.

Du goût à l'extase

Un livre de Roland Barthes est toujours un événement. La Chambre claire, note sur la photographie, *paraît sous le patronage de trois éditeurs en même temps, phénomène peu commun : le Seuil, auquel Barthes reste fidèle depuis longtemps, les* Cahiers du cinéma, *et Gallimard, qui héberge la nouvelle collection dirigée par Jean Narboni, directeur des* Cahiers *(déjà parus, les* Ecrits d'Oshima*). Roland Barthes nous parle, ainsi, d'un art qu'il ne pratique pas, mais qui le concerne comme tout le monde aujourd'hui.*

Susan Sontag et Michel Tournier ont publié récemment, eux aussi, des livres d'analyse sur la photographie. Est-ce une coïncidence ?

On peut noter, en effet, une espèce de « boom théorique » sur la photographie. Des gens, qui ne sont pas des techniciens, des historiens, des esthéticiens, s'intéressent à elle. Ils ne font que rattraper un retard scandaleux : la photo fait partie intégrante de notre civilisation, il n'y a pas de raison de ne pas lui appliquer une réflexion, comme à la peinture et au cinéma. Reste à savoir si cela plaira aux photographes. Parce que, s'ils cherchent à faire admettre la photographie comme un élément adulte, ils manifestent une certaine méfiance devant l'« intellectualisation » de leur pratique... En tout cas, la photo est exclue des enseignements universitaires. Sauf des expériences pionnières comme celle de l'université d'Aix-Marseille qui a accepté un doctorat de Lucien Clergue, il y a trois mois, et le centre *ad hoc* – c'est significatif – a été rattaché... au dépar-

tement de chimie ! Comme si la photographie dépendait
encore, pour l'institution, de ses débuts héroïques.

Pourquoi La Chambre claire, *quand Tournier appelle son
appareil « une petite boîte de nuit » ?*

J'ai voulu jouer sur le paradoxe et le renversement du stéréotype. Mais cela a tout de même une réalité symbolique :
j'essaie de dire que ce qu'il y a de terrible dans la photo, c'est
qu'elle est sans profondeur, qu'elle est une *évidence claire* de
la chose qui a été.

Votre livre est une « note », *et pourtant il crée des
concepts...*

C'est par une modestie, sincère, que je l'ai sous-titré « *note* »,
parce que c'est un livre bref, qui n'a aucune prétention ency-
clopédique. Tout juste une thèse, une proposition. Mais, en
revanche, je suis très conscient de la *particularité* de ma position, en marge du champ scientifique concerné... Chaque fois
qu'on fait un travail de réflexion analytique, cependant, il faut
définir des notions. J'ai choisi deux mots latins qui simpli-
fiaient : le *studium*, c'est l'intérêt général et culturel, civilisé,
qu'on a pour une photo. C'est ce qui correspond au travail du
photographe : il essaie de plaire à notre *studium*, à notre...
goût, en quelque sorte. Ainsi, toutes les photos d'actualité en
général ont un sens du *studium*.
    Mais j'ai constaté que certaines photographies me tou-
chaient, plus vivement que par leur intérêt général, par un
détail qui vient me saisir, me captiver, me réveiller, me surprendre, d'une façon assez énigmatique. Alors j'ai appelé cet
élément le *punctum*, parce que c'est une espèce de point, de
piqûre, comme cela, qui vient me toucher.

Un « plaisir de l'image » *après le* « plaisir du texte » ?

La première partie de mon livre aurait pu s'appeler ainsi. Mais
ensuite je pars d'une réflexion plus douloureuse sur un deuil,
sur un chagrin. J'essaie de retrouver, d'expliquer ce qui fait
cette impression douloureuse : la violence de « ce qui a été
là ». C'est « l'extase photographique » : certaines photos vous

font sortir de vous-même, quand elles s'associent à une perte, à un manque, et, en ce sens, ce livre est plutôt le symétrique des *Fragments d'un discours amoureux* dans l'ordre du deuil.

Le Matin, 22 février 1980.
Propos recueillis par Laurent Dispot.

Sur la photographie

C'est un des hommes qui marqueront notre époque. De Mythologies *à* Fragments du discours amoureux, *les analyses de Roland Barthes sur différents faits de société sont reprises, commentées, imitées, raillées parfois, mais ne passent jamais inaperçues. Son influence est indéniable sur la vie intellectuelle de notre pays.*

Connaître sa position sur la photographie nous a paru indispensable pour tous ceux qui s'intéressent à elle et à la place qu'elle tient dans notre société aujourd'hui.

1

ANGELO SCHWARZ : *Il est devenu habituel de définir la photo comme un langage. N'est-ce pas une définition mystificatrice, d'une certaine manière ?*

Quand on dit que la photo est un langage, c'est faux et c'est vrai. C'est faux, au sens littéral, parce que l'image photographique étant la reproduction analogique de la réalité, elle ne comporte aucune particule discontinue qu'on pourrait appeler *signe* : littéralement, dans une photo, il n'y a aucun équivalent du mot ou de la lettre. Mais c'est vrai dans la mesure où la composition, le style d'une photo fonctionnent comme un message second qui renseigne sur la réalité et sur le photographe : c'est ce qu'on appelle la *connotation*, qui est du langage ; or les photos connotent toujours quelque chose de différent de ce qu'elles montrent au plan de la *dénotation* : c'est paradoxalement par le style, et par le style seul, que la photo est du langage.

> *Comme l'avait déjà observé Baudelaire, la photographie est très liée à un processus industriel. Alors pourrait-on la définir comme un système d'écriture fortement conditionné par un processus industriel ?*

La photo et le cinéma sont des produits purs de la révolution industrielle. Ils ne sont pas pris dans un héritage, dans une tradition. C'est pour cela que c'est extrêmement difficile à analyser : il faudrait inventer une esthétique nouvelle qui prenne en charge à la fois le cinéma et la photographie en les différenciant, alors qu'en réalité il y a une esthétique cinématographique qui fonctionne à partir de valeurs stylistiques de type littéraire. La photographie, elle, n'a pas bénéficié du même transfert ; c'est une sorte de parente pauvre de la culture ; personne ne la prend en charge. Il y a peu de grands textes de qualité intellectuelle sur la photographie. J'en connais peu. Il y a le texte de W. Benjamin, qui est bon parce qu'il est prémonitoire[1]. La photo est victime de son sur-pouvoir ; comme elle a la réputation de transcrire littéralement le réel ou une tranche de réel, on ne s'interroge pas sur son véritable pouvoir, sur ses véritables implications. On a une double vue de la photo qui est chaque fois excessive ou erronée. Ou bien on la pense comme une pure transcription mécanique et exacte du réel. C'est toute la photo de reportage, ou la photo familiale dans certains cas. C'est évidemment excessif parce que même une photographie de reportage implique une élaboration, une idéologie de la prise de vues. Ou bien, à l'autre extrême, on la pense comme une sorte de substitut de la peinture ; c'est ce qu'on appelle la photo d'art et c'est aussi un autre excès, car il est évident que la photo n'est pas de l'art, au sens classique du terme.

> *Il existe des théories du cinéma. Pourquoi n'y a-t-il pas de théorie de la photographie ?*

1. Depuis que j'ai donné cette interview, il y a eu les livres de S. Sontag et de M. Tournier.

Je crois que nous sommes victimes de grands stéréotypes culturels. Le cinéma s'est donné à reconnaître dans la culture tout de suite comme un art de la fiction, de l'imagination. Même si les premières œuvres cinématographiques du temps des frères Lumière ont été des captures du réel *(Arrivée du train, Sortie d'usine)*, le vrai développement du cinéma a été un développement fictionnel ; une pratique (ou une technique) qui se plaçait sous la caution d'un simple enregistrement du réel n'a pas pu avoir ce développement. La société a refoulé ce qu'elle ne croyait être qu'une technique, alors qu'elle a défoulé ce qu'elle a pris pour un art.

> *Vous avez écrit récemment qu'il y avait identité de travail entre celui qui écrit et celui qui photographie. Quelles sont cependant les différences historiques flagrantes entre ces deux pratiques ?*

Les deux pratiques ne sont pas nées à la même époque. Elles n'ont pas les mêmes signifiants. Je ne sais pas très bien quels sont les signifiants de la pratique photographique. Je n'ai pas de pratique photographique. Je ne sais pas ce que c'est que photographier. Je suis un pur consommateur du produit photographié. Il est évident que ce n'est pas le même matériau. Quand on écrit, le matériel dont on se sert, les mots, est un matériel qui a déjà une signification. Avant même que l'écrivain le prenne, le mot a déjà une signification. Le matériau de l'écrivain est quelque chose qui signifie déjà, avant lui, et avant tout le monde. Il travaille avec des morceaux de matériau qui ont déjà un sens ; mais la photographie n'est pas une langue, elle ne travaille pas avec des morceaux de matériau. Il y a une différence évidente.

> *Comment se peut-il que la photographie selon vos propres termes soit à la fois étrangère à l'art et au « naturel illusoire » du référent ?*

La photo est prise entre deux dangers. Ou bien elle mime et copie l'art, et c'est une forme codée de culture ; mais elle ne peut pas copier aussi bien que la peinture parce que son référent, c'est-à-dire l'objet qu'elle photographie, est vécu comme réel par celui qui regarde la photo. Il y a là une contrainte très forte. C'est pourquoi la photographie ne peut pas être un art comme la peinture.

Mais, d'autre part, cet objet qu'elle photographie est illusoirement naturel parce qu'en réalité ce référent est choisi par le photographe. Le système optique de l'appareil est un système choisi parmi d'autres possibles, hérités de la perspective de la Renaissance. Tout cela implique un choix idéologique par rapport à l'objet représenté. En résumé, la photo ne peut pas être transcription pure et simple de l'objet qui se donne comme naturel, ne serait-ce que parce qu'elle est plate et non en trois dimensions ; et d'autre part, elle ne peut pas être un art, puisqu'elle copie mécaniquement. C'est là le double malheur de la photo ; si on voulait bâtir une théorie de la photo, il faudrait partir de cette contradiction, de cette situation difficile.

On dit que le photographe est un témoin. Selon vous, il est témoin de quoi ?

Vous savez, je ne suis pas, en art, partisan du réalisme, ni, en sciences sociales, du positivisme. Je dirai donc que le photographe est essentiellement témoin de sa propre subjectivité, c'est-à-dire de la façon dont il se pose, lui, comme sujet en face d'un objet. Ce que je dis est banal et bien connu. Mais j'insisterai beaucoup sur cette situation pour le photographe, car elle est en général refoulée.

Une grammaire de l'image est-elle possible ?

Au sens strict du mot, une grammaire de la photo est impossible, parce que, dans la photo, il n'y a pas de discontinu (de signes) ; tout au plus pourrait-on établir un lexique des signifiés de connotation, notamment dans la photographie publicitaire. Si on veut vraiment parler de la photographie à un niveau sérieux, il faut la mettre en rapport avec la mort. C'est vrai que la photo est un témoin, mais un témoin de ce qui n'est plus. Même si le sujet est toujours vivant, c'est un moment du sujet qui a été photographié et ce moment n'est plus. Et ça, c'est un traumatisme énorme pour l'humanité et un traumatisme renouvelé. Chaque acte de lecture d'une photo, et il y en a des milliards dans une journée du monde, chaque acte de

capture et de lecture d'une photo est implicitement, d'une
façon refoulée, un contact avec ce qui n'est plus, c'est-à-dire
avec la mort. Je crois que c'est comme ça qu'il faudrait aborder
l'énigme de la photo, c'est du moins comme ça que je vis la
photographie : comme une énigme fascinante et funèbre.

2

GUY MANDERY : *Vous allez publier un livre avec des photographies, de quoi s'agit-il ?*

Je précise que c'est un livre modeste, fait à la demande des
Cahiers du cinéma, qui ouvrent avec ce livre une collection
en principe sur le cinéma, mais ils m'ont laissé libre de choisir
mon sujet, et j'ai choisi la photographie. Ce livre va décevoir
les photographes.

Ceci dit sans coquetterie, mais par honnêteté. Parce que ce
n'est ni une sociologie, ni une esthétique, ni une histoire de
la photo. C'est plutôt une phénoménologie de la photographie.
Je prends le phénomène photo dans sa nouveauté absolue dans
l'histoire du monde. Le monde va depuis des centaines de
milliers d'années, et il y a des images depuis des milliers
d'années, depuis les parois des cavernes... il y a des millions
d'images dans le monde. Et puis, tout à coup, au XIXe siècle,
vers 1822, apparaît un nouveau type d'image, un nouveau
phénomène iconique, entièrement, anthropologiquement nouveau.

C'est cette nouveauté que j'essaie d'interroger et je me
remets dans la situation d'un homme naïf, non culturel, un peu
sauvage qui ne cesserait de s'étonner de la photographie. C'est
en cela que je risque de décevoir les photographes parce que
cet étonnement m'oblige à ne tenir aucun compte du monde
évolué photographiquement dans lequel ils vivent.

Comment ce livre est-il construit ?

Je me place devant quelques photographies choisies arbitrai-
rement et j'essaie de réfléchir pour voir qu'est-ce que ma

conscience dit de l'essence de la photographie. C'est donc une méthode phénoménologique. La méthode que j'ai suivie pour cette réflexion est entièrement subjective. Elle peut se décomposer en deux temps. Dans un premier temps, j'ai essayé de savoir pourquoi certaines photographies me touchaient, m'intriguaient, me plaisaient, me concernaient, et pourquoi d'autres non. C'est un phénomène très général, il y a des milliers de photos qui ne me disent absolument rien. Il faut être très brutal là-dessus.

Quelles soient « de presse » ou dites « artistiques » ?

Absolument. Donc j'ai pris pour guide mon *plaisir* ou mon *désir* à l'égard de certaines photographies. Et j'ai essayé d'analyser ce plaisir ou ce désir. En retrouvant certains réflexes de l'analyse sémiologique. J'ai essayé d'analyser en quoi certaines photos me concernaient, c'est-à-dire faisaient « tilt », produisaient une sorte de choc sur moi qui n'était pas forcément le choc du sujet représenté. Il y a des photos traumatisantes dans les photos de presse et de reportage qui sont peut-être vendues très cher parce qu'elles sont traumatiques, mais moi, elles ne me traumatisent pas du tout. En revanche, il y a, dans certains reportages, des photos assez anodines qui, tout d'un coup, touchent quelque chose en moi. Touchent mon affect. J'ai donc essayé d'analyser ça. Puis j'ai constaté qu'en prenant mon plaisir pour guide, j'arrivais certes à des résultats mais que je n'arrivais pas à définir ce qui opposait radicalement la photographie à tous les autres types d'images. Car c'est ça mon propos. Et alors à ce moment-là...

... mais je ne veux pas entrer dans le détail parce que mon livre se présente un peu comme un suspense intellectif et je ne veux pas trahir le suspense. Donc, à ce stade, je me suis mis à interroger une photographie privée, en rapport avec un deuil récent, qui est celui de ma mère, et c'est en réfléchissant sur une certaine photographie de ma mère que j'ai pu avancer dans une certaine philosophie de la photographie. Je n'en dis pas plus, il faut voir les formulations auxquelles j'aboutis. Cette philosophie s'est dévoilée comme une philosophie qui met en rapport la photographie et la mort. Ce que tout le monde sent bien, même si nous sommes plongés dans un monde de photographies vivantes. C'est cette philosophie-là que j'ai essayé d'approfondir et de formuler. Evidemment, j'ai surtout interrogé des photographies de portrait, au détriment des paysages et, je ne le cache pas, j'ai postulé une certaine « promotion » de la photographie privée. Je crois qu'à l'inverse de la peinture, le devenir idéal de la photographie, c'est la photographie privée, c'est-à-dire une photographie qui prend en charge une relation d'amour avec quelqu'un. Qui n'a toute sa force que s'il y a eu un lien d'amour, même virtuel, avec la personne représentée. Cela se joue autour de l'amour et de la mort. C'est très romantique.

Matériellement, comment se présente ce livre ? Quelles photographies y avez-vous mises ?

Les photos que j'ai données ont une valeur essentiellement argumentative. Ce sont celles dont je me servais dans le texte pour dire certaines choses. Donc, ce n'est pas une anthologie. Je n'ai pas du tout donné la meilleure photo de chaque photographe et pas forcément celle que je préférais, mais celle dont je parlais pour une argumentation quelconque. J'ai tout de même fait effort pour qu'elles soient belles en soi.

Quel a été le « corpus » dans lequel vous avez fait votre choix ?

Il a été très étroit, j'ai fait ça avec quelques albums et revues. Je me suis beaucoup servi du *Nouvel Observateur Photo*.
   Il y a pas mal de photos anciennes parce que je crois que le grand âge de la photographie, c'est son âge héroïque, son premier âge. Mais il y a aussi des photographes plus contemporains comme Avedon, Mapplethorpe. De très grands photographes que j'aime beaucoup ne sont pas représentés dans mon choix. Parce que les photographies correspondent simplement à des moments du texte.

Quelle place la photographie tient-elle dans l'ensemble de votre travail en général ? Est-ce qu'elle vous sert d'outil pour appréhender les faits de société ?

Il y a un travail que j'aime énormément, c'est celui qui consiste à monter un rapport entre le texte et l'image. Je l'ai fait plusieurs fois, et toujours avec un plaisir intense. J'adore légender des images. Je l'ai fait dans mon livre sur le Japon, dans mon petit livre *Barthes par lui-même* au Seuil, et je viens donc de le faire une troisième fois dans ce livre. Ce que j'aime au fond, c'est le rapport de l'image et de l'écriture, qui est un rapport très difficile, mais par là même qui donne de véritables joies créatrices, comme autrefois les poètes aimaient travailler à des problèmes difficiles de versification.

Aujourd'hui, l'équivalent, c'est de trouver un rapport entre un texte et des images.

Je veux dire aussi que, si j'ai choisi la photographie, c'est un peu *contre* le cinéma. J'ai constaté que j'avais un rapport positif à la photographie, j'aime voir des photographies, et, par contre, un rapport difficile et résistant au cinéma. Je ne dis pas que je ne vais pas au cinéma, mais que, au fond, je place la photographie paradoxalement au-dessus du cinéma, dans mon petit Panthéon personnel.

> *Aujourd'hui, les institutions reconnaissent la photographie comme un art...*

... Ce n'est pas joué. Je dirais plutôt que toute photographie est une photographie qui relève de l'art, sauf les photographies d'art paradoxalement.

> *Socialement, en tout cas, elle est en passe d'être reconnue comme telle. Néanmoins, elle entretient avec le réel un rapport très particulier, très étroit. Seriez-vous d'accord pour dire que la photographie jette un pont entre l'art et le non-art ?*

Oui, c'est très juste. Je ne sais pas si elle fait un pont, mais elle est dans une zone intermédiaire. Elle déplace la notion d'art et c'est en cela qu'elle fait partie d'un certain mouvement, d'un certain progrès du monde.

Le Photographe, février 1980.
Propos recueillis par Angelo Schwarz (fin 1977)
et Guy Mandery (décembre 1979).

La crise du désir

Qu'est-ce que ça signifie être un intellectuel en France aujourd'hui ?

Gide, favorable à la Russie soviétique puis lui étant hostile, en prenant aussi position sur le colonialisme, a été l'un des derniers à jouer le rôle traditionnel de l'intellectuel qui n'en reste pas moins un grand écrivain. Maintenant, les écrivains sont comme en recul, il n'y a d'ailleurs plus de grands écrivains à proprement parler. Après Gide, il y a eu encore Malraux et Aragon... Au lieu d'une relève des grands écrivains, on a pu remarquer l'apparition massive des intellectuels, c'est-à-dire des professeurs. Il s'agit même d'une véritable caste intellectuelle. Et ce qui est menaçant, c'est le développement considérable de médias comme la télévision, la presse, la radio, qui véhiculent des attitudes anti-intellectuelles. En effet, si la France devient un pays petit-bourgeois, les intellectuels perdront de plus en plus leur identité. Ils seront obligés soit de se réfugier dans une clandestinité de presse, comme les poètes aujourd'hui, soit de se poser en tant qu'intellectuels à l'intérieur même des médias – ce qui est en partie la démarche de ceux que l'on appelle les « nouveaux philosophes », des intellectuels qui se sont dit : « On ne va pas se laisser manipuler tout le temps par les médias ; on va y pénétrer en employant les mêmes procédés qu'eux, en modifiant notre langage pour qu'il soit plus compréhensible à un plus grand nombre. » Personnellement, je n'attaque pas cette position, que je trouve parfaitement défendable. Les « nouveaux philosophes » essaient de mettre sur la place publique les problèmes posés par leur intellectualité : la liberté, la morale, tout ce qui dans le monde nous oblige à un débat.

*Pourquoi, au contraire de beaucoup d'intellectuels fran-
çais, n'avez-vous jamais été vous-même un militant ?*

A la fin de la dernière guerre, j'étais très fasciné intellectuellement par Sartre, et donc par la théorie de l'engagement. Elle
a correspondu à mon adolescence, à ma jeunesse même, plutôt.
Mais je n'ai jamais milité et il me serait impossible de le faire
pour des raisons d'attitude personnelle à l'égard du langage :
je n'aime pas le langage militant. Certes, le militantisme
d'après 68 est devenu plus ouvert, mais personne ne doute
qu'un communiste soit un militant. Qu'un gauchiste le soit, je
le crois aussi. Il y a finalement un discours gauchiste très
stéréotypé et qui, par là même, est peu admissible pour moi –
en tant que langage. Un journal comme *Libération*, qui est très
bien fait et que j'aime beaucoup, véhicule un type de discours
avec les mêmes thèmes, les mêmes stéréotypes. Moi, je pose
toujours les problèmes en termes de langage. C'est ma propre
limite. L'intellectuel ne peut pas attaquer directement les pouvoirs en place mais il peut injecter des styles de discours
nouveaux pour faire bouger les choses.

*C'est pour cela que les intellectuels s'intéressent à la
mode ?*

Oui, la mode est lieu d'observation privilégié pour voir fonctionner le social. C'est passionnant et cruel, parce qu'on découvre des choses qui sont à la mode un an, et qui, l'année suivante, sont obligées de se renouveler pour rattraper une
nouvelle mode. D'un autre côté, la mode n'est pas favorable
au mythe, parce qu'elle est trop rapide. Le mythe a besoin de
s'installer, de devenir pesant, de prendre ses traditions. La
mode va trop vite. Nous ne vivons plus l'accélération de l'Histoire mais l'accélération de la petite histoire. C'est donc, précisément, dans le discours militant qu'on peut maintenant
retrouver des mythes, parce que c'est un discours fixe, immobile. Aujourd'hui, même dans *Libération*, il y a une mythologie
très forte. La bavure policière, par exemple, est en train de
devenir un mythe gauchiste. Il y en a d'autres : l'écologie,
l'avortement, le racisme. Je ne veux pas dire que ce sont des

problèmes qui n'existent pas. Seulement, ils sont maintenant
presque devenus des mythes.

*On vous rencontre quelquefois, paraît-il, dans une boîte
très parisienne appelée le Palace. Que pensez-vous d'un
endroit comme celui-là ?*

On peut répondre d'une façon plus générale. C'est un point
de vue passéiste qui est peut-être lié à mon âge ; mais je crois,
moi, que la génération actuelle connaît assez peu le désir. Un
tas d'activités se font qui semblent ne pas être véritablement
des activités de désir. Et quand l'homme est frappé par un
manque de désir, c'est presque une maladie, pas du tout dans
le sens moral, mais presque au sens physique du terme. Un
homme sans désir s'étiole. Le malaise, la crise de civilisation
dont on parle aujourd'hui, c'est peut-être une crise du désir.

Il y a une perte de désir dans les milieux où les interdits
reculent. On peut imaginer qu'il serait très facile de voir deux
garçons s'embrasser un samedi soir au Palace. Aucune censure
n'interviendrait. Mais, précisément, cela ne se passe jamais.
De nouveaux interdits se sont créés – je parle ici d'une classe
relativement émancipée d'intellectuels, d'étudiants, de gens de
l'art, du spectacle et de la mode ; si on descendait dans les
classes sociales plus fixes, on trouverait des interdits très forts,
s'exerçant à travers les mythes de la masculinité, de la virilité...
– et ces nouveaux interdits peuvent venir de la mode. Je sais
qu'un soir, aux Bains-Douches, deux hommes ont esquissé la
danse d'aujourd'hui, c'est-à-dire une danse assez distante, et
qu'une fille leur a dit : « Oh ! là, là ; ça ne se fait plus. » Donc
elle n'a pas du tout protesté parce que c'était deux garçons
ensemble mais parce que ça ne se fait plus, ce n'est plus la
mode !

*Une nouvelle conformité se met donc en place en ce
moment. Pourquoi, à votre avis, le mouvement contestataire a-t-il été un échec ?*

Le phénomène historique qui a l'air de se dévoiler comme ça
depuis dix ans, c'est le problème de la « grégarité » – c'est un
mot nietzschéen. Les marginaux se multiplient, se rassemblent,
deviennent des troupeaux, petits, certes, mais des troupeaux

quand même. Alors là, ils ne m'intéressent plus, parce que dans tout troupeau règne une conformité. L'histoire actuelle, c'est la dérive vers la grégarité : les régionalismes, par exemple, ce sont de petites grégarités qui tentent de se reconstituer. Je crois maintenant que le seul marginalisme vraiment conséquent, c'est l'individualisme. Mais il faut reprendre cette notion d'une façon nouvelle.

> *En ce qui concerne l'individualisme, êtes-vous optimiste ?*

Non, pas vraiment. Parce que celui qui vivrait son individualisme radicalement aurait une vie difficile. Pourtant, il y a des possibilités de renaissance pour un individualisme qui ne serait pas petit-bourgeois mais plus radical et plus énigmatique. Ne serait-ce que penser mon corps jusqu'au point de reconnaître que je ne peux penser *que* mon propre corps est une attitude qui se heurte à la science, la mode, la morale – toutes les collectivités.

> *Mais comment peut-on vivre ainsi ?*

Ça ne peut se vivre qu'avec tricherie, par des conduites clandestines, non dogmatiques, non philosophiques – par des tricheries, je ne trouve pas d'autre mot.

> *Est-ce une contestation contre le pouvoir ?*

Oui, et la seule qu'aucun pouvoir ne tolère jamais : la contestation par le retrait. On peut affronter un pouvoir par attaque ou par défense ; mais le retrait, c'est ce qu'il y a de moins assimilable par une société.

> Fragments d'un discours amoureux *participe un peu de ce combat.*

Pas vraiment. Le livre est le portrait d'un imaginaire, mon imaginaire. Effectivement, le sentiment amoureux de ce genre-là, c'est-à-dire assez romantique, est vécu par l'amoureux comme une séparation avec le social, vécu à la fois comme le droit à être amoureux et la difficulté à l'être dans le monde par rapport au réel. Enfin, moi, j'ai pu écrire le livre, c'est ma chance. Les choses étaient résolues – enfin, à peu près !

J'ai dit que *Fragments* serait mon livre « le plus lu et le plus vite oublié », parce que c'est un bouquin qui a atteint un public qui n'est tout de même pas le mien. Et il est probable qu'avec mes autres livres, et surtout celui sur la photo, je vais retrouver *mon* public, qui est moins important. Parce que *Le Discours amoureux* n'était pas très intellectualiste mais assez projectif ; on peut s'y projeter non pas à partir d'une situation culturelle mais à partir d'une situation qui est la situation amoureuse. Tandis que, dans les autres livres, je continuerai probablement à partir d'une situation plus intellectuelle. Mais ça, je ne sais pas, je ne peux pas parler de l'avenir.

N'avez-vous jamais souhaité écrire un roman ?

Si, par moments, j'ai la tentation de faire long, de changer ma manière. Mais j'ai peur d'ennuyer. Et j'ai peur de m'ennuyer, moi. L'écriture permet de se désencombrer de l'imaginaire, qui est une force très immobilisante, assez mortelle, assez funèbre, et de se mettre dans un processus de communication avec les autres, même si cette communication est compliquée. Vous savez, comme le dit l'analyse para-lacanienne, mon corps est ma prison imaginaire. Votre corps, la chose qui vous paraît la plus réelle, est sans doute la plus fantasmatique. Peut-être même n'est-elle que fantasmatique. On a besoin de l'autre pour libérer le corps ; mais ça devient très difficile et s'ensuivent toute la philosophie, toute la métaphysique, toute la psychanalyse. Je ne peux pousser mon corps jusqu'au bout de lui-même qu'avec un autre ; mais cet autre a aussi un corps, un imaginaire. Cet autre peut être un objet. Mais le jeu qui m'intéresse le plus, c'est quand il y a vraiment un autre autour de moi, au sens précis du terme. Je n'ai pas du tout une pensée politique, historique ou sociologique. Si j'avais vécu il y a cent ans, j'aurais été un psychologue, j'aurais fait ce qu'on appelait alors de la psychologie, sans complexe. J'aurais beaucoup aimé.

Qu'est-ce qui vous fait continuer à écrire ?

Je ne peux répondre que par de grandes raisons, presque grandiloquentes. Il faut jouer sur les mots les plus simples. L'écri-

ture est une création ; et, dans cette mesure-là, c'est aussi une
pratique de procréation. C'est une manière, tout simplement,
de lutter, de dominer le sentiment de la mort et de l'abolisse-
ment intégral. Ce n'est pas du tout la croyance qu'on sera
éternel comme écrivain après la mort, ce n'est pas ce pro-
blème-là. Mais, malgré tout, quand on écrit, on dispense des
germes, on peut estimer qu'on dispense une sorte de semence
et que, par conséquent, on est remis dans la circulation générale
des semences.

Le Nouvel Observateur, 20 avril 1980.
Propos recueillis par Philip Brooks.

Biographie

.

12 nov. 1915	Né à Cherbourg, de Louis Barthes, enseigne de vaisseau, et d'Henriette Binger.
26 oct. 1916	Mort de Louis Barthes, dans un combat naval, en mer du Nord.
1916-1924	Enfance à Bayonne. Petites classes au lycée de cette ville.
1924	Installation à Paris, rue Mazarine et rue Jacques-Callot. Dès lors, toutes les vacances scolaires à Bayonne, chez les grands-parents Barthes.
1924-1930	Au lycée Montaigne, de la 8e à la 4e.
1930-1934	Au lycée Louis-le-Grand, de la 3e à la Philo. Baccalauréats : 1933 et 1934.
10 mai 1934	Hémoptysie. Lésion du poumon gauche.
1934-1935	En cure libre dans les Pyrénées, à Bedous, dans la vallée d'Aspe.
1935-1939	Sorbonne : licence de lettres classiques. – Fondation du Groupe de théâtre antique.
1937	Exempté du service militaire. – Lecteur pendant l'été à Debreczen (Hongrie).
1938	Voyage en Grèce avec le Groupe de théâtre antique.
1939-1940	Professeur de 4e et 3e (délégué rectoral) au nouveau lycée de Biarritz.
1940-1941	Délégué rectoral (répétiteur et professeur) aux lycées Voltaire et Carnot, à Paris. – Diplôme d'études supérieures (sur la tragédie grecque).
oct. 1941	Rechute de tuberculose pulmonaire.
1942	Premier séjour au Sanatorium des étudiants, à Saint-Hilaire-du-Touvet, dans l'Isère.
1943	Convalescence à la Post-Cure de la rue Qua-

	trefages, à Paris. – Dernier certificat de licence (grammaire et philologie).
juillet 1943	Rechute au poumon droit.
1943-1945	Second séjour au Sanatorium des étudiants. Cure de silence, cure de déclive, etc. En sana, quelques mois de PCB, dans l'intention de faire la médecine psychiatrique. Pendant la cure, rechute.
1945-1946	Suite de la cure à Leysin, à la clinique Alexandre, dépendante du Sanatorium universitaire suisse.
oct. 1945	Pneumothorax extrapleural droit.
1946-1947	En convalescence à Paris.
1948-1949	Aide-bibliothécaire, puis professeur à l'Institut français de Bucarest et lecteur à l'université de cette ville.
1949-1950	Lecteur à l'université d'Alexandrie (Égypte).
1950-1952	A la Direction générale des Relations culturelles, service de l'Enseignement.
1952-1954	Stagiaire de recherches au CNRS (lexicologie).
1954-4955	Conseiller littéraire aux Éditions de l'Arche.
1955-1959	Attaché de recherches au CNRS (sociologie).
1960-1962	Chef de travaux à la VIe section de l'École pratique des hautes études, Sciences économiques et sociales.
1962	Directeur d'études à l'École pratique des hautes études (« Sociologie des signes, symboles et représentations »).
1976	Professeur au Collège de France (chaire de Sémiologie littéraire).
nov. 1978	Mort d'Henriette Barthes, sa mère.
25 févr. 1980	Roland Barthes, sortant du Collège de France, est renversé par une camionnette.
26 mars 1980	Mort de Roland Barthes.

Bibliographie 1942-1980

LIVRES

Le Degré zéro de l'écriture, Paris, Éd. du Seuil, « Pierres
vives », 1953. – En livre de poche, avec les *Éléments de
sémiologie*, Paris, Gonthier, « Médiations », 1965 ; avec les
Nouveaux Essais critiques, Paris, Éd. du Seuil, « Points »,
1972.
Michelet par lui-même, Paris, Éd. du Seuil, « Écrivains de
toujours », 1954.
Mythologies, Paris, Éd. du Seuil, « Pierres vives », 1957. – En
livre de poche, Paris, Éd. du Seuil, « Points », 1970, avec
un avant-propos nouveau.
Sur Racine, Paris, Éd. du Seuil, « Pierres vives », 1963. – En
livre de poche, Paris, Éd. du Seuil, « Points », 1979.
Essais critiques, Paris, Éd. du Seuil, « Tel Quel », 1964, 6ᵉ édi-
tion avec un avant-propos nouveau.
Éléments de sémiologie, en livre de poche avec *Le Degré zéro
de l'écriture*, Paris, Gonthier, 1965.
Critique et Vérité, Paris, Éd. du Seuil, « Tel Quel », 1966.
Système de la mode, Paris, Éd. du Seuil, 1967.
S/Z, Paris, Éd. du Seuil, « Tel Quel », 1970. – En livre de
poche, Paris, Éd. du Seuil, « Points », 1976.
L'Empire des signes, Genève, Skira, « Sentiers de la création »,
1970.
Sade, Fourier, Loyola, Paris, Éd. du Seuil, « Tel Quel », 1971.
La Retorica antiqua, Milan, Bompiani, 1973 (version française
dans *Communications*, 16, 1970).
Nouveaux essais critiques, en livre de poche avec *Le Degré
zéro de l'écriture*, Paris, Éd. du Seuil, « Points », 1972.
Le Plaisir du texte, Paris, Éd. du Seuil, « Tel Quel », 1973.

Roland Barthes par Roland Barthes, Paris, Éd. du Seuil, « Écrivains de toujours », 1975.
Fragments d'un discours amoureux, Paris, Éd. du Seuil, « Tel Quel », 1977.
Leçon, Paris, Éd. du Seuil, 1978.
Sollers écrivain, Éd. du Seuil, Paris, 1979.
La Chambre claire, coédition *Cahier du cinéma*/Gallimard/Seuil, 1980.

OUVRAGES ET NUMÉROS DE REVUES
CONSACRÉS À ROLAND BARTHES

Mallac (Guy de) et Eberbach (Margaret), *Barthes*, Paris, Éditions universitaires, « Psychothèque », 1971.
Calvet (Louis-Jean), *Roland Barthes, un regard politique sur le signe*, Paris, Payot, 1973.
Heath (Stephen), *Vertige du déplacement, lecture de Barthes*, Paris, Fayard, « Digraphe », 1974.
Numéro spécial de la revue *Tel Quel*, 47, automne 1971.
Numéro spécial de la revue *L'Arc*, 56, 1974.
Colloque de Cerisy de 1977, Paris, Christian Bourgois, « 10/18 », 1978.

Table

Table 393

Du même auteur

Le Plaisir du texte
1973
et « Points Essais », n° 135, 1982

Roland Barthes
« Écrivains de toujours », 1975, 1995

Fragments d'un discours amoureux
1977

Poétique du récit
(en collaboration)
« Points Essais », n° 78, 1977

Leçon
1978
et « Points Essais », n° 205, 1989

Sollers écrivain
1979

Littérature et Réalité
(en collaboration)
« Points Essais », n° 142, 1982

Essais critiques III
L'Obvie et l'Obtus
1982
et « Points Essais », n° 239, 1992

Essais critiques IV
Le Bruissement de la langue
1984
et « Points Essais », n° 258, 1993

L'Aventure sémiologique
1985
et « Points Essais », n° 219, 1991

Incidents
1987

Œuvres complètes
T. 1, 1942-1965
1993
T. 2, 1966-1973
1994
T. 3, 1974-1980
1995

Le Plaisir du texte
précédé de Variations sur l'écriture
(préface de Carlo Ossola)
2000

Comment vivre ensemble :
simulations romanesques de quelques espaces quotidiens
Cours et séminaires au collège de France 1976-1977
Volume 1
(Texte établi, annoté et présenté par Claude Coste,
sous la direction d'Eric Marty)
« Traces Écrites », 2002

Le Neutre
Cours et séminaires au collège de France 1977-1978
Volume 2
(Texte établi, annoté et présenté par Thomas Clerc,
sous la direction d'Eric Marty)
« Traces Écrites », 2002

CHEZ D'AUTRES EDITEURS

L'Empire des signes
Skira, 1970, 1993

Erté
Ricci, 1975

Archimboldo
Ricci, 1978

La Chambre claire
Gallimard/Seuil, 1980, 1989

Sur la littérature
(avec Maurice Nadeau)
PUG, 1980

La Tour Eiffel
(en collaboration avec André Martin)
CNP/Seuil, 1989, 1999

Janson
Altamira, 1999

Composition : Charente-Photogravure à l'Isle-d'Espagnac
Impression : Maury-Eurolivres à Manchecourt
Dépôt légal : septembre 1999 – n° 38179-2 – (03/04/20159)

Collection Points

SÉRIE ESSAIS

Collection Points

DERNIERS TITRES PARUS